先我集校注

〔清〕陳文田 輯
封樹芬 張淑婧 點校

南京大學出版社

圖書在版編目（CIP）數據

先我集校注／（清）陳文田輯；封樹芬，張淑婧點校. —南京：南京大學出版社，2023.8
ISBN 978-7-305-26106-0

Ⅰ.①先… Ⅱ.①陳… ②封… ③張… Ⅲ.①古典詩歌—詩集—中國—清代 Ⅳ.①I222.749

中國版本圖書館CIP數據核字（2022）第216949號

出版發行　南京大學出版社
社　　址　南京市漢口路22號　　郵　編　210093

XIANWOJI JIAOZHU
書　　名　先我集校注
編　　者　[清]陳文田
點　　校　封樹芬　張淑婧
責任編輯　劉　丹

照　　排　南京紫藤製版印務中心
印　　刷　南京愛德印刷有限公司
開　　本　718毫米×1000毫米　1/16　印張27.25　字數306千
版　　次　2023年8月第1版　2023年8月第1次印刷
ISBN　978-7-305-26106-0
定　　價　90.00元

網　　址：http://www.njupco.com
官方微博：http://weibo.com/njupco
官方微信號：njupress
銷售諮詢熱綫：(025)83594756

＊ 版權所有，侵權必究
＊ 凡購買南大版圖書，如有印裝質量問題，請與所購
　 圖書銷售部門聯繫調換

前　言

晚清泰州文人陳文田所輯《先我集》四卷，是一部彙編了清初以來至道光年間海陵地區詩人詩歌作品的選集。該集收錄了一百二十位詩人，共計八百餘首詩歌，內容豐富，既有古體亦有近體，形式多樣。所收詩人既有官吏，也有隱者，身份地位不一。每位詩人詩作前均附有短小精煉的个人小傳。此集不僅爲研究清代海陵及周邊地區詩壇面貌提供了重要文獻，也爲清代人物傳記資料的搜集提供了重要文獻來源。近年來，隨着地方文獻整理與研究的力度不斷加強，尤其是江蘇地方文獻文化研究成果層出不窮，《江蘇文庫》已陸續出版了不少地方文獻，無疑是大大便利了學人，也由此展現了江蘇自古以來的薈萃人文及斐然成績。這些地方文獻中，還有許多尚未整理或尚未被關注的作家作品，陳文田《先我集》就是其中之一。清代海陵地區詩歌創作成就突出，與江左吳地詩歌一樣，均屬於清代江蘇詩歌發展的重要組成部分，應當加以關注並整理研究。

一、清代海陵詩文集概況

海陵地區，今屬泰州，歷來人才輩出。孔尚任曾説：＂海陵縱橫不過三百里，而詩人倍二十五國。＂海陵，西漢時置縣，屬臨淮郡，因＂其地傍海而高故曰海陵＂（《大清一統志》）。東漢及晉時屬廣陵郡。《隋書·地理志》載：＂梁置海陵郡，開皇初郡廢。＂《太平寰宇記》卷一三〇載，＂唐武德三年改爲吳州，置吳陵縣，七年，州廢，復爲海陵縣，隸揚州。僞唐昇元元年於此置泰州"。《讀史方輿紀要》卷二三載，"宋因之，元置泰州路，縣省入，領縣一，今因之"。明洪武年間廢，並入泰州。其地西南通長江，東接通泰鹽區，是魚鹽重鎮。此地民風雅正。南宋《吳陵志》曾載："海陵幽邃而地肥美，故民惟事耕漁，情多樸野，恥以浮落相誇，鮮出機巧。茅茨陋巷弦誦相聞，蔚然有文雅之風。"形成了崇文尚德、經世致用、廣覽百家的文化特質。從唐代書法評論家張懷瓘，到宋代教育家胡瑗，再至著名的泰州學派創始人王艮，明清之際東淘遺民詩人代表吳嘉紀，清中期集結而成的芸香詩社，均展示出海陵名賢文化特質。海陵地區的女性文人也毫不遜色，《江蘇藝文志》及《揚州歷代婦女詩詞》等均有記載，達五十二人之多。清代泰州地區女性文人最多，且多以文化世家的身份出現，如仲氏、宮氏、季氏等，歷來對這些女性文人的研究卻不多見。

關於海陵地區詩文作品集，完整保存並刊刻行世的別集不在少數，《清代詩文集彙編》收錄了這類別集，但很少被關注並加以整理，僅有吳嘉紀詩歌經過楊積慶整理並點校爲《吳嘉紀詩箋校》。清代以來彙輯海陵詩文成總集者，數量較多。影響較大者有宮國苞選《霄崢集泰人詩鈔》，夏荃輯《海陵文徵》《海陵詩徵》，夏兆麐輯《海陵文拾》，程嵩齡輯《泰文錄》，鄒熊輯《海陵詩彙》《海陵詩存》，陳文田輯《先我集》，鄒應庚輯《國朝海陵詩彙補遺》，曹月湖輯《海陵詩錄》，阮元輯《淮海英靈集》，王豫、阮亨輯《淮海英靈續集》，王豫輯《江蘇詩徵》等。其中王豫《江蘇詩徵》共計一百八十三卷，收錄江蘇及上海地區詩人五千四百六十七家，詩歌數量約三萬首，是清代編錄省級詩歌總集中最大的一部。這些總集基本可以反映海陵詩壇的整體創作風貌。也有反映某一羣體創作成就的總集類作品，如鄒熊輯《芸香詩鈔》、釋震華輯《興化方外詩徵》、程嵩齡選《城西草堂詩史》、鄒鎣輯《同人會課詩選》、余文海輯《冷香吟社詩選》等。通過這些別集與總集，大致可知海陵詩壇在清代的創作與發展狀況。

在海陵詩文彙輯整理工作中，貢獻與影響較大者有兩位，一是鄒熊，另一是夏荃。活躍於乾嘉時期的詩人鄒熊，字耳山，監生，中年始爲詩，其詩"清峻雄邁"，爲清代中期海陵地區規模最大的詩社——芸香詩社的主要成員之一，與丹徒王豫友善。其所編二十二卷本《海陵詩彙》是目前可知的收錄清代海陵地區詩歌作品最多的文獻。作爲斷代詩選，該書與夏荃《海陵詩徵》相得益彰，收錄自明末清初至清中葉後期海陵及其周邊地區共計三百四十六位詩人的詩歌作品。當時未及付梓，鄒熊便已仙逝，故此集一直以稿本存世。目前存世的版本是道光二十一年（1841）至二十二年（1842）陳文田抄錄本，藏於國家圖書館。關於《海陵詩彙》的編選動機及選源問題，鄒熊在自序中說："向曾選《芸香詩鈔》中有《先露》《今雨》兩集，均屬同人唱和詩，間存二、三鄉先輩，亦因其子孫而及其祖父。故見聞未廣，搜羅未徧，所梓無多。羅子夏園慨然曰：'海陵多風人，久無成集可存，子有拾遺之志，盍采輯而存之？'爰於篋中舊稿內檢得若干首，各選集中抄得若干首，構諸同人珍藏者若干首，翠屏洲王君柳村寄來若干首，合《先露》《今雨》兩集彙爲一書。是蓄念已非一日。"在此之前，鄒熊與葉兆蘭曾彙編芸香詩社成員詩集《芸香詩鈔》，但此集遠無法代表清代以來海陵地區的詩歌創作成就，故鄒熊整合自己和其他社員所藏作品及詩人選集，又從王豫《江蘇詩徵》中輯得若干作品，與《芸香詩鈔》中的《先露》

《今雨》兩集，編選成了二十二卷本的《海陵詩彙》。除了《海陵詩彙》與《芸香詩鈔》，鄒熊還輯有《海陵詩存》，揚州圖書館藏有兩卷，爲抄本，内容多與《海陵詩彙》相同，當爲《海陵詩彙》編選資料來源之一。陳文田《先我集》所選詩歌作品多見於《海陵詩彙》《芸香詩鈔》，這兩部作品是《先我集》重要的史源文獻，故此二集於《先我集》的校勘意義重大。

嘉道年間的夏荃在海陵詩歌作品彙輯中貢獻尤其大。夏荃（1793—1842），字文若，號退庵，泰州人。曾歷官豐縣、桃源縣訓導（《光緒續修泰州志》卷二四），與寶應劉寶楠，儀徵劉文淇、吳熙載，江都梅植之，龍岩魏茂林等交游甚厚，時有詩歌唱和，著述甚豐。曾醉心於金石古錢幣研究，撰有《退庵錢譜》，考訂甚精細。也曾搜羅自漢至清泰州的掌故軼聞，編成《退庵筆記》，援古證今；從一百三十一種典籍中輯錄有關泰州的記載，撰成《梓里舊聞》八卷。這些作品均見收於《海陵叢刻》。又曾編輯地方文集《海陵文徵》二十卷，專輯海陵地區文章，自唐張懷瓘至清湯治昭，凡七十二人，文四百六十篇，另編有附錄十二卷，内容涉及海陵山川、古跡、水利、人物、著述等，搜羅廣富，共計二百二十八篇，道光二十三年（1843）由其子夏嘉謨、侄夏嘉穀集資付梓。所輯《海陵詩徵》十六卷，主要收錄海陵一邑之詩，自宋至道光止，並有詩人小傳。

此外，大規模收錄海陵地區詩人作品者還有阮元《淮海英靈集》二十二卷，全書收錄清初至乾隆時期揚州府人士之詩作，分甲、乙、丙、丁、戊五集，每集各四卷，壬、癸集各一卷，收錄詩人共八百六十五家，流寓詩人則不錄。後王豫、阮亨又編輯續集十二卷，嘉慶三年（1798）刊刻。所收作品與《先我集》常有重合，故兩兩參照以資校勘。

除了總集中彙纂了海陵詩文作品，叢書中也有彙編，貢獻最大者則爲民國時期的韓國鈞《海陵叢刻》。

韓國鈞，字紫石，又字止石，晚年自號止叟。咸豐七年丁巳（1857）生於江蘇泰縣海安鎮。其父韓希彭以經營小酒坊維持全家生計。年少時期，先後受業於家鄉塾師陸月舫和何伯溟。光緒三年（1877），參加歲試，詩賦取列揚屬第一。光緒五年（1879），應江南鄉試，中舉人。之後，擔任江蘇地方上教讀等職，曾四次赴京應會試，均落第。光緒十五年（1889），入河南學使吳樹棻幕，體察民情，頗有政績，被譽爲"韓青天"。光緒二十八年（1902）後，曾任河北礦務局總辦、交涉局會辦、奉天勸業道等職務。中華民國建立後，任江蘇民政長。民國四年（1915）任安徽巡撫使，當年歸里，經營泰源鹽墾公司及辦理運河工程局事，與張謇等人致力於墾務及蘇北水利事業。民國十一年（1922）任江蘇省省長。後長期從事水利事業，曾任蘇北入海水道委員會主任委員、黃災救濟委員會主任委員。著有《永憶錄》，自訂《止叟年譜》，輯有《海陵叢刻》《東三省交涉要覽》。抗日戰爭期間，召集蘇北各界人士團結抗日，拒不任僞職。民國三十一年（1942），病逝於海安鎮，唐文治爲其撰《前江蘇省長泰縣韓公紫石神道碑銘》。韓國鈞在近代史上有重要的聲望。臺灣史學家沈雲龍《韓紫叟及其〈永憶錄〉》稱："在昔北洋政府時代，江蘇省的若干名公臣卿中，有兩位隸籍蘇北而以位高望重、造福桑梓、爲鄉里所稱頌的：一是曾任農商總長的南通張季直（謇）先生；一是曾兩長江蘇省政的泰縣韓紫石（國鈞）先生。"

韓國鈞對於鄉邦文獻十分重視。曾慨歎於一些著述的散逸不存，也惶惶於垂垂欲絕之鄉賢文化，其所撰《先我集》跋曰：

"海陵風雅，代有傳人，至明啟禎間，垂垂欲絶。"故有傳承海陵文化之心，廣泛搜羅地方文獻，内容豐富龐雜，編輯成此《海陵叢刻》。

韓國鈞所輯《海陵叢刻》，刊行於民國八年至十四年，爲鉛印本及石印本，現分藏於國家圖書館、首都圖書館、上海圖書館、南京圖書館等十家圖書館。該叢書專門彙輯海陵地方宋、元、明、清十六家著述，以示不忘祖籍鄉賢。叢書内容涉及天文、地理、氣象、傷寒雜症、歷史、詩文、漕運等内容，凡二十三種六十七册。從民國八年（1919）冬開始編纂，歷時六年而成。這部叢書依種類編次，計有清夏荃《退庵筆記》十六卷六册、《梓里舊聞》八卷兩册及《退庵錢譜》八卷三册，宋周麟之《海陵集》二十三卷四册，明林春《林東城文集》二卷二册，清田寶臣《小學駢支》八卷四册，清陸儋辰《運氣辯》二册，清張符驤《依歸草》十三卷七册，明陳應芳《敬止集》三卷二册，清宫偉鏐《春雨草堂别集》八卷（《庭聞州世説》六卷續一卷、《先進風格》一卷）、《微尚録存》六卷一册，清陳厚耀《春秋長曆》十卷四册，清王葉衢《海安考古録》四卷三册，明唐志契《繪事微言》四卷二册，清陸儋辰《陸莞泉醫書》六卷六册，明儲巏《柴墟文集》十五卷附録一卷四册，元馬玉麟《東皋先生詩集》五卷附録一卷一册，清沈默《發幽録》一卷一册，清張幼學《雙虹堂詩合選》四册，清陳文田《先我集》四卷四册，元徐勉之《保越録》一卷一册，宋周煇《北轅録》一卷一册，清袁淡生《袁景寧集》二卷附録一卷傳一卷一册。這部叢書爲研究江蘇海陵地區的歷史、文化、水利及醫學等提供了重要的史料，其中有不少著作乃首次刊行，如夏荃《退庵筆記》《退庵錢譜》，陳文田《先我集》等作品，海陵先賢著作賴以傳世，故此叢書有重要的版本價值。其中,《海安考古錄》反映了海安的歷史變遷;《退庵錢譜》係夏荃撰寫的錢幣圖書;《陸莞泉醫書》是清代陸儋辰所編的中醫學術著作;《小學駢支》爲清田寶臣小學訓詁類著作;《繪事微言》則爲明唐志契論述山水畫理,頗多創見;《發幽錄》則爲沈默晚年收集泰州一邑中諸前輩及節烈、流寓、隱逸等人,斷自清初,將之分成十五類共計三十七人,爲之作傳,以補國史之闕。

海陵古郡,多出學人,但許多鄉賢著述卻未能得以好好保存、傳播。幸有賴諸位有識之士,不遺餘力,多方搜羅,使海陵文獻得以保存,斯功甚偉。2015年,鳳凰出版社出版了由盧佩民任主編、黄林華與姜小青任副主編的《泰州文獻》,這是泰州有史以來第一次彙編梳理本地的歷史文化文獻,此文獻大成無疑將極大地推動泰州地區文化研究。

二、陳文田與《先我集》

陳文田《先我集》四卷,目前所見最早也是唯一的版本即爲韓國鈞《海陵叢刻》本,刊刻於民國十四年。《先我集》有賴於《海陵叢刻》才得以流傳下來。因爲韓國鈞輯刻《海陵叢刻》時,原計劃是收錄夏荃《海陵詩徵》十六卷入叢書,但由於夏氏書没有刊刻,原稿在流傳過程中散失相當嚴重。韓國鈞《先我集》跋曰:"當時惜未付梓。迨國鈞爲叢刻,訪求遺稿,竟不可得。展轉鈔錄,僅得殘本十之四,思續成之。而以年衰才薄又薄書鞅掌,不果也。"頗爲可惜。後又托付儀徵劉誠甫,尚未竣事,正好此時得到陳文田《先我集》四卷,"雖未能如《詩徵》搜采及於唐宋諸家之多,而其意則一"。故而將陳文田《先我集》

收錄進《海陵叢刻》得以刊行。從選詩的宗旨上來看，陳文田《先我集》與夏荃《海陵詩徵》是一致的。

陳文田，字硯瀰，號止室，晚號晚晴老人，泰州人。生於嘉慶十七年（1812），卒於光緒九年（1883）。民國《續纂泰州志》卷二四載其生平，曰："（其）道光十七年拔貢，二十三年順天舉人，援例爲内閣中書。咸豐十年成進士，改官刑部主事，奉命回籍襄辦江北團練，獎員外郎銜。事竣，赴都供職，補直隸司主事，擢湖廣司員外郎，升江西司郎中，總辦秋審，京察一等，記名繁缺知府。性慈惠，治獄平恕。總辦秋審時，獄有一綫可原，皆擬緩決。居官不事干謁，衙散後即兀坐寓齋，手一編竟日流覽。"其好識人。志載："朝鮮國使嘗以其國王生父大院君李昰應畫像，匄文田作贊，以周公居東爲諷，後昰應果肇亂於其國。王師討之，執昰應，羈於保定。其深識遠鑒如此。"任刑部主事期間，時局動蕩，"自咸豐癸丑以後，賊陷金陵，揚、鎮都郡失守，勢將東竄。泰州創辦團練，富者出資，貧者出力，鄉勇之外又有義勇，用心防禦，聲勢頗盛。賊聞有備，又以里下河汊港紛歧，進退維谷，不敢東下。嗣經晏端書委在籍刑部主事陳文田爲泰州鄉團總辦，分設四區，會同浙江同知王貽穀、舉人唐震之、通判張榕、廩生邱文田聯絡一氣，益致完備。"（民國《續纂泰州志》卷一九）年七十一卒於官所。子彝簡，諸生，工書法。民國《泰縣志稿》卷五載陳文田墓在戴里鄉十里鋪。工詩及駢體文，"所爲儷體文，風行京輦。"（民國《續纂泰州志》卷二四）有《晚晴軒詩鈔》三卷，咸豐間刻，南京圖書館藏。後輯有《晚晴軒詩存》五卷、《晚晴軒儷體文存》二卷，撰有自序，光緒七年刻，上海圖書館、南京圖書館等藏。民國《泰縣志稿》卷二八載其《晚晴軒駢體文存》作四卷，並載曰："白首爲郎，以'晚晴'名集，文仿陳其年，以尤嶽丈壽言爲勝。"除《先我集》外，還曾編有《歷朝詩選》十卷及《國朝詩選》一卷，爲稿本，臺灣省圖書館藏。陳文田藏書甚富，其暇日喜遊琉璃廠書肆，"見有私籍，每罄俸人購之。許尚書乃目爲今之錢遵王、季滄葦"。（民國《續纂泰州志》卷二四）陳文田還愛好抄書，目前可考者共計十種，曾摘抄《五朝書畫錄》四卷，見載於《揚州吳氏測海樓藏書目錄》，今不知存否；又抄有《唐人集》四種三十五卷（包括杜光庭《廣成集》、劉蛻《唐劉蛻集》、徐夤《唐秘書省正字先輩徐公釣磯文集》及沈佺期《沈雲卿文集》）、唐王績《王無功文集》五卷、宋鄭文寶《江表志》三卷、元馬玉麟《東皋先生詩集》五卷、清鄒熊《海陵詩彙》二十二卷及陳忠靖《曉堂律詩》二卷。

　　《先我集》收錄詩人共計一百二十位，依作家時代先後排序，起自吳嘉紀終於仲貽勤，收錄了清初至道光近二百年間的海陵及周邊地區詩人詩作，包括古體詩一百六十七首，律詩五百十五首，絕句一百七十首。大多詩人詩作的選錄基本按照先古體詩後律詩再絕句的順序，這一點與鄒熊《海陵詩彙》所選詩作排序基本一致，並且文字內容上也高度一致，由此可推斷，《海陵詩彙》應當是《先我集》的最主要史源文獻。此外，部分詩作來源於詩人別集。如所選的鄒熊、葉兆蘭詩歌作品順序與他們別集中順序一致。《先我集》中，收錄鄒熊的詩作最多，達一百多首，比收錄的清初著名詩人吳嘉紀的詩還多了六十余首。這一百餘首詩作，來自於鄒熊《聲玉山齋詩集》十卷。所以，《先我集》也采錄了部分詩人的別集，這是該集詩歌又一材料來源。這也充分說明，韓國鈞跋中認爲此乃陳文田"隨手抄錄之作"，即未作具體地統籌安排，這一說法實有失偏頗。

　　這一百二十位詩人，並非全部都來自於海陵，亦有出於周邊地區。如吳嘉紀、沈聘開爲東臺人,團鴻、團昇、團維墉爲儀徵人,侍朝、徐步雲、徐鳴珂爲興化人,吳浼爲甘泉人。陳文田如此收錄安排,大概也是承襲了鄒熊《海陵詩彙》凡例中的界定,《凡例》曰:"東臺向隸海陵,未分縣以前一體入選,既分縣以後蓋未收錄。"又曰:"流寓無論已未入籍,凡居住及二代或有墓在境,皆入選。"因此《海陵詩彙》中收錄了一些非泰州籍詩人,陳文田《先我集》也借鑒吸收了這一選詩標准。

《先我集》選詩多涉贈答、遊覽、詠史、送別等內容,展現出清以來海陵地區文士交遊、山川景物、風俗人情、歷史事件等,爲研究海陵地區的歷史人文提供了珍貴的文獻。《先我集》不僅載錄了清以來二百餘年間海陵詩人創作成就,而且也呈現了海陵家族文人集團詩歌創作盛況。明清時期,泰州有宫、陳、繆、俞四大家族,夏兆麐《吳陵野記》曾載曰:"泰有宫、陳、繆、俞四大紳……當時望族,所以推此四姓爲最,今則興衰異勢,不無今昔之感,然其子姓尤復繁衍也。"此四大家族均以科名鼎盛著稱。其中的重要家族成員,如宫氏之宫夢仁,陳氏之陳厚耀,繆氏之繆沅、繆組培,俞氏之俞梅、俞塽等人,他們的詩作均見收於《先我集》中。不僅如此,《先我集》還收錄了家族中衆多名望相對較小的詩人詩作,如繆沅之父繆肇甲、俞梅之孫俞坼、宫夢仁之孫宫翼宸等。除此四大家族外,另有仲氏家族,亦爲泰州詩文世家,其中仲鶴慶爲乾隆十九年(1754)進士,詩、書、畫俱佳,仲振奎、仲振履兄弟二人均善作傳奇,仲貽勤更是遠近聞名的神童詩人。家族中不但男性成員創作成就突出,女性成員也多有詩名。阮元《淮海英靈集》僅收錄仲氏家族中仲鶴慶一人的詩作,而《先我集》則收錄了仲素、仲鶴慶、仲振奎、仲振履、仲振猷、仲貽勤等六位仲氏家族成員共計四十八首詩，涵蓋了祖孫三代，可以說非常全面地反映了仲氏家族的詩歌創作情況，由此也爲清代家族文學研究提供了重要文獻。

《先我集》還充分展現了海陵文人結社唱和的風雅活動。清代海陵地區文人結社盛行，影響最大者爲芸香詩社。《海陵文史》載，清乾隆五十七年（1789），邑人宫國苞與葉兆蘭等發起創辦芸香詩社。詩社成員均是本地名流，如鄒熊、葉兆蘭、仲振奎、仲振履、陳爕、姜鳳喈、王輔、康發祥、俞國鑒、羅克諒、夏震等。嘉慶十三年（1809）鄒熊、葉兆蘭編選社友詩作，輯成《芸香詩鈔》十二卷。《先我集》對於這些成員之詩均有收錄，說明陳文田對芸香詩社十分重視。除芸香詩社外，還有"東淘四逸"之吳嘉紀、沈聘開，文酒社之羅桂、鄧漢儀、黄雲等，《先我集》也均有收錄。所以從清初至嘉道時期的詩社團體代表人物及詩作均得以呈現，借此可以了解海陵詩歌創作風氣之繁盛。

《先我集》所收的百二十位詩人中，有六十七位詩人詩集已不傳於世。由於所錄詩人既有官宦，亦有平民布衣、隱逸士人，集中所載詩人小傳涉及詩人字號、科第、官職及著作等内容，多有不見於其他史傳，且所錄詩歌作品與阮元《淮海英靈集》亦多有不同，所以這些内容均具有保存文獻之功。

也正因爲《先我集》如此重要的文獻價值，韓國均恐此集又遭不傳之厄運，故將其編入《海陵叢刻》以廣其傳，由東臺周輝林捐助刊印。這爲本校注提供了十分重要的底本來源，也爲保存與進一步弘揚江蘇地方文獻與文化作出了重要貢獻。

當然，《先我集》編選也存在一些問題，除了字詞抄寫訛誤外，所抄錄詩作還存在作者歸屬歧義問題。如卷三潘慶齡《雨中遊五洞山》詩，嘉慶《蕭縣志》卷一七載此爲陳汝巖詩作，同治《徐州府志》卷一一亦載，曰："銅山西南爲蕭縣……（香山）南十里爲薛山，相連爲五洞山。"下有小字注曰："舊志有薛村山，云薛永公故里。山有洞，在峭壁間，形如孤舫。下有石井。相傳爲宋元人避兵處。舊志云：洞在五洞山。今山古有薛村，在縣西南二十里。國朝陳汝巖《雨中遊五洞山》詩：'連山若奔濤，到此勢欲匯。中有古洞天，沉沉晝忽晦。五峰勢遞冥，五洞遙相對。盤旋入層岩，目動足先退。不知身何來，得與風雲會。雷雨注飛泉，倒瀉危石礙。須臾起晴光，奇怪非一態。樵歌自遠聞，聲疑出世外。'"所録陳汝巖詩與潘氏詩相似度極高。此詩亦見載於《海陵詩彙》，署潘慶齡，且題下小字注曰"蕭縣八景之一"，《海陵詩彙》還録有潘氏詩作《龍駒嘴》（小字題注：在蕭縣天門山），則二詩當爲潘氏任蕭縣教諭間所作。今存世潘慶齡著作《汲綆書屋詩鈔》一卷中未録此詩。陳汝巖，今無考，地方志所載，仍待考證。另外，《先我集》據《海陵詩彙》及部分詩人別集等材料編選，實際上並未將這些材料詳加校辨。比如吳嘉紀詩篇，陳文田所録詩篇字句多存在與賴古堂增修本《陋軒詩》不同者。《答贈王幼華》"爽氣松林秋"句，《陋軒詩》作"真樸世罕儔"，"籬花黃一城"句，《陋軒詩》作"殷勤問道路"，又"颮颮"，《陋軒詩》作"颼颼"，"歲晏"，《陋軒詩》作"歲暮"，而《先我集》中的以上詩篇諸字句均與鄒熊《海陵詩彙》中相同，説明陳文田在抄録時並没有參校吳嘉紀詩集，抄録其他詩人詩作也是如此，並未加以詳細校勘。所以將詩人別集與本書進行校勘，從而標明並盡可能糾正本書字句訛誤，是本次校注的意義所在。

三、整理體例説明

此次整理工作，主要以校勘、標點、人名地名及詞語注釋等爲主要内容。具體説明如下：

（一）《先我集》現存僅民國十四年（1925）韓國鈞《海陵叢刻》本，故本次整理即以此爲底本，結合鄒熊《芸香詩鈔》《海陵詩彙》、阮元《淮海英靈集》、王豫和阮亨《淮海英靈續集》、孫鋐《清詩選》、沈德潛《清詩別裁集》及詩人別集等材料進行他校。

（二）凡有明確文字訛誤處，且證據確鑿，則徑改原文，并加以注明依據及致誤之由。如鄧漢儀詩《濛瀧歸舟偶感》中"濛瀧"誤作"濠瀧"，濛乃地名，位於曲江縣，全詩所述事亦在曲江。且《先我集》來源文獻之一的《海陵詩彙》引此亦作"濛"，其它材料如《感舊集》《淮海英靈集》也如此，蓋因"濛""濠"二字形似而誤。再如蔡孕環的七言詩《贈歌者》"懈懶唱江南紅豆詞"句中，"懈"字乃衍文，從詩句字數及《淮海英靈續集》《清詩選》所録均無"懈"字可證，故將此"懈"字徑删，並加以注釋説明。諸如此類的文字訛誤，均徑改。有脱文處，則依詩人別集加以補充，並出注説明。如鄒熊《登天平山》"仰面見禪"後脱"室"字，據鄒熊《聲玉山齋詩集》補全。

（三）凡底本與他書存在異文處，訂正的依據尚欠充分，則不改動底本，僅出校記加以説明。如《夢山陰黄儀逋師》"送道游魂至"句中的"送道"，《海陵詩彙》作"遠道"，由於缺乏其他材料可佐證，故祇出異文校。

（四）對詩句中的難詞、名物、典故、地名、人名、歷史事件等作簡要注釋，並適當注明文獻依據。

（五）《先我集》中諸位詩人小傳，結合相關地方志、人物傳記及《清史稿》《淮海英靈集》《淮海英靈續集》《清詩別裁集》等加以補充。

（六）注釋所引據之材料，文簡者照錄，文繁者概述，並注明出處。注釋內容注意篇次間前後照應，重復者注明見某詩注。

（七）詩作注釋及校勘記均合爲"【注】"，一並列在該詩文後，不再單列校勘記和注釋。

本書的整理由張淑婧與本人完成。本人主要負責原稿電子化、標點、注釋工作及最後修訂，張淑婧完成本書與其他總集、詩人別集等的校勘，本書作者生平考索及史源考查研究，並進行書稿的修訂。在資料查找過程中，有幸得到泰州圖書館顏萍、張勁兩位老師的指導與幫助，在此表示誠摯謝意。感謝南京大學出版社對本書出版的大力支持，感謝本書責任編輯劉丹師妹，爲整部書的編校出版付出了辛苦。本書定稿的完成，也得到我的學生們大力協助，感謝研究生王慧、吳倩、王慧婷三位同學認真細緻地校對底本、核對資料。鑒於水平有限，本書難免存在缺點和錯誤之處，敬請讀者批評指正。

封樹芬
二〇二二年五月書於崇川

目　録

前言 …………………………………………………… 1

卷一

吴嘉紀

答贈王幼華 ………………………………………… 2
與仔倩弟 …………………………………………… 3
送程翼士 …………………………………………… 5
留别王黄湄 ………………………………………… 5
送吴眷西歸長林 …………………………………… 5
送王玉久歸茅山 …………………………………… 6
詩四首爲隆阜戴節婦賦 …………………………… 7
范公堤 ……………………………………………… 8
哀羊裘爲孫八賦 …………………………………… 9
朝雨下 ……………………………………………… 10
江邊行 ……………………………………………… 10
曬書日作 …………………………………………… 11
題汪孝子子喻先生遺像 …………………………… 11
落葉 ………………………………………………… 12
送汪耳公之沙邱 …………………………………… 12
賣書祀母 …………………………………………… 13
重游邗上途中寄懷周櫟園先生 …………………… 13
五月初四夜 ………………………………………… 14
新僕 ………………………………………………… 14
登燕子磯 …………………………………………… 14

歸燕 ··· 15

九日同夏五作 ······································· 15

泊船觀音門 ··· 16

懷吳後莊 ·· 16

僻壤 ··· 17

內人生日 ·· 17

九月四日吳雨臣見過 ····························· 17

客悔齋，送汪舟次之龍岡 ····················· 18

送貴客 ··· 18

汪舟次別後詩 ······································ 19

丁日乾

白門秋集高座寺彈指閣 ························ 19

擬江陰北渡不果，從無錫南遊 ·············· 20

湖樓獨坐 ·· 20

九日同人登雨花臺 ······························· 20

紅橋遣興 ·· 21

陳忠靖

夜泊南陽大風雨 ·································· 22

遊西園 ··· 22

望月 ··· 22

丁漢公漁園分韻，余服未闋，不敢即席，同人代拈得十四鹽，
　補入詩會 ··· 23

天津玉皇閣晚眺 ·································· 23

李嘉允

夜識軒 ··· 24

九日同客飲石宮 ·································· 24

贈人赴隴西 ··· 24

古塞下 ··· 25

客靖邊作 …………………………………………………… 25
朱淑熹
　　酬黃仙裳見寄顏平原書《八關齋會報德記碑》 ……… 26
　　濟南舟次奉寄鄧元固夫子 …………………………… 27
劉懋勛
　　盧溝橋晚發 …………………………………………… 28
　　蕪城道上望京口有感同孝威漢公奠兩 ……………… 29
　　贈清溪蔡碩公世兄次燕京留別韻 …………………… 29
　　周櫟園先生重過吳陵招同諸子讌集 ………………… 29
易東
　　錄別 …………………………………………………… 30
　　丹陽早發之瓜渚同吳蘭次、申周伯、劉玉少作 …… 30
　　次韻贈李助 …………………………………………… 31
　　銅鞮趙孝子 …………………………………………… 31
　　晚望和王維夏韻 ……………………………………… 31
　　歲暮送翁岱瞻 ………………………………………… 32
　　暮秋遊西湖雨阻宿板橋 ……………………………… 32
　　積雨遣悶 ……………………………………………… 32
李拔卿
　　晚出南口城 …………………………………………… 33
　　宣鎮 …………………………………………………… 34
許光震
　　酬淵公贈畫 …………………………………………… 34
陳志紀
　　寧古塔春日雜興 ……………………………………… 35
劉懋贅
　　鍾山 …………………………………………………… 36
　　初春送客還京口 ……………………………………… 37

深秋同張湛生、賈祺生遊水月菴……37

繆肇甲
景州道中知山妻復病寄沅兒……38
盧溝橋懷葛天衣喬梓……39
登天目山是晉王冶飛昇處……39
廣陵雜詠……40

顧紹美
飲俞樓和仙裳先生……40
病中……40
孔東塘先生改拱極臺爲海光樓……40

沈復曾
將西同詞臣孝威賦……41
寄懷孝威燕邸……42
秋日題長鏡上人浮玉山菴……42
高沙道中……43

黃雲
除夕寄女兒瓶梅……43
春初棹舟訪宗定九於東原村舍途中作……44
讀書堂與諸生講《禹貢》……45
同人集千佛樓……45
歲暮白上人歸自崇川……45
江村元日……46
遊雨花臺因過半山園小飲遇雨……46
香山宿來青峰……46
廣陵贈惲正叔喜香山、涵萬兩先生有姪也……47
丙辰新秋寄淮陰蔡子摶……47
靖江晚眺……47
旅館雪夜……48

桐鄉陳剌史宅贈黃介石……………………………………………48
　　過汴梁廢宮作………………………………………………………49
　　邯鄲登蘘臺…………………………………………………………49
　　邢上喜晤趙輼退大參賦贈…………………………………………49
　　偕内子入廣陵舟中感舊……………………………………………50
　　經落帆亭是癸巳春與陳澹仙先生別處……………………………50
　　重過秣陵不復見顧與治……………………………………………51
　　婁東修復前觀察馮留仙先生祠宇…………………………………51
　　金陵下第歸，夜泊朱家嘴舟中呈唐祖命…………………………52
　　武康前溪…………………………………………………………52
　　青溪月夜續燈菴即事………………………………………………53
　　梁溪舟宿聞吳歌……………………………………………………53
陳志襄
　　客中秋懷……………………………………………………………54
　　月夜登燕子磯………………………………………………………54
　　同黃仙裳暨蒼珮諸弟訪希聲上人不遇……………………………54
陳志諶
　　題王無倪所畫《灞橋風雪圖》……………………………………55
　　曉發泰安州…………………………………………………………56
　　蕪城竹枝詞…………………………………………………………56
沈聃開
　　懷吳長吉……………………………………………………………57
　　兵起江上懷願心……………………………………………………57
秦定遠
　　塘栖即事……………………………………………………………57
　　次韻答王大宗伯敬哉先生見送……………………………………58
　　甘羅城晚眺…………………………………………………………58
　　席允叔招同諸子聽花書屋讌集……………………………………59

勞勞亭……………………………………………………59

陸舜

　　瓜步………………………………………………………60

易之烱

　　送陸無文先生之廣陵……………………………………60
　　送趙石渠守同州…………………………………………61

宮夢仁

　　七夕文讌…………………………………………………62
　　登上谷北山山寺…………………………………………62
　　清江送張友鴻滇中司理寄訊藩臬諸同人………………63

張琴

　　同友人遊南屏……………………………………………64
　　宣署雜詩…………………………………………………64
　　孤山………………………………………………………65
　　射鯉謠……………………………………………………65
　　山東道中…………………………………………………65

鄧漢儀

　　甘烈女詩…………………………………………………66
　　過胡安定廢祠……………………………………………66
　　錢塘江行…………………………………………………67
　　雨中泊海安鎮……………………………………………67
　　山行趨大庾………………………………………………67
　　晚抵三水…………………………………………………68
　　宿八里江…………………………………………………68
　　過馬當山…………………………………………………68
　　曾庭聞自潤州枉顧草堂賦贈……………………………69
　　嶺南作……………………………………………………69
　　張登子招集喜遇胡豹生感賦……………………………70

巴河鎮登太乙閣……………………………………………… 71
　　萬安道中臥病至章門小差時值清明…………………………… 72
　　平淮西碑…………………………………………………… 72
　　沉煙亭聽白三琵琶………………………………………… 73
　　詠懷………………………………………………………… 75
　　濛瀼歸舟偶感……………………………………………… 76
　　厲烈士招遊天寧寺塔有作………………………………… 76
　　題息夫人廟………………………………………………… 76
　　過江州琵琶亭……………………………………………… 77
　　江行雜詠…………………………………………………… 77
繆肇祺
　　都門懷歸…………………………………………………… 78
　　盧溝早發…………………………………………………… 78
　　客都門汪函齋夫子招飲…………………………………… 79
羅桂
　　九日碧雲山房同施千里、許介眉、張雙橋、魯菴上人……… 80
　　夢山陰黃儀遄師…………………………………………… 80
蔡孕環
　　春日同謙龍、此度、穎士飲西山分韻……………………… 81
　　贈歌者……………………………………………………… 82
薛芬
　　過得一菴訪妙峯上人……………………………………… 82
　　贈張古民…………………………………………………… 83
黃九河
　　北上於袁浦發家書………………………………………… 84
　　送孫豹人先生赴右督府幕………………………………… 84
　　舟雨………………………………………………………… 84
　　夜泊惠山汲泉作…………………………………………… 85

月夜坐虎丘石上……………………………………………… 85
　　雨中登多景樓………………………………………………… 85
　　邗上訪劉公㦲先生不值，時予與先生將先後入吳………… 86
　　送毛亦史歸婁東……………………………………………… 87

黄九洛
　　喜李子鷹見過即次見懷韻…………………………………… 87
　　九日期趙庶先先生登高阻雨留飲小齋……………………… 88
　　月夜聞笛……………………………………………………… 88

張紹良
　　學圃…………………………………………………………… 89
　　京口曉發……………………………………………………… 89
　　瓜洲晚眺……………………………………………………… 90

俞梅
　　舟次燕子磯…………………………………………………… 90
　　次韻黎湘芷招飲……………………………………………… 91
　　半塘弔詩人黄儀逋墓………………………………………… 91
　　集古旗亭限韻………………………………………………… 92

陳厚耀
　　北苑新秋應制………………………………………………… 92
　　熱河趵突泉…………………………………………………… 93

宫鴻歷
　　魯仲連射書處………………………………………………… 94
　　送顧俠君歸吳門……………………………………………… 94
　　木菴先生壁上觀李松嵐畫松歌……………………………… 96
　　卧佛寺………………………………………………………… 97
　　涿州謁張桓侯廟……………………………………………… 97
　　上巳日雨和胡孟綸先生兼以誌別…………………………… 98

卷二

繆沅

和陶靖節《羲農去我遠》一首原韻 …… 100
文安王孝子詩奉和座主安溪相國作 …… 101
劉節婦詩 …… 103
與顧俠君 …… 104
若耶溪懷古 …… 105
袁術 …… 107
秋夜聽雨 …… 109
題李剩水明經傳後 …… 109
春暮過平山堂 …… 109
讀書落花下作 …… 109
壬辰春奉命分校禮闈，柬勵南湖張硯齋、蔣西谷諸前輩 …… 110
送顧嗣宗返吳門次留別韻 …… 110
和沈桓雙遊金山詩 …… 111
靜嘯堂觀演天寶遺事 …… 111
題《漁洋先生放鷴圖》 …… 112
別舍弟甸洋 …… 113
訪汪鈍翁先生故居 …… 113

沈龍翔

天目晴嵐 …… 114
泰堂明月 …… 115

吳崇先

遊白雀寺晤豁堂上人 …… 115
黃河即事和李書雲內兄 …… 116
訪友留飲 …… 116
寒雁 …… 116

閲射 …………………………………………… 117

俞楷
　　登攝山中峯絶頂 ……………………………… 118
　　天開巖 ………………………………………… 118
　　初三日登千佛嶺看月 ………………………… 119
　　木樨花下聽弈 ………………………………… 119

沈嘉植
　　蒙陰道中雪 …………………………………… 120
　　寶帶橋看月 …………………………………… 120
　　送蔣霞生入都 ………………………………… 120
　　花朝獨坐 ……………………………………… 121

朱光鑾
　　題文徵仲《寒山飛雪圖》 …………………… 121
　　秋日重遊焦山 ………………………………… 122
　　瓜渚曉發 ……………………………………… 122
　　真州口號 ……………………………………… 122

朱光嚚
　　報國寺雙松歌 ………………………………… 123
　　麻村 …………………………………………… 123
　　望太行 ………………………………………… 124

王鴻藻
　　與田半園丈夜話 ……………………………… 124
　　送友人之江右 ………………………………… 125
　　登北極閣 ……………………………………… 125

儲澐
　　詠史 …………………………………………… 126
　　山水歌贈顧禹功 ……………………………… 127
　　登大觀樓同黃交三、趙憲吉澄鑑賦 ………… 127

宮懋讓
　渡沂水 …………………………………………………… 128
　九日岳阜登高過雲谿精舍 ……………………………… 129
團鴻
　和潘雪帆留別韻 ………………………………………… 129
　平原覽古 ………………………………………………… 130
團昇
　春中過蘿園 ……………………………………………… 131
　天門舟夜 ………………………………………………… 131
周虹
　駱賓王墓 ………………………………………………… 132
　江東門訪舊 ……………………………………………… 132
　秋雨潰隄 ………………………………………………… 133
　揚州晚泊 ………………………………………………… 133
　梅花 ……………………………………………………… 133
　與鄧孝威寒窗小集賦贈 ………………………………… 134
　憶嶺南風景 ……………………………………………… 134
　人日登開化寺大悲樓 …………………………………… 135
　落花 ……………………………………………………… 135
黃泰來
　將有洞庭之遊，蔡右宣、程言遠以詩相送，援筆答之 ………… 136
　游花谿奉懷東海夫子兼柬龔含五先生 ………………… 137
　虎丘謁蔡忠襄公祠 ……………………………………… 139
　賦得花月春江十四樓 …………………………………… 139
　贈汪鈍翁先生 …………………………………………… 140
　山塘送卓子任歸廣陵 …………………………………… 140
　姑蘇懷古 ………………………………………………… 141
　秋晚同唐祖命先生渡鑾江夜次朱家口 ………………… 141

  吳門即事 …………………………………………… 142
  雨中攜樽過唐耕塢舍人雨花寓園 ………………… 142
  鸚鵡橋泊舟 …………………………………………… 142
黃陽生
  懷金孝章前輩 ………………………………………… 143
  醉里訪褚硯耘先輩園居 ……………………………… 144
  己亥秋深與鄧孝威先生家園 ………………………… 144
  和唐祖命先生見寄 …………………………………… 144
鄧勗采
  別姚舒恭 ……………………………………………… 145
  九日之東皋省家大人即寄巢民先生 ………………… 145
  赤壁懷古 ……………………………………………… 145
  遊野寺 ………………………………………………… 146
鄧勵秀
  春日登太白酒樓 ……………………………………… 146
  句曲道中 ……………………………………………… 146
  舟泊閶門 ……………………………………………… 146
鄧勵相
  天童寺 ………………………………………………… 147
  廣陵贈杜茶村 ………………………………………… 147
  立秋日微雨送姚舒恭次原韻 ………………………… 148
王晉原
  劉節婦詩 ……………………………………………… 149
  癸卯春赴省應詩題齋壁 ……………………………… 149
繆檍
  庚子春楚游，早泊西梁山，登最高峯，名曰"天門"，因賦長歌 … 150
程盛修
  詠史樂府 ……………………………………………… 151

斷罟匡 151
　　市價對 151
　　辟戟諍 152
　　乘船戒 153
　　撤屏悟 153
　　侍宴規 154
　　從獵諷 154
　　佳鷹表 155
　　宮體箴 155
　　用筆喻 156
　　觀燈諫 157
　　三司告 157
　同年顧震滄授大司成賦贈 158
田雲鶴
　　秋夜同葉善百步西橋望德香閣並半園舊址 158
　　聽鄰舍絃管 159
　　冬暖 159
宮翼宸
　　送程風沂北上 160
　　宿遷懷古 160
　　謁周亞夫祠 161
　　絕句 161
仲素
　　屏迹 162
　　擁青樓夜坐 162
　　冬日口占 162
　　登烟雨樓 163
　　題羅笠隱《秋江垂釣圖》 163

李穎

　　落雁峰 …………………………………………………… 164

　　遊西山勝水菴 …………………………………………… 164

　　登兔耳峰 ………………………………………………… 165

仲鶴慶

　　過葉序東小圃 …………………………………………… 165

　　憶內 ……………………………………………………… 166

　　客中別李二齋 …………………………………………… 166

　　海上謠 …………………………………………………… 167

　　運糧行 …………………………………………………… 167

　　九日同人集雨香菴 ……………………………………… 168

　　題高鐵嶺畫《水墨芙蓉》 ……………………………… 168

　　客中送別胡西坨 ………………………………………… 168

　　過潼關 …………………………………………………… 169

　　將赴滇別署中諸友 ……………………………………… 169

　　贈安東馬昭亭明府 ……………………………………… 170

　　春草 ……………………………………………………… 170

　　書八寶王師李詩集後 …………………………………… 170

　　秋月 ……………………………………………………… 170

　　罷官歸里留別同人 ……………………………………… 171

　　九日登丹陽三義閣塔 …………………………………… 171

　　登北固山次趙滌齋韻 …………………………………… 172

　　寄署中諸友 ……………………………………………… 172

　　得西坨書却寄 …………………………………………… 172

侍朝

　　舟中秋懷 ………………………………………………… 173

徐步雲

　　賦詩臺 …………………………………………………… 174

入關過西安呈謝畢秋帆前輩 ………………………… 175

　　贈喬東齋 ……………………………………………… 175

　　次少林韻奉答 ………………………………………… 176

　　己未八月過毘陵趙緘齋先生留飲別後柬謝 ………… 176

俞塏

　　張烈婦顧氏詩 ………………………………………… 178

　　江上觀潮 ……………………………………………… 180

　　夏日感懷 ……………………………………………… 180

　　登德州城樓晚眺和宮篤周韻 ………………………… 181

吳伊訓

　　老將 …………………………………………………… 182

　　老儒 …………………………………………………… 182

陳璨

　　春日舟中懷餐英社諸子 ……………………………… 183

　　金陵懷古 ……………………………………………… 183

　　自潤州至白下舟中即事 ……………………………… 183

　　蜀岡秋眺 ……………………………………………… 184

桂天培

　　城北舟次 ……………………………………………… 184

　　對月懷團大問山 ……………………………………… 184

　　送家兄薌麓之江右 …………………………………… 184

　　得椒燈白門手書 ……………………………………… 185

　　僧舍 …………………………………………………… 185

吳陵

　　馬劍池、朱冠林、繆晴嵐同集齋中小酌分賦 ……… 185

　　過十二家兄別業 ……………………………………… 186

　　春日郊行即事 ………………………………………… 186

　　采蓮詞 ………………………………………………… 186

卷三

宮爲坊

將至定陽和坦菴弟韻 …………………………………… 188
同坦菴弟至淨慈寺訪實蔭上人 ………………………… 188
過嚴子陵釣臺 …………………………………………… 189
喜晤莊舍人復旦 ………………………………………… 189
放鶴亭 …………………………………………………… 190
喜晤何明府南英 ………………………………………… 190
酬家應乾弟舟中見懷作 ………………………………… 190
惜別吟 …………………………………………………… 191

繆祖培

擬温飛卿《曉仙謡闌》 ………………………………… 192
玉關行 …………………………………………………… 192
月夜獨坐 ………………………………………………… 193
雨中同人遊雨花臺 ……………………………………… 193

宮協華

赤岸登文昌閣 …………………………………………… 193
玉山臺看月 ……………………………………………… 194
題魏松濤進士《春耕鎝餉圖》 ………………………… 194

韓敬之

送吴稼雲之嶺南 ………………………………………… 194
病後偶成 ………………………………………………… 195
送儲玉琴適漢陽 ………………………………………… 195
九日 ……………………………………………………… 195

潘世求

淮陰齋中題友人白描牡丹圖 …………………………… 196
旅寺送王雪圃往河南 …………………………………… 196

中秋夜寓村寺口占 …………………………………… 197
　　閒居詠懷適陳澧塘見過 ………………………………… 197
李廷蔚
　　客感 …………………………………………………… 197
　　獨坐 …………………………………………………… 198
　　弔徐希鄴先生 ………………………………………… 198
宫增祜
　　辭家 …………………………………………………… 198
　　題《秋江坐月圖》 …………………………………… 199
　　送友人南還 …………………………………………… 199
　　梅竹杖歌丹徒張石帆屬賦 …………………………… 199
　　過陋軒先生遺址 ……………………………………… 200
俞圻
　　秋夜登金山絶頂 ……………………………………… 201
　　題友人《琴鶴圖》 …………………………………… 201
　　新寒 …………………………………………………… 201
　　冬日江干送客 ………………………………………… 201
俞至
　　佳人 …………………………………………………… 202
　　燕子磯 ………………………………………………… 202
　　歲暮客浦水雙杏堂 …………………………………… 202
　　早梅 …………………………………………………… 203
繆承鈞
　　别燕子磯 ……………………………………………… 203
　　欲老 …………………………………………………… 203
　　歸與 …………………………………………………… 204
　　感懷 …………………………………………………… 204

團維墉

客從遠方來 ………………………………………… 205

古意 ………………………………………………… 205

送朱蘿田赴陝 …………………………………… 206

宿焦山文殊閣雨霽曉望 ………………………… 206

周天橋齋中作 …………………………………… 207

小紅橋 …………………………………………… 207

答桂二仙巖 ……………………………………… 207

送宮節溪先生赴吴門 …………………………… 208

真州春望 ………………………………………… 208

《捲簾圖》爲洪一琴作 ………………………… 208

征衣 ……………………………………………… 208

鄉思 ……………………………………………… 209

五十年游覽白下及雨花臺而止，長干以南未之問也，今始由安德門至善橋一路 ………………… 209

朱慕渠

癸丑元旦京邸大雪謝鐵厓餽酒 ………………… 209

九日黑窰廠登高同源鐵厓作 …………………… 210

京邸春日齋居感賦 ……………………………… 210

孫廷颺

贈黄文溪居 ……………………………………… 211

答周種蕉 ………………………………………… 211

上隨園夫子 ……………………………………… 211

聞雁 ……………………………………………… 212

宮國苞

冬日過王平圃先生石畫軒 ……………………… 213

春夜書懷 ………………………………………… 213

僧舍避暑 ………………………………………… 213

送胡丈西坨東遊 ………………………………… 213

　　秋夜懷范松亭司馬 ………………………………… 214

　　棠湖晚泊 ………………………………………… 214

　　東海旅次寄懷秀璣八弟客京邸 …………………… 214

　　放舟東溪訪了凡上人 ……………………………… 214

　　寒夜宿姚司馬官署偶成 …………………………… 215

　　珠溪道中送黃小松歸江南 ………………………… 215

　　送梁松坨歸里 …………………………………… 215

常廷諤

　　黃葉 ……………………………………………… 216

　　客中登高 ………………………………………… 216

　　秋柳 ……………………………………………… 216

楊尊夔

　　秋山 ……………………………………………… 217

　　秋夜 ……………………………………………… 217

　　上巳前一日同人集雲谿精舍 ……………………… 217

　　題《聽秋圖》 …………………………………… 217

朱景泗

　　平山堂瞻六一先生遺像 …………………………… 218

　　經岳忠武故里 …………………………………… 218

　　過清寧道院贈皆春鍊士 …………………………… 218

　　讀《晉史》 ……………………………………… 219

　　古意 ……………………………………………… 220

夏震

　　衰草 ……………………………………………… 220

　　新夏集瑣香書屋懷方立堂汪劍潭 ………………… 221

　　荔塘將有遠行寄詩留別奉和原韻 ………………… 221

　　春日思家 ………………………………………… 222

夜泊閩鄰舟琵琶 …… 222

高筠
彈琴吟 …… 223

陳燮
謁儲柴墟先生祠 …… 226
謁王心齋先生祠 …… 226
秋日同俞樸人、繆善夫、李南阿、程嵇亭過浴沂亭奉懷韓次山先生 …… 227
元夕後一日同黃仲則登天橋樓待月作 …… 228
射虎行 …… 229
潘沙隄寄和雜詩仍疊前韻奉懷 …… 229
說劍 …… 230
老兵 …… 230
黃葉 …… 230
登戲馬臺 …… 231
懷王雪圃同俞樸人、宮竹軒、韓柳村、李南阿作 …… 231
題張船山太史《雜感詩》後 …… 232

俞國鑑
詠古雜樂府 …… 233
新安道中看山作歌 …… 235
雙成曲 …… 236
輓陳公豫九 …… 238
待雪 …… 238
題酈湛若抱琴遺像 …… 239

潘慶齡
雨中游五洞山 …… 240
九日邗江寓中懷彭石夫，時石夫客京都 …… 241
遊天門山絕頂 …… 241

吳會

 出門 …………………………………………… 242

 擬今日良宴會 ……………………………… 242

 春寒曲 ………………………………………… 242

 焦山古鼎歌 ………………………………… 243

 京口送陳雲士入蜀 ……………………… 244

 題毘陵驛 …………………………………… 244

 宿攝山 ………………………………………… 245

 邗江送劉藎臣昆季 ……………………… 245

 渡江 …………………………………………… 245

 送蘗闇之白下 ……………………………… 246

 題寓樓 ………………………………………… 246

 岳墩 …………………………………………… 246

 蓬山四首 …………………………………… 247

 送春和汪穎川韻 ………………………… 248

 木蘭從軍 …………………………………… 248

 石城橋 ………………………………………… 248

 江口漁父 …………………………………… 249

 擬從軍行 …………………………………… 249

程應佐

 春日沭陽道中 ……………………………… 250

 聽友人彈琴 ………………………………… 250

萬榮

 舟發武林晚眺 ……………………………… 250

 吳江夜渡 …………………………………… 251

 晤李白樓 …………………………………… 251

 自姑蘇抵京口即事 ……………………… 252

仲振奎

　　錦江雜詠 …… 252
　　華陰西嶽廟 …… 253
　　擬古 …… 253
　　清灘 …… 254
　　石城曲 …… 255
　　夜泊蕪湖 …… 255
　　蠻 …… 255
　　元日過馬當山 …… 256
　　九日北城高眺 …… 256
　　海門署中曉起觀荷 …… 256
　　水仙花 …… 256
　　錦城晚眺 …… 257
　　將游邗上示弟妹 …… 257
　　枯坐 …… 258
　　夢中詩 …… 258
　　漂母祠 …… 258

仲振履

　　題程禹山《南歸集》 …… 259
　　羊城旅次贈王雲程、賈一樓、劉霽巖同年 …… 260
　　羊城偶興 …… 260

仲振猷

　　相思曲 …… 260
　　偶成 …… 261

姜鳳喈

　　觀刈 …… 261
　　鏡香井歌 …… 261
　　登報恩寺浮圖歌 …… 262

燕子謠 ·· 263

　　雁 ·· 263

　　看劍和繆漁湖 ·· 263

　　和霜泉立秋日江上即事 ······························ 264

　　登北極閣 ··· 264

　　送漁湖同坦菴之常山官署 ··························· 264

羅克伢

　　黃金臺 ·· 265

　　楊花吟 ·· 266

　　鸞牛歎 ·· 266

　　防水行 ·· 266

　　周孝侯讀書臺 ·· 267

　　登歌風臺 ··· 268

　　讀《甌北集》 ·· 268

　　庚申省試莫愁湖雅集 ································ 269

　　蘇屬國 ·· 269

　　白下 ·· 270

　　讀《元遺山集》 ····································· 270

　　絡緯 ·· 271

　　按劍圖 ·· 271

　　鄒耳山《聲玉山齋詩集》題辭 ···················· 271

田琳

　　擬古 ·· 272

　　繆竹癡畫竹歌 ·· 273

　　夜坐 ·· 273

　　老將 ·· 273

　　白下寓齋友人留飲 ··································· 273

　　答同社諸子書 ·· 274

送友 …………………………………………………… 274
　　新雨初霽池上納涼 …………………………………… 274
吳澣
　　上方寺晚眺 …………………………………………… 275
　　落葉歌 ………………………………………………… 275
　　送湯秀谷之豫章 ……………………………………… 275
　　懷劉臥松 ……………………………………………… 276
　　蛾眉怨 ………………………………………………… 276
韓光榮
　　白溝送客歸江南 ……………………………………… 276
　　廢圃 …………………………………………………… 277
　　答同社書 ……………………………………………… 277
韓一鳴
　　范隄觀海 ……………………………………………… 277
　　寄懷白下金二曙帆 …………………………………… 278
　　嚴灘懷古 ……………………………………………… 278
　　雨中同楊竹菴再過且住軒小集分得春字 …………… 278
　　暮春送別 ……………………………………………… 279
李宸
　　送韓曉村再遊大梁 …………………………………… 279
　　月夜同人登燕子磯 …………………………………… 280

卷四

許浩
　　荆軻 …………………………………………………… 282
　　蕪城 …………………………………………………… 282
　　讀《椒堂遺集》有感 ………………………………… 283

俞國華

西郊 …………………………………………………… 284

冬夜病中有感兼柬友人 …………………………… 284

咏史 …………………………………………………… 284

豆花 …………………………………………………… 285

吴增禄

偶成 …………………………………………………… 285

雨中登高 ……………………………………………… 285

秋夜懷夏園、耳山、紅舫客秦淮 ………………… 286

感舊 …………………………………………………… 286

許秉銓

過項王廟 ……………………………………………… 286

中年 …………………………………………………… 287

畫樓 …………………………………………………… 287

古意 …………………………………………………… 287

無題 …………………………………………………… 288

費履堅

題孫訒齋《楚吟集》後 …………………………… 288

湖州作 ………………………………………………… 289

海村即事 ……………………………………………… 289

婁江舟次 ……………………………………………… 289

儲夢熊

蘇臺曲 ………………………………………………… 290

古歙吳素江於燕市得古琴，磨其背，有字曰號鐘，曰疊山，曰東山之桐、西山之梓合而爲一，垂千萬禩，知爲謝文節公故物，作序徵詩因賦 …………………………………………… 290

吕城 …………………………………………………… 291

通州 …………………………………………………… 291

河莊道中 …… 291

若耶溪口 …… 292

夏日西湖雜興 …… 292

葉兆蘭

擬結客少年場用鮑明遠韻 …… 294

草堂雜詠 …… 294

禰正平作鼓吏歌 …… 295

李將軍海洋擊賊歌 …… 296

題《太真春睡圖》 …… 297

謁吳野人先生墓 …… 298

落葉 …… 298

湄菴題壁 …… 298

秋塞 …… 298

秋聲 …… 299

虎丘逢少白 …… 299

邊寒 …… 299

博浪沙 …… 299

登歌風臺 …… 300

友人過草堂觀桃花即事 …… 300

得宮丈霜橋邘上書並秋夜見懷一律即次韻轉寄 …… 301

十載 …… 301

送秋 …… 301

江上阻風偕夏紅舫登燕子磯 …… 302

甲子春杪病肺苦劇，就醫曲塘，承徐君百圍一藥而愈，賦此誌謝兼賀其復居清平港舊宅 …… 302

和夏紅舫春柳原韻 …… 303

客中對月 …… 304

古劍 …… 304

真州閘口謁文丞相祠	304
移竹	305
白荷花	305
秦淮水榭觀演《桃花扇傳奇》有感	305
謁史閣部墓	306
書《長樂老傳》後	306
重修黃鶴樓題壁	307
白雁	308
春雨	308
讀《小倉山房遺稿》	308
周公瑾	309
贈李東來	310
擬古	311
子夜曲	311
詠古	311
讀史	312
雷海青琵琶	312
白桃花	313
白芍藥	313
墨筆牡丹	313
秋海棠	314
梅花詩	314
吳陵《冶春詞》	316
別李沁春孝廉	317
哭吳椒塘先生	318

鄒熊

太白樓	318
踏雪	319
夏日江館	319

贈友	319
題《藏鋒圖》	319
月下登金山	320
吳陵《冶春辭》	320
秋杪登北山寺後樓	320
秋夜	321
舟中夜雨	321
角聲	321
題汪蔚伯《囊琴圖》	321
荷	322
口占和余秋農留別原韻	322
題《寒江獨釣圖》	322
春柳和夏紅舫	322
題馬貴陽《江南秋色圖》	323
聞雁	323
題崔吟香《和簡齋太史落花詩》	323
喜晤李少白	324
子昂畫馬圖	324
謁王心齋先生祠	325
贈李梅生	325
題袁冶山照	326
祈年辭	326
懷友詩	326
十三月孤兒行爲繆君莪洲作	327
秋塞	328
富春江懷古	328
讀《小倉山房詩集》	329
題凌芝泉《荊襄感舊圖》	329
春山	330

寧王笛	330
新蝶	331
漸來	331
送春	331
柳綫限韻同汪蔚伯、吳侍軒、鄧浦泉、羅夏園	331
春烟	332
題袁冶山半船兒女半船書圖	332
謝友人移竹	332
檔子行	333
讀史	333
白下喜晤周綺村	336
桃花雨	337
鮑公來	337
梅花	338
殘梅	339
寒夜曉香曲	339
錢武肅王鐵券	339
習靜	340
病中聞仲雲江捷禮闈後以縣令用作此代簡	340
梅花詩	341
游仙詩	341
瓜步阻風	342
抵蘇州舟中即事	343
登天平山	343
龍江夜發	344
將衰	344
讀李忠毅伯傳	344
題黃小秋《翠屏訪友圖》	345
自愧	345

促織詞 ································ 345

藝菊詞 ································ 345

答周綺村 ····························· 346

雜詩 ··································· 346

五人墓 ································ 347

虎丘雜詠 ····························· 347

吳江舟中 ····························· 348

看山 ··································· 348

訪林君復先生故址遇雨而返 ···· 349

蘇小墓 ································ 349

登北高峰 ····························· 350

蘭亭 ··································· 350

雨中山陰道上 ······················ 350

徐鳴珂

游攝山 ································ 351

謝文節公琴圖 ······················ 353

曉起 ··································· 354

夜宿瓜步 ····························· 354

湯治昭

永寧泉 ································ 355

靈谷寺 ································ 355

江村 ··································· 356

寄呈法梧門先生 ··················· 356

袁江旅次 ····························· 356

贈葉古軒 ····························· 357

文姬 ··································· 357

包湖 ··································· 358

楊筠

懷田鶴舫 ····························· 358

鴛婦吟 …………………………………………………… 359
李觀時
　　雜詠 ……………………………………………………… 359
　　即景 ……………………………………………………… 360
　　黃葉 ……………………………………………………… 360
夏蘭
　　千金歌 …………………………………………………… 361
　　朱虛侯 …………………………………………………… 362
　　新息侯 …………………………………………………… 362
　　孔北海 …………………………………………………… 363
　　無題 ……………………………………………………… 363
　　論古小樂府 ……………………………………………… 364
　　讀史 ……………………………………………………… 365
王輔
　　過盧蕙圃村居即事 ……………………………………… 366
　　聞雁 ……………………………………………………… 366
　　新燕 ……………………………………………………… 367
　　種菜 ……………………………………………………… 367
　　書《桃花扇傳奇》後 …………………………………… 367
　　秋柳 ……………………………………………………… 367
　　新柳 ……………………………………………………… 368
常增
　　由桃葉渡放舟至城北 …………………………………… 368
　　自述 ……………………………………………………… 368
　　河兵謠 …………………………………………………… 369
　　攝山 ……………………………………………………… 370
　　長安道 …………………………………………………… 370
　　歸鶴亭 …………………………………………………… 371
　　梅花和蕪湖韋葯仙前輩原韻 …………………………… 371

登北極閣曠觀亭 …………………………………… 372
康發祥
　　勵志詩 ………………………………………………… 372
　　秋風曲 ………………………………………………… 373
　　早發龍潭道上 ………………………………………… 373
　　岳墩看雪 ……………………………………………… 373
　　謁方正學祠 …………………………………………… 374
　　不寐 …………………………………………………… 374
　　讀《陋軒詩集》書後 ………………………………… 374
　　記夢 …………………………………………………… 375
　　送程鶴衫之真州戎幕 ………………………………… 375
　　促織詞 ………………………………………………… 376
　　擬塞上四時曲 ………………………………………… 376
魯嘉祥
　　富春江 ………………………………………………… 377
　　無錫道中 ……………………………………………… 377
　　春日書懷 ……………………………………………… 377
仲貽勤
　　羊城過臘 ……………………………………………… 378
　　大通烟雨 ……………………………………………… 378
　　泊楊梅村聞絡緯 ……………………………………… 379

《先我集》跋 ……………………………………………… 380
主要參考書目 ……………………………………………… 381

卷一

吴嘉紀 字賓賢，號野人，著《陋軒集》。[1]

【注】

[1] 清陳田《明詩紀事》辛籤卷一〇《吳嘉紀小傳》及《四庫全書總目》卷一八二均載其字野人。爲泰州布衣，有《陋軒詩》六卷，丁仁編《八千卷樓書目》卷一七集部收錄作《陋軒詩》四卷，又《陋軒詩集》十二卷，《詩續》二卷。《四庫全書總目》卷一八二收有《陋軒詩》四卷，爲江蘇巡撫采進本，提要曰："泰州多以煮海爲業，嘉紀獨食貧吟詠，屏處東淘，自銘所居曰陋軒，因以名集。其詩頗爲王士禎所稱。後刊板散佚，此本乃其友人方千雲裒集重刻者也。其詩風骨頗遒，運思亦劌刻，而生於明季，遭逢荒亂，不免多怨咽之言。"沈德潛《清詩別裁集》卷六稱："漁洋詩以學問勝，運用典實而胸有爐冶，故多多益善而不見痕跡；陋軒詩以性情勝，不須典實而胸無渣滓，故語語真樸，而越見空靈。然終以無名位，人予持此論，而衆人不以爲然。"由此知當時影響。潘德輿稱其詩"字字入人心腑，殆天地元氣所結……以爲陶杜之真衣缽"。近人胡先驌以吳嘉紀與鄭珍并舉，稱爲"清代二大詩人"。最早刊本爲清康熙初周亮工賴古堂本《陋軒詩》八卷，所收詩僅至康熙三年甲辰（1664）止（下簡稱賴古堂增修本）。今有楊積慶依夏退庵增補續集上下二卷及原集刊本而作的《吳嘉紀詩箋校》十五卷，較爲完善（下簡稱楊積慶箋校本）。

答贈王幼華[1]

郃陽王伯子，爽氣松林秋[2]。名成不出仕，擔簦來揚州。非無薦紳交，樂與漁樵遊。籬花黃一城[3]，訪我城南樓。攜手出邗關[4]，喟然登古丘。翩翩雲際鶴，何事隨海鷗？寒原落日下，木脱風颼颼[5]；與君共無衣，歲晏[6]豈不愁！

【注】

[1] 王幼華，即王又旦（1635—1685），幼華爲其字，別字黃湄，陝西郃陽

（今合陽）人，清初詩人。順治十五年（1658）進士，知安陸潛江縣，除吏科給事中，轉户科掌印給事中。後典廣東鄉試，以疾卒於官。生平事跡見於《清史列傳》卷七四、《國朝先正事略》卷三八。朱彝尊曾撰《户科給事中郃陽王君墓志銘》，姜宸英亦撰有《户科掌印給事中黄湄王公墓表》。以詩名世，與王士禎合稱"兩王先生"。姜宸英《湛園集》卷一《王黄湄〈過嶺詩集〉序》稱，"今京師以詩名家者，稱兩王先生，其一爲新城阮亭少詹，而一則郃陽黄湄給事也。"又與田雯、宋犖、汪懋麟、顔光敏、曹禾、謝重輝、曹貞吉、丁澎、葉封齊名，合稱"詩中十子"。有《黄湄詩選》十卷，乃王士禎輯選並作序曰："幼華才高而氣雄，心虚而善下。其論獨能破流俗之説，汎濫於唐宋諸名家，上溯《騷》《選》以成一家之言，故其詩每變益上，足以行遠而傳後，無疑也。"又有《黄湄奏議》一卷。（《陝西通志》卷七五載）楊積慶箋校本引證汪懋麟《〈黄湄詩選〉序》，中有"初，君戊戌釋褐，涉江游吴越間，蓋予識君之始也"句，知幼華初至揚城，在順治十五年戊戌（1658），此詩當作於是年。

［2］爽氣松林秋，賴古堂增修本卷二作"真樸世罕儔"。

［3］籠花黄一城，賴古堂增修本卷二作"殷勤問道路"。

［4］邗關，即揚州城。

［5］颿颿，賴古堂增修本卷二作"颺颺"。

［6］晏，賴古堂增修本卷二作"暮"。

與仔倩弟[1]

吞聲卧蓬蒿，顧影驚衰老。揭車逢歲晏，不若三春草。況余實凡材，地瘠生意小。漫自計珍賤，伊誰共襟抱？鶗鴂亦已鳴，花葉亦易槁。紛紛榮落外，吾愛連枝好。

賤貧欲誰嚮？趙壹[2]遭鄉間。翳然枳棘間，鴞多黄鵠孤。霄漢豈無路，羽毛不得舒。吾弟禦侮來，意氣靡羣夫。寒暄時相須，如彼葛與裘。九月颶風作，海色愁閑鷗。阿兄把魯酒[3]，阿弟佩吴鉤。門楣有藉在,多難復何憂?

時俗攻文藝,腐氣銷清真。悠悠三百年,章句困殺人。吾叔情何似,弟尊人玉水先生諱纘姬,山東庚午舉人[4]。秋天遊孤雲。方舒倏然卷,惝怳江淮濱。堂上歡菽水,門外理絲緡。風波曾不避,荔莢甘自淪。清節映漁竿,呂嚴[5]何足云?

疇昔童稚時,抱文謁吾叔。顧我衆人中,謂是藍田玉。田忽變爲海,玉猶未出匵。淚眼看滔滔,泥途就碌碌。清晨侵露出,薄暮眜烟歸。燕麥炊作餐,鬼絲[6]織作衣。衣食亦猶人,誰知我寒饑。回頭念賞音,此生幸一遇。若竹不開花,春風空煦煦。

【注】

[1] 楊積慶箋校本作"與仔靖弟",仔靖,未詳。

[2] 趙壹,生卒年不詳,字元叔,漢陽西縣(今甘肅天水縣西南)人。生活於東漢末年,爲人耿介倨傲。曾因事幾被判死刑。後爲計吏入京,爲司徒袁逢、河南尹羊陟等器重,名動京師。屢被官府辟命,都不就。《後漢書》卷八〇下《文苑傳》有傳,所存詩文亦見載。原有集二卷,已佚,《刺世嫉邪賦》最著名。

[3] 魯酒,指薄酒。《莊子·胠篋》:"魯酒薄而邯鄲圍。"陸德明《經典釋文》引許慎注《淮南》云:"楚會諸侯,魯、趙俱獻酒於楚王,魯酒薄而趙酒厚。楚之主酒吏求酒於趙,趙不與。吏怒,乃以趙厚酒易魯薄酒奏之。楚王以趙酒薄,故圍邯鄲也。"

[4] 吳纘姬,康熙《重修中十場志》載:"吳纘姬,字璣灘,安豐人。其先以旗籍隸登州。曾祖國相,嘉靖中以進士官南京戶部,欲回籍,不果。及纘姬舉於鄉,值山左亂,挾弓持稍,護二親出重圍,遂成祖志,還居海陵。爲人慷慨負氣節。"《道光泰州志》卷二六載:"纘姬舉崇禎庚午鄉試。"《增修登州府志》卷四〇《舉人》載:"庚午四年冬,知郡將有變,攜家南寓泰州。庚辰會試,報罷,遂堅隱不仕世。"則爲庚午四年即崇禎四年(1630)寓於泰州。

[5]吕嚴，即吕洞賓，號純陽子，世間通稱吕祖、吕純陽、純陽道人，爲道教文化代表人物，八仙之一。

[6]鬼絲，《海陵詩彙》卷一作"兔絲"。

送程翼士[1]

出城江水大，雨歇開夕陽。程生攜妻子，歸去東台塲。輕舟入浦烟，風起芙蓉香。去者方愉悦，送者忽徬徨。宿昔舊茅屋，與君同一鄉。海潮漂里巷，親友半流亡。家有臥病妻，秋月夜正長。蕩子貧不返，望望涕霑裳。

【注】

[1]楊積慶箋校本曰此詩當作於康熙三年甲辰（1664）。

留別王黄湄[1]

雞鳴攬衣起，顧侣心踟蹰。晨月在簷楹，歡會戀斯須。丈夫非連枝，安能守根株？舉步便隔絶，何况秦與吴！海鷰會東翔，塞馬思邊隅。升沉各有役，愴愴即長途。

【注】

[1]《陋軒詩》收録該詩共三首，此爲第一首。王黄湄，即清初詩人王幼華，見前《答贈王幼華》詩注。

送吴眷西歸長林[1]

孟夏雨初霽，海村桑葉肥。小麥蘄蘄秀[2]，雉來麥上飛。悵然遠遊子，顧盼思巖扉[3]。十年困馬足，四體懸鶉衣。世態已閲歷，長策莫如歸。檗樹無甘蔭，冰壑無炎暉。從來高蹈士，不厭寒與饑。去去故山中，努力餐蕨薇。

長林何處所？泉潔山秀峙。曖曖人烟際，灌木四五里。枝上老鴉多，春來各生子。子幼含哺勞，子大雄雌恃。恩勤雖已極，骨肉一巢裏。此時垂白母，望遠閭自倚。行路稍欲稀，夕陽半山紫。兒[4]也遠歸來，無米親亦喜。

老夫貧賤交，强半是君鄉。兵甲阻來往，雲峯苦相望。逢君問所思，十人九人亡。而翁最知我，墓已拱白楊。感念平生歡，不覺淚霑裳。自顧遲暮景，宛如斜日光。出門道無車，入門甕無糧。何時磨鏡去，一慟亡友傍。

【注】

　　[1]《陋軒詩》收錄該詩共四首。長林，地名。《歙縣志》載："西鄉爲中鵠鄉，領里五：遷喬、禮教、長林、澧泉、萬年。"吳眷，名未詳，《陋軒詩》中有《長林吳處士》，吳處士蓋即此處吳眷。

　　[2] 蘄蘄，《皇清詩選》卷四作"漸漸"。

　　[3] 思巖扉，《國朝詩》作"歌式微"。

　　[4] 兒，《清詩別裁集》卷六作"今"。

送王玉久歸茅山[1]

結廬雖福地，家無辟穀方。白石煮不爛，無食愁高堂。勞勞負米兒，邈邈今還鄉。持此且承歡，新穀將登場。鄰里聞君歸，叩門攜酒漿。咸稱新吏賢，七月未開倉。吾族老與少，差得緩逃亡。月照谷中屋，雞鳴牆下桑。高眠須適意，勿便趣行裝。

【注】

　　[1] 茅山，嘉定《鎮江志》卷六《地理》載："茅山，一名句曲山。《寰宇

記》：'山在（金壇）縣西六十五里，延陵縣西面三十里，句容縣南五十里。山形曲折，似句字三曲，故名句曲。'"王玉久，名未詳。

詩四首爲隆阜戴節婦賦婦汪氏，戴勝徵之母。[1]

隆阜樹湛湛，鹿車[2]遊其中。雙情共一娛，所向多春風。奈何時命衰，黃壚沒爾雄。沒者長[3]已矣，寧知生者恫。朝爲並栖燕，暮作單飛鴻。鴻飛金天寒，人泣玉鏡圓。遂甘堇荼味，乃自桃李年。

隆阜月遲遲，入門復上堂。悄然見公姥，衰疾須扶將。新婦起爲子，忍心稱未亡。虎嘯山頭風，雞鳴樹上霜。酸辛百年養，黽勉二人喪。鄉鄰爭歎羨，舉動合禮儀。事親有如此，不弱親生兒。

隆阜雪深深，夜闌寒寡婦。餔糜活赤子，紝織勞纖手。堅冰齊泰華，母德共高厚。兒今如古士，踽踽米自負。人皆笑兒迂，母不謂兒醜。百計存藐孤，艱難力轉堪。不慚嬰與杵，嬰杵猶是男[4]。

隆阜泉泠泠，霑濡遍遐邇。于中有賢豪，聳若江峰峙。身自持門戶，義仍及桑梓。得穀即飯饘，有錢頻救死。宗族子憑藉，周親墳嵬巋。人今多緩急，尋問魯朱家[5]。朱家是婦人，鬢髮猶未華。

【注】

[1] 隆阜，村名。《休寧縣志》載："十八都十二圖，其村：隆阜、博村、油潭、黎陽、葉祈、閔口、奕棋、高梘、珠里。"

戴勝徵，即戴岳子，《淮海英靈集》甲集卷三載："戴勝徵，字岳子，休寧人。康熙間，居泰州之東淘及河阜，因家焉。愛遊白嶽，以舟載其石歸，因號石桴。窮居海濱,吟詠自適,與吴野人同歌嘯於寒蘆野水間。著有《石桴詩鈔》上下二卷,又名《河干草堂集》。"戴夢麟《石桴詩鈔序》:"岳子,吾宗之儁也。少孤貧力學,以期芥拾青紫,乃不得志於有司,奉母而隱。過江卜居,遷徙於東淘、河阜斥鹵之鄉,樂其地僻而釣遊可適,非逐魚鹽利也。胸中奇氣郁郁無所吐,發之於詩,積而久之,至二十卷之多。袖一帙示余,玩味之下,和而能峻,博而不繁,風格直追漢魏,寓鮮濃於澹遠中,誠逸響也。"

　　[2]鹿車,古代一種人推小車。《後漢書》卷二六《趙憙傳》:"因以泥塗仲伯婦面,載以鹿車,身自推之。"注引《風俗通》曰:"俗説鹿車窄小,裁容一鹿。"由此得名。亦用此稱讚夫妻同心、安貧樂道。《後漢書·鮑宣妻傳》:"妻乃悉歸侍御服飾,更著短布裳,與宣共挽鹿車歸鄉里。"

　　[3]長,楊積慶箋校本卷一〇作"良"。

　　[4]李夢陽《花將軍歌》:"忠臣節婦古稀有,嬰杵尚是男兒身。"嬰杵,指春秋晉國程嬰與公孫杵臼二人。晉靈公時,屠岸賈欲誅晉大夫趙朔全家,朔妻有遺腹子匿於公宫,杵臼與嬰相約保全趙氏孤兒。由公孫杵臼找他人嬰兒詐稱趙氏遺孤,藏於山中,再由程嬰向屠岸賈揭發。杵臼與他人嬰兒被殺死,程嬰撫育遺孤成人,是爲趙武。後得復故位。程嬰自殺以報趙朔與杵臼。事見《史記·趙世家》。

　　[5]魯朱家,漢時游俠。《史記·游俠列傳》載,"魯朱家者,與高祖同時。魯人皆以儒教,而朱家用俠聞。所藏活豪士以百數,其餘庸人不可勝言。然終不伐其能,歆其德,諸所嘗施,惟恐見之。振人不贍,先從貧賤始……自關而東,莫不延頸願交焉。"後代指仗義疏財、濟困扶弱的豪俠之士。

范公堤[1]

茫茫潮汐中,矻矻沙堤起。智勇敵洪濤,胼胝[2]生赤子。西塍發稻花,東火煎海水。海水有時枯,公恩何日已?

【注】

　　[1]楊積慶箋校本卷六詩題下有小字注"宋范文正公築"六字。此屬《東淘雜詠》十首之一。范公堤,清周右修、蔡復午纂嘉慶《東臺縣志》載:"范公

堤,即捍海堰。南抵通、泰,北接山陽,長五百餘里。唐李承建,宋范仲淹重修,故又名范公堤。"

[2] 胼胝,指老繭。

哀羊裘爲孫八賦[1]

孫八壯年已白頭,十年歌哭古揚州。囊底黄金散已盡[2],笥中存一羔羊裘。晨起雪霏霏[3],取裘覆兒女。亭[4]午號朔風,兒持衣而翁。風聲雪片[5]夜滿牖,殷勤自解護阿婦[6]。裘之温煖誠足珍,不得衆身爲一身。吁嗟乎!長安天子非故人,羊裘冷落對邗水。他年姓字齊嚴光[7],今日飢[8]寒累妻子。

【注】

[1] 賴古堂增修本詩題作《哀羊裘爲孫八處士賦》。孫八,即清朝文人孫枝蔚。《己未詞科録》卷四載:"孫枝蔚,字豹人,號溉堂,陝西三原人,著有《溉堂前集》九卷、《續集》六卷、《詩餘》二卷。"又載:"孫枝蔚少爲諸生,遭流寇,與其鄉少年奮戈逐賊,落深塹,得不死。乃走江都,從賈人游,累至千金,散之。既而閉户讀書,肆力詩、古文,名滿海内。""豹人身長八尺,聲如洪鐘,龐眉廣顙,以詩文名天下,應召入都。""溉堂詩詞氣近龐,然自有真意。"

[2] 散已盡,賴古堂增修本作"久散盡"。

[3] 雪霏霏,賴古堂增修本作"雪渚渚"。

[4] 亭,賴古堂增修本作"停"。

[5] 風聲雪片,賴古堂增修本作"風號雪急"。

[6] 阿婦,賴古堂增修本作"老婦"。

[7] 嚴光,字子陵,東漢初餘姚人。與東漢光武帝劉秀同游學,後劉秀即位,嚴光隱居不出。有人上言:有一男子,披羊裘釣澤中。召嚴光至洛陽,授諫議大夫。不受。歸耕於富春山。事見《後漢書·逸民列傳》。

[8] 飢,賴古堂增修本作"餓"。

朝雨下

朝雨下,田中水深沒禾稼,饑禽聒聒啼桑柘[1]。暮下雨,富兒漉酒聚儔侶,酒厚只愁身醉死。雨不休,暑天天與富家秋。檐溜淙淙涼[2]四座,座中輕薄已披裘。雨益大,貧家未夕關門臥。前日昨日三日餓,至今門外無人過。

【注】

[1]"田中"至"桑柘"句,賴古堂增修本作"市頭薪絕穀添價,貧老孳孳謀不暇"。

[2]涼,《國朝詩》作"響"。

江邊行

江邊士卒何闠闠[1],防敵用船不用馬。督責有司伐大木,符牒如雨朝暮下。中使嚴威震舊京,軍令還愁不奉行。親點猛將二三十[2],帥卒各向江南程。江南誰家不種木?到門先索酒與肉。主人有兒賣不暇,供給焉能[3]饜其欲!老松古柏運忽促,精魂半夜深山哭。一一皆題"上用"字,樹樹還令[4]運出谷。出谷到江途幾千,將主騎馬已先還[5]。家貲破盡費難足,衆卒仍需常例錢。道路悲號不住口,槎枒亂集成山阜。一朝舟檝滿沙汀,只貴數多不貴精。君不見,揚州戰船六百隻,輸盡民財乘不得。寒潮寂寞葦花間[6],日暮灘頭渡歸客。

【注】

[1]何闠闠,賴古堂增修本作"聚如瓦"。

[2]猛將二三十,賴古堂增修本作"將軍六七十"。

[3]焉能,賴古堂增修本作"那能"。

[4] 還令，賴古堂增修本作"還教"。

[5] 已先還，賴古堂增修本作"竟先還"。

[6] 葦花間，賴古堂增修本作"葦花閒"，楊程祖合刊正續集八卷本《陋軒詩》作"葦花開"。

曬書日作

弱齡多病嗜詩書，藥裹書帙病[1]篋笥。散髮養痾萬卷前，人生如此真得意。十年戎馬鬭中原，產破無聊歸蓽門。丈夫久困形容醜，手持經史換饔飧。鄉里小兒氣驕矜，凶年擁穀如璵璠。饑時但得許升斗，我直十倍何須論。即今五十暗雙目[2]，衰疾纏身輟誦讀。飯食藥物向誰求，牀上殘編餘一束。細字模[3]糊半銷滅，鼠跡蠹痕手難觸。握出茅齋憶往年，炎暉杲杲吞聲哭。

【注】

[1] 病，楊積慶箋校本卷三、《海陵詩彙》卷一均作"盈"。

[2] 楊積慶箋校本推論此詩當作於康熙六年丁未（1667）前後。

[3] 模，《海陵詩彙》同，楊積慶箋校本卷三作"糢"。

題汪孝子子喻先生遺像[1]

孝子遺棄榮名，隱居煉丹峯下，竭力養母，四十年弗怠。母老死，孝子慟甚，哭輒嘔血，亦死。令子于鼎[2]以《行樂圖》見示，圖繪孝子松泉間，面薐草，不違北堂，蓋生前素志云。

悲哉孝子！爾力爾血，力竭逢哀，血盡存骨。骨隨老母，皓月青峯。昔聞芳躅，今識舊容，儀若古賢，情則嬰兒。言念北堂，怒然以思。攀桂茹芝，莫如樹護。松蔭我葉，泉滋我根；根葉長茂，樂不可言！

【注】

[1]汪子喻，即汪恕。石柱國等修、許承堯纂《歙縣志》卷八《人物志·孝友》載，汪恕，字子喻，松明山人，少司馬汪道昆之從孫。父一範以孝稱，恕至性一如其父。父卒，哀毀幾絕。母諭之曰："母在，未可以身殉也。"恕聞命，竭力養母四十年弗息。母老死，恕慟甚，嘔血數升，遂不起。

[2]"于鼎"下，賴古堂增修本卷九有"文治"二字。汪于鼎，即汪洪度，《歙縣志》卷七《人物志·文苑》載："字于鼎，松明山人。父子喻，隱居煉丹峰下，竭力養母四十年弗息，稱爲孝子。洪度善屬文，工詩，受業於王士禎，士禎爲定其全集。歌行中，賞其《建文鐘》篇，云中有史筆。靳治荆修邑志，延洪度專志山水。著有《息廬文集》《餘事集》《黃山領要錄》《新安女史徵》，詞意雅飭。畫法尤爲時所重。弟洋度，字文冶［治］，並有才名。王士禎嘗曰：'松山二汪，聲價比於儀、虞。'詩亦拔俗有逸致。書仿晉人，尺牘便面，人爭重之。"

落葉[1]

枝上曾幾日，夜來秋已終。又隨天地意，亂下户庭中。不靜月斜處，偏驚頭白翁。何須怨搖落，多事是春風。

【注】

[1]楊積慶箋校本該詩題下補注汪鋆批本語曰："韓秋伯孝廉云，相傳此詩作於平山堂漁洋山人座上，至末二句，諸公閣筆矣。"

送汪耳公之沙邱[1]

沙邱宜遠望，三十六湖前[2]。下第去爲客，含情獨上船[3]。詩書成皓首，妻子怨青氈。不寐聽鳴雁，蘆中曉月圓[4]。

【注】

[1]賴古堂增修本詩題作《送汪耳公》。汪耳公，名未詳。汪楫《悔齋詩》有《送耳公兄之館秦郵》一詩，蓋與汪楫同輩行。沙邱，即今江蘇高郵。

[2]"沙邱"至"湖前"句,賴古堂增修本作"秦郵湖裏浪,澎湃撼蒼天"。

　　三十六湖,《天下郡國利病書》卷二八曰:"高郵有三十六湖,受西山衆流,爲諸水之匯,浩蕩二三百里。"

　　[3]"含情"句,賴古堂增修本作"西風獨放船"。

　　[4]"不寐"至"月圓"句,賴古堂增修本作"徹夜蘆灘泊,哀鴻叫可憐"。

賣書祀母[1]

母没悲今日[2],兒貧過昔時。人間無樂歲,地下共長饑。白水當花薦[3],黄粱對雨炊。莫言書寡效,今已慰哀思。

【注】

　　[1]清錢泳《履園叢話》卷八《譚詩》載黃野鴻《賣書祀母忌辰》一首云:"母没悲今日,兒貧過昔時。人間鮮樂歲,地下共長飢。白水當花薦,黄粱對雨飲。莫言無長物,亦足慰哀思。"與吳嘉紀此詩句大致相同。黃野鴻,即黃子雲,爲康乾時期詩人,有理論著作《野鴻的詩》。《文獻徵存録》卷一〇"黃子雲"條載:"(子雲)布衣,少有俊才,作詩不輕下筆,必苦吟而後成,經營慘淡,往往得之不意無意間,人謂可壓倒元白。"鄒熊《海陵詩彙》亦載作吳嘉紀詩,此詩作者歸屬問題尚待考。

　　[2]"没悲"二字,賴古堂增修本作"殁憶"。

　　[3]白水,《左傳·僖公二十四年》載:"及河,子犯以璧授公子曰:'臣負羈絏,從君巡於天下,臣之罪多矣,臣猶知之,而況君乎?請由此亡。'公子曰:'所不與舅氏同心者,有如白水。'"後以白水表信守不移之義。

重游邗上途中寄懷周櫟園先生[1]

病裏又爲客,登車聞曙雞。海明殘月上,野闊數星低。憶昔吟梅下,同君在竹西。來朝過舊館,碧草正萋萋。

【注】

　　[1]周櫟園,即周亮工。字元亮,一字減齋,又作緘齋,號櫟園、陶庵、櫟

老等，詩、詞、文章兼善，學者稱櫟下先生。金谿人（今江西金溪），籍祥符（今河南開封）。父文諱字赤之，素行屹立，人稱爲如山先生。崇禎庚辰（1640）進士，累官戶部侍郎。嗜好藏書、書法及篆刻，有《賴古堂全集》二十四卷、《讀畫錄》四卷、《印人傳》三卷、《因樹屋書影》十卷、《同書》四卷、《鹽書》四卷及《字觸》一卷等。清錢林《文獻徵存錄》卷二及《清史列傳·貳臣傳》載其傳。

五月初四夜[1]

令節我何歡，頻年天一涯。宿烟孤館樹，啼雨五更鴉。老去病除酒，夢中身在家。幼兒依阿母，頭戴石榴花。

【注】

[1] 鄒熊《海陵詩彙》錄此詩同，賴古堂增修本卷二錄此詩作："節至嘗愁嘆，今宵天一涯。荒風孤館樹，急雨五更鴉。老去病除酒，夢中身在家。幼兒依阿母，頭戴石榴花。"前四句二本文字差異較大。

新僕

語少身初賤，魂傷家驟離。飢寒今已免，力役竟忘疲[1]。前輩親難愜[2]，新名答尚疑。猶然是人子，過小莫輕笞[3]。

【注】

[1] 竟，《遺民詩》卷八、清抄本《國朝詩別裁集》《晚晴簃詩匯》卷一六、《海陵詩彙》卷一均同，賴古堂增修本卷二作"似"。忘，《海陵詩彙》卷一作"何"。

[2] 前輩親難愜，《清詩話續編·問花樓詩話》卷三引作"長者親難決"。

[3] 輕，清抄本《國朝詩別裁集》卷六及《海陵詩彙》卷一同，賴古堂增修本卷二、《遺民詩》卷八及《晚晴簃詩匯》卷一六均作"愁"。

登燕子磯[1]

空翠壓蒼波，高亭試一過。江流向北小，山色直南多。風雪孤舟遠，饑寒兩鬢皤。浮家願不遂，老眼看漁簑。

危磯猶似昔，曾同王鴻寶[2]登此。孤客獨傷魂。親友浮雲散，關山曉霧昏。疾帆衝白鷺，怒浪擁蒼黿。俯視維舟處，潮收露石根。

【注】

[1] 燕子磯，位於今南京。乾隆《江南通志》卷一一《輿地志》載："燕子磯在上元界觀音門外，磴道盤曲而上，丹崖翠壁，淩江欲飛，絕頂有亭，能攬江天之勝。"

[2] 王鴻寶，《國粹學報》第八十一期載袁承業《明遺民王鴻寶先生小傳》："先生姓王，諱言綸，字鴻寶，號鈍夫。世居泰州安豐場。先生明季諸生，高才卓識，非尋常人。鼎革後，棄舉業，遠塵俗，隱居鄉僻樊村，離淘之西二十五里，嘯歌自得。吳嘉紀、沈聃開、方一煌諸先輩曾扁舟造訪，詩酒相頡頏。先生生明萬曆時，卒康熙中葉，年八十。著有《棘人草》《陟屺草》《望岱吟》前後集、《卯辰出遊草》二集，都散失。"工詩，與吳嘉紀、沈聃開合稱"三逸"。

歸燕

春色空梁少，霜華昨夜新。他鄉徒有子，倦羽漸無鄰。已識時將暮，終難冷傍人。故巢託王謝[1]，簷雀未須嗔。

【注】

[1] 王謝，指東晉時代王導、謝安兩大豪門世族。

九日同夏五作[1]

欸息三秋暮，蹉跎萬事非。年衰初學稼，霜降未成衣。隔水蘆花潔，開門塞雁飛。登高無處所，海岸雨霏霏。

風雨朝初[2]晦，乾坤日用兵。秋魂聽鬼哭，老眼看人爭。榛梗方爲害，東南稍輟耕。吾家二十口，溝壑正關情。

【注】

[1]夏五，即夏次功。《清詩鐸》：夏次功，名九敘，江都人，有《綠雪堂詩》。《明遺民詩》載此詩題作《九日同夏次功作》，共三首。此本收錄前二首。

[2]初，楊積慶箋校本作"如"。

泊船觀音門[1]

磯上誰長嘯？蒼然老匹夫。江山六朝在，天水一亭孤。禿樹翔歸鷺，層濤捲亂鳧。漁舟安穩甚，吹笛入菰蒲。

【注】

[1]楊積慶箋校本收錄該詩共計十首，此爲第二首。觀音門，《江南通志》載："觀音門在江寧縣北，明洪武中所建十六外郭門之一也。當直瀆水入江之口，爲歷代屯戍之處。"

懷吳後莊[1]

海內諸兄弟，吾憐吳後莊。負薪歌下里，學稼養高堂。有病還耽酒，無求不出鄉。平山[2]分手處，木葉又蒼蒼。

【注】

[1]吳後莊，王又旦《黃湄詩選》中《舟過采石吊吳後莊》詩自注曰："後莊名周，歙人。乙巳，予見其《登采石謁太白祠》並《月夜聞鵑》二詩，奇甚，因定交焉。貧賤早死，世無知者，可悼也。"

[2]平山，即揚州平山堂。《揚州鼓吹詞》序曰："平山堂在府城西北五里。宋郡守歐陽修建。以江南諸山皆拱揖於檻前，與此堂平，故曰平山。"

僻壤

僻壤無春至,安知春已殘[1]。海雲千里黑,塞雁一聲寒[2]。老去謀生拙[3],時危作客難。直西是鄉路[4],日日出門看。

【注】

[1]"安知"句,《皇清詩選》作"探花花已殘"。

[2]"塞雁"句,《皇清詩選》作"山雨一番寒"。

[3]謀生拙,《皇清詩選》作"依人賤"。

[4]是鄉路,《皇清詩選》作"鄉井是"。

內人生日[1]

潦倒丘園二十秋,親炊葵藿慰余愁。絕無暇日臨青鏡,頻過凶年到白頭。海氣荒涼門有燕,豀光搖蕩屋如舟。不能沽酒持相祝,依舊歸來向爾謀。

【注】

[1]賴古堂增修本作"內子生日"。此乃吳嘉紀爲其妻王睿生日所作,《衆香詞》載:"王睿字智長,泰興人,東淘詩伯吳野人室,有《陋軒詞》。"

九月四日吳雨臣見過是日,雨臣初度。[1]

俱是先朝戊午生,相知端不爲同庚。黃塵戰伐無年代,白首漁樵此弟兄。葟葦人稀雙雁下[2],茱萸節近[3]一谿晴。疎籬陋室秋光在[4],莫厭頻來酒共傾。

【注】

[1]吳雨臣,《哭吳雨臣》注曰:"歙縣人,諱元霖,自號古迂。甲辰九月

十日,覆舟皖江溺死。

[2]崔葦人稀雙雁下,賴古堂增修本作"鳥雀依人雙户掩"。

[3]節近,賴古堂增修本作"傍節"。

[4]疎籬陋室秋光在,賴古堂增修本作"敝廬歲歲秋光好"。

客悔齋,送汪舟次之龍岡[1]

正值梅花開草堂,扁舟何事去天長[2]。家園入夢同遥夜,老病無依各異鄉。藥裹半囊爲旅食,詩篇幾帙是行裝。他時見月應相憶[3],君上龍岡我蜀岡[4]。

【注】

[1]汪舟次,即汪楫。沈德潛《清詩别裁集》卷一一載:"字舟次,江南儀徵籍,休寧人。康熙己未召試博學鴻詞科,官至福建布政使。有《悔齋集》。"《揚州畫舫録》卷二載其書法以骨勝,有楊凝式、米芾之神。曾充封琉球正使,歸,著《使琉球雜録》五卷。另有《中山沿革志》《觀海集》等。悔齋爲讀書處。龍岡,《江南通志》載:"龍岡在高郵州西南九十里新開湖西,界天長、泗州。"

[2]天長,安徽省縣名。《江南通志》載:"唐天寶初,以六合之石梁縣置天長。"

[3]"他時"句,賴古堂增修本作"明朝見月齊相憶"。

[4]蜀岡,乾隆《江南通志》卷一四載:"蜀岡在揚州府西北四里,綿亙四十餘里。西接儀真縣界,東北抵茱萸灣,隔江與金陵諸山相對。上有平山堂地,一名崑岡。鮑照《蕪城賦》'軸以崑岡'是也。洪武舊志云:'揚州山以蜀岡爲首,上有蜀井,相傳地脈通蜀。'《寰宇記》云:'蜀岡有茶園,其味甘香如蒙頂,蒙頂在蜀,故以名岡。'郡人藝花者亦多居此。"

送貴客

曉寒送貴客,命我賦離别。髭上生冰霜,歌聲不得熱。

汪舟次別後詩[1]

渺渺河流繞石隄，蒲青沙白畫船低。船中攜手同來客[2]，隔在秦郵[3]湖水西。

老來離伴若爲情，皓首湖干落日生。天際一帆看欲盡，杖藜扶上鉢盂城。

【注】

　　[1] 汪舟次，見前《客悔齋，送汪舟次之龍岡》詩注。

　　[2] 船中，原作"攜中"，不詞，《陋軒詩》卷八及《海陵詩彙》均作"船中"，據改。蓋涉本句"攜"字而誤。

　　[3] 秦郵，與下文"鉢盂城"，均指今江蘇高郵。《高郵州志》載："秦始築臺，置郵亭，稱秦郵以此。又州地四圍均下，城基獨高，狀如覆盂，故曰盂城。"

丁日乾　字謙龍，號漢公，順治乙酉舉人，著《漁園詩》。[1]

【注】

　　[1] 丁日乾，清陳世鎔等纂《道光泰州志》引《〈詩觀〉小傳》載："字謙龍，順治十四年舉人。性豪邁。時出家財應親朋之緩急，又以親老不赴公車。於宅畔構漁園、池亭、竹石，俱勝。客至，則引與賦詩。著有《漁園詩集》。"

白門秋集高座寺彈指閣[1]

山靜紆南郭，僧高閉竹扉。人從黃葉過，寺有白雲歸。攬勝全忘俗，同羣自息機。一簾清磬外，秋水淨垣衣。

【注】

[1] 彈指閣，閣名，位於天寧寺枝上村。清李斗《揚州畫舫錄》卷四載："枝上村，天寧寺西園下院也，在寺西偏，今歸御花園。舊有晉樹二株。門與寺齊，入門竹徑逶迤，花瓦牆周圍數十丈，中爲大殿，旁建六方亭于兩樹間，名曰晉樹亭，爲徐葆光所書。南搆彈指閣三楹，三間五架，製極規矩。閣中貯圖書玩好，皆希世珍。閣外竹樹疏密相間，鶴二，往來閒逸。閣後竹籬，籬外修竹參天，斷絕人路，僧文思居之。文思，字熙甫，工詩，善識人，有鑒虛、惠明之風，一時鄉賢寓公皆與之友。又善爲豆腐羹、甜漿粥，至今效其法者，謂之文思豆腐。汪對琹員外棣有彈指閣錄別圖。"

乾隆《江寧新志》卷第十三引此詩題無"白門"二字。

擬江陰北渡不果，從無錫南遊[1]

歲暮又南去，孤篷何日還。家貧輕遠道，人澹戀寒山。霜月三秋夢，風塵一夕顔。違心是旅雁，嘹嚦下前灣[2]。

【注】

[1]《皇清詩選》卷一二"從"前有"復"字。

[2] 灣，《皇清詩選》卷一二作"灘"。

湖樓獨坐

何曾懷抱好，萬念冷如僧。暝色含諸岫，烟光泛一燈。夜深雲更出，人靜月初升。擬便歸期早，躊躇恐未能。

九日同人登雨花臺[1]

正擬登臨散客愁，逢君著屐上高丘。遥帆欲度長空影，落木多開別墅樓。此日何人還載酒，六朝無地不悲秋。曾經少壯嬉遊日^[2]，搔首西風感^[3]白頭。

【注】

[1]雨花臺，《景定建康志》卷二二《城闕志》載："雨花臺在城南三里，據岡阜最高處俯瞰城闉。考證舊傳，梁武帝時，有雲光法師講經於此，感天雨賜花，故名。"

[2]日，《海陵詩彙》卷二、《皇清詩選》卷二三均作"處"。

[3]感，《皇清詩選》卷二三作"自"。

紅橋遣興^[1]

鷗鳧荒徑蔓青^[2]莎，鼓櫂閒遊一嘯歌。夾岸垂楊秋氣早，橫橋斜雨夜聲多。蕭條風景殊隋苑^[3]，寂寞漁燈自楚波。何事興亡重感慨，且持樽酒對枯荷。

【注】

[1]紅橋，位於揚州城西北二里瘦西湖上，建於崇禎間，原爲木板橋。清吳綺《揚州鼓吹詞序》云："（紅橋）在城西北二里，崇禎間，架以鎖水口者，朱欄數丈，運通兩岸。彩虹臥波，丹蛟截水，不足以喻。而荷香柳色，雕檻曲檻，魚次環繞，綿亙十餘里。春夏之交，繁弦急管，金勒畫船，掩映出沒於其間，誠一郡之麗觀也！"

[2]青，清崔華、張萬壽纂康熙《揚州府志》卷三三作"菁"。

[3]隋苑，隋煬帝所建園，又名上林苑、西苑。故址在今揚州市西北。

陳忠靖 字念共，號曉堂，順治丁亥進士，刑科給事中，著《曉堂律詩》。^[1]

【注】

[1]陳忠靖（1621—1686），《道光泰州志》卷二三載："字爾位，號曉堂，順治四年進士，由中書擢刑科給事中。"《江蘇藝文志·泰州卷》載其作品有《陳氏家譜》《曉堂奏議》《平賦錄》《曉堂詩集》《二宜文集》及《曉堂律詩》兩卷。

《清詩紀事初編》卷四載其小傳,曰:"由中書擢刑科給事中,降懷慶府經歷,告終養歸。卒於康熙二十五年。撰《曉堂律詩》二卷,致力唐賢,筆能包舉。孔尚任、施世綸作序,稱其敢諫。據《揚州志》,忠靖有《早舉經筵》《速差卹刑》二疏。又爲鄉里水患,請改帶徵爲全免。得允,究不識緣何事降調。其詩《答王蜀隱》云:'已負三年西掖久,敢忘一日北山深。'《六科題名錄》:以入垣列於己丑(順治六年),則謫官當在九年。實錄未載,不可考矣。"

夜泊南陽大風雨

草木山山變,吾來濟泗東。寒舲五夜雨,愁鬢一天風。疑有魚龍泣,將無神鬼通。誰憐飄泊者,平野聽[1]飛鴻。

【注】

[1] 聽,《清詩紀事初編》卷四引《曉堂律詩》卷一作"又"。

遊西園[1]

何處尋芳草[2],閒情到辟疆。人登十步閣,月護一庭香。石氣尊前動,松陰雨後涼。吟成吾欲[3]去,留意在滄浪。

【注】

[1] 《曉堂律詩》卷一載此詩題作"遊繹然叔西園",收詩二首,此爲第二首。

[2] 何處尋芳草,《曉堂律詩》卷一作"不敢迷芳草"。

[3] 欲,《曉堂律詩》卷一作"亦"。

望月[1]

抱影不成寐,披衣攬月華。此時天欲露,昨夜夢還家。白袷依秋樹,朱樓隱暮花。東來雲氣盡,城上已啼鴉。

【注】

[1]《曉堂律詩》卷一收此詩二首,此爲第一首。

丁漢公漁園分韻,余服未闋,不敢即席,同人代拈得十四鹽,補入詩會[1]

聞道同人聚,冬風入畫檐。談深燭影瘦,坐久月光潛。酒政隨人量,詩籤信手拈。寒盟吾豈敢,因是未離苫。

【注】

[1]丁漢公,即上文丁日乾。

天津玉皇閣晚眺[1]

登臺且倚盧敖[2]杖,一嘯臨風覽畫圖。雁帶斜陽歸大漠[3],人從北陸達神都。千檣兩岸燈明滅,萬戶三更月有無。不是銅街催滴漏,丹梯十丈好提壺。

【注】

[1]《曉堂律詩》卷一載此詩題作《玉皇閣晚眺》。天津玉皇閣,康熙《天津衛志》載:"玉皇閣,在城外東北角。"《天津古代建築》載其第一次重建時間爲大明宣德歲次丁未(1427),蓋爲明初建築。後經過明清兩朝多次修繕,閣坐西面東,自東而西,依次建有牌樓、山門、前殿、清虛閣、三清殿等。今僅存清虛閣。(李剛《天津玉皇閣》,《中國道教》2004年第5期)

[2]盧敖,《淮南鴻烈集解》卷一二《道應訓》注載其爲秦時燕人。秦始皇召爲博士,使求神仙,敖亡而不返。後泛指隱者。

[3]漠,《曉堂律詩》卷一作"海"。

李嘉允

字爾孚，號孟齋，順治己丑進士，順德知府，著《草樓集》。[1]

【注】

[1] 李嘉允，《江蘇藝文志·揚州卷》載："清初泰州人，存文曾孫。順治六年（1649）進士。官貴州黎平府，遷守順德。康熙六年（1667）以病乞歸。工制藝，善詩。有《草樓制藝》及《草樓集》。"

夜識軒

山靜寺亦古，窅然入初冬。曉見千峰雪[1]，夜聽寒巖鐘。有閣非草元[2]，有酒勞過從。柳下真吾師，閱世非不恭[3]。

【注】

[1] 雪，《淮海英靈集》甲集卷二作"霜"。

[2] 元，《海陵詩彙》卷二作"玄"。

[3] 此兩句言柳下惠事。柳下惠，魯大夫展禽，居柳下而謚惠。曾三次被罷官都未離去。《孟子·公孫丑上》："伯夷隘，柳下惠不恭。隘與不恭，君子不由也。"

九日同客飲石宮

露白葭蒼節序哀，旅情鄉思共登臺。邗江浪冷芙蓉暗，沙磧風悲雁鶩迴。醉眼極天窺月小，亂山遮樹逐雲開。芳樽敢惜遲遊屐，城闕新晴暮鼓催。

贈人赴隴西

印綬通侯[1]度塞垣，肯將詞賦老文園。寒冰夜合千山立，牧馬晨嘶別部喧。猺俗舊傳周窟室，客星今動漢河源。關門烽火連年靜，百里何妨屈士元[2]。

【注】

[1] 通侯，即徹侯，指秦時二十等爵最高一級。一説戰國楚國置。漢代亦沿置，因避漢武帝劉徹諱，改爲通侯或列侯。《史記·李斯列傳》載："斯，上蔡閭巷布衣也，上幸擢爲丞相，封爲通侯。"

[2] 士元，即東漢末年劉備謀士龐統，字士元，號鳳雛。進圍雒縣，中流矢而亡。追賜關内侯，諡曰靖侯。《三國志·蜀書·龐統傳》："龐士元非百里才也。"百里，指縣令官職。何紹基《龐士元墓》曰："驥足何妨膺百里，鳳雛本合老孤桐。"

古塞下

燕支山[1]下舊刀痕，萬古天關百戰分。莫道漢家開國遠，邊人猶畏李將軍[2]。

【注】

[1] 燕支山，又作焉支山、胭脂山、刪丹山，俗名大黃山。在今甘肅省永昌縣西、山丹縣南，因盛產燕支草而得名。是邊防要塞。

[2] 李將軍，指漢代大將李廣，以力戰聞名，匈奴號曰"漢之飛將軍"，避之數歲，不敢入右北平。

客靖邊作[1]

蘆中人去幾千里，幻入秦關任馬牛。一曲驪歌半簾月，夜深孤燭看吳鈎。

【注】

[1] 靖邊，位於陝西省北部，西漢屬奢延縣，三國魏晉時爲匈奴占據，建都統萬城。427年，北魏占領後改設統萬鎮，並於境内設山鹿縣。西魏增設長澤

縣。隋撤山鹿並入長澤。宋金時爲西夏所占。明成化六年（1470）設靖邊營。清雍正九年（1731）始設靖邊縣，取"綏靖邊遠"之義。

朱淑熹 字艾人，順治辛卯舉人。[1]

【注】

[1] 朱淑熹，字艾人，泰州人，約生於明萬曆四十年（1612），順治八年（1651）舉人，揀選知縣。阮元《淮海英靈集》乙集卷一收録其詩一首。

酬黃仙裳見寄顔平原書《八關齋會報德記碑》[1]

束髮漫塗鴉，輒愛平原筆。腕鬼能搏人，勢奇不能出。顔公碑版十數通，摩挲日掛東園中。家廟多寶及坐位，直與大令爭豪雄。聞有《八關報德記》，平生第一楷書字。此碑高竪宋州東，安史鋒挫田王功[2]。州人戴德羣加額，特向魯公求鐵筆。石幢高一丈，其大可數圍。磨礱鐫十面，矗立何巍巍。火燒兵劫城池改，乾坤幾度更桑海。惟有顔碑巋然存，青天紫氣常光彩。幾經耳熱羨客談，遠道莫致情空含。叔度論文三十載，遥貽一本同蘭菡。白頭狂喜舞復歌，相思江樹迷烟靄。

【注】

[1] 黃仙裳，即下文黃雲（1621—1702），清詩人。阮元《淮海英靈集》甲集卷三録其詩，載有小傳曰："黃雲，字仙裳，號舊樵，泰州人。善談論，慷慨負氣。遇俗人，稍不如意，輒譏罵。人目爲狂。初受知於太守陳素，素被枉破家，仙裳不避險難，與之同遊。晚年益貧苦，屢辭聘召，益肆力於詩。所著有《桐引樓》《悠然堂》二稿。"康發祥《伯山詩話》載："吾鄉黃仙裳雲，賦性高优，負氣譏罵，老而愈窮，而詩筆益工。觀《桐引樓》《悠然堂》集，詩多和厚，殊不類其爲人。"多與杜濬、鄧漢儀、吳嘉紀、冒闢疆、孔尚任等往來唱和。康熙四十一年（1702）卒。

顔平原，即唐代顔真卿。《八關齋會報德記碑》，又稱《八關齋功德記》，全稱爲《有唐宋州官吏八關齋會報德記》，宋州即商丘。八關齋，《説略》卷一九載其本義爲"一不殺，二不偷盗，三不淫邪，四不妄語，五不飲酒，六不坐高大牀，七不著花鬘瓔珞、不用香油塗身薰衣，八不自歌舞、不得輒往聽不過中食，受此八戒，名八關齋"。八關齋會，始於宋齊之間。《雜録名義》云，八戒者，俗衆所受一日一夜戒也，謂八戒，通爲八關齋，明以禁防爲義也。顔真卿所寫撰，崔倬補書，大曆七年立，與之本義有異。《顔魯公文集》卷二六《八關齋功德記》載："此宋州將吏爲節度使田神功項疾愈作齋會也。神功故非良臣，徐尚等媚其主帥，非佳事，而魯公爲撰、爲書，何也？乃其字法大徑三寸許，方整遒勁，不減《曼倩讚》《家廟碑》。"《弇州山人稿》稱其字體"方整遒勁，中別具姿態，真鼉頭鼠尾，得意時筆也。此書不甚名世，而其格不在《東方》《家廟》下，然非余子所及也。"現此殘碑存於河南商丘地區博物館。

[2] 田王功，即田神功。《舊唐書》卷一二四本傳載其冀州人，家本微賤。安史之亂期間，曾任平盧節度都知兵馬使，兼鴻臚卿，屢立戰功。尋經鄧景山所引，至揚州，大掠百姓商人資産。後因生擒劉展累遷檢校工部尚書，兼御史大夫、汴宋等八州節度使。尋加檢校右僕射。大曆八年冬，病卒。上賜司徒並賜千僧齋以追福。

濟南舟次奉寄鄧元固夫子[1]

歸興滿扁舟，輕帆滯驛樓。客中沽酒慣，春日看花愁。寂寞劉蕡[2]策，蒼茫杜甫游。十年知己淚，飄洒汶陽[3]流。

【注】

[1] 鄧元固，即鄧秉恆，山東聊城人。宣統《聊城縣志》卷八《人物志》載，字元固，號瀧江、守漸子，順治六年進士，授崑山令。十二年，改江西永豐。後以薦擢大行，遷户部主事。康熙十二年，陞江西司員外郎，請假歸。十七年，補雲南司員外郎。二十三年，陞福建巡海道。二十七年，改任湖廣荆南道。敦大節，有古大臣風。著有《石堂集》《春秋解》及《名臣奏議鈔》，卒年七十有四。子二：燮光、燮允。

[2] 劉蕡，《新唐書·藝文志四》載有《劉蕡策》一卷，《舊唐書》卷一九〇有劉蕡自傳，字去華，昌平人，父勉。寶曆二年進士擢第。博學，善屬文，尤精《左氏春秋》。"爲人最切直，不居是選，其間指陳時事，不避貴近，言詞激切，士林感動，雖晁、董無以過也。"（《太平御覽》卷六二九《治道部》十）

　　[3] 汶陽，春秋魯地名，今山東泰安市西南一帶。因在汶水北，故得名。《春秋左傳集解》杜預注曰："汶水出泰山萊蕪縣，西入濟。"因近齊，曾爲齊所侵奪。一説在今山東寧陽縣東北，西漢置縣郡。

劉懋勛　字堯叟，順治辛卯舉人。[1]

【注】

　　[1] 劉懋勛，《江蘇藝文志·揚州卷》載："字膚公，號堯叟，一作字光叟。清初泰州人。萬春三子。順治八年（1651）舉人。有《簪山園選稿》。"《淮海英靈集》收其詩五首。其父劉萬春，萬曆四十四年（1616）進士，授户部江西司主事，管西山倉，收崇文門税。歷兵部員外郎、郎中，浙江布政司參政，所至有聲。曾與李自滋同修纂《崇禎泰州志》十卷圖一卷。

盧溝橋晚發[1]

不作長征客，安知遠道情？寒風吹雁疾，朔氣壓雲平。路入殘星暝，橋連積雪明。那堪三輔[2]地，野燹隔林生。

【注】

　　[1] 盧溝橋，位於北京永定河上，是北京現存最古老的聯拱大橋。建于金大定二十九年（1189），明昌三年（1192）竣工，以工程宏偉、石雕精美而聞名，并以曉月清景著稱。橋頭碑亭有乾隆御題"盧溝曉月"漢白玉碑刻。

　　[2] 三輔，原指西漢時治理京畿地區的三個官職。漢景帝時將首都長安及城郊地區分成三塊，分別設置左内史、右内史及主爵中尉管理。因共同管理京畿地區，故合稱爲三輔。漢武帝時，此三個官職又被命爲京兆尹、左馮翊和右扶風，其總共管理區域大致是今陝西中部地區。至唐代，仍習慣稱京畿地區爲三

輔。此處特指北京。

蕪城道上望京口有感同孝威漢公奠兩[1]

霜月維揚路，南徐人望初。人家鐵馬後，雉堞斷烟餘。野哭流青火，江聲跳白魚。艨艟何日靜，舊業問樵漁。

【注】

[1] 蕪城，指廣陵，即今揚州。孝威，即下文鄧漢儀。

贈清溪蔡碩公世兄次燕京留別韻[1]

才華夙許擅題橋，漫向風塵念孝標[2]。交道生憎時態薄，離情夢入故山遥。衣冠兩世歸殘劫，縞紵何人共久要。他日羅浮遲白舫，草堂相勸酒如潮。

【注】

[1] 蔡碩公，即浙江德清蔡啟傳（1619—1683），清詩人兼書法家，字石公（一作碩公），號崑暘。詩多寄興之作，有《游燕草存園集》。康熙九年（1670）狀元。康熙十一年（1672）任順天鄉試主考官，力除時弊，倡導復古之學。所取之士皆有才學，後出若干名臣。服母喪畢長升至右春坊右贊善，卻言"我淡泊之志始終不渝"，"而今爲盛世，朝不乏輔佐之才，不妨留我一二人在水邊樹下，作爲盛世點綴"，后歸鄉至卒，年六十五歲。（《中國歷代狀元傳略》）

[2] 孝標，即南朝梁學者劉峻，字孝標，曾典校秘書，以好學著聞。曾著《廣絕交論》，發揮朱穆文意，列舉出"五交三釁"，抨擊勢利之交，感歎交友之可畏。後因用作詠慎交的典故。曾注釋《世說新語》顯名。受梁武帝蕭衍猜忌，隱居於浙江金華並講學於此。

周櫟園先生重過吳陵招同諸子讌集[1]

邗江持節當年地，白舫重來鬢半斑。真氣迎人心欲醉，清言滿座暑全删。風霾曾灑孤臣淚,潮瀚今逢故舊顔。聽説射烏樓畔事,如公豈合老東山。

【注】

[1] 周櫟園,即清初文學家周亮工,詳見上文《重游邗上途中寄懷周櫟園先生》詩注。《淮海英靈集》庚集卷二此詩題作《周櫟園先生重過吳陵招同諸子》。

易東 字田授,辛卯戊子兩中副車,著《曉堂集》。[1]

【注】

[1] 易東,王澄主編《揚州歷史人物辭典》載其生卒年不詳,"清泰州人。康熙五年(1666)、八年(1669)兩中副榜。擅醫術,通古文字,工書法,究理盡性。著有《曉堂集》。"其子易之炯,字淩州,康熙二十四年(1685)武進士,著有《秋錦樓集》。阮元《淮海英靈集》丙集收其詩一首。

録別

驅車大河陰,朔風飄我衣。白楊彌廣路,川途浩無期。曠墟絶塵踪,雨雪行霏霏。緬懷素心子,東西渺何之。黄雲暗征塵,日暮多鼓鼙。嚴城飛鳥盡,四顧惟旌旗。一身不自保,遑念妻與兒。中宵悲不勝,起坐捉衣裾。

丹陽早發之瓜渚同吳薗次、申周伯、劉玉少作[1]

風雨雞聲裏,呼燈上客舟。一身兼主僕,諸子只窮愁。日暮無村酒,囊空有敝裘。寒鴉啼古驛,夢已到揚州。

【注】

[1] 吳薗次(1619—1694),名綺,字薗次,一字豐南,號綺園,又號聽

翁。江都（今揚州）人。清代詞人。順治十一年（1654）貢生，薦授弘文院中書舍人，升兵部主事，武選司員外郎。又任湖州知府，以多風力、尚風節、饒風雅被時人稱爲"三風太守"。著有《林蕙堂集》。《白玉齋詞話》卷三評其詞"調和音雅，情志亦濃，詞中小品也"，"小令不脱草堂窠臼，長調間作壯浪語。"

申周伯，即申維翰，字周伯，江都（今揚州）人。貢生。清康熙十八年（1679）舉博學鴻詞，因年老不試，特賜內閣中書。

劉玉少，即劉梁嵩。乾隆《江都縣志》卷二〇載："字玉少，幼傳其父有倫之學，有文名。康熙甲辰進士，授江西崇義知縣。甲寅，賊犯崇義，孤城無援，嵩募義勇，身先士卒，登陴固守，擒賊七十余人。城得不陷，境內以安。以勞瘁卒于官。"阮元《淮海英靈集》丙集卷三載其一名次山。

次韻贈李助

李子貧非病，漁竿坐水門。秋風今歲晚，野日隔溪昏。掃徑憐花影，鋤雲動石根。六朝千里月，無恙照霜村。

銅鞮趙孝子[1]

痛哭前朝事，傷心忠孝門。千秋爾父子，百戰此乾坤。井碧孤臣淚，山青烈士魂。皋狼重過處，慷慨向誰論。

【注】

[1]《淮海英靈集》丙集卷一收録該詩，題作《趙孝子》，下並有小字注曰："武鄉人，報父讎殺賊而死。"《皇清詩選》卷四録詩題同阮本，小注作"武鄉人，以父報讐殺賊而死"。銅鞮，晉邑名。杜預注《左傳》："銅鞮，晉别縣，在上黨。"漢置縣，治所在今山西省沁縣南。北魏以後屢有遷移，明洪武初廢入沁州。

晚望和王維夏韻[1]

東溪晴亦雨，相望水波青。歸舫輕烟直，穿雲古殿冥。荷香深一港，葭影亂孤汀。對此忘城郭，漁歌取次聽。

【注】

[1] 王維夏，名昊，字維夏。《清史列傳》卷七〇載："太倉州人。束髮授書，一過能記誦。稍長，涉獵書史，詩古文辭縱筆爲之，並如宿習。作《鴻門行》兀奡警拔，吳偉業歎爲'絕才'。於婁東十子中，尤錚錚有聲。性傲岸，不肯就省試。時吳下文社盛起，爭欲致昊，昊亦具供張設爲槃敦以應之。往來江浙間，與諸豪俊締交好，家以是困。乃歸築當恕軒，寢處其中，研經繹史，授徒自給。康熙十八年，舉博學鴻儒，召試，授正字。上以昊文學素著，念其年邁，加內閣中書銜。命下而昊已卒，年五十三。所著《當恕軒隨筆》，時稱博洽。又有《碩園集》。"弟曜昇，亦有文名，有《東皋集》。

歲暮送翁岱瞻[1]

殘冬雨雪夜冥冥，相對同人髮半星。却喜銀瓶新漉酒，可堪風笛出離亭。一帆落葉鐘初動，十里寒河草未青。花約明年能憶否？羅浮烟雨望仙舲。

【注】

[1] 翁岱瞻，即翁磊，岱瞻爲其字，泰州人。《淮海英靈續集》庚集卷四收錄其詩一首。

暮秋遊西湖雨阻宿板橋

一路寒颼動客愁，旗亭貰酒脫鷫裘。青簾夜捲神仙舫，紅袖人歸燕子樓。暮雨不堪悲落木，霜燈如此照深秋。鐘聲吹入芭蕉響，野宿星橋夢白鷗。

積雨遣悶

暮雲高閣楚天昏，亂石驚泉惱客魂。花落隋宮愁似燕，柳沉江館靜疑村。奔流萬頃連陰壑，斜雁雙飛下鳥門。縱使雞聲遲我去，也知頭白厭劉琨[1]。

【注】

[1] 劉琨，字越石，中山魏昌（今河北無極）人。西晉詩人。出身世族，少有文名，與石崇、歐陽建、陸機等人以文才事權貴賈謐，號稱"二十四友"。永嘉後曾多次與劉聰、石勒作戰，敗后投奔幽州刺史段匹磾，爲段所殺。年四十八歲。《晉書》有傳。

李拔卿 字枚及，順治八年拔貢。[1]

【注】

[1] 李拔卿，《道光泰州志》卷三〇載曰："字枚及，號易庵，清初泰州人，順治八年拔貢生，官通判，有《論古堂集》。"阮元《淮海英靈集》乙集卷一收其詩兩首，與此本同。

晚出南口城[1]

黃沙撲面駭飛蓬，四月驚寒起朔風。南下地形趨督亢，西來山勢扼雲中。吹笳半壁城樓晚，牧馬荒陵草木空[2]。却問當年誰鎖鑰，北門終想寇萊公[3]。

【注】

[1] 南口城，在今北京昌平西，屬燕山與軍都山連接處，兩峽對峙，一水傍流，關溝二十公里。北魏時稱下口，北齊時稱夏口。元都初年在此重筑城。後稱南口城，與居庸關及八達嶺同爲交通要塞。城爲不規則長圓形，跨東西兩山，南北開城門兩座，東側山下設水門兩座，整個城除南北城門和樓臺用磚外，其餘牆體均爲虎皮石。

[2] "吹笳"至"木空"句，《海陵詩彙》卷一引同，《慎墨堂詩話》卷八引作"吹笳半壁城將晚，牧馬諸陵草正豐"，並評此詩："可感！作邊塞詩，便多高

涼之氣，而此更深渾。"

[3] 寇萊公，即寇準（962—1023），字平仲，華州下邽（今陝西渭南）人。太平興國五年（980）進士。真宗時官至宰相，景德元年（1004），契丹入侵，力請真宗過黃河親征，後訂立澶淵之盟，河北自此罷兵。後出知陝州，晚年再起爲相，封萊國公。爲官正直，後遭讒被貶爲雷州司户，卒于貶所。賜諡曰"忠愍"。能詩作詞，存世《寇萊公集》七卷、《寇忠愍公詩集》三卷。

宣鎮[1]

上谷嵬[2]然壯客遊，當年右臂繫神州。途經鷂嶺山如鑿，[3]地近羊房草易秋。鹵簿昔聞從帝子，犬牙今復制諸侯。邊聲盡入西風厲，鼓角悲涼鎮朔樓。

【注】

[1] 宣鎮，地處京師西北，爲軍事要塞。

[2] 嵬，《海陵詩彙》卷一作"巍"。

[3] "途經"句，《海陵詩彙》卷一引同，《慎墨堂詩話》卷八引作"途經鷂嶺山全險"，並評此以下四句詩曰："四語典核。精健，如摩空雕鶚。"

許光震 字電青，順治乙未進士，鳳翔知縣。[1]

【注】

[1]《道光泰州志》卷二三載："許光震，字電青，康熙五十四年進士，知鳳翔縣。會水災，民艱於賦，遣人回籍鬻產代輸銀數千餘兩。後以親老告歸。鄉人稱孝友，無間言。"

酬淵公贈畫[1]

宣州墨妙絶躋攀，却幸逢君照客顔。攜得雲嵐過江去，海門青接敬亭山。

【注】

[1] 淵公,《晚晴簃詩匯》載:"梅清,字淵公,號瞿山,宣城人。順治甲午舉人,有《天延閣刪後詩》。"

陳志紀 字雁羣,順治己亥進士,翰林院編修。[1]

【注】

[1] 王澄《揚州刻書考》載:"陳志紀,字雁羣,一字海陽,號懿誦。清初泰州人。順治十六年(1659)進士。選庶吉士,授編修。旋以言事得罪,謫戍寧古塔,卒於戍所。輯並刻有《蘇長公拔尤》兩卷。"著有《塞外吟》。

寧古塔春日雜興[1]

謫居關塞遠,忽忽又春深。雪氣猶千嶂,花光失故林。從人學射獵,驅馬試謳[2]吟。宣室無由見,虛懸待漏心。

罪比丘山重,恩同覆載寬。一行來絕塞[3],萬里見春寒。邊草青難發,鄉雲晚獨看[4]。琵琶誰更奏,暗引淚珠彈。

自度陰溝路,來從絕塞居。雕盤迴野色,雁轉望家書。幕府雖加禮,鄉園已盡[5]疏。舊時三徑菊,蕪沒定何如。

【注】

[1]《清詩紀事》(順治朝卷)載《寧古塔春日雜興》四首,此處少第四首(朝簪雖久闕)。該組詩末有按語引《泰州志》曰:"康熙元年京畿旱,會有詔求言,志紀獨以翰林具疏劾天下督撫貪婪不法狀,卒爲忌者所中,謫戍寧古塔。貧甚,以醫自活,卒於戍所。"又引康發祥《伯山詩話》:"陳雁羣志紀《春日雜

興》句云:'雕盤迴野色,雁轉望家書。''猖狂逃斧鉞,歡喜得耕耘。'詩有悔過感恩、愛國懷鄉之意,語亦和平可喜。"清王豫輯《淮海英靈續集》己集卷一、清曾燠《江西詩徵》卷六七引詩題均作《寧古春日雜興》。

寧古塔,清張縉彥《寧古塔山水記》載:"寧古塔者,名其地也,其山則曰臺,塔與臺音相近也,或以山形如臺,故名。"地處黑龍江省寧安市,常年冰封。王家禎《研堂見聞雜錄》載:"寧古塔,在遼東極北,去京七八千里,其地重冰積雪,非復世界,中國人亦無至其地者。"

[2] 謳,《江西詩徵》卷六七作"長"。

[3] 塞,《淮海英靈續集》己集卷一、《江西詩徵》卷六七均作"域"。

[4] 鄉雲晚獨看,《江西詩徵》卷六七作"關雲晚故看",《淮海英靈續集》己集卷一作"關雲晚故看"。

[5] 已盡,《海陵詩彙》卷三、《淮海英靈續集》己集卷一均作"盡已"。

劉懋贊 字質公,號僅三,歲貢,著《雪村詩草》。[1]

【注】

[1] 劉懋贊,《江蘇詩徵》卷七八收其詩三首,並載其字質公,號僅三,清初泰州人,萬春次子,貢生。有《雪村草》。阮元《淮海英靈集》甲集卷一收其詩一首。

鍾山

荒原六代後,弓劍更堪愁。落日歌翁仲[1],秋風賽蔣侯[2]。墓門狐竄棘[3],輦道草成丘。縱有冬青在,年來幾樹留?

【注】

[1] 歌,《淮海英靈集》甲集卷一作"歆"。

翁仲,清姚東升輯《釋神》曰:"翁仲,姓阮,始皇時交阯人。"陳耀文《天中記》八卷二十一"阮翁仲"條云:"翁仲,安南人,身長二丈三尺,氣質端勇,異于常人。少為縣吏,為督郵所笞,嘆曰:'人當如是邪!'遂入學究書史。秦始皇併天下，使翁仲將兵守臨洮，聲振匈奴。秦以爲瑞。翁仲死，遂鑄銅爲其像，置咸陽宮司馬門外。匈奴至，有見之者，猶以爲生。"自此，人們便將宮闕或陵墓前置銅人、石人稱爲翁仲。人們也會借助翁仲之靈威以辟邪制作佩飾戴胸前。

〔2〕蔣侯，東漢末年秣陵尉蔣子文。蔣身後葬於紫金山東北麓，吳大帝爲其立廟，封爲蔣侯，齊永明中封爲蔣帝，故又稱蔣帝祠。

〔3〕狐竄棘，《淮海英靈集》甲集卷一作"碑伏路"。

初春送客還京口

把臂纔三日，春風冉冉回。草依征壘發，梅傍驛樓開。鐵甕[1]浮潮出，芒鞋觸雪來。江南紛戰馬，君過肯徘徊。

【注】

〔1〕鐵甕，即鐵甕城，江蘇鎮江古城名，三國時孫權建。

深秋同張湛生、賈祺生遊水月菴[1]

零落吾儕只知襄，故山風物奈愁何。斜陽帶雨浮鐘磬，幽寺無人黯薜蘆[2]。雙淚老垂殘菊盡，一生興傍酒杯多。諸君不壓招提[3]寂，佛閣禪林足嘯歌。

【注】

〔1〕水月菴，菴名。清周古篆、蔡復午篆《嘉慶東臺縣志》卷三五載"水月菴"云："在南門内，乾隆時修。菴前爲往來舟楫停泊之所，殿廡堂廚計屋二十六間。"中並録本詩，詩題作《秋抄同張湛游水月菴》，"故山風物"作"故山風雨"；"斜陽帶雨"作"斜陽細雨"，"殘菊盡"作"籬菊盡"；"不壓"作"不厭"；"佛閣"作"佛火"。《海陵詩彙》卷二載此詩題作"深秋同張湛生賈祺生諸君遊水月庵"。

〔2〕薜蘆，《海陵詩彙》卷二作"薜蘿"。

〔3〕招提，佛教寺院的代稱。本爲梵語拓斗提奢，義爲四方。省稱作拓

提，誤爲招提。《名義集》第七："後魏太武始光元年造伽藍，創立招提之名。"四方之僧稱招提僧，四方僧之住處稱爲招提僧坊。壓，《海陵詩彙》卷二作"厭"。

繆肇甲　字墨書，號補山，歲貢生，著《問月樓集》。[1]

【注】

[1] 繆肇甲，《道光泰州志》卷三〇載：字墨書，號補山，清泰州人。繆沅父，歲貢生。集名流談議，講明体达用之學。凡先儒語録無不洞達本原，而一折衷於朱子。由諸生貢入太學。爲文一洗塵氛，獨臻清雅，詩風神秀，脱辭旨妍。生平寡言，好施予。卒年四十九。以子沅貴，贈刑部侍郎。有《芳苞亭文集》《問月樓詩鈔》《唐詩神》《昭代詩選》等。阮元《淮海英靈集》丙集卷一收其詩兩首。

景州道中知山妻復病寄沅兒[1]

亦念吾身苦，翻憐爾母危。一年多病日，雙淚教兒時。躑躅趨長路，殷勤寄遠詩。到來天際雁，慰得客中思。時得沅兒信。[2]

【注】

[1] 景州，清朝河間府轄治。最早於隋朝長蘆置景州，至唐中期於弓高置景州，後晉改景州爲永靜軍，後漢、後周仍改名景州，顯德三年（956）改作定遠軍。宋初更定遠軍爲永靜軍，屬河北東路河間府，金時曾改作觀州，治所在東光。至元二年（1265）恢復舊名景州，至明清朝，治所在今景縣。

沅兒，即繆肇甲子繆沅（1672—1729），字湘芷，一字澧南，號餘園。清泰州人。康熙四十八年（1709）進士，入翰林，官至刑部侍郎。五十四年（1715）參與修撰《康熙字典》，工詩，其作入《江左十五家詩選》。五十六年（1717）視學湖廣。每試一郡，必與諸生會講而去，得人極盛。秩滿瀕行，兩湖諸生送千餘里。著有《餘園詩鈔》六卷傳於世。還有《蘭渚集》《浮山集》《西溪集》《稄米集》。（王澄主編《揚州歷史人物辭典》）

[2] 此五小字注，《淮海英靈集》丙集卷一置於"到來天際雁"句下。

盧溝橋懷葛天衣喬梓

客路同君續楚騷，清尊明燭興偏豪。詩逢知己還分韻，客到臨岐[1]解佩刀。兩世論文存我輩，一鞭遊子戀同袍。國門揮淚難分手，愁見孤城片月高。

【注】

[1] 岐，《海陵詩彙》卷二作"歧"，二字同。

登天目山是晉王冶飛昇處[1]

形勝東南第一峯，登臨斜日探遺蹤。荒臺草軟疑馴鹿，古井雲封想護龍[2]。脈接蜀岡流水合，氣連橫浦暮嵐重。昭明訪道乘船後，縹緲仙音更不逢。

【注】

[1] 天目山，在今泰州姜堰，非浙江天目山。清姚文田等纂嘉慶《重修揚州府志》卷八載天目山，引《嘉靖志》云："在州治東四十里，高二丈三尺，周二百三十步。王仙翁昔嘗隱是山，有二井。"明胡紡《天目山記》云："海陵東南、姜堰北，有天目山，古地缽福地，峰鳩陶隱居者，云：'地缽臨江東。'"

王冶，即王仙翁，海陵十仙之一，晉代海陵地區修道功成的道士之一，隱居天目山，建廟修靈寶法，煉丹存神，歷南朝宋、齊、梁、陳百余年，功成行滿，白日飛升。志又載，梁昭明太子聞公升舉，同邵陵王詣山致禮，導港直至山下。公居山日，有五色鹿產一女於山左草莽中，聞啼聲，往視之，見鹿乳焉。公挈養之庵，造一鹿女臺。公飛升後，女欲南渡，邑人餞之橫浦，云："後百年，復來。"履江水而去。景雲二年十一月，山忽鳴吼，聲聞遠邇。乃敕遣天臺山女道士王妙行，名山大川，洞天福地，投金龍玉璧。王妙行即鹿女，計百年矣。此詩中所言"馴鹿""古井""護龍"及"昭明訪道"等即此所記。

[2] "荒臺"句，《慎墨堂詩話》卷二五評此二句："卓爍，有珠光劍彩。"

廣陵雜詠

畫槳游人欲斷腸，珠簾翠幔繞垂楊。誰知十里繁華地，原是當年舊戰場。

顧紹美 字景先，著《瑟菴集》。[1]

【注】

[1]《揚州歷史人物辭典》載："顧紹美，生卒年不詳，字景先，清泰州人。博洽宏覽，固守清貧。居處與黃雲相近，兩家燈火相映，弦歌之聲互答。時慕其高。《江蘇詩徵》載其著有《瑟庵集》。"

飲俞樓和仙裳先生[1]

總是知音者，看山先後來。今宵留客處，當日讀書臺。月可添詩料，花如爲酒開。新知與舊好，都是謫仙才。

【注】

[1] 仙裳，即姜堰黄雲。

病中

自別殘冬後，居然隔世人。酒因多病減，詩爲寫愁真。對鏡全非昔，求醫更苦貧。明朝寒食節，又負一年春。

孔東塘先生改拱極臺爲海光樓[1]

相傳拱極是仙臺，一望荷花十里開。觀海人從天上至，乘槎客自日邊來。公餘挈伴尋詩去，興到探奇載月回。怪得海光名再易，尼山原只在蓬萊。

【注】

[1] 孔東塘，即清代文人孔尚任，康熙二十六年（1687），時任國子監博士，隨工部右侍郎孫在豐至淮揚，辦理疏浚海口，督理七邑水患，館昭陽拱極臺之北樓，改"襟淮樓"爲"海光樓"並題額，撰《海光樓記》，並賦《拱極臺詩》十五首。

拱極臺，位於興化城北海子池畔，建於宋，依城爲臺，按五行方位及其對應"四象"中之玄武，取名"玄武臺"，亦名"玄武靈臺"，並於臺上建"襟淮樓"三間。元時又稱"讀書樓"。明嘉靖十七年（1538）知縣傅珮開辟玉帶河引水入海子池，重修此臺，更名"拱極臺"。拱極，語出《論語·爲政》"爲政以德，譬如北辰，居其所，而衆星拱之"句，有拱衛北極、衛護君王之意。

沈復曾 字大復，號林公，著《旦園詩集》。[1]

【注】

[1]《泰州新志刊謬》卷下載："沈復曾，生卒年不詳，字大復，號林公，明泰州人，諸生，工詩。天啟、崇禎間，海陵風雅一派幾於歇響，復曾起而肇之，有扶衰正雅之功。著有《旦園詩集》。"阮元《淮海英靈集》戊集卷一收錄其詩一首。

將西同詞臣孝威賦[1]

短市商歌疾，驅風此敝裘。地形趨碣石，山勢圻河流。雲策隨征馬，春詞憶射牛。東南銷王氣，立馬向齊州。

【注】

[1] 孝威，即下文鄧漢儀。

寄懷孝威燕邸

羸馬單裘雪渡河，秋風禾黍疾商歌。昆明夜月旌旗見，瑣闥荒雲鹿豕過。河朔幾人同濁酒，江楓萬里一漁蓑。古來擊筑吹竽客，惟有荊高慷慨多。[1]

【注】

[1] 此句言荊軻刺秦事。荊軻刺秦，燕太子及賓客皆白衣冠送之。至易水之上，高漸離擊筑，荊軻和而歌，爲變徵之聲，復爲羽聲慷慨，士皆瞋目，髮盡上指冠。荊軻就車而去。見於《史記·刺客列傳》。

秋日題長鏡上人浮玉山菴[1]

岧嶤飛閣倚嵯峨，絶壑憑陵晚吹多。北走大荒分楚漢，南通百粵出山河。千年草樹深江雨，落日魚龍起夕波。最是漁人輕雪浪，烟蓑不避白黿渦。

四天澄碧水茫茫，此夜招尋宿上方。石路漸深山市遠，禪關長閉海雲涼。鐘鳴下界晨烟白，樵唱空江晚霧黃。慚愧飄蓬許元度[2]，欲將清夢付滄浪。

【注】

[1] 長鏡上人，玉山寺住持。《顧與治詩》卷四載有《贈長鏡上人》詩，下注曰："京口負販者暮夜冒風競渡，時遭覆溺。李小有憫之，建避風館於玉山寺下，延長鏡爲住持，容暮渡者免風濤之厄，誠仁品也。"萬曆《臨安縣志》載天目山舊稱浮玉山，但此處所言爲京口，則當處於鎮江，故浮玉山當即鎮江之焦山，乃據漢末學者焦先隱居此地而得名。又曰爲金山。顧祖禹《讀史方輿紀要》卷二五載："金山，府西北七里大江中。風濤環繞，勢欲飛動。一名浮玉山，一

名互父山,又名茯苻山,相傳晉破苻堅,獻俘山下,因名。亦名伏牛山,《唐志》:貢伏牛山銅器,謂此。亦名頭陀岩。"

[2] 許元度,即許詢,字玄度,東晉玄言詩代表詩人,與孫綽"並一時文宗"(檀道鸞《續晉陽秋》)。

高沙道中

閘口奔流爭渡遲,黃頭駕船赤汗垂。襄陽估客髩如雪,愁對青湖白鷺鷥。

黃雲 字仙裳,號舊樵,諸生,著《桐引樓集》《悠然堂稿》。[1]

【注】

[1] 陳衍輯《感舊集》卷四收録其詩五首,並有小字傳注曰:"《今世説》:'黃仙裳長身玉立,能詩文,善談論,慷慨負氣。遇俗人稍不合意,輒謾罵之。人多曰以爲狂,不敢近。'《揚州府志》本傳,雲窮研經籍,少即以詩文名家,慷慨尚義,晚年愈貧苦,屢辭聘。按仙裳子陽生,字屺懷,號晉漁,事祖母至孝,能詩,寧都魏叔子爲作序。"

錢仲聯《清詩紀事》(明遺民卷)載黃雲條,引鄧漢儀《詩觀初集》:"仙裳二十年前屏跡村舍,于漢魏四唐之詩,靡不窮討源流,綜其至變。又從孟貞、與治、伯紫諸君論詩,益復醇備。姜真源侍御刻其《悠然堂詩》,李奎瞻大令近刻其《桐引樓集》。以予謬司選政,屬嚴爲簡汰。當代作者如林,求如仙裳之風神秀上,格法婉愜者,目中實罕其儔。仙裳行將策馬金臺,與十五國人士揚榷風雅,當必許南陽生爲不阿所好也。"

除夕寄女兒瓶梅

右軍愛女兒,鍾情倘同之。余有四掌珠,大者方及笄。遠嫁無百里，中心悵有違。離居曾幾時，倏屆青陽期。遥知循婦禮，櫛盥警鳴雞。汝性嗜芳潔，凝妝對庭梅。如何臘已盡，未見寒花開。海隅斥鹵鄉，地偏春或遲。聊因家郵便，折寄隴頭枝。盛以小膽瓶，前代宣德磁。綠窗接香影，舊夢猶依稀。汝母坐我旁[1]，淚下如綆縻。[2]

【注】

　　[1]旁，《海陵詩彙》卷三作"傍"。

　　[2]綆縻，指繩索，形容淚下如綫。語出於王粲《詠史》："臨穴呼蒼天，涕下如綆縻。"

春初棹舟訪宗定九於東原村舍途中作[1]

初陽麗江皋，索居慕同儔。烟墟十里外，窈窕循碧流。渺渺虛舟逝，習習條風柔。文鯉躍澄波，百舌喧芳洲。殘英覆梅坂，新綠彌麥疇。氣和物已通，地偏情自幽。彼美寄丘園，守道無外求。安得結比鄰，南村以淹留。

【注】

　　[1]宗定九，即宗元鼎，定九是其字，别字梅岑，號香齋，又號東原居士。江都人，生於萬曆四十八年庚申（1620）。諸生。康熙十八年（1679）貢太學，考授州同，未仕。所居東原，金鎮《揚州府志》載："東原在宜陵東南十二里，有東原草堂、芙蓉別業、小香居、新柳堂、梅西堂諸勝跡。舊爲進士宗名世讀書處，其孫元鼎力學躬耕於此。有《東原讀書圖》，四方名士題詠甚多。"榜其處爲新柳堂，堂後芙蓉別業，相傳爲謝墅遺址，故以名其集爲《芙蓉集》。順治二年（1645）初刻。至康熙元年（1662），編所著詩文存少作十之二，爲《芙蓉集》二十六卷，其弟之瑾作注並寫刻。然僅十七卷，與四庫著錄者同。疑虛張其數，刻成者止此。壬寅以後詩文，別爲《新柳堂集》，汪懋麟作序。元鼎早年胎息温、李，驚才絕豔。晚更仰攀初盛，才情不減，文頗雅飭。（鄧之誠《清詩紀事初編》卷四）

讀書堂與諸生講《禹貢》[1]

園居新雨餘，薰風扇高帷。碧篠紛冉冉，芳草何萋萋。疏解夏后氏，反復隨刊辭。始冀而終雍，高下功異施。乃粒在烝民[2]，八載亦已[3]疲。當其過門日，中心常苦悲。痛父殛羽山，遺願呱呱兒。天地竟平成，至孝安可追[4]？卓矣萬世功，蒼昊濟巍巍。誰爲無父人，把卷增涕洟。

【注】

　　[1]《禹貢》，爲《尚書》篇目，主要記載九州劃分、山脈方位走向及水系分布等，是先秦最富有科學性的地理篇目。全篇包括九州、導山、導水及五服四部分内容。

　　[2] 烝民，即民衆、百姓。《書·益稷》："烝民乃粒，萬邦乃乂。"

　　[3] 已，《海陵詩彙》卷三作"以"。

　　[4]《感舊集》卷四此句下有"起家於司空，踐祚卒總師"十字。

同人集千佛樓[1]

故人邀避暑，塵氣此中清。小院覆梧色，空堂聞雨聲。寺貧饒妙趣，僧靜有詩情。莫負終朝坐，秋帆又遠征。

【注】

　　[1] 千佛樓，位于寶應縣潼口寺内。潼口寺始建于唐貞觀九年（635），稱爲東壽安院，寺内有萬曆鐘、千佛樓、地藏殿、羅漢堂等建築。宋代，改寺名爲聖壽院，後又稱潼口寺。明代河南道監察御史喬可聘曾撰文立碑。

歲暮白上人歸自崇川

犬吠出深樹，人家多掩扉。寒河雙槳動，破寺一僧歸。皎皎[1]

月當牖，輝輝霜滿衣。明朝又更歲，長守[2]故山薇。

【注】

[1] 皎皎，《皇清詩選》卷三作"獵獵"。

[2] 守，《皇清詩選》卷三作"飽"。

江村元日[1]

門前芳草路，春到有誰過。曙鳥喧寒槭，條風動綠波。性迂求世少，親健得天多。莫訝將強仕，猶然隱澗阿。

【注】

[1] 《清詩別裁集》卷八載此詩題作"江村春日"。

遊雨花臺因過半山園小飲遇雨[1]

雲氣暗清晝，山遊爭攬衣。亂松岡北寺，一徑酒家扉。地僻留錢飲，秋陰帶雨歸。無窮好事者，行樂舊京畿。

【注】

[1] 雨花臺，位于南京中華門外。相傳梁武帝時雲光法師曾于此講經，上感于天，爲之雨花，故名。（宋周應合《建康志·臺觀》）

半山園，清余賓碩《金陵覽古》載："昔宋王荊公於二林（按，即上、下定林寺）之間，即謝太傅園池爲園，名半山園。云：出東門而上鍾山，至此方半也。《語林》云：荊公不耐靜坐，非臥即行。晚卜居鍾山謝公墩，蓄一驢，食罷，必日一至鍾山。縱步山間，倦則即定林寺而睡，日昃乃歸，率以爲常。後病，請以宅爲寺，賜額'報寧禪寺'。"

香山宿來青峰

望都亭上望，斜日影朦朧。烟樹迷茫外，山河指顧中。泉聲隔梵唄，蟲語入松風。伏枕無窮事，灰心佛火紅。

廣陵贈惲正叔喜香山、涵萬兩先生有姪也[1]

不足盡君處，人傳顧虎頭。道心澄白水，詩骨在清秋。久別蘭陵酒，初逢明月樓。阮家儕才子，彌想舊風流。

【注】

　　[1]惲正叔，即清初杰出畫家惲格（1633—1690），字壽平，又字正叔，號南田、東園客、云溪外史、白云外史、橫山樵者等，江蘇武進人。性情耿介，善畫山水花鳥，尤以没骨花卉著名，開創新風格，世稱"惲派"或"常州派"，與王時敏、王鑒、王翬、王原祁、吳歷稱爲"清六家"。著有《甌香館集》《南田詩草》《南田畫真本》等。

　　香山，即惲格伯父惲本初，字道生，一字曙臣，南田稱其十一伯父。崇禎十七年（1644）舉賢良方正，授内閣中書。明亡歸隱常州，擅畫山水。著有《香山詩草》《畫旨》。

　　涵萬，即惲格叔父惲于邁，原名含初，字涵萬，一作含萬，號建湖，順天府學貢生。南田稱其十四叔。以詩著名，著有《退耕堂詩草》。

丙辰新秋寄淮陰蔡子搆[1]

瓠子今來决，江淮白馬騰。潮頭衝斷雁，山脊剩疏燈。災患開英傑，流離念友朋。楚鄉饑更甚，進食有誰能。

【注】

　　[1]蔡子搆，淮陰名士。《閻潜先生年譜》卷二注云："子搆，名爾趾，山陽人，康熙中歲貢，晚官祁門訓導。"

靖江晚眺

客路覊瀾港，風波盡日狂。潮聲連夕照，帆影亂江光。黄歇[1]

分封地，孫權牧馬場[2]。暝烟迷極目，無限使神傷。

【注】

[1] 黃歇，即戰國四君子之一春申君，楚國人。頃襄王時，出使秦國，上書昭王，説秦退兵。並設計使入質之太子完回歸楚。太子完立，黃歇任相，封淮北十二縣，後改封江東，以吴爲都邑，門下食客三千。考烈王死後，被李園所殺。黃歇將故吴舊城重新營建振興，興修水利。相傳江陰之申港河、黃田港均與黃歇有關。黃埭鎮因黃歇曾在此修壩築堰，故得名。

[2] 孫權牧馬場，靖江於三國吴赤烏元年（238）前成陸，赤烏二年（239）爲吴主孫權牧馬之洲，故舊稱馬洲、馬大沙、牧城等，屬毗陵郡。明代屬江陰縣，明成化七年（1471），置靖江縣，屬常州府。

旅館雪夜

肅氣入簾幕，孤燈剔未殘。雪疑深夜重，衾念老親寒。離舍甫三日，關心非一端。牀頭餘濁酒，强飲不成歡。

桐鄉陳刺史宅贈黃介石

白門多難後，生死亦相依。閲歷一心在，蒼茫萬事非。寒城鳴暮鵶，舊第閉朝暉。慚愧論交者，如君真復稀[1]。

【注】

[1] 錢仲聯《清詩紀事》載此詩，末句"如君真復稀"在"寒城鳴暮鵶"前，誤。錢本詩下有注，曰："陳刺史即陳素，字元白，浙江桐鄉人。崇禎七年甲戌進士。"《今世説》卷一載："黃仙裳幼赴童子試，爲州守陳澹仙所知，後陳官給事中，以事系獄，貧甚。黃售其負郭田，得百金，盡以贈陳，與之同臥起囹圄中。陳後得釋，兩人同出白門而去。陳殁後，黃赴桐鄉往吊之。至之日，正陳忌辰，舉聲哀號，感動行路。"此詩中"白門多難"即指此。陳素，字澹仙，一字函白（或元白），號大淳，又號天山道人。崇禎七年（1624）進士，授開州知

州，復補泰州。乙酉後，被枉破家，流離羈旅而卒。

過汴梁廢宫作今改貢院[1]

黄河灌後事堪傷，全盛東京憶汴梁。烟鎖閒花新使院[2]，烏啼垂柳故宫牆。滄桑訪舊少遺老，樓觀憑高空夕陽。亂定招徠三十載，蓬蒿猶有半城荒。

【注】

[1]《皇清詩選》卷一八載其詩題作《過汴梁廢宫》，並無小字注。

[2] 使院，《皇清詩選》卷一八作"試院"。

邯鄲登蘻臺

聞道邯鄲滏水側，一丘野花相對開。城郭幾更非趙國，山川猶指是蘻臺[1]。風沙滚滚征車過，塞草青青獵馬回。短衣騎射定有意，昔日武靈[2]安在哉？

【注】

[1] 蘻臺，一作崇臺。明李兆珂注《李詩鈔述注》載《邯鄲才人嫁爲廝養卒婦》："妾本崇臺女，揚蛾入丹闕"，注曰："崇，一作蘻。趙武靈王起崇臺。《九域志》：崇臺在磁州滏陽郡，即邯鄲也。師古曰：連蘻非一，故曰蘻臺。"

[2] 武靈，即趙武靈王，戰國時趙國國君。趙氏，名雍，推行胡服騎射，漸使趙國强大。

邘上喜晤趙韞退大參賦贈[1]

舊事東南盛主賓，山公清望獨嶙峋。久從元晏懷知己，重過維揚少故人。城月尚憐今夜好，嶺梅猶記昔年春。相逢又看軺車發，惆悵西風立暮津。

【注】

[1] 趙鈃退，即趙進美，字嶷叔，號鈃退，一號清止，山東益都人。明崇禎十三年（1640）進士。順治間起太常博士，歷官福建按察使。卒於康熙三十一年（1692）。王士禛撰有《墓志》，其從孫趙執信撰有《行實》。有《清止閣集》。王士禛稱其年少爲詩，"清真絕俗，得王、孟之趣。使江西時，尤刻意二謝。"丙戌官京師，與龔芝麓、曹秋岳諸公唱和，爲時所重。

偕内子入廣陵舟中感舊 甲申避亂，閱十三年，已無家可歸矣。[1]

十載還鄉舊路同，一雙畫槳趁東風。沙鷗鬭影迎窗際，隄柳搖光入鏡中。夢到故園愁易醒，語追離亂不堪終。尋常愛讀《蕪城賦》[2]，肯信繁華逐轉蓬。

【注】

[1]《桐引樓詩》卷一錄此詩，題注爲"自甲申避亂，東下十三年，已無家可歸矣"。

[2]《蕪城賦》，南朝宋鮑照撰。因元嘉二十七年（450）和大明三年（459）兵禍使蕪城繁華蕩盡，鮑照有感而作此篇抒情小賦。

經落帆亭是癸巳春與陳澹仙先生別處[1]

故交十載散浮萍，檇李[2]風烟此再經。今日獨齋磨鏡具，當時相送落帆亭。東門蟻酒[3]春猶綠，南浦絲楊晚更青。只有寢園生宿草，鷓鴣啼處不堪聽。

【注】

[1] 陳澹仙，即陳素，見前《桐鄉陳刺史宅贈黃介石》詩注。

落帆亭，位於嘉興市端平橋西北側，因蘇州等地船只入嘉興過此地必落帆而得名。始建於北宋，明天啟末重建，清光緒再修，並增築太白亭等。

［２］檇李，一作"醉李""就李"，古地名。在今浙江嘉興西南。公元前496年，越王勾踐大敗吳王闔閭於此。

［３］蟻酒，古酒名。《文選》李善注引《釋名》曰：酒有泛齊，浮蟻在上，泛泛然如萍之多。故得名。

重過秣陵不復見顧與治[1]

數年不復賦南征，舊路重遊百感生。流水板橋桃葉渡，斜風細雨石頭城。誰人齎酒迎中散，當代論詩失顧榮。宿草一庭三徑廢，偶過門外馬頻驚。

【注】

［１］顧與治，即顧夢游，又作顧孟游，字與治，江南江寧人，明崇禎十五年（1642）貢生，入清不仕。性嚴介任俠恤友。晚年坎坷，窮老以死。施閏章經紀其後事，從其友方文所搜羅之遺稿爲之刊行。顧詩清真絕俗，出於郊島。著有《顧與治詩》八卷。兼善書法，古勁妙絕。

秣陵，即今南京。因秦始皇以金陵有天子氣，改稱。意指牧馬場。石頭城，在南京城西石頭山後，爲東吳孫權所建，秦淮河依此山流入長江。

婁東修復前觀察馮留仙先生祠宇[1]

憶昔驚心丙子年，誰將隻手獨扶天。舉朝半醉烏程酒，名士拚沉白馬淵。黨禍清時公又死，奸謀用後鼎[2]俱遷。寧知宗社丘墟日，廟食東南蕭几筵[3]。

【注】

［１］馮留仙，清顧有孝《明文英華》卷一〇載黃宗羲《天津巡撫馮留仙神道碑》云：公諱元颺，字言仲，別號留仙，慈谿人，崇禎戊辰進士。

［２］鼎，《皇清詩選》卷一八作"社"。

［３］"寧知"至"几筵"句，《皇清詩選》卷一八作"寧知九廟丘墟後，俎

豆東南有數椽"。

沈德潛《清詩別裁集》卷八錄此詩，下有小字注曰："明思宗朝，烏程溫體仁當國，戕虐善類，小人多附比之，社之所以屋也。三四爲記實語。"

金陵下第歸，夜泊朱家嘴舟中呈唐祖命[1]

江南江北煙波接，百里乘風願亦違。宿浦爨分漁艇火，泊船月近酒家扉。露寒漸覺征衫薄，秋盡仍從舊路歸。幸有故人[2]相慰藉，中宵痛飲任忘機。

【注】

[1] 唐祖命，《漁洋詩話》載："宣城唐祖命允甲，故明中書舍人也。"錢謙益《有學集》卷一八載《唐祖命詩稿序》曰："余同年友宣城唐君平有才子曰允甲，字祖命，自其弱冠，才名藉甚，有詩數百篇。亂後詩益工，顧不肯盡出，僅刻其十之三四，而請余爲其序。"則知其有詩稿傳世。闕名朝鮮人編《皇明遺民錄》卷二載"唐允甲"條甚爲詳盡，曰："唐允甲，字祖命，號耕塢，江南宣城人。自弱冠，詩名藉甚，善書，喜交游。弘光初，用詞學薦充舍人，掌制誥，而與用事諸權貴不合，自引去，遂終老山澤間。每酒後述先朝館閣及宮禁軼事，多外廷所未知者。"

[2] 故人，阮元《淮海英靈集》申集卷三作"故交"。

武康前溪[1]

黃鳥啼殘百舌鳴，前溪隊隊踏歌聲。誰人更續前溪曲，少帝風流萬古情。

【注】

[1] 前溪，在武康縣西南，源出銅峴山，六朝時爲繁華之地，所謂前溪舞者。道光《武康縣志》卷三載："前溪，在縣南一百步，晉車騎將軍沈充家此。

樂府有《前溪曲》，充所制。言前溪者，別于后溪之謂也。前溪村，爲南朝習樂之處，所謂舞出前溪者。"

青溪月夜續燈菴即事[1]

莫信繁華擅六朝，茆菴深坐話清宵。金陵萬事都如夢，月色猶留舊板橋。

【注】

[1]續燈菴，位于南京。清代畫家石谷至金陵曾寓居于此，爲周亮工曾作畫多幅，二人結交甚厚。

梁溪舟宿聞吳歌[1]

雞唱烟中亂槳鳴，夢回酒醒未天明[2]。江南風景彫殘後，纔聽吳歌第一聲。

【注】

[1]梁溪，水名。源出無錫惠山，于無錫城北黃埠墩接運河，自黃埠墩南，分兩支入太湖。南朝梁曾經修浚，故名。或傳因東漢高士梁鴻曾隱居于此而得名。

[2]未天明，《海陵詩彙》卷三作"未分明"。

陳志襄 字陶思，號南村，貢生，著《淡定齋集》。[1]

【注】

[1]《道光泰州志》卷二四載："陳志襄，字陶思，號南村，性至孝，倡建宗祠，置祀田，荒歲賑飢，全活甚衆。手著《詩最》三篇，倪永清集多載之，尤

究心諸史，輯評《綱鑑》一百十五卷，名曰《綱鑑會通》，巡撫張伯行爲之序以行世。復有《淡定齋》《謙忍居集》。"其與鄧漢儀、黃雲友善，詩閑澹，類其人。又有《南野草堂集》。韓國鈞任安徽巡按使時，得其《綱鑑會通》而刊刻。

客中秋懷

四野秋風落，羈人尚遠征。驚沙隨地闊，老馬向人鳴。山峻寒光早，衣單酒力輕。不知閨閣裏，砧杵爲誰清。

月夜登燕子磯

絕壁憑江下，空聲瀄石洲。登臨千里盡，縹渺一身浮。潮落沙增岸，風高夏亦秋。分明天際月，化作白烟流。

同黃仙裳暨蒼珮諸弟訪希聲上人不遇[1]

不厭丁丁伐木聲，閑從惠遠[2]洽鷗盟[3]。那知洗鉢前溪去，空閉虛堂佛火明。相見豈能增一解，不逢偏覺少餘情。杖藜落日無歸趣，坐看衡山紫氣橫。

【注】

[1] 蒼珮，《海陵詩彙》卷三作"蒼佩"。

[2] 惠遠，即慧遠，晉僧人。南朝梁慧皎《高僧傳》中有《晉廬山釋慧遠》，佛教淨土宗尊其爲初祖，曾居廬山東林寺，與劉遺民、宗炳等十八人曾結白蓮社，世稱遠公。後世以惠遠代指僧人。此處即代指希聲上人。希聲上人，不詳。

[3] 鷗盟，與鷗鳥結盟，喻指退隱。典出《列子·黃帝》："海上之人有好鷗鳥者，每旦之海上，從鷗鳥游，鷗鳥之至者百數而不止。其父曰：'吾聞鷗鳥

皆從汝游，汝取來，吾玩之。'明日，之海上，鷗鳥舞而不下也。"

陳志諶 字君山，貢生，著《嶧桐園詩》。[1]

【注】

[1] 陳志諶（1653—1681），《江蘇藝文志·泰州卷》載其"字君三，清泰州人，志裏族弟，附貢生"，並載其撰《峰桐園詩》。按，此本小傳載其字君山，誤，當爲君三。《慎墨堂詩話》及宗元鼎《詩餘花鈿集》均可證。又其詩集爲《嶧桐園詩》，《泰州新志刊謬》卷下載同，《江蘇藝文志》載誤。

題王無倪所畫《灞橋風雪圖》[1]

王君自是好丹青，三十年來門户扃。閒向小屋作圖畫，依稀欲入僧繇[2]庭。昨來爲我開卷軸，風雪飄飄生尺幅。乃是浩然踏雪圖，幅巾布衲轉深谷。橋頭水紋凍不開，悠然折得梅花迴。風吹老塞雙耳直，雪花片片從東來。我閱此圖長太息，當日才名動京國。召見豈忘北闕尊，吟詩但寫南山臆。功名富貴人所羨，寧無諛詞動顏色。甘心策蹇灞橋頭，潦倒風霜形偭仄。吁嗟！男兒倘得乘[3]馹馬，擊鼓搣金坐大廈。自應表表天地間，安能俛仰隨人者？不則，閒釣槎頭縮項鯿，清詞麗句自堪傳。至今鹿門[4]山月在，猶照襄陽耆舊邊。

【注】

[1] 王無倪，即明末清初畫家王式，字無倪，長洲（今蘇州）人，一作太倉人。工畫細筆人物，宗宋元畫法。

[2] 僧繇，即張僧繇，南朝梁時釋道人物畫家，繪畫成就最大。吳人（今蘇州）。苦學成才，長於寫真，並擅畫佛像、龍、鷹等。多作卷軸畫和壁畫。與顧愷之、陸探微及唐吳道子並稱"畫家四祖"。

[3] 乘，《海陵詩彙》卷三作"來"。

[4] 鹿門，即襄陽鹿門山。漢末龐德因拒絕徵辟，攜家隱居於此。唐時孟浩然赴長安謀仕不遇，回鄉於鹿門營建別業，以示歸隱之意。此詩尾二句即借以抒歸隱之心。

曉發泰安州

道出齊東地，郵程喜漸南。曉風吹馬鬣，宿霧雜山嵐。鶴唳不知嶺，鐘聲何處菴。到來生感歎，兵火[1]十年諳。

【注】

[1] 兵火，《海陵詩彙》卷三作"兵燹"。

蕪城竹枝詞[1]

春風到處酒卮香，十里旗亭古戰場。那復游人談舊蹟，競將新曲鬭霓裳。

【注】

[1] 竹枝詞，《樂府詩集》載："竹枝本出巴渝。唐貞元中，劉禹錫在沅湘，以俚歌鄙陋，乃依騷人《九歌》，作《竹枝新辭》九章，教里中兒歌之，由是盛於貞元、元和之間。禹錫曰：'竹枝，巴歈也。'"後演爲詞調，又名巴渝辭。七七七七句法，押平聲韻。

沈聘開 字亦季。[1]

【注】

[1] 嘉慶《東台縣志》卷二五《文苑傳》載："沈聘開，字亦季，安豐人，守能子。聘開少孤，嘗與兩兄弟爭割股以救母。同里王大成、大經、吳嘉紀皆以詩文相尚，聘開與之頡頏，號東淘四逸，著有《汲古堂詩存》。"王大經爲作小傳，謂其"五言古高渾沉鬱，直逼漢魏，近體歌行亦力追三唐"。

懷吳長吉

見說君歸後,此心[1]殊不聞。一燈生遠夢,三月在黃山。芳草忽然碧,故人猶未還。荒村花亂發,亦只[2]掩柴關。

【注】

[1] 心,《淮海英靈續集》庚集卷二作"時"。

[2] 亦只,《淮海英靈續集》庚集卷二作"香裏"。

兵起江上懷願心

鐵甕[1]城邊滿甲兵,秋來江水亦難清。詩書不謂逢多難,烽燧何因過此生。堂上疏燈雙白髮,閨中荒雨一蟲聲。知君必發毘陵棹,不盡西南夜夜情。

【注】

[1] 鐵甕,見前《初春送客還京口》詩注。

秦定遠 字以御,康熙癸卯武舉,著《快雪堂集》。[1]

【注】

[1]《道光泰州志》卷二二載其傳曰:"(秦定遠)性至孝,以母黃(氏)春秋高,不赴都會試,日夕侍養。母病,刲肉和藥,沉痾立起。工書,好吟詠,年九十有七。"

塘栖即事[1]

石門貪夜發,天曙入塘栖。一水連吳越,雙橋隔鼓鼙。小船人渡穩，落日雁飛低。極目高樓上，鄉關望轉迷。

【注】

[1] 塘栖，又名唐栖，位於浙江省杭州市北部，始建於北宋，爲蘇滬嘉湖等地重要水路通道。

次韻答王大宗伯敬哉先生見送[1]

經年燕市客，春盡始言歸。攬轡花如錦，臨岐淚滿衣。知交千古重，去住一身微。豈不慕高舉？淹留難奮飛。

【注】

[1] 王敬哉，即王崇簡（1602—1678），字敬哉，一作敬齋，順天府宛平（今北京）人。明崇禎十六年（1643）進士，順治三年（1646），授翰林國史院庶吉士，歷任秘書院檢討、國子監祭酒、弘文院侍讀學士、詹事府少詹事、吏部侍郎、禮部尚書、太子太保等職。康熙十七年（1678）卒，諡文貞。有《青箱堂文集》《青箱堂詩集》傳世。大宗伯乃禮部尚書之謂。

甘羅城晚眺[1]

秦相[2]功名此地留，烟波浩淼望中收。南連淮水通清口，北枕黄河湧濁流。碑碣舊橫榛莽境，帆檣競出荻蘆洲。只今落日孤城上，一片啼烏動客愁。

【注】

[1] 甘羅城，在今江蘇淮陰碼頭鎮北，該地爲古泗水口。元泰定年間，甘羅城因黄河奪泗、奪淮而淹没。清時爲運口重地，設山清河務同知及清河縣丞駐此。乾隆《清河縣志》載："甘羅城周四百二十七丈，在淮陰故城北，秦甘羅筑。"

[2] 秦相，指甘羅。《史記·樗里子甘茂列傳》載："甘羅者，下蔡甘茂之孫也，年十二，事秦相文信侯吕不韋。"初爲少庶子，事文信侯。時秦欲攻趙，

以廣河間，羅説趙王割五城。後與趙攻燕，得上谷三十六城，又上書莊襄王，王信任之，故封爲上卿。俗稱甘羅十二爲秦相。按，其祖甘茂曾爲左丞相，而甘羅僅爲上卿，並非相位。然《北史·彭城王浟傳》載"昔甘羅爲秦相，未能書"，《儀禮疏》載"甘羅十二相秦"，又杜牧詩《偶題》"甘羅昔作秦丞相"，此誤已久矣。

席允叔招同諸子聽花書屋讌集[1]

蕪城三月雨初消，攜手尋春度板橋。花滿青山宜[2]載酒，人依畫閣聽吹簫。隔林短槳來桃葉，映水長隄拂柳條。但得吾儕饒逸興，鶯聲何日不相招？

【注】

[1]《淮海英靈集》乙集卷二詩題"讌集"後有"得條字"三字。

清陳維崧《篋衍集》載："席居中，字允叔，奉天錦州人。"曾輯刻《昭代詩存》十四卷。

[2] 宜，《淮海英靈集》乙集卷二作"思"。

勞勞亭[1]

山亭灑淚送君行，多少離愁唱渭城[2]。亭畔昔人曾種柳，年年折盡又還生。

【注】

[1] 勞勞亭，三國吴時建，故址在今南京市區南，爲古時送別之所。

[2] 此處渭城代指王維送別詩《送元二使安西》："渭城朝雨浥輕塵，客舍青青柳色新。勸君更盡一杯酒，西出陽關無故人。"

陸舜

字元升,號襄平,康熙甲辰進士,浙江提學。著《雙虹堂集》。[1]

【注】

[1] 陸舜(1614—1692),字元升,號吳州,泰州人,崇禎十四年(1641)與張幼學、張一僑在里結曲江社。順治甲午(1654)舉人,清康熙三年(1664)進士,授刑部主事,遷郎中,歷官浙江提學。戲曲作家。曾著有《一帆記》《雙鳶記》傳記兩種。作品集《吳州文集》(一作《雙虹堂文集》)。《清人詩文集總目提要》卷五載其撰《陸吳州集》,不分卷,康熙十五年陸氏雙虹堂刻,託名其子輿齡、籛齡編。咸豐《海安縣志》卷六還載有其著作《何恃樓集》及《當場文集》。

瓜步

積水荒烟兩岸平,三竿落照似懸鉦[1]。布帆帖處長空遠,沙鳥飛邊暮靄明。雲外沉山連海氣,風前吹角入潮聲。獨來徙倚江干樹,心跡翻從作客清。

【注】

[1] 鉦,銅鑼。懸鉦,指落山太陽形似懸掛著的銅鑼。

易之烱

字凌洲,田授子,康熙己酉武進士,著《秋錦樓集》。

送陸無文先生之廣陵[1]

隋苑[2]殊非舊,君行及早秋。亂烟隨雨散,涼月下江流。何處飄蘆管,今宵夢酒樓。知君憑睇久,橫筆過揚州。

【注】

　　[1] 陸無文，泰州人。夏荃《退菴筆記》卷一〇"松雲庵"載："松雲庵，在城西三官殿西北。康熙間三塘詩人陸無文朝寓此，孔東塘國博有《松雲庵訪陸無文》詩。庵今尚存，荒落殊甚。"

　　[2] 隋苑，園名，即上林苑，又名西苑。隋煬帝時建，舊址在今揚州市西北。

送趙石渠守同州[1]

天中行欲盡，拔劍指秦山[2]。郡邑寒烟外，人家野燒間。虎風開陝路，雞月[3]警潼關[4]。知爾多題詠，應憑驛使還。

【注】

　　[1] 同州，古城名，在今陝西大荔縣。秦置臨晉縣，後漢末移左馮翊來治。三國魏改爲馮翊郡。後魏太和十一年（487）置華州，西魏改稱同州。隋時改置馮翊郡。唐武德元年（618）復置同州。宋元明因之。清雍正十三年（1735）升爲同州府。今存岱祠樓等古跡。（參考何本方《中國古代生活辭典》）

　　[2] 秦山，泛指秦地之山。

　　[3] 雞月，即八月。八月中秋，民間團圓殺雞飲酒，便稱之爲雞月。

　　[4] 潼關，今陝西省潼關縣東南，位處陝、晉、豫三省要衝，關城建在華山山腰，歷來爲險要之地。酈道元《水經注·河水四》載："（黃）河在關內，南流，潼激關山，因謂之潼關。"

宮夢仁　字宗袞，號定山，康熙庚戌會元，福建巡撫。[1]

【注】

　　[1]《淮海英靈集》丙集卷二載："宮夢仁，字宗袞，號定山，泰州人，偉醪子，十歲能屬文。康熙己酉舉人，庚戌會試第一，官編修，改御史，疏數十上，皆切中利弊。因黃淮泛濫，急請疏理海口，且繪圖入告，出爲河官督糧參

議，補湖北驛監參議，晉山東提學副使，累遷右副都御史，巡撫福建，有政聲。歸田後修先世春雨草堂，讀書自娛。著《讀書紀數略》二十卷（按，《中國古籍版刻辭典》作五十四卷）、《文苑英華選》若干卷、《續南宮舊德錄》若干卷。"

七夕文讌

天際涼風來，雲衣澹秋碧。迢迢望河漢，仙期度靈匹。鳥啼欲驚林，螢點忽飄帙。薄帷鑒纖月[1]，玉陛[2]未盈魄。緬懷緱山駕[3]，仰睇瑤島跡。鴛梭[4]織已停，初陳綺羅席。西園富才彥，出入金馬籍[5]。相將凌黃鵠，乘時貴羽翼。上溯勳與華[6]，下企皋與稷[7]。邂逅契魚水[8]，兩美豈終隔？高雯[9]曠何許，良讌娛此夕。秉燭念攜手，庶幾長慰惜。

【注】

[1] 阮籍《詠懷》："薄帷鑒明月，清風吹我襟。"此處化用。

[2] 陛，台階兩旁所砌的斜石。

[3] 緱山，即緱氏山，在今河南偃師。傳說仙人王子喬曾乘白鶴暫返人間逗留於緱氏山。唐宋詩詞中常借用吟詠太子、詠升仙、詠鶴等。權德輿《贈文敬太子挽歌詞二首》："還似緱山駕，飄飄向碧虛。"

[4] 鴛梭，成雙成對的梭子。

[5] 金馬，金馬門，漢代學士待詔之地。此指有才之學士。

[6] 勳與華，堯名放勳，舜號重華，合稱爲勳華。

[7] 皋與稷，指皋陶與后稷。皋陶，傳說中舜時典獄官。稷，古代主管農事的官。

[8] 契魚水，契，指契合，相互一致；魚水，《三國志·諸葛亮傳》載先主曰，"孤之有孔明，猶魚之有水也。"後世以魚水喻君臣契合關係。

[9] 高雯，不詞，疑當作高昊，指高空。

登上谷北山山寺

郭外山堂勝，尋遊憩遠縱。眼空諸法界，身上最高峯。列戍屯荒草,層陴鬭暮蛩。[1]老僧耽絮語,想像舊軍容。

【注】

[1]"列戍"句,《慎墨堂詩話》卷八評曰"老氣橫九州"。

清江送張友鴻滇中司理寄訊藩臬諸同人[1]

簫管[2]中流雜棹歌,仙郎擁傳下牂牁[3]。百年詞賦題金馬[4],萬里風烟阻石碐。蠻俗古來多健訟,主恩天外待鳴珂[5]。昆明戰伐今何似,寄語加餐老伏波[6]。

【注】

[1]張友鴻,即張一鵠,《晚晴簃詩匯》卷二八載:"字友鴻,號忍齋,婁縣人。順治戊戌進士,官雲南推官。有《滇黔詩》《野廬集》。"

藩臬,指藩司與臬司。明清時承宣布政司與提刑按察司連稱爲藩臬。

[2]簫管,《淮海英靈集》丙集卷二作"簫歌"。清陶梁撰《國朝畿輔詩傳》作"簫鼓"。

[3]牂牁,古河名,牂牁江,又作牂牁河,指今紅水河及其下游黔江、潯江、西江等水系。河兩岸多爲壯、布依族聚居地。又作古國名,爲布依族及苗族居住地,在今貴州。

[4]金馬,即金馬門。見《七夕文讌》注。

[5]鳴珂,珂爲馬籠頭上的玉石裝飾品,行走時相碰作響。本指馬,後以此指官員上朝,或居官顯赫。

[6]伏波,漢代將軍名號。漢武帝時路博德、東漢光武帝時馬援皆爲伏波將軍,出征交阯。見《史記·衛將軍驃騎列傳》及《後漢書·馬援傳》。《慎墨堂詩話》卷八評"昆明"句曰:"每讀前輩送餞諸詩,和平而不激峭,以此見世道之隆。宗衮此作,將無同耶?"

張琴 字桐峯，康熙癸丑進士，內閣中書，著《耐軒集》。[1]

【注】

[1] 王士禎《漁洋詩話》載："門人張桐峰琴，淵靜沉默。作歌行，踔厲風發，而不失規矩。揚州人無知其工詩者，余取其詩入《感舊集》。琴舉康熙癸丑進士，未仕，卒。"

同友人遊南屏[1]

薄言[2]遊南屏，棹舟湖水岸。惜山欲遲行，峯巒時仰看。烟光過蓬萊，嵐氣出霄漢。盪入浮圖外，松聲始浩瀚。不覺暮靄重，但見青雲斷。翺翔顧吾侶，二子清且粲，遇我若無心，朗吟共把玩。

【注】

[1] 南屏，即南屏山。位於浙江西湖南岸、玉皇山北、九曜山東，前方爲雷峰塔。主峰高百米，林木繁茂，石壁如屏，故得名。其北麓慧日峰山腳下爲淨慈寺，五代時吳越王錢弘俶爲供養南山佛教開山祖師永明禪師而建，爲西湖南山叢林之首，與靈隱寺並稱西湖南北兩寺。傍晚，淨慈寺鐘聲回蕩於南屏山，是爲南屏晚鐘。

[2] 薄言，發語詞，無義。《詩經·芣苢》："采采芣苢，薄言采之。"

宣署雜詩[1]

鄉國何時別，橋山醉後醒。客中愁易老，塞上草難青。風雨圍氈幕，烟塵集幔亭。無勞悲戰伐，吾道託鴻冥[2]。

【注】

[1]《海陵詩彙》卷四收錄該詩二首，此爲第二首。

［2］鴻冥，鴻飛冥冥。李白《留別西河劉少府》曰："君亦不得意，高歌羨鴻冥。"

孤山[1]

頹寺連山嶺，來尋六一泉[2]。清光迎竹葉，僻趣落松烟。猿狖寒風急，鼪鼯[3]樹影偏。講堂何處所，流水自潺湲。

【注】

［1］孤山，位于西湖西北，四面環水，一山獨峙，故名。因山上多梅花，又名梅嶼。

［2］六一泉，位于孤山腳下，蘇軾撰有《六一泉銘》以紀念歐陽修。張岱《西湖夢尋》載："六一泉在孤山之南，一名竹閣，一名勤公講堂。宋元祐六年，東坡先生與惠勤上人同哭歐陽公處也。"

［3］鼪鼯，鼪指黃鼠狼；鼯，形似松鼠，尾長，居樹穴中，能在樹上飛降。

射鯉謠

星將稀，當射鯉。官家稅白糧，不稅田中水。

山東道中

剡民種樹細商量，半畝荒丘亦幾行。莫訝枝枝都愛惜，全憑梨棗上官糧。

鄧漢儀 字孝威，康熙己未舉博學宏詞，授中書。[1]

【注】

［1］清李元度撰《國朝先正事略》卷三九載："鄧漢儀者，字孝威，泰州人

也。己未召試,以年老授官正字歸。孝威與國初諸老游,洽聞廣見。所選《詩觀》凡四集,投贈稱盛,其《度梅嶺詩》爲漁洋尚書所激賞。"《感舊集》載其著《過嶺集》。《晚晴簃詩匯》載:"孝威早負詩名,與吳梅村、龔芝麓游。當時名流,多申縞紵。所輯《詩觀》四集,搜羅最富。其中遺集罕傳者頗賴以得梗概。及征鴻博,已老矣。偕孫豹人、傅青主同授中書舍人,放歸。詩人際遇,固勝于方干身後賜第也。近體雅近錢、劉,七絶態穠意遠,勝處尤多。《息夫人廟》一首,爲時傳誦。"

甘烈女詩[1]

孤雁號空陂,貞女守敝帷。伉儷既以定,生死無乖違。一解
孤雁未有匹,貞女未有室。比之于伉儷,那得言膠漆。二解
媒氏既通辭,父母既心許。此身已屬人,周易重男女。三解
嗟哉甘家女,曾許冷家兒。雖許冷家兒,未爲冷家妻。四解
何意訃音至,冷家兒溘亡。父母悄無言,女痛摧肝腸。五解
三日絶饔飧,三日毀妝飾。一旦懸絲繩,四壁無顔色。六解
太守遽聞之,命駕造其廬。雙旐爲黯淡,五馬爲踟躕。七解
焚香拜靈櫬,鄰舍咸嗟吁。奈何小家女,辱我使君輿。八解
使君自蒞郡,秉禮而化民。風草有丕應,首及荆布人[2]。九解
上書臺使者,冀邀天子恩。女名重青史,女行光里門。十解

【注】

[1]本書載此詩共十解,鄧漢儀《慎墨堂詩拾》卷二録此詩尚有"十一解",曰:靡靡海陵俗,浸浸桑濮風。從令朱閣裏,各自求雌雄。

[2]荆布人,著荆釵布裙之人,指貧家女子。

過胡安定廢祠[1]

老樹崚嶒[2]極,人傳舊講堂。兵戈[3]一橫厲,祠宇盡荒涼。蟋

蟀鳴頹瓦，鼪鼯竄短牆。怪來仙釋地，金碧盛輝煌。

【注】

［1］胡安定，即胡瑗（993—1059），北宋海陵（今泰州）人，字翼之，學者稱安定先生。少有氣節，專意經學，兼通音律，以經術教授吴中。嘉祐初，擢太子中允、天章閣侍講，因病致仕歸家。著有《周易口義》《洪範口義》等。（參考楊倩描主編《宋代人物辭典》上）

［2］崚嶒，《慎墨堂詩拾》卷五作"嶒崚"。

［3］兵戈，《慎墨堂詩拾》卷五作"干戈"。

錢塘江行

夷險寧前算，鳴榔已便風。魚龍汀草外，吴越浪花中。樹近知江狹，山回引岸東。飄摇終快意，萬里一漁翁。

雨中泊海安鎮

不知鄉路遠，但聽岸雞鳴。曉色連雲動，寒光入樹平。遠波千葉下，微雨一篷行。似有同聲在，難爲慰旅情。

山行趨大庾[1]

莫愁前路杳，日出正東峯。人馬盤空細，烟嵐返照濃。過崖星陡見，近郭火偏逢。更喜灘聲外，層層響亂松。

【注】

［1］大庾，即江西大庾縣。縣南有大庾嶺，與廣東南雄縣北接壤，五嶺之一。中多梅花，又稱梅嶺。庾南北氣候、風貌相差甚大。宋之問《題大庾嶺北驛》有"陽月南飛雁，傳聞至此回"詩句。

晚抵三水[1]

昏黑仍前發，疏星破寂寥。岸明知有汊，船動覺生潮。海道羣龍會，山城百雉驕。稍因兵舸接，盜賊減三苗[2]。

【注】

[1] 三水，廣東三水縣。宋代設鎮，明代嘉靖初年廢鎮設縣。由於該地位於水脈交匯之區，商船雲集，盜賊頻發。

[2] 三苗，南方氏族部落。

宿八里江[1]

對江湖口縣，此地只孤村[2]。夜色圍廬嶽，風聲觸海[3]門。地防蛟穴鬬，人習虎崖蹲。且復高眠去，天涯易斷魂。

【注】

[1] 八里江，地名，鄱陽湖出江處。明朱國楨《湧幢小品》卷二六載："舟至此皆泊於江北，蓋南有湖口稅關故也。風濤盜賊之患，歲無虛月。"

[2] 村，原作"付"。《海陵詩彙》卷二作"村"，依詩韻當是，故改。

[3] 海，《慎墨堂詩拾》卷五及《感舊集》卷一四均作"水"。

過馬當山[1]

水逆舟難上，橫江更馬當。飛雲盤斷壁，絕壑走危檣。隱隱蛟龍伏，迢迢虎兕行。臨深頻自責，從古戒垂堂。

【注】

[1] 馬當山，山名。《通志》："馬當山在彭澤縣東北四十里，其山象馬，橫枕大江，烈風撼浪，竹舟險阻，人爲立廟。與小孤山相對，地勢險要。"

曾庭聞自潤州枉顧草堂賦贈[1]

偏是窮途重友生，柴門握手淚縱橫。一時聚散兼貧病，十[2]載存亡只弟兄。宅巷重尋車馬跡，江湖猶戀鼓鼙聲。與君試話封侯事，慷慨悲風萬里情。

【注】

[1] 曾庭聞，即曾畹。《晚晴簃詩匯》載："原名傳鐙，字庭聞。寧夏籍，江西寧都人。順治甲午舉人。有《金石堂集》。又引'《詩話》：'庭聞，明太常卿應遴子。隨父軍中，後奔走閩越關隴，遂入籍隴西。鄉舉後，始歸省母。與弟燦並工詩，有蒼涼之音，在寧都諸子中亦矯矯者。'"按，《一統志》載：寧都州，在贛州府東北三百二十里。寧夏府，在甘肅布政司東北九百四十里。吳偉業有《送贛州曾庭聞孝廉移家寧夏》詩。

[2] 十，《慎墨堂詩拾》卷六、《海陵詩彙》卷二及《淮海英靈集》丁集卷一均作"千"。

嶺南作

絕島誰傳颶母[1]生，五羊城[2]角暮烟晴。蠻花爭傍陳隋碣[3]，海道曾過秦漢兵[4]。百戰地埋烽火黑，中宵龍抱寺燈明。無心更訪厓門[5]事，月黯榕村破帽行。

【注】

[1] 颶母，唐劉恂《嶺表錄異》載："南海秋夏間，或雲物慘然，則其暈如虹，長六七尺，比候，則颶風必發，故呼爲颶母。"民間相傳，颶母，即風神孟婆。楊慎《藝林伐山》引《南越志》曰："颶母即孟婆，春夏間有暈如虹者是也。"故南方漁民出海往往祭拜，各地建有風神廟。

[2] 五羊城，即廣州。《古今圖書集成·廣州府部》引東晉顧微《廣州記》載，"六國時，廣州屬楚。"故傳楚國在廣州曾設"楚庭"之說。《太平御覽》卷

一八五廳事引東晉裴淵《廣州記》載:"州廳事梁上畫五羊像,又作五穀囊,隨像懸之。云:昔高固爲楚相,五羊銜穀萃於楚庭,於是圖其像。廣州則楚分野,故因圖象其瑞焉。"後世關於五羊神話記載尤多,衆説紛紜,内容大同小異。唐佚名《續南越志》載:"舊説,有五仙人乘五色羊,執六穗穀而至,今呼爲五羊城是也。"今人多從清屈大均《廣東新語》卷五之説:"周夷王時,南海有五仙人,衣各一色,所騎羊亦各一色,來集楚庭。各以穀穗一莖六出留與州人,且祝曰:'願此闠闠,永無荒飢。'言畢,騰空而起,羊化爲石。"城因以名,故又曰仙城、曰穗城,皆以羊也。

[3] "蠻花"句,言南朝梁至隋初嶺南少數民族女首領冼夫人事。冼夫人,原名冼英,即《隋書·列女傳》所載譙國夫人。其乃"高涼冼氏之女,世爲南越首領,跨踞山峒,部落十餘萬家"。夫人賢明多籌略,嫁與高涼太守馮寶爲妻。寶卒後,嶺南大亂,冼夫人懷集百越,助陳統一嶺南。永定二年(558),遣其子馮僕率各族首領朝見陳武帝,後擊敗反陳的廣州刺史歐陽紇,被封信都侯、石龍太夫人。隋開皇九年(589),迎隋總管韋洸入廣州,被封爲宋康郡夫人。後擊敗王仲宣叛亂,封譙國夫人。卒,謚誠敬夫人。在嶺南地區影響甚大,被奉爲聖母加以崇拜。

[4] 秦漢時期曾有大規模軍事征伐於廣州,也帶來了移民。主要經由南嶺西端的湘桂走廊翻越騎田嶺南下,沿西江水路進入廣州和珠江三角洲地區,部分則經鄱陽湖沿贛江越南嶺東端的大庾嶺進入粵北區域(參考彭嘉志編著《穀羊昌瑞廣州五羊傳説》)。故本詩中"海道曾過秦漢兵"即指此。

[5] 厓門,位於廣東新會縣南,與湯瓶嘴相峙如門。爲珠江出海口之一,宋末抗元最後據點。此處建有三忠祠,以紀念抗元犧牲的宋臣文天祥、陸秀夫及張世傑三人。

張登子招集喜遇胡豹生感賦[1]

别汝真經十五年,瘴南重遇百花天。中間生死誰書札,此地悲歡盡酒筵。萬里河山驚髇箭[2],一時兒女對烽烟。英雄老去心情改,淚盡高涼冼廟前[3]。

【注】

　　[1]《慎墨堂詩拾》卷六及《晚晴簃詩匯》卷四六收錄此詩題二首，此爲第一首。

　　張登子，即張陞，字登子，號不隱，山陰（浙江紹興）人。邑廩生，樂善好施。授内閣撰文中書。順治五年（1648）以母病告歸。康熙十五年（1676）授延平府同知，署邵武府，攝沙邑令，卒于官。長于詩文，好收藏。著有《救荒事宜》等。嘉慶《山陰縣志》有傳。

　　胡豹生，清姚禮撰輯《郭西小志》卷九載："胡豹生（文蔚），仕和人。崇禎六年癸酉舉于鄉，始爲古文詞。足跡遍天下，遇山川名勝輒有題詠。順治間授高州推官，尋出職居南海。不樂仕進，久不歸，至南雄卒。著有《南華註》《浮漚集》十三卷、《約庵詩選》十卷。平生嗜學不倦，雖嚴寒溽暑，未嘗手釋書卷。"

　　[2] 觱篥，亦作篳篥，古代一種管樂器，多用於軍中。宋莊季裕《雞肋編》卷下："篳篥，本名悲篥，出於胡中，其聲悲。亦云胡人吹之以驚中國馬云。"

　　[3] 冼，原誤作洗，徑改。

　　高涼，據《漢書·地理志》載，始建於漢武帝元鼎六年（前111），爲合浦郡屬縣，治所在安寧（今陽江西）。南朝宋移治思平（今縣北），齊復治安寧。隋開皇九年（589）廢。隋大業及唐天寶、至德時又曾改高州爲高涼郡。

　　冼廟，即冼夫人廟，爲冼英之廟。清雍正《廣東通志》載：冼夫人廟，城北長樂街西巷中，又有山兜娘娘廟，即夫人所生之地。

巴河鎮登太乙閣_{閣爲故相國姚公崑斗所建。}[1]

平津賜第久荒蕪，傑閣巍然瞰楚都。高處衡廬天外伏，到來雲夢雨中無。千家烟火猶洲渚，幾葉風帆自畫圖。曾是赤眉燒不到，奎光深照斗牛孤。

【注】

　　[1] 姚崑斗，即明朝人姚明恭，字崑斗，蘄水（今湖北浠水）人，萬曆四十七年（1619）進士。曾修建太乙閣及崑斗城。《明史》卷二五三有傳。

巴河鎮，位於湖北浠水西南部，地處長江與巴水河交匯處，緊靠古城黃州赤壁，與鄂州、黃石隔江相望。

楊鍾羲輯《雪橋詩話續集》卷二評此詩"詞妍調警，亦梅村芝麓之亞"。

萬安道中臥病至章門小差時值清明[1]

過嶺風花陌上狂，冥冥細雨入[2]孤舡。客中人病經寒食[3]，愁裏鶯啼入豫章[4]。垂柳軍城殘日動，新烟漁浦戰雲荒。不知麥飯江村路，寂寞誰來弔國殤。

【注】

[1] 臥病，《晚晴簃詩匯》卷四六作"病臥"。

[2] 入，《感舊集》卷一四作"攬"。

[3] 寒食，指寒食節。南朝梁宗懍《荆楚歲時記》："去冬節一百五日，即有疾風甚雨，謂之寒食。禁火三日，造餳大麥粥。"寒食後一日即清明。

[4] 豫章，即南昌的古稱。詩題中"萬安"，江西地名。

平淮西碑[1]

雪夜功成罷鼓鼙，昌黎碑版照淮西。文章何意開讒妒，婦女偏能竊品題。[2]易代摩[3]崖爭日月，當年奮筆掃鯨鯢。只今蒼碣斜陽外，頻見遊人駐馬蹄。

【注】

[1] 《平淮西碑》爲唐韓愈奉唐憲宗命所撰碑文，創作於元和十三年（818）。元和十二年（817）八月，時宰相裴度爲淮西宣慰處置使，兼彰義軍節度使，請韓愈爲行軍司馬征討吳元濟。平定動亂後，隨裴度還朝。詔命其撰碑記平淮戰事。茅坤評此文曰："通篇次第戰功摹仿《史》《漢》，而其醇旨特自出機軸。其最好處在得臣下頌美天子之體。"歷來評論家評價極高。康熙《御選古文淵鑒》卷三六云："渾噩似誥銘，高古如雅頌，體裁弘巨，斷爲唐文第一。"

［2］"文章"至"品題"句，韓愈撰《平淮西碑》詞多敍裴度事，而事實上，先入蔡州擒吳元濟，李愬功第一，愬很不平。愬妻，唐安公主女也，出入禁中，因訴碑辭不實。詔令磨公文，命段文昌重撰。所以出現一碑二文，天下少有。此二句所言即此。

［3］摩，《感舊集》卷一四作"磨"。

沉煙亭聽白三琵琶[1]

寒日林園尊酒陳[2]，琵琶急響似西秦[3]。赤眉銅馬[4]千秋恨，譜入鵾絃[5]最感人。

北極諸陵[6]黯落暉，南朝流水照青衣。都將[7]寫入霓裳[8]裏，彈向空園雪亂飛。時正雨雪。

白狼山下白三郎，酒後偏能說戰場。颯颯悲風飄瓦礫，座間人似到昆陽[9]。

天寶傳歌[10]竟屬誰，四條絃子斷腸時。蠻靴窄袖[11]當壚女，今日公然識段師[12]。

【注】

　　［1］沉煙亭，《清詩別裁集》卷一二作"枕煙亭"。枕煙亭，為如皋冒襄所建，位於水繪園內。又名枕煙館、枕煙堂。《如皋縣志》載："水繪園，在如皋城東北隅，舊為文學冒一貫別業。歷四世，（明末清初）司理冒襄，字闢疆，於此易園為巢，故又號巢民。中有妙隱香林、壹默齋、枕煙亭等，極饒亭館之勝。"

　　白三（下文稱白三郎），與蘇昆生，俱為明末善琵琶者，名士贈詩頗多，多為懷念故國之情作品。

　　［2］尊酒陳，《慎墨堂詩拾》卷九作"酒復陳"。

　　［3］西秦，指一種戲曲聲腔。明末清初流行於陝甘一帶，清乾隆時盛行於

北京。一説西秦腔即秦腔或秦腔支派同州梆子。一説指西秦戲，又稱亂彈戲，流行於廣東海豐、陸豐、潮汕和福建南部及臺灣等地。明代西北地區的西秦腔傳入海豐等地後與地方民間藝術相結合，至清初形成西秦戲。曲調粗獷激昂。伴奏以胡琴爲主，月琴副之，不用笙笛。

[4] 赤眉、銅馬，均爲西漢末年農民起義，推翻王莽政權。赤眉，興起於山東泰山一帶以樊崇等爲首的農民起義軍，以赤色塗眉而得名。銅馬，興起於新莽末年，河北農民起義軍最爲强大者，公元24年，起義軍被劉秀陸續擊敗並被收編。此處指所唱曲詞内容爲西漢末農民起義事。

[5] 鸛絃，即用鸛雞筋做琵琶樂器的絃。段安節《樂府雜録》載："開元中有賀懷智，其樂器，以石爲槽，鸛雞筋爲弦，用鐵板彈之。"

[6] 諸陵，指昌平十三陵。

[7] 都將，《慎墨堂詩拾》卷九作"都來"。

[8] 霓裳，曲名，唐明皇制。

[9] "座間"句，《篋衍集》卷一一及《雪橋詩話》卷一均作"人間何處不昆陽"。

昆陽，古縣名，秦置，在今河南葉縣，因在昆水之北得名。西漢末年王莽軍與光武帝曾於此大戰。《後漢書》載：王莽時，劉聖公稱帝於宛郡，光武興於昆陽。而莽乃興發大軍討之，遣弟王尋、王邑將兵百萬，圍光武數十重。光武乃益堅諸將，出兵卻戰尋、邑。斬尋、邑，悉坑百萬之衆。劉聖公以光武帝功封爲蕭王。王後自立，稱後漢世祖皇帝，天下遂定。

[10] 傳歌，《己未詞科録》卷一一及《雪村詩話》卷一均作"纏頭"，《清詩别裁集》卷一二及《慎墨堂詩拾》卷九均作"傳頭"。

[11] 蠻靴窄袖，明李杜才《木蘭從軍賦》有"蠻靴窄袖，素面霜風"句。蠻靴，指用鹿皮所制的舞鞋。《慎墨堂詩拾》卷九作"秃袗窄袖"。

[12] 《清詩别裁集》卷一二録此詩，後有注曰："盜賊縱橫，滄桑變易，俱於琵琶中彈出，與落花時逢李龜年相似，所感深矣。"

段師，指唐代莊嚴寺僧段善本，尤善彈琵琶，人稱段師。生卒年不詳，主要活動於唐德宗貞元年間。《酉陽雜俎》前集卷六"段師"條載：古琵琶絃用鸛雞筋。開元中，段師能彈琵琶，用皮絃。賀懷智破撥彈之，不能成聲。

詠懷[1]

雲暗陰岑犀甲多，風吹漲海蛋船[2]過。好看[3]銅鼓[4]荒祠下，萬古人傳兩伏波[5]。

戰艦黃昏覆淺灣，陰雲千載疊空山。銷魂最是煙波客[6]，陪葬君王有白鷴。[7]

【注】

［1］《慎墨堂詩拾》卷九、《淮海英靈集》丁集卷一及《感舊集》卷一四收錄《詠懷》共四首，此選第二、三首。

［2］蛋船，即疍船，疍人之船，亦稱疍子船。疍人，古代南方水上居民，又稱為疍戶，世代以船為家，自為婚姻，不得陸居。至清雍正時始解除陸居禁令。

蛋，《淮海英靈集》作"疍"。

［3］看，《感舊集》卷一四作"瞻"。

［4］銅鼓，古代青銅打擊樂器。一說漢代伏波將軍馬援設置。明鄺露《赤雅·伏波銅鼓》曰："伏波銅鼓，深三尺許，面徑三尺五寸，旁圍漸縮如腰形，復微展而稍弇其口。錦紋精古，翡翠煥發，鼓面環繞作蟲黽十數，昂首欲跳，中受擊處平厚如鏡。兩粵、滇、黔皆有之。"

［5］兩伏波，指漢代馬援及路博德兩將軍。伏波，見前《清江送張友鴻滇中司理寄訊藩臬諸同人》注。路博德，《漢書》卷五五載："西河平州人，以右北平太守從票騎將軍，封邳離侯。票騎死後，博德以衛尉為伏波將軍，伐破南越，益封。其後坐法失侯。"

［6］煙波客，《新唐書·張志和傳》載："（張志和）後坐事貶南浦尉，會赦還，以親既喪，不復仕，居江湖，自稱煙波釣徒。"煙波客亦指那些隱于江湖之人。

［7］此言宋少帝昺事。明張岱《陶菴對偶故事》載："帝昺為元兵所迫，陸秀夫抱帝赴海死，御舟一白鷴奮擊哀鳴，墮水以溺。"

濛瀼歸舟偶感[1]

青茅春瘴逐山流，細雨孤帆漾客愁。聽徹猿聲江更闊，祇疑天上是韶州[2]。

【注】

[1] 濛瀼，原作"濛濛"，誤，據《海陵詩彙》卷二、《感舊集》卷一四及《淮海英靈集》丁集卷一改。濛驛，在曲江縣。

[2] 韶州，隋開皇九年（589）始興郡改名爲韶州，以州北的韶石山之韶命名，管轄地有曲江、始興、大庾、梁化、平石、滇陽、須陽等縣。開皇十一年（591）廢，入廣州。貞觀元年（627）復置。天寶元年（742）復稱其爲始興郡，乾元元年（758）復爲韶州。今改稱爲韶關。

厲烈士招遊天寧寺塔有作

千丈浮屠未敢登，佛龕聊與伴香燈。十年親酌曹溪[1]水，我亦江湖破衲僧。

【注】

[1] 曹溪，位於韶關庾嶺，山初未有名，因魏武玄孫曹叔良避地居此，以姓名村，而水自東繞山而西，經村下，故稱曹溪。中有寶林寺，創建於南朝梁天監三年（504）。唐儀鳳二年（677），禪宗六祖慧能爲該寺主持，因慧能爲南禪宗創始人，故該寺被視爲祖庭，又名中興寺、法泉寺。宋代賜名南華禪寺，沿襲於今。中有六祖真身像、唐代千佛袈裟及北宋木雕羅漢等文物。此處引用指其習佛之久。

題息夫人廟[1]

楚宫慵掃黛眉新，只有[2]無言對暮春。千古艱難惟一死，傷心豈獨息夫人?

【注】

[1] 息夫人即春秋息侯夫人息嬀。《左傳·莊公十四年》："楚文王滅息國，擄息嬀，生堵敖及成王，未言。楚子問之，對曰：'吾一婦人而事二夫，縱弗能死，其又奚言？'"《漢陽府志》載："漢陽城北有息夫人廟，在桃花洞上，士人因稱桃花夫人。"本詩依杜牧《題桃花夫人廟》原韻而作。

[2] 只有，《慎墨堂詩拾》卷九作"只自"。

過江州琵琶亭[1]

江州遷客未歸秦，絃索初聞淚滿巾。今日善才風調盡，蝦蟇陵[2]下總新人。

【注】

[1] 琵琶亭，在江西九江城西長江岸邊，建於唐代。白居易謫居江州（今九江）司馬時，曾寫作《琵琶行》詩。

[2] 蝦蟇陵，亦稱下馬陵，在今西安市東南。白居易《琵琶行》"家在蝦蟇陵下住"，即此。

江行雜詠

江州解纜客途長，三日西風逼建康。試問誰人鎮姑熟[1]，青山牛渚[2]滿斜陽。

十載遊蹤冷燕磯[3]，今來旅棹復將歸。却憐亭子[4]空青極，無限鶬鶊[5]自在飛。

【注】

[1] 姑熟，《感舊集》卷一四作"姑孰"，即今安徽當塗縣，中有姑熟溪，

源出於縣東南丹陽湖，西北流至當塗縣城北入長江。

[2] 牛渚，山名。在今安徽當塗縣西北，下臨長江，山北突出江中處，名采石磯，爲長江最狹且險要之處。此爲詩人由江州至建康所過之地。

[3] 燕磯，即燕子磯，見前文《登燕子磯》注。

[4] 此亭即姑熟亭，故址在今安徽當塗縣城西街下門口采虹橋上，今橋與亭俱廢。李白有《夏日陪司馬武公與羣賢宴姑熟亭序》。

[5] 鸂鶒，水鳥名，又名池鷺。

繆肇祺 字介茲，康熙乙丑武進士，浙江掌印都使。[1]

【注】

[1]《道光泰州志》卷二三載其傳曰："字介茲，康熙二十四年武進士，任浙江掌印都司，首除漕蠹方。上奇，軍民畏服。浙省地狹人稠，棺多暴露。肇祺捐俸置義冢掩埋。創建義學，勸課子弟。致仕歸，卒年八十一。"

都門懷歸[1]

思親辭鳳闕[2]，驛路尚漫漫。日落江南夢，風生塞北寒。長途懷故國，旅食寄征鞍。莫作他鄉客，歸來膝下歡。

【注】

[1] 都門，指京都城門。

[2] 鳳闕，《三輔黃圖》載："武帝營建章，其東則鳳闕，高二十五丈。"後代指朝廷。

盧溝早發

燕趙悲歌朔氣寒，披裘十月買歸鞍。霜飛匹馬旗亭酒，月落荒雞野店餐。千里雲烟迷故國，百年棋局夢長安。幾回射策[1]金臺[2]畔，一笑臨風振羽翰。

【注】

[1] 射策，漢代考試方法之一。主考人將若干考題寫於策上，覆置案頭，受試者抽取其一，叫做射，按所射的策上的題目作答。《漢書·儒林傳》贊曰："漢武帝時立五經博士，開弟子員，設科射策，勸以官禄。"師古注曰："射策者，謂爲問難疑義，書之於策，量其大小，置爲甲乙之科，列而置之，不使彰顯，有欲射者隨其所取而釋之，以知優劣。射之，言投射也。"

[2] 金臺，歷代皇帝御座之別稱。《山堂肆考》："天子御座曰金臺。"

客都門汪函齋夫子招飲[1]

燕山木葉走城壕，撲面黃沙旅夢勞。故國雲深埋雁鶩，他鄉松老捲波濤。三秋客屐盈華館，萬事風塵有濁醪。梧掖[2]彈文真諫議，狄門桃李[3]愧吾曹。

【注】

[1] 汪函齋，當爲汪涵齋，即汪晉徵。《清秘述聞》卷三載其字符尹，《晚晴簃詩匯》卷三六載："字涵齋，休寧人。康熙庚戌進士，官至戶部侍郎。有《雙溪草堂詩》《游西山詩》。"

[2] 梧掖，指莊嚴宏偉的宮廷、朝廷。

[3] 狄門桃李，指狄仁傑培養的那些不畏權勢的學子。狄仁傑，唐代大臣，以堅貞不屈、不畏權勢而著稱，曾推薦張柬之等數十人，後均爲名臣。

羅桂 字碧山，號笠隱，晚號金粟山人。[1]

【注】

[1] 民國《續纂泰州志》卷二五載其傳曰："字碧山，號笠隱，晚號金粟山人。遯跡林泉，與邑人鄧漢儀、黃雲輩結文酒社，足不入城市三十餘年，著有《自娛集》《愛維堂》《北遊草》等稿行世。"按，《江蘇藝文志·泰州卷》載作

《愛雅堂稿》。

九日碧雲山房同施千里、許介眉、張雙橋、魯菴上人[1]

秋雲隨處碧,靜坐勝遊行。古木鴉千點,遥空雁一羣。籬花元亮酒[2],竈芋懶殘羹。不待詩投契,匡廬[3]舊有盟。

【注】

［1］碧雲山房,爲清荆溪陳經室名。《江蘇藝文志·無錫卷》載:陳經(1765—1817),字景辰,號墨莊,布衣,少孤苦,曾從同里黃中理受經。既壯,好與邑中諸耆宿游。又執贄縣令唐仲冕門下,因得盡交江右諸名士。性厭舉子業,喜爲詩,旁及篆疏之學。有《荆南石刻録》及《墨莊書跋》等。

施千里,泰州人,生平不詳。

張雙橋,無考。

許介眉,即許彭年。《淮海英靈續集》庚集卷一載:"許彭年,字介眉,號鹿村,泰州人,著《鹿村集》。"乾隆間歲貢生。

魯菴上人,清代僧人。《中華佛教人物大辭典》載:俗姓張。上海崇明人。禮紹興萬壽寺永徹和尚剃度爲僧,依止光孝寺旭峰煇禪師,苦參"無字"話。一日聞犬吠有省,呈情旭峰禪師,言下有契,遂得印證。爲臨濟□南岳第三十七世傳人。未幾,繼席光孝寺。

［2］籬花元亮酒,寫隱士曠放自娛的生活。典出南朝宋檀道鸞《續晉陽秋》:王弘爲江州刺史,陶潛九月九日無酒,於宅邊籬下菊叢摘盈把,坐其側。未幾,望見一白衣人至,乃刺史王弘送酒也。即便就酌而後歸。

［3］匡廬,即廬山。相傳殷周時有匡姓兄弟結廬隱居於此而得名。

夢山陰黃儀逋師[1]

移封思酒國,醉死得姑蘇。衰草迷孤墓,新碑誌宿儒。傳詩名不朽,感遇淚同枯。送道[2]游魂至,依然唤玉壺。

【注】

　　[1]黄儀逋，即黄逵，雍正《揚州府志》卷三三載其傳曰："字儀逋，山陰（按，原作隱，改。）人，往來真、揚、泰州之間，隱於酒，得古玉壺，自號玉壺山人。酒酣詩筆如飛，數千百言揮灑任意，胸中磊落奇偉不平之氣，往往於詩發之。稿多散佚，儀徵項綱刊其存者。"同治《蘇州府志》卷一三九載有《玉壺山人集》。清初與孔尚任、杜濬等往來密切，孔氏曾撰《黄生傳》。著有《黄儀逋詩》三卷，康熙間刻本。《泰州志》卷三三《藝文》載此詩，後注曰："案《舊志》云黄逵歿姑蘇，葬虎邱劍池旁。《續志稿》云葬半塘寺後園。據此詩當以《續志稿》爲是。"

　　[2]送道，《海陵詩彙》卷二作"遠道"。

蔡孕環　字公梅，理問。[1]

【注】

　　[1]清王豫輯《淮海英靈續集》己集卷三收錄其詩二首，載其字公珍，誤。《皇清詩選》卷一五亦作公梅，泰州人。

春日同謙龍、此度、潁士飲西山分韻[1]

一望浮青靄，山光漸已春。登臨纔此日，歌嘯復何人。城郭低[2]飛鳥，乾坤老戰塵。且休談往蹟，樽酒坐荆榛。

【注】

　　[1]謙龍，即上文丁日乾。

　　此度，指費密（1625—1701），字此度，號燕峰，別號跂道人，四川新繁人，費經虞子。晚年流寓揚州及泰州，與流寓江南的遂寧吕氏家族及李氏家族相交甚厚。當道擬舉鴻博，薦修明史，皆力辭。工詩善文。《蜀雅》稱其爲"西蜀巨靈手"。著有《閩北遺錄》《奢亂紀略》《古史正》《燕峰詩鈔》《燕峰文集》及《荒書》等，輯有《唐宫閨詩》。又工書法，師法鍾繇，兼善各體，尤善行草。其子錫琮、錫璜亦以詩文書法名世,並稱"三費"。年七十七卒,學者私謚"中文"。《清史稿》《四川通志》《益州書畫錄》均有傳。

潁士,即江南江都人于潄,潁士爲其字,善詩,著有《山舍詩》。

[2]低,《淮海英靈續集》已集卷三作"餘"。《慎墨堂詩話》評此以下四句曰:筆老神至。

贈歌者

憔悴天涯正此時,黃昏鼓角亂鄉思。也知崔九岐王少[1],懶唱江南紅豆詞[2]。

【注】

[1]崔九,杜甫《江南逢李龜年》自注曰:"殿中監崔滌,中書令崔湜之弟。"九爲兄弟排行。岐王,即唐玄宗弟李範,以好學善書著稱,常舉辦詩酒之會,開元十四年(726)去世。

[2]原"懶"字前有"憪"字,據《淮海英靈續集》己集卷三徑刪。憪、懶,二字形似,蓋手民抄寫而誤衍"憪"字。《皇清詩選》卷二八亦作"懶唱江南紅豆詞"。江南紅豆詞,化用唐王維《相思》"紅豆生南國"句,表達相思之情。

薛芬 字奎生,著《雉啼集》。[1]

【注】

[1]民國《續纂泰州志》卷二五載:"薛芬,字金生,劬學好古,不事生業,與同邑仲育並稱高士。時七邑水災疊告,居民苦之。芬窮源竟委,畫久遠無弊之策,發爲論議,貢於當事,竟不果行。著有《雉啼集》。"

過得一菴訪妙峯上人

霜落疏林淨,烟開古殿晴。梵音朝磬寂,禪性曉潭清。曲徑迴人跡，虛簷斷鳥聲。所居曾不遠，得與惠休[1]盟。

【注】

[1] 得一菴，寺名，位於金陵攝山。王士禎《游攝山記》載，在白雲菴下。

[2] 惠休，南朝僧人，俗姓湯，性放任，好交游，與名士徐湛之交往甚厚。善詩文，爲劉宋孝武帝敬重，受敕還俗，官至揚州從事。此代指僧人。

贈張古民[1]

宿昔曾聞賦子虛，十年始得識相如[2]。尊前白雪朝攜酒，閣上青藜夜照書。天地得君開翰墨，山川老我獨樵漁。歲除有約休教負，鄭重春風到草廬。

【注】

[1] 張古民，原名逈，字仁遠。世居楊行，後適羅店。善畫，絕似李長蘅筆意。訓徒嚴而有法，爭延爲師，咸稱"南田先生"。(《上海府縣舊志叢書·寶山縣卷下》)

[2] 相如，指司馬相如，漢代著名賦作家，以《子虛賦》《上林賦》而聞名。《子虛賦》作於爲梁孝王賓客時，《上林賦》作於爲武帝召見之時，前後相差十年。

黄九河　字天濤，著《深柳堂集》。[1]

【注】

[1] 柯愈春《清人詩文集總目提要》卷七載："黄九河，字天濤，號浮螺，江蘇泰縣人，監生，《道光泰州志》卷三十載，著《天濤遺稿》；民國《泰縣志稿》卷二七載，著《深柳堂詩集》。今存《舊燕樓近詩》一卷，又名《琴怨詩》，輯入《辟蠹山房叢書》，鈔本，泰州市圖書館藏。"爲黄浣生子。黄浣生，官明錦衣衛指揮僉事，授金吾將軍。南明福王任命協理兩淮鹽政事。明亡後不仕。黄九河，以詩名京師。家居建閣，適杜濬至，因名曰杜來。又築秋嘉館，集名流唱和。

北上於袁浦發家書[1]

丈夫志四方，不受兒女羈。苟懷萬里志，勞勤何足辭。昨發海陵城，今宿淮水湄。附書於送徒[2]，援筆中心悲。親亡兩弟弱，支戶惟中閨。水旱歲頻仍，全家常苦飢。官租宜早辦，西疇勤耘耔。幼弟學易荒，肅恭承明師。回首望螺山[3]，先壟草離離。遠行戀所生，貧賤無歸期。苟能行直道，何懼路險巇！長安多親舊，音驛日夜馳。紙短苦意長，挑燈重封題。欠伸啟蓬窗[4]，月落村雞啼。

【注】

[1] 袁浦，今江蘇淮安。

[2] 於送徒，《淮海英靈集》乙集卷二作"送行人"。

[3] 回首望螺山，《淮海英靈集》乙集卷二作"回望浮螺山"。

[4] 欠伸啟蓬窗，《晚晴簃詩匯》卷五三載"蓬"作"篷"，《淮海英靈集》乙集卷二作"欠身起篷窗"。

送孫豹人先生赴右督府幕[1]

聞道廬山路，烽塵漸欲銷。千金能致士，六月遂乘軺[2]。軍鼓翻湖漲，漁燈散市橋。傳經還幕府，心事總蕭條。

【注】

[1]《皇清詩選》卷一二題作《送孫豹人行赴江右幕》。

[2] 軺，《皇清詩選》卷一二作"舠"。

舟雨

野色雨濛濛，游人護短篷。草青天隱浪，江白鳥呼風。茅屋花全放,村帘酒正濃。那堪寒十日,春盡板橋東。

夜泊惠山汲泉作

向夕健[1]遊屐,挑燈坐石牀。泉同人意澹,茗是雨前香。啜罷山容寂,聽來夜籟長。松間有明月,偏照薛蘿裳[2]。

【注】

[1]健,《海陵詩彙》卷六作"停"。

[2]薛蘿裳,薛指薛荔,蘿指女蘿,皆植物名。《九歌·山鬼》:"若有人兮山之阿,被薛荔兮帶女蘿。"後以薛荔指隱士的服裝。

月夜坐虎丘石上[1]

出門無好月,恰喜到山晴。疏磬雲邊落,微烟水際生。懶尋穿寺路,時有踏歌聲。偏愛生公石[2],猶傳六代名。

【注】

[1]虎丘,山名,又名海湧山,在江蘇蘇州市西北山塘街。春秋晚期吳王闔閭葬於此,相傳葬後三天,"有白虎踞其上,故名虎丘。"一説爲"丘如蹲虎,以形名"。

[2]生公石,虎丘大石名,傳晉末高僧竺道生世稱生公講經於此。

雨中登多景樓[1]

江雨瀟瀟暮不休,攜尊着屐一登樓。含風草樹翻低浪,到岸帆檣起亂鷗。梁代標題[2]蒼霧冷,孫郎戰蹟暮山浮[3]。誰能對此無愁思,況復天涯事遠遊。

【注】

[1]多景樓,在今江蘇鎮江北固山甘露寺內,北宋時郡守陳天麟所建。嘉

定《鎮江志》稱其"東瞰海門，西望浮山，江流縈帶，海潮騰迅，而惟揚城堞浮圖，陳於几席之外，斷山零落，出沒於烟雲杳靄之間"。北宋米芾《甘露寺》詩序曰："多景樓背山面江，爲天下甲觀，五城十二樓不過也。"歷來文人登臨此處所作詩詞甚多。

［2］梁代標題，因多景樓位於北固山，梁武帝曾登臨北固山北望，感慨此山不足守，改名"北顧"，故此樓又稱"北顧樓"。梁武帝曾爲此題"天下第一江山"。

［3］《元和郡縣志》："孫權自吴徙治丹徒，號爲京城。後徙建業，於此置京口鎮。"孫權曾在京口建都。東晉南朝時稱京口城，爲古代長江下游一軍事重鎮。北固山前峰是孫權所築鐵甕城。

邗上訪劉公㦸先生不值，時予與先生將先後入吴[1]

門巷垂楊第幾家，寂寥旅館傍城斜。冰壺自屬山公鑒[2]，銀漢頻移博望槎[3]。日落隋宮飛社燕[4]，風吹吴苑[5]落秋花。預期石上聽歌去，短簿祠[6]前酒易賒。

【注】

［1］劉公㦸，即劉體仁，字公勇，諸書或作公㦸，河南穎川衛人，順治乙未進士，官至吏部郎中。嘉慶《重修一統志》卷一二九載其"有詩名，與宋犖、汪琬、王士禎、施閏章唱和，時號十才子。告歸後，日手一編，不問户外事，居家孝友，姻睦恂恂可稱。著有《蒲庵集》。"

［2］山公鑒，典出自晉山濤。《晉書·山濤傳》載："山濤，字巨源，曾任吏部尚書，甄拔隱屈，搜訪賢才，旌命三十餘人，皆顯名當時。……濤再居選職十有餘年，每一官缺，輒啟擬數人，詔旨有所向，然後顯奏。……濤所奏甄拔人物，各爲題目，時稱《山公啟事》。"後世遂用"山公啟事、名賢啟事、山公啟、山濤啟、山公鑒"等稱揚薦賢舉能，知人明鑒。蔡永年《永遇樂·建安施明望》："山公鑒裁，水曹詩興，功業行飛霄漢。"

［3］博望槎，指木筏。博望，地名。宋胡仔《苕溪漁隱叢話前集·杜少陵六》引南朝梁宗懍《荊楚歲時記》："張華《博物志》載：漢武帝令張騫窮河源，乘槎經月而去。至一處，見城郭如官府，室內有一女織，又見一丈夫牽牛飲河，

騫問云:'此是何處?'答曰:'可問嚴君平。'織女取支機石與騫而還。"騫後被封博望侯,故有博望槎之名,指張騫乘槎至天官之傳説。

[4]隋宫,隋煬帝在揚州所建行宫。李益《隋宫燕》詩代燕説話,抒發吊古傷今之情。

[5]吴苑,長洲苑。《漢書·枚乘傳》:"(漢)修治上林,雜以離宫,積聚玩好,圈守禽獸,不如長洲之苑。"服虔注:"吴苑。"韋昭注:"長洲在吴東。"

[6]短簿祠,又稱東山廟,位於蘇州虎丘,供禮晉司徒王珣。《吴郡志》:珣居桓温征西府時號"短主簿",俗因以名其祠。

送毛亦史歸婁東[1]

知君夜夜夢鄉關,夕照荒原看獨還。剩有此身娱白髮,竟無餘橐買青山。江風細雨高樓外,野樹叢雲斷岸間。此去逢人如問訊,爲言有客髩毛斑。

【注】

[1]毛亦史,名師柱,號端峰,太倉人。清初遺民詩人。婁東,即太倉。

黄九洛 字姬定。[1]

【注】

[1]黄九洛,《江蘇藝文志·揚州卷》載:原名右序,字姬定,號有周。清泰縣人。浣生子,九河弟。(按,九河,見前文注)官黄岩縣丞。以廉能稱。有《古雪草堂詩集》(一作《歷園詩》)一卷。阮元《淮海英靈集》乙集卷二收其詩一首。

喜李子鴈見過即次見懷韻

君在東皋日,思君獨倚樓。那堪一月隔,已是萬山秋。襆被忽聞至，哀絃頓欲收。情深言不盡，坐待月光浮[1]。

【注】

[1]"襆被"至末句，《慎墨堂詩話》評曰："情旨綿篤。"

九日期趙庶先先生登高阻雨留飲小齋[1]

兩兩青山阻屐痕，蒼苔空自掩柴門。黃花香冷烟三徑，紅葉聲中[2]雨一村。客似孟嘉誰落帽[3]，主非陶令獨開樽[4]。秋光自在幽齋裏，且把茱萸細討論。

【注】

[1]趙庶先，金陵人。

[2]中，《淮海英靈集》乙集卷二作"疎"。

[3]孟嘉落帽，典出自《晉書·孟嘉傳》："孟嘉，字萬年，江夏鄳人，吳司空宗曾孫也。嘉少知名，太尉庾亮領江州，辟部廬陵從事……後爲征西桓溫參軍，溫甚重之。九月九日，溫燕龍山，僚佐畢集。時佐吏並著戎服，有風至，吹嘉帽墮落，嘉不之覺。溫使左右勿言，欲觀其舉止。嘉良久如廁，溫令取還之，命孫盛作文嘲嘉，著嘉坐處。嘉還，見即答之，其文甚美，四坐嗟歎。"後人又稱作"龍山落帽""落帽參軍"等，形容文人的才思敏捷，風雅倜儻。孟嘉爲東晉詩人陶淵明外祖父。

[4]樽，《淮海英靈集》乙集卷二作"尊"。陶令，即陶淵明，其曾任彭澤令，因稱之。

月夜聞笛

長宵幽籟最關情，梧蔭高樓月自明。江北江南風景異，總憐羌笛似猿聲。

張紹良 字又房，號留菴，諸生，著《柳村集》。[1]

【注】

[1] 張紹良，約乾隆、嘉慶間在世。泰州人。附監生。《江蘇藝文志·揚州卷》下冊載，其性孤僻幽靜，築愛吾廬於郊外，誦讀其中。其天性喜聞己過，樂取人長。著有《柳村詩集》。《淮海英靈集》乙集卷一收其詩一首。

學圃

管寧[1]戴皂帽，與友同荷鋤。視金如瓦礫，毋乃與衆殊。我不分五穀，而能辨園蔬。園蔬日以秀，灌漑臨清渠。荷鋤倦歸來，展看山海圖[2]。

【注】

[1] 管寧，字幼安，北海朱虛（今山東臨朐）人，《三國志》有傳。與平原華歆、同縣邴原齊名，爲當時名士，其不應徵聘，避居遼東，極重視祭禮祖先之禮。《三國志》卷十一《魏書·管寧傳》載："寧常著皂帽，布襦袴、布裙，隨時單複，出入閨庭，能自任杖，不須扶持。四時祠祭，輒自力強，改加衣服，著絮巾，故在遼東所有白布單衣，親薦饌饋，跪拜成禮。"

[2] 山海圖，即《山海經圖》。明楊慎《山海經補注》載："九鼎之圖，其傳固出於終古，孔甲之流也，謂之《山海圖》，其文謂之《山海經》，至秦而九鼎亡，然圖與經存。"即據九鼎圖而繪成《山海圖》，其敘述性文字謂之《山海經》。至漢，《山海圖》佚。晉郭璞曾注《山海經》。宋王應麟《玉海》載，梁代張僧繇摹繪《山海經圖》十卷，咸平二年（999），校理舒雅銓次館閣圖書，見僧繇舊蹤尚有存者，重繪爲十卷。

京口曉發

渡口月初落，城頭鼓角鳴。人家明宿火，行李帶殘星。野店江光白，山程草色青。南徐頻作客，歸夢幾時醒。

瓜洲晚眺

朝放邗溝棹，暮登瓜渚城。林紅殘日下，江白晚潮生。風送孤帆遠，雲連斷嶂平。金山標古寺[1]，隔水聽鐘聲。

【注】

　　[1]金山寺，位於江蘇省鎮江，始建於東晉。原名澤心寺，又名龍游寺。唐以來稱爲金山寺，清康熙帝曾題"江天禪寺"。該寺依金山而建，殿宇林立，難見山原貌，故有"金山寺裹山"之説。

俞梅 字師巖，一字太羹，康熙癸未進士，翰林院編修。[1]

【注】

　　[1]阮元《淮海英靈集》丁集卷三收録其詩四首，載其小傳曰："字師巖，一字太羹，泰州人。父瀓，官中書。太羹，康熙癸未成進士，授翰林院編修。聖祖南巡，召梅父瀓見，賜御書耆年詒穀額，特命梅充揚州詩局纂修官，分校《康熙字典》《一統志》《分韻唐詩》《政治典訓》諸書。癸巳，山西典試，闈中飛奏減官卷正額三名，取額外五經民卷補之，孫尚書嘉淦、王中丞師、李侍御徽皆出其門。晚年杜門著書，撫教故人子成立者數人，年五十卒。著有《治河方略》《孔子家語訂正》《歷朝詩雅》數十卷，《雲斤詩集》若干卷。"另有《甲申集》一卷、《夢餘集》一卷，均爲清稿本，今藏於泰州圖書館。

舟次燕子磯

乍脱風濤險，維舟[1]燕子磯。雲空山影瘦，潮長浪痕肥。狂客吟秋水，孤帆下夕暉。倚篷無限意，目斷燕[2]南飛。

【注】

　　[1] 維舟,《甲申集》作"艤舟"。

　　[2] 燕,《甲申集》作"雁"。

次韻黎湘芷招飲

兀坐連朝雨，黃花染翠烟。化身同野蝶，放眼屬寒蟬。日影霑雲濕，秋風着草眠。共傾三葉酒，漫誦柏梁篇[1]。

【注】

　　[1] 柏梁篇,指柏梁詩。《三輔黃圖·台榭》載,柏梁台,武帝元鼎二年（前115）春起此台,在長安城中北闕內。《三輔舊事》云：以香柏爲梁也。漢武帝常置酒其上,詔羣臣和詩,能七言詩者乃得上。一人一句,句句押韻,後世稱爲柏梁體。趙翼《甌北詩話·七言律》："自《古詩十九首》以五言傳,《柏梁》以七言傳,於時才士專以五七言爲詩。"漢太初元年（前104）毀於雷火。

　　黎湘芷,待考。

半塘弔詩人黃儀逋墓[1]

天涯孤塚水邊門,寂寞人間北海樽。三尺荒烟埋醉骨,萬山冷月照詩魂。是仙非鬼余終信,欲殺能憐世莫論。獨惜孟光[2]墳墓遠,隔江愁綠鎖眉痕。

【注】

　　[1]《甲申集》載此詩題作《半塘遇詩人黃儀逋墓作詩以弔次肩山韻二首》,此處所錄爲第一首。

　　黃儀逋,即黃逵,見上文《夢山陰黃儀逋師》注。半塘,據《續泰州稿》載其葬於半塘寺後園,則半塘爲其安葬之所。

　　[2] 孟光,東漢隱士梁鴻妻,曾同隱居霸陵山中,以耕織爲業。章帝時召梁鴻,復隱齊魯間,夫妻舉案齊眉而食,時人稱之。

集古旗亭限韻[1]

酒邊徒侶散如星，舊雨蕭蕭共窅冥。雲隔烟塵無限白，霜凋林木有餘青。曲闌[2]畫壁猶題鳥，小苑黃昏孰放螢[3]。莫唱春風《楊柳曲》[4]，殘花都落古旗亭。

【注】

［1］古旗亭，揚州古地名。

［2］闌，《海陵詩彙》卷七、《淮海英靈集》丁集卷二及清陶煊、張璨輯《國朝詩的》卷一四均作"欄"。

［3］放螢，典出於隋煬帝。《資治通鑑·隋煬帝紀》載："帝於景華宫，徵求螢火，得數斛，夜出游山放之，光遍岩谷。"

［4］楊柳曲，樂府《近代曲·楊柳枝》的別稱，又稱楊柳歌。白居易《和韋庶子遠坊赴宴未夜先歸之作兼呈裴員外》："銀燭忍拋《楊柳曲》，金鞍潛送石榴裙。"又有《負春》："辜負春風《楊柳曲》，去年斷酒到今年。"孟郊《折楊柳》："樓上春風過，風前《楊柳歌》。"楊柳曲特徵是愁和怨。

陳厚耀 字泗源，康熙丙戌進士，翰林院修撰。[1]

【注】

［1］《清史稿》卷四八一有傳，載，字泗源，泰州人。康熙四十五年（1706）進士，官蘇州府教授。大學士李光地薦其通天文、算法引見，改内閣中書。授翰林院編修，入直内廷。後遷國子監司業，轉左春坊左諭德，以老乞致仕，卒於家。有《春秋長曆》十卷。

北苑新秋應制

雲天清暑色，木葉送秋聲。水淺魚龍起，山空鶴鹿鳴。南憑金闕近，北眺翠屏清。一路沙痕白，拈花亦有情。

熱河趵突泉[1]

由來鑿飲頌康衢，誰道甜[2]泉彙勝區。萬派寒潮飛匹練，半天花雨灑明珠。膏流海外尋源處，清在人間發軔初。此地風雲開北極，靈根玉窟擁皇圖[3]。

【注】

　　[1] 熱河，即今河北承德，康熙四十二年（1703）始建避暑山莊，至乾隆五十五年（1790）建成，是清朝帝王夏天避暑及處理軍政要務、接見外國使節和邊疆少數民族首領的重要場所。園内景致大多仿照江南名勝建造，如仿浙江嘉興的煙雨樓，仿鎮江金山而造金山島，等等。趵突泉，在承德避暑山莊内。《張廷玉全集》中載《趵突泉》詩曰："獨占邊垣勝，還同濟水名。伏流從地出，靈液自天成。錯落珠無顆，琮琤玉有聲。三庚忘溽暑，長對雪霜清。"

　　[2] 甜，《海陵詩彙》卷四、《淮海英靈集》戌集卷一均作"甘"。

　　[3] "靈根"後原空一格，無"玉"字，據《淮海英靈集》戌集卷一補"玉"字。

宮鴻歷

字友鹿，號恕堂，康熙丙戌進士，翰林院編修，著《棣園集》《舊雨集》。[1]

【注】

　　[1]《江蘇藝文志·揚州卷》下册載："宮鴻歷（1656—1718），一名鴻律，字西鏶（按，《清人詩文集總目提要》卷一四作字櫃鹿），一字友鹿，别號恕堂，清泰州人。偉繆八子。少以詩鳴，壯歲游京師，讀書蕭寺中。常與一、二貧士行歌於酒市人海間，竟忘其身爲太史之子、中丞之弟。康熙四十一年（1702）授教習，四十五年成進士，改庶吉士，授翰林院編修。移武英殿纂修《御選唐詩注解》。五十一年充會試同考官。著作頗豐，前後兩游福建，所作尤多。有《瀛海

策略》四卷、《齊魯記游》《恕堂詩》《感秋集》三卷、《散懷集》三卷、《甲乙游草》六卷、《墨華詞》二卷、《棣園集》《舊雨園集》等。"

魯仲連射書處[1]

樂生已歸趙，聊城猶抗齊。仲連一紙書，墮[2]城如拾遺。信哉國士語，賢於十萬師。韜光臥東海，孤蹤[3]何可追。戰國標季運，而有高世姿。刑名習申商[4]，口舌誇秦儀[5]。謀身亦云巧，反掌憂禍罹。微名腐草同，長爲萬代嗤。

【注】

[1] 魯仲連射書事，見於《史記》。田單攻聊城不下，魯連乃爲書，約之矢以射聊城中，燕將得書自殺。齊軍得以收復聊城。

[2] 墮，《淮海英靈續集》庚集卷一作"隳"。

[3] 蹤，《淮海英靈續集》庚集卷一作"跡"。

[4] 申商，指申不害及商鞅，二人均主張變法，是先秦法家思想代表人物。戰國時常將之二人相提並論。秦漢時並稱"申商"，如《史記·晁錯傳》載晁錯"學申商刑名"。刑名，即名與實的關係之學。

[5] 秦儀，即蘇秦與張儀，爲戰國縱橫家思想的代表人物。又一説，清人翁元圻注《國學紀聞》曰：秦儀，即鬼谷子。此詩中指蘇秦與張儀二人。

送顧俠君歸吳門[1]

桃竹三尺弓，青莖一囊矢。君射南塘鴨[2]，我射東皋雉[3]。相望雲水間，相見長安市。沽酒道心曲，託身等微技。明日秋風高，聯袂一水沚。雉翔寥廓中，鴨没寒潭裏。去矣勿復云，拂拭衣上滓。臨歧有贈言，弋獲古人恥。

君手青萍劍[4]，我腰白玉斧[5]。斧劍固殊用，用之何[6]所取。鍛斧爲劍器，切玉碎如土。冶劍作斧斤，自署修月户[7]。二物雖同心，市兒半聾瞽。鄰女解自媒，倚門被繒組。薔薇塞東籬，桃李荒舊圃。利器猶在手，藏以待良賈。

【注】

[1]《恕堂編年詩·席帽集》載此詩共三首，此爲前兩首。顧俠君，即顧嗣立（1665—1722），《清詩别裁集》卷二三載："字俠君，江南長洲人。康熙壬辰進士，官翰林院庶吉士。著《秀野詩集》，編《元詩選》。"瞿冕良《中國古籍版刻辭典》又載其號閭丘，喜藏書，尤工詩，作品還有《閭丘集》《閭丘先生自訂年譜》《寒廳詩話》及《春樹閑抄》等。刻印過自注《昌黎先生詩集》十一卷，自注《温飛卿詩集》七卷《别集》一卷《集外詩》一卷，等等，計十九種之多，又有抄本四種。

[2]射鴨事，典出孟郊詩《送淡公》其四"不知竹枝弓，射鴨無是非"。《建康志》載："射鴨堂在平陵城。元和初，縣尉孟郊建。"平陵，地名，屬溧陽。郊調溧陽尉，縣有投金瀨。郊間往來水旁，裵回賦詩，曹務多廢。指孟郊淡泊名利。

[3]東皋雉，《左傳·昭公二十八年》載："昔賈大夫惡，娶妻而美，三年不言不笑，御以如皋，射雉，獲之，其妻始笑而言。"如皋地名始於此，又稱爲東皋、雉水、雉皋。

[4]青萍劍，劍名。葛洪《抱樸子外篇》卷三八《博喻》載："青萍、豪曹，剡鋒之精絶也，操者非羽、越，則有自傷之患焉。"

[5]白玉斧，斧名。明張簡《醉樵歌》詩曰："手持昆岡白玉斧，曾向月裏斫桂樹。"

[6]何，清宋犖輯《江左十五子詩選》卷三作"同"。

[7]修月户，典出唐段成式《酉陽雜俎》：鄭仁本表弟游嵩山，見一人枕幞，呼之。其人曰："君知月乃七寶合成乎？常有八萬二千户修之，予即一數。"因開幞，有斤、斧、鑿數事。意思指月亮尚須許多人修理加工。趙子發《洞仙歌》有"問古今底事，留此空光，修月户，猶是當年玉斧"句。

木菴先生壁上觀李松嵐畫松歌[1]

松嵐畫松誰與匹，畢宏[2]以來推勁敵。數尺根株[3]一百盤，慣將扨筆摹尤物[4]。學士壁間畫五松，高枝樛結如蒼龍。蒼龍夜挾雷雨至，五松嶽立爭豪雄。瘦蛟蟠紙多稜節，虎脊熊腰姿態絕[5]。老榦[6]常捎三峽雲，新枝已屈千鈞鐵[7]。風條露葉故依然，化工入手天無權。水墨經營極意匠，晴烟不斷青蟫蜷。噫嘻！豔藥濃花世所尚，吾徒冷落知誰向？無用霜皮四十圍，有時白髮三千丈。願君寶此後凋心，桃李春風莫惆悵。

【注】

[1]《恕堂編年詩·西堂集上》載此詩題作《李松嵐畫松歌》，《清詩別裁集》卷二二錄此詩題，"木菴"前有"李"字。

李木菴，即李柟，字倚江，號木菴，清興化人。《江蘇藝文志·泰州卷》載其爲康熙十二年（1673）進士，由檢討歷官內閣學士，進工部右侍郎，後工部左侍郎，轉戶部。三十九年主會試，擢左都御史。性嚴明，居官持大體，務平恕，於刑獄尤謹慎。病卒於家。著有《藥圃詩》。

李松嵐，即李棟。清楊宜崙修、夏之蓉纂《嘉慶高郵州志》卷一○上《文苑》載："李棟，字吉士，號松嵐，兵部侍郎喬孫，少穎異，孝友，性成，八歲失怙，弱冠與弟栻先後補弟子員，橫經講授者三十年，所得館俸悉奉母，區給未嘗毫髮爲妻子計，且曰，弟子女多宜倍，勿與兒均。……卒於京邸。當路賢士大夫聞棟死，哭泣相弔，歸貨財甚厚。顧侍御楷仁視其含殮，手錄購冊並作書，緘羨金以貽棟子。棟爲人豐頤厚體，粹品兼才。所著詩文甚富，又工繪事及篆隸，子炳旦別有傳。"著有《李松嵐詩文集》《楚湘雜紀》。

[2] 畢宏，唐畫家，偃師（河南偃師）人。《封氏聞見記》載，畢宏，天寶中御史，善畫古松。後見張璪，於是閣筆。張彥遠《名畫記》載：大曆二年畢宏爲給事中，畫松石於左省廳壁。好事者皆詩詠之。改京兆少尹爲左庶子，樹石擅名於代，樹木改步變古自宏始也。杜甫《戲爲韋偃雙松圖歌》詩曰："天下幾人

畫古松，畢宏已老韋偃少。"

［3］株，《恕堂編年詩·西堂集上》作"枝"。

［4］尤物，《清詩別裁集》卷二二作"高格"。

［5］絕，《恕堂編年詩·西堂集上》作"別"。

［6］老榦，《恕堂編年詩·西堂集上》作"絕榦"。

［7］千鈞鐵，《恕堂編年詩·西堂集上》作"千鈞錢"。

臥佛寺[1]

古柏秋陰合，羸驂放寺門。碧泉通磵戶[2]，紅葉失山村。已與塵囂隔，安知歲月奔？追隨愜幽趣，雲路許攀援。

【注】

［1］臥佛寺，位於北京西郊壽安山麓，建於唐貞觀年間，原名爲兜率寺。元至治年間重建，易名爲壽安山寺，至順二年續建，更名爲大昭孝寺，後又改名爲洪慶寺。明宣德、正統年間，重新構建並更名爲壽安禪林。明崇禎年間更名爲永安寺。清雍正十二年（1734）改稱十方普覺寺。寺內供奉著一尊元代銅鑄的巨大臥佛像而又得名臥佛寺。

［2］磵戶，指住在多石水澗邊的山裹人家。

涿州謁張桓侯廟[1]

泥深路滑客心疲，立馬斜陽讀古碑。州破猶全天下士，軍行河負帳中兒。靈壇松老森高纛，古堞[2]霞明捲大旗。主上東征亦蕭索，眼穿難得沼吳[3]時。

【注】

［1］張桓侯，即張飛，字益德，涿郡涿縣人。《蜀志》有傳。明陳懿典《涿州重修張桓侯廟碑略》載："漢車騎將軍張侯，專祠在蜀。涿州其所生之鄉，州有廟，舊矣。"故重修。光緒《順天府志》卷二四《地理類》載張桓侯廟，一在

侯故里忠義店,一在州南郭桑園。

[2]古堞,指古代城牆上凹凸形的矮牆。

[3]沼吳,即滅吳。《左傳·哀公元年》:越十年生聚,而十年教訓,二十年之外,吳其爲沼乎?指官室廢壞。

上巳日雨和胡孟綸先生兼以誌別[1]

浮雲黯黯蔽江汀,彥會高車此日停。歸夢欲離江上水,新詩應滿竹西亭[2]。鶯花客裏和愁過,絃管聲中雜雨聽。此後相思何處望,越山一點暮煙青。

【注】

[1]胡孟綸,即胡會恩,孟綸是其字,號茗山,德清人。胡渭侄。弱冠淹治經史,貫穿百家,所作詩文傳誦人口。康熙十五年丙辰(1676)進士及第,官到刑部尚書。著有《清芬堂存稿》八卷。《清史稿·文苑傳》有傳。

[2]竹西亭,位於揚州上方禪智寺左,亭名取自杜牧《禪智寺》詩"誰知竹西路,歌吹是揚州"句。《重修揚州府志》載:宋向子固易曰歌吹亭。經紹興兵火,周淙重建,復舊名。不知何時移置南岸,遂爲急遞鋪舍。歲久亦圮廢,又爲民間冢墓所侵,蕭然蔓草荒煙而已。萬曆丁酉知縣張鯛甫復,並創亭於北岸皂角樹側,因祀宋儒竹西王先生令於中。

卷二

繆沅

字湘芷，康熙己丑進士，殿試第三人，刑部左侍郎，著《餘園詩鈔》。[1]

【注】

[1]《清詩別裁集》卷二二載繆沅（1672—1729或1733）小傳，曰："字湘芷，江南泰州人。康熙己丑，賜進士第三人，官至刑部侍郎。著有《餘園詩鈔》。司寇視學楚中，延四方名流，校閱所得人文，極一時之盛，楚人爲予稱道之。詩舊入《江左十五子選》中，予曾評點，後披全稿，見半屬朱墨改易，所云'老去漸於詩律細'者耶！"《江蘇藝文志·泰州卷》載其"康熙五十六年視學湖廣。每試一郡，必與諸生會講而去，得人極盛。秩滿瀕行，兩湖諸生送千餘里"。爲繆肇甲子，生而嗜學。平生與孔尚任、官鴻歷、顧嗣立、查慎行等交好。

和陶靖節《羲農去我遠》一首原韻[1]

末造方任運，達人思保真[2]。抗志慕皇古，惟以返吾淳。六經正燦設，光景日常新。俗學尚虛無，咎不在嬴秦。禮樂若桎梏，典籍同埃塵。卓哉柴桑叟[3]，述古何殷勤[4]。途遠轍自合，跡異神彌親。昭然揭大義，爲世通迷津。獨立魏晉中，岸然古冠巾。飲酒乃寓言，所念羲皇人。

【注】

[1] 阮元《淮海英靈集》甲集卷一收此詩題作《和陶靖節〈飲酒〉（羲農去我久）一首韻》。按，此詩屬於《飲酒詩》二十首中末一首。"羲農去我遠"中的"遠"，《張儉詩話》引同，龔斌《陶淵明集校箋》作"久"，與阮元本同。羲農，傳說中的上古帝王伏羲氏和神農氏。詩中"羲皇人"指伏羲氏。

[2] 保，阮元《淮海英靈集》甲集卷一作"葆"。

[3] 柴桑叟，即指陶潛。梁蕭統《陶淵明傳》："陶淵明，字元亮，或云潛

字淵明,潯陽柴桑人也。"《宋書·陶潛傳》載,陶潛晚年歸隱故里柴桑,有腳疾,外出輒命二兒以籃輿舁之。貴賤造之者,有酒輒設。後以柴桑代指故里,亦借指陶潛。

[4] 殷勤,阮元《淮海英靈集》甲集卷一作"慇懃"。

文安王孝子詩奉和座主安溪相國作[1]

丁徭日繁重,閭戶多逃亡。文安王氏子,飄泊辭故鄉。棄我舊井竈,舍我舊耕桑。甘心離匹耦,各自東西翔。

故鄉不能歸,涕泣淚如雨。一燈何熒熒,健婦撐門户。生兒在襁褓,日夜尚須乳。

兒生未十期,兒志如成人。上堂見阿母,兒有平生親[2]。兒生不知父,兒不如鮮民。阿母爲兒言,汝父久埃塵。上天與入地[3],欲見愁無因。孝子聞母言,含淚聲酸辛。

酸辛不能語,獨立心踟躕。奉母居道旁,冀得達音書。朝來撤勞薪,爲客具晨炊。客有遠行者,孝子前致辭:兒生自有父[4],遠在天一涯[5]。長跪進履襪,爲兒一尋之。荏苒又十年,消息斷路歧。

團圞復團圞,爲兒授家室。登堂見花燭,吞聲哭不得。兒生未識爺,何以安枕席。誓辭連理枝,永遠事行役。再拜阿母旁,泣血浼顏色。

出門何所之,惘惘別里門。長號感行路,天地爲之昏。日則望雲馳，夜則戴星奔。飛蓬冒天末，何處尋本根？

出門何所之，竄身落山椒。望見田橫島，悲風何蕭蕭。海水爲不流，鳴咽凝寒潮。

行行大壑旁[6]，僵臥荒祠外。精誠動木石，魂魄交冥昧。開門揖老叟，夢中與神會。午食見指南[7]，莎羹未粗糲[8]。當歸乃隱語，不聞附子膽。

迤邐入東南，山澤形神枯。黃沙蝕顏面，瘡痍生肌膚。果然帶山下[9]，夢覺逢精廬[10]。佛香飄院落，有客蒼髯鬚。詢知舊鄉里，驚喜立坐隅。尋聲猶識得[11]，精神相感乎。父子抱持哭，淚落千浮屠[12]。

殷勤[13]勸還鄉，緇林戒行李。入門見老妻，毀顏已暮齒。新婦潔盤餐，爲翁具甘旨。至行格天地，和氣浹鄉里[14]。高曾遺矩矱[15]，子孫遍朱紫。至今道旁人，齊歌王孝子。

【注】

　　[1] 詩題，《海陵詩彙》卷五同。《餘園詩鈔》卷一、《清詩別裁集》卷二二、《淮海英靈集》甲集卷一詩題均作《王孝子詩》。

　　張璨《石漁詩鈔》載有《題王孝子傳和安溪相國韻》一詩，題下有小注曰："孝子名原，文安人，父珣以里役出亡，原長求之十年，禱於海上神祠，感夢南行，乃遇父於僧寺中。明正德年間事。安溪公爲之立傳作歌。"

　　安溪相國，即李光地，據《泉州府志》載，福建安溪人，字晉卿，號厚庵，康熙九年（1670）進士，累官至直隸巡撫、文淵閣大學士。在官以清勤自屬。後以忌之者衆，益憤重寡言。其學誠明並進，尤篤信程朱。卒謚文貞，雍正元年（1723），追贈太子太傅。十年，入祀賢良祠。有《周易通論》《周易觀象》等作品。

〔2〕兒有平生親,《淮海英靈集》甲集卷一作"生我兒有親"。

〔3〕上天與入地,《淮海英靈集》甲集卷一作"天南與地北"。

〔4〕兒生自有父,《淮海英靈集》甲集卷一作"兒生本有父"。

〔5〕遠在天一涯,《淮海英靈集》甲集卷一作"遠隔天一涯"。

〔6〕行行大壑旁,《淮海英靈集》甲集卷一作"屏營巖壑間";《海陵詩彙》卷五及《餘園詩鈔》卷一均作"意行大壑旁"。

〔7〕午食見指南,《淮海英靈集》甲集卷一作"設食見指南"。

〔8〕莎羹未粗糲,《淮海英靈集》甲集卷一作"忘味任粗糲"。

〔9〕果然帶山下,《淮海英靈集》甲集卷一作"何期帶山下"。

〔10〕夢覺逢精廬,《淮海英靈集》甲集卷一作"惘然逢精廬"。

〔11〕尋聲猶識得,《淮海英靈集》甲集卷一作"尋聲如識面"。

〔12〕淚落千浮屠,《淮海英靈集》甲集卷一作"淚落千闍黎"。

〔13〕殷勤,《淮海英靈集》甲集卷一作"慇懃"。

〔14〕和氣浹鄉里,《淮海英靈集》甲集卷一作"和氣洽庭宇"。

〔15〕矩矱,《離騷》:"勉昇降以上下兮,求矩矱之所同",王逸注:"矩,法也。矱,度也。"指規矩法度。

劉節婦詩

金石有銷滅,立志常貞堅。可憐劉家婦,鄉里稱豪賢。劉翁嶔崟[1]人,作宦珠湖邊。劉郎溫飽士,嬉游堂東偏。陽春桃李花,爛熳春風前。以爲免摧折,可保長芳年。誰知時勢異,羅網紛糾繾。劉翁貶官去,劉郎亦株連。可憐劉家婦,于歸無一年。夫壻哭在途,寡婦哭在堂。可憐劉家婦,掩淚出閨房。急脫紫羅襦,急卸時世妝。下堂理刀尺,上堂調羹湯。躊躇不能寐,嗚咽東方明。叶謨郎切。

北風寒氣洌，雪下白皚皚。堂上翁與姑，相繼游泉臺。新婦中夜起，行坐愴中懷。夫壻知何方，道遠難與偕。低頭乞四鄰，軟語慰僮僕。相助送翁姑，潛寐歸夜壑。吁呼酷切。野田曠無路，雪光蕩溟渤。可憐劉家婦，皮肉凍皴裂。一手捫白雪，一手掩白骨。

溝水東西流，各自從清濁。人生賢與愚，所爭在好學。可憐劉家婦，生兒具頭角。兒生父未見，兒長母淚落。夕陽下野田，羣兒共力較。皆言劉家兒，門戶最衰弱。公然來欺侮，對面相束縛。兒歸哭告母，母急爲扶持。呼兒告往事，淚下如縆縻。自從汝父出，君家婦難爲。汝今不力學，宜受羣兒欺。送兒就外傅，受書歸書帷。願兒熟《孝經》，不願工文詞。

秋蓬辭本根，蕪亂無枝柯。羈人患難後，萬事皆蹉跎。當年朱閣秀，今日寠人家。荆釵插蓬鬢，憔悴難光華。日刈田中禾，夜績燈前麻。幼兒不解事，索飯聲呀呀。阿兄門外來，驚見生咨嗟。咨嗟追往昔，廿載星霜換。作歌告同仇，紙上血淚漫。夫壻在天涯，各各心腸斷。

【注】

[1] 嶔崎，劉義慶《世說新語·容止》："周伯仁道桓茂倫：'嶔崎歷落，可笑人。'"喻品格卓異出羣。

與顧俠君[1]

君前入剡時，春波蕩綺縠。遙峯青蜿蜒，芳草茸茸綠。鼓棹下鏡湖，夜遊時秉燭。清詩如束筍，剩藁塞滿屋。我今剡中歸，殘雪散林麓。小停訪戴舟[2]，尋君半塘曲。洒掃秀野堂[3]，冬缸酒新漵。堂中足圖史，清華湛水木。撐腸五千卷[4]，插架三萬軸[5]。蟲魚細箋注[6]，迅掃千兔禿[7]。相逢一笑粲，共補山遊録。

【注】

[1] 顧俠君，即顧嗣立，見卷一《送顧俠君歸吳門》注。

[2] 訪戴，事見南朝宋劉義慶《世說新語·任誕》：“王子猷居山陰，夜大雪，眠覺，開室命酌酒。四望皎然，因起彷徨，詠左思《招隱詩》，忽憶戴安道。時戴在剡，即便夜乘小船就之。經宿方至，造門不前而返。人問其故，王曰：'吾本乘興而行，興盡而返，何必見戴？'”後用“訪戴”“尋戴”“子猷船”等表示灑脫任誕，隨興之風。盧照鄰《楊明府過訪詩序》有“素雪乘舟，訪戴逹於江路”句。

[3] 秀野堂，即顧嗣立的室名秀野草堂。

[4] 撐腸，唐盧仝《月蝕》云：“撐腸拄肚礧傀如山丘，白可飽死更不偷。”指吃得過飽。蘇軾《試院煎茶》云：“不用撐腸拄腹文字五千卷，但願一甌常及睡足日高時。”此處化用。

[5] 插架三萬軸，借用韓愈《送諸葛覺往隨州讀書》“鄴侯家多書，插架三萬軸”中詩句。

[6] 蟲魚細箋注，《爾雅》有《釋蟲》《釋魚》等篇，後人將箋注之學稱作蟲魚之學，視作與正統治世無關，含有輕蔑意味。韓愈《書皇甫湜安園池詩後》云：《爾雅》注蟲魚，定非磊落人。

[7] 唐太宗《書王羲之傳後》云：“雖禿千兔之毫。”蘇軾《寄傲軒》有“先生英妙年，一掃千兔禿”句。

若耶溪懷古[1]

赤堇山[2]前波瀲灧，峰巒無數銜山店。日暮溪風吹客面，弔古重來訪遺箭。樵人不逢鄭巨君[3]，寒磯早與仙公見。上有葛孝先釣磯[4]。晚登鑄浦弔歐冶[5]，灼灼芙蓉經百鍊。蜿蜒立佩五蛟龍，出入食火[6]森岩電。當時吳兵入會稽，提鼓行成幾爭戰。純鈎湛盧[7]空自好，魚腸巨闕[8]安足銜。不若夷光[9]誇絕豔，臺遊麋鹿[10]千秋鑑。沼吳只在如花人，多事越王重鑄劍。

【注】

[1]若耶溪，位於浙江省紹興南若耶山下，傳爲西施浣紗處。《吳越春秋·闔閭內傳第四》注曰：若邪溪，在會稽縣南二十五里。

[2]赤堇山，《吳越春秋·闔閭內傳第四》注曰："若耶溪傍即赤堇山，一名鑄浦山，歐冶子鑄劍之所。《戰國策》曰：'涸若邪而取銅，破堇山而取錫。'"

[3]鄭巨君，《後漢書》卷三三《鄭弘傳》載："鄭弘，字巨君，會稽山陰人也。"注曰："孔靈符《會稽記》曰：射的山南有白鶴山，此鶴爲仙人取箭。漢太尉鄭弘嘗采薪，得一遺箭，頃有人覓，弘還之，問何所欲。弘識其神人也，曰：'常患若耶溪載薪爲難，願旦南風，暮北風。'後果然。故若耶溪風至今猶然，呼爲鄭公風也。"

[4]葛孝先，即葛玄，孝先乃其字。道教靈寶派祖師，尊稱葛天師，又稱太極仙翁。句容人。有仙術。明汪宗伊、程嗣功修、陳舜仁等編《萬曆應天府志》卷三二載："其嘗從吳主權至溧洲遇大風，百官船沉。玄獨出水面而衣履不濕，吳主重之。於方山有立觀。後傳白日昇舉。"編纂《靈寶經誥》。嘉慶《重修一統志》卷三二四載："漢葛孝先，建安中游閤皂山，嘗於東峰作臥雲庵修煉。一夕，衣冠入室，臥而氣絕。越三日，夜半，忽大風起，發屋折木，有聲如雷，燭盡滅。良久，風止，失其所在。"會稽有仙公釣磯。雍正《浙江通志》卷一五載"若耶山"，曰："《雲門志略》：在府城南四十四里，下有采蓮田，東又有若耶嶺。舊經云葛玄學道於此。《太平寰宇記》：若耶山，葛玄所隱桐几，化成白鹿，三足其行，二頭並食。山下有壇，壇旁有石，謂之葛仙公石。"

[5]歐冶，即春秋時期越國鑄劍師歐冶子。《吳越春秋·闔閭內傳第四》載，越王允常使歐冶子造劍五枚以示薛燭。即魚腸、湛盧、巨闕、豪曹（又名磐郢）、純鈎。

[6]食火，《海陵詩彙》卷五作"風火"。

[7]純鈎、湛盧，指歐冶子所鑄劍名稱。

［8］巨闕，原作臣闕，據《吳越春秋》及《越絕書》改。魚腸、巨闕，均指歐冶子所鑄劍名稱。

［9］夷光，指西施。《拾遺記》卷三載："越謀滅吳，蓄天下奇寶、美人、異味以進於吳。得陰峰之瑤，古皇之驥，湘沅之鯉，又有美女二人，一名夷光，一名修明（自注：即西施、鄭旦之別名），以貢於吳。吳處以椒華之房，貫細珠爲簾幌，朝下以蔽景，夕捲以待月。二人當軒並坐，理鏡靚粧於珠幌之内。竊窺者莫不動心驚魂，謂之神人。"

［10］臺遊麋鹿，典出《漢書》卷四五《伍被傳》。吳王既得西施，甚寵，爲築姑蘇臺，游宴其上。伍子胥諫吳王，吳王不用。乃曰："臣今見麋鹿遊姑蘇之臺也，今臣亦將見宫中生荆棘、露沾衣也。"於是王怒，系被父母囚之。此乃諫言帝爲政貪亂將致覆亡。李白《對酒》詩曰："棘生石虎殿，鹿走姑蘇臺。"

袁術

公路[1]浦前白日昏，千重駭浪猶奔騰。袁曹昔時爭戰地，秋原尚作黄雲屯。兄弟鬩牆事堪歎，術也讐紹翻結瓚[2]。謬算適足羞先公，强云圖讖天所贊[3]。里謠誰記當塗高，僭號不聞閻象諫[4]。符命之説誠荒唐，當車有臂疑螳螂[5]。江淮凍饑士卒死，宮中日夜爲荒亡[6]。蛾眉皓齒競害寵，馮家小女悲懸梁[7]。灊山之敗所自致，江亭奔竄如亡羊[8]。堆牀十斛僅麥屑，一勺入口無蜜漿[9]。當時割據意何取，離離滿目悲禾黍。我來袁浦爲弔古，老龍晝眠蛟夜舞，鯨波蝕盡戰場土[10]。

【注】

［1］公路，爲袁術字。袁術，汝南汝陽人。司空逢子，袁紹從弟。以俠氣聞。官至虎賁中郎將、後將軍。爲避董卓之禍，從京師洛陽出奔南陽，割據其地，徵斂無度。並遠交公孫瓚以對抗袁紹。初平四年（193），與曹操交戰於陳留，兵敗退至揚州九江郡，以壽春爲根據地，並於建安二年（197）稱帝。後爲曹操所敗，嘔血而死。事見《三國志》本傳。此詩即依其生平經歷而作。

〔2〕此二句即《三國志》卷六本傳所載："既與紹有隙，又與劉表不平而北連公孫瓚，紹與瓚不和而南連劉表。其兄弟攜貳，舍近交遠如此。"

〔3〕"強云"句，《清詩別裁集》卷二二同，《江左十五子詩選》卷一二載作"尚卻覬顏應圖讖"。《三國志·魏書》本傳載：興平二年冬，天子敗於曹陽。術會羣下謂曰：'吾家四世公輔，百姓所歸，欲應天順民。'主簿閻象進諫曰：'昔周自后稷至於文王，積德累功，三分天下有其二，猶服事殷。明公……未若有周之盛；漢室雖微，未若殷紂之暴也'。術嘿然不悦。用河内張烱之符命，遂僭號。

〔4〕《三國志》裴松之注引《典略》曰："術以袁姓出陳，陳、舜之後，以土承火，得應運之次。又見讖文云：'代漢者，當塗高也。'自以名字當之，乃建號稱仲氏。"

〔5〕"當車"句，《清詩別裁集》卷二二同，《江左十五子詩選》卷一二載作"可憐蠻觸大夜郎"。此句出自《莊子·人間世》："汝不知夫螳螂乎，怒其臂以當車轍，不知其不勝任也。"成語"螳臂當車"即出此。比喻做力量無法達到的事情，必然是失敗的結果。

〔6〕袁術稱帝後，《三國志》本傳載其"荒侈滋甚，後宫數百皆服綺縠，餘粱肉，而士卒凍餒，江淮間空盡，人民相食"。

〔7〕害寵，《清詩別裁集》卷二二同，《江左十五子詩選》卷一二載作"漁獵"。懸梁，《清詩別裁集》卷二二同，《江左十五子詩選》卷一二載作"馮方"。裴注引《九州春秋》曰："司隸馮方女，國色也，避亂揚州，術登城見而悦之，遂納焉，甚愛幸。諸婦害其寵，語之曰：'將軍貴人有志節，當時時涕泣憂愁，必長見敬重。'馮氏以爲然。後見術輒垂涕，術以有心志，益哀之。諸婦人因共絞殺，懸之厠梁，術誠以爲不得志而死，乃厚加殯斂。"

〔8〕《三國志·魏書》本傳載，袁術前爲吕布所破，後爲太祖所敗，奔其部曲雷薄、陳蘭於灊山，復爲所拒，憂懼不知所出。將歸帝號於紹，欲從青州從袁譚，發病道死。

〔9〕《三國志》裴松之注引《吴書》曰："術既爲雷薄等所拒，留住三日，士衆絶糧，乃還至江亭，去壽春八十里。問廚下，尚有麥屑三十斛。時盛暑，欲得蜜漿，又無蜜。"遂歎息良久，頓伏床下，嘔血而死。

〔10〕《清詩別裁集》卷二二録此詩，末有小字注曰："衆尊爲帝，而欲奔

匈奴以自絶者，劉虞也。因當塗高讖語，而欲自稱爲帝者，袁術也。漢末羣雄，惟術爲至愚且妄，身死後妻孥不保，亦惟術爲至惨。篇中綜本傳始終言之，不漏不支，自然中節。"

秋夜聽雨

坐臥水亭清，宵涼陣陣生。月光行雨外，電影照秋聲。玉瀣和雲冷，銀河隔樹明。會須憐織女，天上賦閒情。

題李剩水明經傳後[1]

大隱非丘壑，斯人應客皇[2]。山林終寂寞，河嶽散英靈。有道人師表，中郎世典型。遺書今在否，雲氣護山庭。

【注】

[1] 李剩水，待考。

[2] 皇，《海陵詩彙》卷五作"星"。

春暮過平山堂[1]

不到平山久，棲遲又五年。松聲猶帶雨，山勢欲凌烟。孤磬開初地，幽亭咽古泉。却憐春未盡，惆悵對江天。

【注】

[1] 平山堂，即蜀岡，一名崑岡。見上文《客悔齋，送汪舟次之龍岡》注。

讀書落花下作

映雲殘日淺，繞砌落花深。薄俗不得意，古人知此心。字濃香可泥，行密影堪尋。未待黄鸝唤，悠然自好音。

壬辰春奉命分校禮闈，柬勵南湖張硯齋、蔣西谷諸前輩[1]

清霜簾幙鬢毛侵，天日無私共照臨。十五國中才最盛，三條燭下感逾深。滿懷冰雪無[2]餘滓，一片空明證[3]此心。學士鑾坡[4]清望重，爨桐[5]從此有知音。

【注】

　　[1] 張硯齋，即張廷玉（1672—1755）。字衡臣，號硯齋，安徽桐城人，康熙進士。官至保和殿大學士、軍機大臣，加太保。雍正時軍機處規制均出於其手。乾隆時，得重用，加太保，以年老得免早朝。前後居官五十年，曾任《明史》總裁官。有《傳經堂集》。

　　蔣西谷，即蔣廷錫（1669—1732），字揚孫，號西谷、南沙，以己酉生，自號酉君。江蘇常熟人。康熙癸未（1703）進士，官至大學士，諡文肅。著有《青銅軒》《秋風》《片雲》諸集。少歲善長詩歌，感時傷事，放情縱酒，一一寄諸永言。又善繪花卉，品與惲南田相當。

　　[2] 無，清法式善《槐廳載筆》卷一八作"消"。

　　[3] 證，《槐廳載筆》卷一八作"共"。

　　[4] 鑾坡，翰林院別稱。《稱謂錄》"翰林院"中"鑾坡"條載："俗稱翰林學士爲鑾坡，蓋唐德宗時嘗移學士院於金鑾坡上，故稱鑾坡。"

　　[5] 爨桐，典出《後漢書·蔡邕列傳》：漢蔡邕至吳，吳人有燒桐樹作飯者，蔡邕聞火燒之聲，知其木爲制琴之良材，乃要下來，果造出好琴，因其尾已燒，故又稱焦尾琴。後用爨桐喻人才遭遇厄運。以爨下餘謂得遇知音。韓愈《題木居士》有"爲神詎比溝中斷，遇賞還同爨下餘"詩句。

送顧嗣宗返吳門次留別韻[1]

韓孟雲龍[2]旦夕依，故山猿鶴久相違。人如諸葛真名士[3]，客是江東大布衣[4]。吴地烟嵐應入夢，楚天鷗鷺漸忘機。步兵日有蓴鱸思[5]，隱語當歸且緩歸。

【注】

[1] 顧嗣宗，即顧紹敏，嗣宗爲其字，長洲人，廪生，著有《陶齋詩鈔》。爲沈德潛所創城南詩社成員之一。《清詩別裁集》卷二六載："嗣宗屢試南北闈，終於不遇。晚而著書自娱，亦足悲其志矣。"

[2] 韓孟雲龍，指韓愈與孟郊，典出韓愈《醉留東野》詩："昔年因讀李白杜甫詩，長恨二人不相從。吾與東野生並世，如何復蹋二子蹤。東野不得官，白首誇龍鐘。韓子稍奸黠，自慚青蒿倚長松。低頭拜東野，原得終始如巨蚕。東野不回頭，有如寸筳撞巨鐘。我願身爲雲，東野變爲龍。四方上下逐東野，雖有離别無由逢。"後世詩文多引用"韓孟雲龍"典故。

[3] 諸葛真名士，即指諸葛亮。

[4] 客，《清詩別裁集》卷二二及嘉慶《東臺縣志》卷八均載作"品"。

[5] 蓴鱸思，典出《晉書·張翰傳》："時齊王冏辟張翰爲大司馬東曹掾。翰因見秋風起，乃思吴中菰菜、蓴羹、鱸魚膾，曰：'人生貴得適志，何能羈宦數千里以要名爵乎！'遂命駕而歸。"此處寫顧嗣宗有歸隱家鄉之心。

和沈桓雙遊金山詩[1]

幾年歸計負雲山，衣帶遥青冷欲删。兩岸荒鐘沉海嶽，一天秋夢滯江關。芙蓉千片攜來遠，鷗鷺經時看處閒。却羨休文多錦字，偏能濟勝賦孱顔。

【注】

[1] 沈桓雙，即下文沈嘉植。

靜嘯堂觀演天寶遺事[1]

法曲人間未渺茫，檀槽一夜響悢悢。海青駡賊黿年去[2]，各有琵琶答上皇。

獵火光中一串歌，千年舊淚滴銅荷[3]。李謩曾傍宮牆聽[4]，殘序霓裳記得多。

芍藥亭荒更不春，宮人入道也傷神。海山久已餐霞去，猶把塵心哭太真[5]。

【注】

　　[1]《餘園詩鈔》卷七載此詩題作《觀演天寶遺事》。天寶遺事，蓋爲王伯成雜劇《天寶遺事諸宮調》，敘楊貴妃與唐玄宗、安禄山之事。

　　[2] 此句所寫爲樂工雷海青罵賊而死及李龜年彈詞事。安禄山占領長安後，慶功酒宴上，讓當時梨園琵琶高手雷海青演奏。《明皇雜録》載："有樂工雷海青者，投樂器於地，西向慟哭，逆黨乃縛海青於戲馬殿，支解以示衆。聞之者莫不傷痛。王維時爲賊拘於菩提佛寺，聞之賦詩云云。"中所提王維詩即《凝碧池》："萬户傷心生野煙，百官何日再朝天？秋槐葉落空宮裏，凝碧池頭奏管弦。"

　　李龜年，唐代樂工。《明皇雜録》卷下載："唐開元中，樂工李龜年有才學盛名。龜年能歌。其後流落東南，每遇良辰勝賞，爲人歌數関。座中聞之，莫不掩泣罷酒。"杜甫曾作《江南逢李龜年》詩。

　　[3] 銅荷，銅制似荷葉狀之燭台。

　　[4] 李謩，唐代善吹笛者。游京城時，傍宮牆偷聽李龜年教演《霓裳羽衣曲》，覺得美不勝收。後李龜年流落街頭時，李謩曾虛心向龜年求教，並得到全譜。

　　[5] 太真，楊貴妃號。《舊唐書·后妃傳上·玄宗楊貴妃》："時妃衣道士服，號爲太真，住内太真宮。"天寶四年七月，册封太真宫女道士楊氏爲貴妃。

題《漁洋先生放鷳圖》[1]

照影碧潭同耿介，刷毛琪樹共婆娑。開籠放處白雲滿，昨夜故山歸夢多。

忘機久已狎冥鴻，閣外初弦月似弓。盡把閒心託閒客，小軒秋氣逼孤桐。

【注】

　　[1] 此圖爲清禹之鼎所畫。縱26.1厘米，橫110.7厘米。絹本，設色。禹之鼎（1647—1716），字尚吉，號慎齋，江都人。康熙二十年（1681）官鴻臚寺序班，以畫供奉入職暢春園。擅人物、山水，尤精寫真。本幅右上自題"放鷴圖"三字。自識："五柳先生本在山，偶然爲客落人間。秋來見月多歸思，自起開籠放白鷴。庚辰長夏雨後，大司寇王公，因久客京師，撿詩爲題，命繪放鷴圖。仿佛六如居士筆意，漫擬請政，恐神氣閒暢，用筆高雅不及焉。禹之鼎。"下鈐"之鼎""尚吉"印。此圖中另有史夔、張尚瑗等三十八家題記。楊建峰編《中國人物畫全集》下卷載此幅畫，介紹曰："此圖是根據清代著名詩人王士禎放白鷴詩而作。畫面之中，王士禎坐在座椅上，取正面肖像，面部學西洋畫法，微擦帶染。手持書卷，表情淡然。身邊的童子已將籠門打開，白鷴正展翅飛向遠方。作家以月冷風清、雲蒸霧靄的秋夜爲背景，烘托出主人公超凡脱俗的氣質，給人以深刻的印象。人物衣紋用蘭葉描，筆墨流暢，風格秀雅。"圖今藏於故宫博物院。

别舍弟甸洋

憔悴江東阮步兵[1]，鄉關回望不勝情。一肩行李蕭條去，從此人間重弟兄。

【注】

　　[1] 阮步兵，即阮籍，魏晉名士，曾任步兵校尉，世稱阮步兵。崇奉老莊之學，遠離政治。爲"竹林七賢"之一。有《阮步兵集》。

訪汪鈍翁先生故居[1]

山光塔影尚嶙峋，遺築丘南野水濱。草没垣衣何限感，乞花場[2]上弔詩人。

【注】

　　[1]汪鈍翁，即汪琬，字苕文，號鈍翁，又號鈍庵，長洲人。清初文學家。與侯方域、魏禧合稱國初三家。晚年隱居太湖堯峰山，稱爲堯峰先生。順治十二年（1655）進士，曾任刑部郎中、戶部主事等。康熙十八年（1679）舉博學鴻儒科，授翰林院編修。長於散文，著有《鈍翁類稿》《堯峰文抄》等。《清文獻通考》卷二三二載。

　　[2]《清詩別裁集》卷二二收錄此詩，末尾有小字注："乞花場，鈍翁先生所居。"

沈龍翔　初名默，康熙癸巳舉人。[1]

【注】

　　[1]沈龍翔，清泰州人，《道光泰州志》卷二四載：原名默，字興之，號讓齋，康熙五十二年順天中式，與弟遴讀書芝圃中，時有二沈之目。嘗與修州志，有志中不能悉載者，乃家刻一書曰《發幽錄》。又嘗修《崇明縣志》，著有《清芬堂集》二十卷、《桴客卮言》一卷。

天目晴嵐[1]

天目本仙阜，年來耕種平。晴嵐杳何許，井石自縱橫。

【注】

　　[1]此爲組詩《泰州八景詩》其六。《道光泰州志》卷三三載此組詩，組詩前有小序曰："八景詩，昔有郡人邱容五言絕暨諸前輩各體，可以不作，余復贅者，地形變遷，今異於古，小詩並注，殊有關係，非敢漫附不朽也。雍正六年戊申遯叟沈龍翔記。"此詩後有自注曰："天目，本土山而基址甚高，形家指爲堰口。後託山田屬學中管業。近則居民占種四周，掘斷山脈，田幾於山平矣。王冶鹿女諸內蹟盡廢，惟丹井石欄在耳。"

泰堂明月[1]

高堂俯一州，去天纔尺五。明月當空懸，照徹窮簷苦。

【注】

[1] 此爲組詩《泰州八景詩》其一，《道光泰州志》卷三三載，詩末有自注曰："堂前極高敞，向夕月圓，州人士往往散步於此。"

吳崇先　字式武，號鶴山，中書，著《世綸堂稿》。[1]

【注】

[1] 吳崇先，《道光泰州志》卷二四載曰："字式武，順治十八年由歲貢生考授宏文院中書。母艱，服闋補秘書院。旋歸。康熙九年，大水告災，例免條鞭而不免漕，崇先暨沈喬生等叩巡撫疏題並免，此後遂爲例。著有《經濟鴻書》《志遠堂新編》《桂籍軒詩》。"

遊白雀寺晤豁堂上人[1]

綠遍春郊外，尋幽到上方。松陰遮寺路，亭影接湖光。入座參空偈，聞言有妙香。偶來隨所適，快覯米襄陽[2]。

【注】

[1] 白雀寺，位於浙江四明山東脈之首，始建於南北朝，傳爲當時名僧智者大師所建。

豁堂上人，《雪林詩話》三集卷一載，豁堂上人正嵒，本餘姚徐氏子，寄跡禹航，祝發靈隱，有《同凡集》，與滇僧蒼雪同爲王文簡所推許。

[2] 米襄陽，即米芾。《宋史》卷四四四本傳載："字元章，吳人也。以母侍宣仁后藩邸舊恩，補浛光尉。歷知雍丘縣、漣水軍，太常博士，知無爲軍。召爲書畫學博士，賜對便殿，擢禮部員外郎，出知淮陽軍。卒年四十九。芾爲文奇

險，不蹈襲前人軌轍。特妙於翰墨，得王獻之筆意。畫山水人物，自名一家。"今存《寶晉英光集》八卷，詞存十五首，名《寶晉長短句》，收入《彊村叢書》。

黃河即事和李書雲內兄[1]

行盡江南路，因深去國情。鄉音隨地改，暮雨漲沙平。荒岸知秋早，輕霜帶雁聲。故園憑夢轉，紙帳與梅清。

【注】

[1] 李書雲，廣陵（今揚州）人，名宗孔，別號秘園。順治四年（1647）進士，歷任員外郎、御史、給事中等職。康熙中解印歸里，辦有李書雲家班。著有《音韻須知》二卷。

訪友留飲

不近高人榻，誰窺湖海心。十年聞意氣，一夕定知音。清吹散平野，白雲橫遠岑。相思常念切，尊酒話更深。

寒雁[1]

地北天南萬里身，驚寒昨夜過邊塵。暫隨沙漠秋來夢，還識湘江戰後春。斥堠[2]長銷憑寄信，稻粱猶滿勿傷神。荒汀斷渚年年路，應認蘆花作主人。

【注】

[1] 元謝宗可《詠物詩》、顧嗣立《元詩選》卷四二、《佩文齋詠物詩選》卷四二六均載謝宗可詩《鴈賓》："地北天南萬里身，驚寒昨夜過邊塵。暫隨沙漠秋來夢，留得湘江社後春。水宿雲飛同是客，風嚌月唼（按：《詠物詩》中作淚，據《元詩選》及《佩文齋詠物詩選》改）自相親。荒汀斷渚年年路，應認蘆花作

主人。"與此吴氏詩文字内容大體相似,蓋吴氏仿謝氏詩而作。

[2] 斥堠,又作斥候,指古代軍隊中的偵察兵。《左傳·襄公十一年》:"納斥候,禁侵掠。"

閲射

日暖風和駿馬行,穿楊[1]飲羽[2]意縱横。江東子弟新承寵,射虎爭誇右北平。

【注】

[1] 穿楊,《史記·周本紀》載楚有養由基者,善射者也,去柳葉百步而射之,百發百中。《漢書》卷五一載枚乘《諫吴王書》:養由基,楚之善射者也,去楊葉百步,百發百中,楊葉之大,加百中焉,可謂善射矣。杜甫《醉歌行》有"舊空楊葉真自知"句。

[2] 飲羽,《新序》卷四載:昔者楚熊渠子夜行,見寢石以爲伏虎,關弓射之,滅矢飲羽,下視,知石也。但《吕氏春秋·精通篇》云:養由基射虎中石,矢乃飲羽,誠乎虎也。又《史記》卷一〇九所記爲李廣事,載:"廣出獵,見草中石以爲虎而射之,中石没鏃,視之石也。因復更射之,終不能復入石矣。廣所居郡聞有虎,嘗自射之,及居右北平,射虎,虎騰傷廣,廣亦竟射殺之。"此類記載,段成式、何焯等人疑之,認爲:"豈世因廣之善射而造爲此事以加之歟?"(《義門讀書記》卷一七)

俞楷 字陳芳,號正林,華亭教諭。[1]

【注】

[1] 乾隆《江南通志》卷一六三載:"俞楷,字陳芳,泰州人,以歲貢充内廷供奉,進經學剳子,陳時文科舉之弊,補天長訓導,擢華亭教諭。著《三極易知録》《俞子書三刻》。"其弟俞梅,見本書卷一。《淮海英靈集》丁集卷二又載,張公伯行稱其爲"江左大儒","詩無專集,惟傳《閑居春事》詩卅首,友人俞燈得《西澗》三首並録之。"

登攝山中峯絕頂[1]

駕言登繳山，陟其最高頂。不圖傾東南，豁然如夢醒。江流秋色中，流光何耿耿[2]。風檣燕子飛，虧蔽浮雲影。錯趾多嶜嶁，大勢已吞併。茅蔣[3]可與言，衆山俱氣屛。龍蛇走萬松，靡曼若苕穎[4]。薄伽[5]百海印，窅沒無人境。對此心茫然，胡能辨喧靜。天風落異香，翩翩心骨冷。興廢成今古，任運絕思省。自出人世間，安知有箕穎[6]。

【注】

[1] 攝山，因棲霞山盛産各種養生滋補中草藥，皆有攝生之效，故又稱攝山。王士禎《游攝山記》載曰：志云攝山，爲鍾阜支脈，高百三十丈，周迴四十里，多藥草可攝生，故名。形團如蓋，又名繳山。

[2] 流光何耿耿，《海陵詩彙》卷六作"清光何耿耿"。

[3] 茅蔣，指江蘇句容的茅山和南京的蔣山（即紫金山）。

[4] 苕穎，指蒲葦的苗穗。

[5] 薄伽，印度梵語音譯詞，指贊頌釋伽牟尼。

[6] 箕穎，堯時隱士許由耕於中嶽箕山之下，穎水之陽，故後人以"箕穎"代指隱居。《宋書·明帝紀》："箕穎之操，振古所貴。"

天開巖[1]

絕人奇險處，沓嶂忽天開。一線江聲遠，千尋秋色來。逃禪存正眼，造物見奇才。選勝非吾意，沉吟對講臺。

【注】

[1] 天開巖，位於南京棲霞山，峭壁如截。傳說此巖爲雷電所開，即天公所開，故得名。

初三日登千佛嶺看月[1]

看山尤愛日云夕，過嶺初窺月一涯。萬樹松濤浮片影，千崖佛火照孤霞。鐘聲不醒齊梁夢，香氣空聞晉宋花。植杖無言秋色暝，西來紫氣屬誰家。

【注】

[1] 千佛嶺，《建康志》載："在攝山棲霞寺之側。齊王惠太子、豫章文獻王、竟陵文宣、始安王，及宋江夏王、霍姬、齊田夬等琢石建像，梁臨川靖惠王復加瑩飾，嶺之中道石壁有沈傳師、徐鉉、張雅圭題名。"（《永樂大典》卷一一九八〇"嶺"條載）

木樨花下聽弈

清秋避世日牆東，枯壑荒籬徑不通。亭午山前秋雨歇，棋聲靜落古香中。

沈嘉植　字子原，號恆雙，清河教諭，著《山雨樓集》。[1]

【注】

[1]《道光泰州志》卷二六載："字桓雙，康熙十年（1671）拔貢生。父傳曾工書法，嘉植能紹其傳。晚年任清河教諭，卒官。"《淮海英靈續集》己集卷一亦載其小傳曰："字子厚，號恆雙，泰州人。鳳阿裔芝山子，作詩不喜酬應。遇名山水則津津吟哦不已。著《山雨樓集》。"其字，《淮海英靈集》丁集卷二作"又字桓雙"，《歷代詩詞詠泰州》載"一作垣雙"。《江蘇藝文志·泰州卷》載字子厚，號恆雙，一作垣雙。

蒙陰道中雪

北風吹征鞍，晨興氣蕭索。遊子事遠征，凛冽悲衣薄。陟巘望蒙陰，爨烟起城郭。四顧天沉冥，密雲寒大漠。初驚微霰集，繼乃如掌落。飛絮捲長空，須臾滿寥廓。乾坤玉結成，那辨[1]丘與壑？我僕瘏以痛，我馬罷且弱。行行路轉難[2]，依微見東嶽。安得登其巔，齊魯供揮霍？

【注】

[1] 辨，《淮海英靈集》丁集卷二作"堪"。

[2] 難，《淮海英靈集》丁集卷二作"艱"。

寶帶橋看月[1]

橋頭看月色，驛路白如霜。砧杵千門靜，蒹葭一水長。關河秋渺渺，雲樹影蒼蒼。醉後饒餘興，呼童載舉觴。

【注】

[1] 寶帶橋，位於蘇州市東南，葑門外六里的運河西側，跨澹臺湖口上，五十三孔石拱橋，始建於唐元和間，因刺史王仲舒捐寶帶助費創建，故得名。

送蔣霞生入都[1]

迢迢冀北道，遊子漫羈栖。古驛寒梅放，平沙朔雁低。千盤衝雪度，一劍帶霜攜。珍重樽前約，春風聽馬蹄。

【注】

[1] 蔣霞生，即蔣士龍。喬曉軍編《中國美術家人名辭典補遺二編》載："一名龍，號霞生，元和人，工書畫，精鐵筆。尤擅寫蘭石，有愛蘭癖，吴人皆以

蔣墨蘭呼之。劉蘭軒弟子。參加聚星社減潤賑災。"

花朝獨坐[1]

晴日風和百卉新，疏枝滿院笑芳晨。寒鑪[2]茶熟誰相過，獨有梅花是故人。

【注】

[1] 花朝，花朝節，俗稱花神節。爲流行於北方及中南等地的傳統節日，農曆二月初二舉行，或二月十二至十五日期間，人們結伴踏青，女性剪五色彩紙粘在花枝上，稱爲賞紅。

[2] 寒鑪，《海陵詩彙》卷六作"寒爐"。

朱光䜌 字青嶽，號竹林，中書，著《牧鶴軒詩稿》。[1]

【注】

[1] 民國《續纂泰州志》卷二五載："字青嶽，諸生。時與二三同志觴詠自如，共事風雅。詩婉麗高超，得漢唐篇法。著有《牧鶴軒近詩鈔》。"爲艾人子，劉玉少婿。

題文徵仲《寒山飛雪圖》[1]

幽人長年不出戶，家住千峯最深處。滿天寒雪灑空林，一夜琪花生玉樹。此時對酒懷抱開，山南隱者獨未來。樵青掃雪正相待，幅巾曳杖衝莓苔。茶鐺藥臼茅檐下，百道飛泉半岩瀉。松梢一點露紅樓，古寺微聞鐘磬罷。誰能放筆爲此圖，景物不異風神殊。一皴一折皆奇秀，待詔名高天下無[2]。

【注】

[1] 文徵仲，即文徵明，初名璧，字徵明，後以字行，更名徵仲，號衡山，

長洲（今蘇州）人。與唐寅、祝允明、徐禎卿稱爲吳中四才子。又與沈周、唐寅、仇英稱明四家，能詩文善畫，有《甫田集》。清王培荀輯《鄉園憶舊錄》卷三載："吾邑高念東先生有文徵明畫《寒山飛雪圖》，國初諸老題詩甚多。畫短而題跋盈二丈餘，爲一長卷，諸家各體皆備，筆力馳騁。漁洋山人自書絶句，字體欹斜，詩載《精華錄》中，未覺出色，與諸作對觀，則灑然出塵，別具風神，方服其詩之妙也。"

[2]《慎墨堂詩話》卷三四評此句曰："點出有法。"並曰："寫雪中之景，霏微生動，覺几榻琴書皆韻。如坐臥其間，頗不欲通人語。"

秋日重遊焦山[1]

不赴[2]山靈約，重來挂短篷。江空霜更白，秋老樹能紅。歲月淹遊屐，魚龍擾梵宮。徵君何處去，千載憶高風。

【注】

[1] 焦山，位於鎮江，又名浮玉山，因漢末焦先曾隱居於此而得名。

[2] 赴，《海陵詩彙》卷七作"負"。

瓜渚曉發

放棹烟波裏，漁歌聽榜人。孤城猶月色，獨客正風塵。山寺鐘聲早，江花野店春。昨宵瓜步[1]酒，歸夢幾回真。

【注】

[1] 瓜步，《淮海英靈續集》己集卷三作"瓜渚"。

真州口號[1]

千艘雲集大江濱，日日金陵山色親[2]。欲問英雄渡江處，蘆中不見打魚人[3]。

【注】

[1] 真州，北宋置，下轄揚子和六合二縣，主要因汴河漕運之需而設。建炎三年（1129）陷入金國，金國於此置崇寧軍。明朝廢真州。舊址在江蘇儀徵。

[2] 山色親，《海陵詩彙》卷七作"山色新"。

[3] 《慎墨堂詩話》評此二句曰："結處豪宕，如睹太原異人。"

朱光嵒 字魯瞻，號藥圃，貢生，著《古香亭集》。[1]

【注】

[1] 朱光嵒，爲朱淑熹第三子，朱光巒兄。民國《續纂泰州志》卷二五載："朱光嵒字魯詹，諸生，性恭謹，篤志下帷。爲詩、古文醇，獨抒性靈，力矯時弊，高健深雅，莫能測其涯涘。著有《古香亭詩草》。"按，《慎墨堂詩話》卷三四亦載其字爲魯詹。

報國寺雙松歌

咄嗟何地無松樹，報國雙松天下奇。橫拖倒映一千尺，頓令蘭若回春姿。一松偃臥無今古，嘯傲巖阿類猛虎。一松怒突勢奔放，山魈水魅紛奇狀。神龍夭矯幾千春，屈鐵虯枝侵沴浪。五陵豪俠當新秋，肩摩轂擊訪林丘。俯仰那知有人世，坐臥渾疑蓬島遊。我來招提偏繾綣，日對雙松事筆硯。殘鱗剝落風雨生，禪燈梵唄飛霜霰。松乎松乎何落落，盤空翠黛森巖壑。不知何日鬼魅侵，一株攝取歸冥漠。使我淚點滿心胸，烏能突兀再見此雙松？

麻村

只在烟光裏，行行路更賒。驚濤從石轉，老竹壓簷斜。野黑高原燒，晴香古陌花。微吟羞白髮，幽興寄桑麻。

望太行

遥峯積翠倚巑岏[1]，俯視風烟萬派喧。狐塞秋聲盤地軸，燕臺雲氣接天門。正思絶頂窺邊騎，無那荒林繞斷猿。紅葉青山方在眼，高原躑躅又黃昏。

【注】

[1] 巑岏，高峻的山峰。劉向《九歎·憂苦》"登巑岏以長企兮"，王逸注："巑岏，銳山也。"

王鴻藻 字彤飈，號自山，中書。[1]

【注】

[1]《道光泰州志》卷二四載：字彤飈，號目山（按，《淮海英靈續集》己集卷一亦載作目山，則此本誤作自山，當改）。康熙二十六年，以廩貢生廷試第一，考授教習。會有言官建短喪之論者，奉旨下其議於成均，命諸生於午門各抒所見以對。鴻藻疏曰：三年之制訂自武周，斷自孔孟，萬世莫易。旋以外艱歸。著有《鷗吟集》六卷。

與田半園丈夜話[1]

我亦似飛鴻，飛飛靡所止。迴翔欣有託，凝神且住此。客歲遊京華，戀戀家園裏。驅車南與北，日月迅如矢。瞬息近三年，曰歸且課子。椿萱正向榮，桑榆信可喜。有叔中表行，骨肉真知己。笑予服轅下，胡爲不知恥。今朝服官去，爾亦慎行李。揮手出里門，時命復爾爾。黃金聲價重，文章生氣死。叔氏爲予惜，勸進杯中旨。歲暮欲何爲，四顧悲風起。

【注】

[1]《淮海英靈續集》己集卷一"黃官檀"下有注曰："黃官檀，字上木，號木庵，仙裳族姪，得母（按，疑作丹）朱之教，幼即爲名。諸生，援入太學，授州司馬。其内父田半園嘗語人曰：温恭處世之法，我於上木得之矣。丰神閒雅，世比沈休文、嵇叔夜。"由此知，田半園爲黃官檀之内父（即岳父）。

送友人之江右

整日都亭强送人，送君今日倍傷神。鶯花二月征衫薄，烟水三江旅食貧。帆落湖天呼舊侶，枕欹風雨憶慈親。莫言彈鋏[1]歸來晚，香滿河陽已及春。

【注】

[1]彈鋏，彈擊劍把。《戰國策·齊策四》載，齊人馮諼爲孟嘗君門客，不受重視，馮三彈鋏而歌，一曰：長鋏歸來乎！食無魚！二曰：長鋏歸來乎！出無車！三曰：長鋏歸來乎！無以爲家！孟嘗君均滿足其要求。後用此典指那些懷才不遇或有才華之人希望得到恩遇。

登北極閣[1]

高峰一閣插晴[2]空，指顧金陵入望雄。北極星河蒼漢外，南天風雨碧烟中。三山佳麗迷飛燕，六代繁華冷斷鴻。登眺不堪回首處，朝陽殘樹月朦朧。

【注】

[1]嘉慶《重刊江寧府志》卷一二："北極閣在江寧府治西北八里。"位於雞籠山御碑亭旁。元至正年間始建觀象臺於此，明改稱欽天臺，故改其山爲欽天山。清康熙七年（1668）廢棄，後建康熙御碑亭即曠觀亭，其旁建北極閣。民國《江蘇省地志》第四編載："北極閣，在鼓樓東北，元時所築，因年久失修圮廢。

現中央研究院就閣址築氣象臺，其旁設有無線電臺。"

[2] 晴，疑當作晴。

儲澐 字山濤，含山訓導，著《若霞集》。[1]

【注】

[1] 嘉慶《揚州府志》卷六二、《道光泰州志》卷三〇均載其著有《霞起樓詩文集》。《淮海英靈續集》己集卷四載其爲文懿元孫，泰州人。《廣西通志》卷五七載："貢生，康熙四十年（1701）任永福縣知縣。"

詠史

漢帝得天下，豁達異凡主。區區斬蛇事，荒誕何足數？譎[1]哉劉寄奴[2]，奮跡起行伍。權力挾天子，恐爲衆所阻。詐言新州蛇，擊斬類高祖[3]。皇天眷有德，符瑞自非古。茂陵封禪書[4]，三代棄如土。

【注】

[1] 譎，《淮海英靈續集》己集卷四作"迁"。

[2] 劉寄奴，即劉裕。《宋書·武帝本紀》載，字德輿，小名寄奴，彭城人。代晉稱帝，是爲宋武帝，都建康。

[3] 劉寄奴斬蛇事，事見《南史·宋本紀上》："伐荻新洲，見大蛇長數丈，射之，傷。明日復至洲，裏聞有杵臼聲，往覘之，見童子數人皆青衣，於榛中擣藥。問其故，答曰：'我王爲劉寄奴所射，合散傅之。'帝曰：'王神何不殺之？'答曰：'劉寄奴王者不死，不可殺。'帝叱之，皆散，仍收藥而反。"新州，《海陵詩彙》卷八作"新洲"。

[4] 茂陵，今陝西興平市内。封禪書指司馬相如所作《封禪書》。《漢書·司馬相如傳》載："相如即病免，家居茂陵。天子曰：'司馬相如病甚，可往從悉取其書，若後之矣。'使所忠往，而相如已死，家無遺書。問其妻，對曰：'長卿

未嘗有書也。時時著書，人又取去。長卿未死時，爲一卷書，曰有使來求書，奏之。'其遺札書言封禪事，所忠奏焉，天子異之。"林逋有詩《書壽堂壁》曰："茂陵他日求遺稿，猶喜曾無封禪書。"

山水歌贈顧禹功[1]

山峯遠樹何蕭森，洞庭之石蒼梧雲。先生寫畫先寫神，前身自是曹將軍[2]。我常思買潛山[3]麓，見此峰巒已心足。安得坐我高峰頭，直向懸崖結茅屋？

【注】

[1] 顧禹功，即顧殷，禹功是其字，江蘇蘇州人，清代畫家，畫山水得古代用筆之妙。康熙十七年（1678）與萬壽祺合作《東海志交圖冊》。

[2] 曹將軍，即唐代著名畫家曹霸，三國魏曹髦後裔。善畫人物及馬，官至左武衛將軍，故稱爲曹將軍。玄宗末年，因得罪朝廷，被免官。杜甫與其相識於成都，創作《丹青引贈曹將軍霸》："將軍魏武之子孫，於今爲庶爲清門"、"學書初學衛夫人，但恨無過王右軍"。

[3] 潛山，位於安徽潛山縣境西北，又叫天柱山、皖山。漢武帝時曾封爲南嶽。

登大觀樓同黃交三、趙憲吉澄鑑賦[1]

天氣晴明曙色開，危樓高聳踞江臺。雲迷樹杪潮聲亂，窗對沙州[2]日影來。豪俠久埋橫槊[3]志，風流空負濟川才[4]。湖山閱歷從茲始，好友銜杯亦快哉。

【注】

[1] 大觀樓，嘉慶《重修一統志》卷九七載，在江都縣瓜洲南門城上，息浪菴西。

黃交三，即黃泰來，一字竹舫，泰州人，黃雲次子，宗元鼎婿。《淮海英靈續集》己集卷四載其自傳："字交三，仙裳子，梅岑塯。好讀書，嘗謂古人不難期，患不立志耳。所選詩傳刪除俗調，著《岱青樓集》《浮香閣集》《觀海集》《洗花詞》。"《揚州畫苑錄》卷一載其爲"宗定九壻也，年方韶秀，雅嫻詞賦，兼工篆、隸、繪畫諸技，與兄月舫稱二雄"。曾隨孔尚任上京結交王士禎幕。趙憲吉，待考。

澄鑒，即澄鑒寺，俗稱泖橋寺，建於唐天寶年間，位於金山縣興塔泖橋。明代重建。後廢。

［2］沙州，《海陵詩彙》卷八、《淮海英靈續集》己集卷四載作"沙洲"。

［3］槊，古代一種兵器，即長矛。《南史·垣榮祖傳》載："榮祖少學騎射，或曰：'何不學書？'榮祖曰：'曹操、曹丕，上馬橫槊，下馬談論，此可不負飲食矣。君輩無自全之伎，無異犬羊乎？'"辛棄疾《念奴嬌》有詞句"少年橫槊，氣憑陵，酒聖詩餘事"。

［4］濟川才，《書·説命上》載高宗立傳説爲相，命之曰："朝夕納誨，以輔台德。若金，用汝作礪；若濟巨川，用汝作舟楫；若歲大旱，用汝作霖雨。"後以"濟川"比喻輔佐帝王，濟川才喻王佐之才。

宮懋讓 號杜洲，德州知州，著《嘯月齋集》。[1]

【注】

［1］宮懋讓，原作宮懋謙，據《道光泰州志》卷二四、《淮海英靈集》丙集卷二及《退庵筆記》卷五《宮山洲》改。《道光泰州志》卷二四載其爲宮夢仁子，室嘯月軒。《淮海英靈集》丙集卷二載宮懋讓，字著英，號杜洲，泰州人，官山東諸城縣知縣，升德州知州，嘗鎔鐵東琅邪臺秦石刻，至今巋然。著有《嘯月齋詩草》一卷。

渡沂水

白日落沂水[1]，欲去聊盤桓。秋風散蒸暑，凜凜生新寒。手中竹馬鞭，是昔青漁竿。臨流不垂釣，佇立興長歎。

【注】

[1]沂水,孔穎達《尚書注疏》引《地理志》云:"沂水,出泰山蓋縣,臨樂子山,南至下邳入泗,過郡五,行六百里。"酈道元《水經注》:"沂水出魯城東南尼丘山西北,逕雩門。門南隔水有雩壇,高三丈,曾點所謂'風乎舞雩'處也。"

九日岳阜登高過雲谿精舍[1]

志士感蕭晨,騷人愛素節。杖策事幽尋,谿迴路多折。捫蘿展遐眺,佳興登高發。山空雁影沉,木落秋容潔。下臨古蘭若,花石轉幽絕。上人足名理,相對忘言説。一悟清淨因,永息馳驅轍。牛羊下前山,黯黯溪頭別。回首晚林鐘,疏烟淡微月。

【注】

[1]靈谿精舍,位於泰州泰山。夏荃《退庵筆記》卷七《岳像》載:(泰)山下放生庵,崇禎末,兵備鄭公二陽建。一名雲谿精舍,地近小西湖。庵僧名德源者(字百泉),工詩。乾隆壬子、癸未間,錢塘胡西垞舍人(裘鏵)寓庵中,與俞牧隱□□□□官節溪、仲松嵐諸公倡和極盛。庵舊藏王及小將軍畫像二幀。

團鴻 字雲霈,儀徵籍,廩貢生,著《練光草堂詩》。[1]

【注】

[1]《淮海英靈集》丙集卷二載其小傳:"本名鴻雯,字雲蔚,儀徵人,廩貢生,著有《練光草堂詩》《天放草堂集》。"《江蘇藝文志·揚州卷》載其嘗游黔滇,康熙三十九年(1700),與福建余賓碩、江寧馬幾先、高郵段峰、直隸吳穆等集孔尚任宅,觀演《桃花扇》。博學,工詩文,以韓荄為師,與顧圖河、郭元釪、史申義、官鴻歷、繆沅等為詩友,故詩無俗調。

和潘雪帆留別韻[1]

相逢正值菊開時,孤詠凄涼事可悲。風木皋魚[2]空有淚,參商杜甫更留詩[3]。極天關塞孤帆影，捲地烟花兩鬢絲。懷袖三年[4]書不滅，下言離別上相思。

【注】

[1] 潘雪帆，夏荃《退庵筆記》卷一二載："錢塘潘問奇，字雲客，號雪帆，康熙間詩人，尤工近體。其爲詩新警雄厚，戛戛獨造，讀之足醫庸俗之病。丙辰己未，兩游吾州（按，海陵），與鄧孝威、李箕山、黄仙裳、天涛諸公唱和最盛，後没於揚州，葬平山堂下。雍正、嘉慶兩修府志，《僑寓》《邱墓》，皆未收入，亦一闕也。"

[2] 皋魚，《韓詩外傳》卷第九載："孔子行，聞哭聲甚悲。孔子曰：'驅！驅！前有賢者。'至則皋魚也，被褐擁鎌，哭於道傍。孔子辟車，與之言曰：'子非有喪，何哭之悲也？'皋魚曰：'吾失之矣。少而學，游諸侯以後吾親，失之一也；高尚吾志，間吾事君，失之二也；與友厚而小絶之，失之三矣。樹欲靜而風不止，子欲養而親不待也，往而不可得見者親也。吾請從此辭矣。'立槁而死。孔子曰：'弟子誡之，足以識矣。'"此言哀痛父母過世。

[3] 參商，指參星與商星。參星在西，商星在東，二星彼此不相見。杜甫《贈衛八處士》詩曰："人生不相見，動如參與商。"宋蔡夢弼箋曰："人生會少離多，動如參商二星，東西間隔。"又《送高三十五書記》"又如參與商"。此言親友分隔兩地不得相見。

[4] 懷袖三年，《文選》卷二九《古詩十九首》其十七："客從遠方來，遺我一書札。上言長相思，下言久離别。置書懷袖中，三歲字不滅。一心抱區區，懼君不識察。"表現夫婦思念情深。此處言要珍惜情誼。

平原覽古

路入平原思渺然，四君[1]聲蹟至今傳。處囊上客尊毛遂[2]，蹈海高風得魯連[3]。如許頭顱操一硯，向誰肝膽弔千年。賣漿飲博[4]人安在，日落荒城起暮烟。

【注】

[1] 四君，指戰國時魏信陵君、楚春申君、趙平原君和齊孟嘗君，皆禮賢

下士,爲士人尊崇,合稱戰國四君子。

　　[2] 毛遂,戰國時趙國平原君門客。《史記·平原君列傳》載其毛遂自薦故事。

　　[3] 魯連,即魯仲連、魯連子。戰國齊人。善計謀劃策,《史記》載其義不帝秦事,稱引三王。

　　[4] 賣漿,即賣酒,此指賣漿薛公;飲博,即飲酒賭博,此指博徒毛遂。《史記·魏公子列傳》:"公子聞趙有處士毛公藏於博徒,薛公藏於賣漿家。"薛公與毛公,均曾隱身於市井,後均爲平原君門客。

團昇
字冠霞,號鶴筊,儀徵籍,副貢生,訓導,著《畫山樓集》。[1]

【注】

　　[1]《淮海英靈集》戊集卷二載其小傳:"字冠霞,號鶴筊,泰州人,康熙庚子副榜,官[訓導]。廣文,善教士,士多稱之。嘗游江楚制撫幕中,贊畫甚當。程雙橋京兆以社中老斲輪稱之。晚年目病盲,惟日午就牖作詩文易米,字大如胡,得者寶之。年八十八卒。著《畫山樓詩》十卷,文四卷,《假年日錄》四卷。其弟子陳理堂燮、姜桐軒鳳嗒拾其遺詩爲一卷。"

春中過蘿園 在真州[1]

夜雪作餘寒,朝曦薦微暖。物候本向榮,精舍況非遠。窗虛山翠明,林靜鳥聲緩。坐久寂無人,繁花落空館。

【注】

　　[1] 蘿園,嘉慶《揚州府志》卷三二載:"蘿園在運河北,本羅氏築,初以姓名,有碧蘿菴,後歸汪氏,更今名。"

天門舟夜

已決歸期近,愁心翻不眠。水昏初月夜,山響欲風天。客路依漁火，人家認柳烟。新涼醒殘醉，坐整葛衣偏。

周虹 字虹起，號天橋。[1]

【注】

[1] 周虹，《淮海英靈集》丁集卷二載："字天橋，泰州布衣，著有《天橋遺稾》。"同治《續纂揚州府志》卷一三載："周虹，字天橋，工詩，雄渾超拔，出入高、岑、杜、孟間。著有《天橋初集》四卷、《不休編》一卷。"

駱賓王墓[1]

古碣橫衰草，唐賢姓未殘。墓門冬始見，狼山[2]麓，草枯始見。海氣[3]畫常寒。落跡江湖易，憐才宰相難。空餘憑弔淚，千載爲君彈。

【注】

[1] 駱賓王，初唐四傑之一。《舊唐書》卷一九〇有傳。婺州義烏（今浙江義烏）人，少善屬文，尤妙於五言。詩曾作《帝京篇》，當時以爲絕唱。好與博徒游。高宗時，曾任長安主簿、侍御史，因多次上奏論朝政，獲罪入獄。釋放後被貶爲臨海縣丞。徐敬業起兵討武則天時，他曾撰《代徐敬業傳檄天下文》，兵敗，駱賓王下落不明。文多散失，則天素重其文，遣使求之，有兗州人郄雲卿集成《駱臨海集》十卷，傳於世。

[2] 狼山，山名，位於江蘇省南通市南。宋淳化年間地方官因狼字不雅，改狼爲琅。又因山岩多紫色，別名紫琅山。相傳爲僧伽大士道場。唐高宗總章二年（669）建寺造塔。現存廣教寺，建於明。駱賓王墓位於山腳。

[3] 海氣，《天橋初稿》作"海國"。

江東門訪舊

舊遊多白下，訪舊繞江行。沙軟留人跡，山空聚葉聲。雙榆公子第，百里帝王城。相與同懷古，秋風無限情。

秋雨潰隄[1]

隄潰秋來雨，連綿幾月陰。怒濤鳴釜底，亂艇鬪湖心。村落無高岸，人家剩[2]短林。淮南十萬戶，與水共浮沉[3]。

【注】

[1]《天橋初稿》此詩題後有小字注"癸酉秋作"。

[2]剩，《道光泰州志》卷三三作"賸"，同"賸"，指剩餘。《集韻·證韻》："賸，餘也。俗作剩。"

[3]孫爾準《泰云堂集》詩集卷六載《秋雨》，中有"卻憶淮南十萬戶，盡葬魚腹悲沈湘。河堤使者坐歎息，一壺詎止千金償。"淮河自古以來常有水害，給民田造成極大破壞。此詩概括了淮河一帶一直以來因潰堤給人們帶來的災難慘狀。

揚州晚泊

日落楚山遠，秋殘暮氣清。白花沽好酒，紅樹[1]望高城。短短天涯棹，茫茫客子情。二更燈火裏，何處玉簫聲。

【注】

[1]紅樹，《天橋初稿》作"紅葉"。

梅花

霜迴月冷二更過，江上冰妃意若何。半臂爲誰搖縞素，寸心只欲老烟蘿。花經寒極開方豔，香到清時夢不多。惟有孤山林處士[1]，相逢幾處[2]起高歌。

【注】

[1] 林處士，指宋初詩人林逋，字君復，錢塘（今杭州）人，隱居西湖孤山，終身不仕，以種梅養鶴自娛，世稱爲"梅妻鶴子"。卒諡和靖先生。詩多詠梅之作。

[2] 幾處，《天橋初稿》作"幾度"。

與鄧孝威寒窗小集賦贈

破帽高歌去早秋，重來堅凍合長溝。詩人易惹千年謗，才子誰封萬戶侯[1]。此日解裘同買醉，何時作賦共登樓？五陵[2]笑煞諸紈袴，被裹黃綢不出頭。

【注】

[1]《天橋初稿》載此詩題作《與漢儀寒窗小集賦贈二首》，此處所選爲第二首。

[2] 萬戶侯，食邑萬戶之侯。

[3] 五陵，位於長安之北，是漢帝王山陵所在地，高帝葬長陵、惠帝葬安陵、景帝葬陽陵、武帝葬茂陵、昭帝葬平陵，共五陵。時漢代豪俠少年常聚集於此，故古詩詞中常作五陵少年、五陵豪俊等。

憶嶺南風景

六年車轍遍天南[1]，五嶺高低漸欲諳[2]。山寺路隨雲斷續，土人語共燕呢喃[3]。窗推蕉下聽秋雨，書枕樓頭看暮嵐。夢裏至今猶戀戀，七星岩[4]上酒初酣。

【注】

[1] 遍天南，《淮海英靈集》丁集卷二作"天涯徧"。

[2] 漸欲諳，《淮海英靈集》丁集卷二作"覺少諳"。五嶺，位於今湖南、江南南部和兩廣北部交界處。《文選》陸士衡《贈顧交趾詩》注："五嶺：大庾、

始安、臨賀、桂陽、揭陽。"

〔3〕燕呢喃,《海陵詩彙》卷八作"鳥呢喃"。

〔4〕七星岩,位於廣東省肇慶市北郊星湖,有七座峻峭的石灰岩山峰,即閬風岩、玉屏岩、石室岩、蟾蜍岩、石掌岩、阿坡岩,形如天空七斗星,故名七星岩。

人日登開化寺大悲樓[1]

巍然高閣壓吳陵,袖拂慈雲此共登。瀕海天光全在水,渡江山勢[2]半歸僧。靈辰雁解排人字,初地花先綴佛燈。極目浮螺冰欲泮,東風吹徧白稜稜。

【注】

〔1〕開化寺,鍾鳴主編《泰州印記:地名文化集萃》載"北山寺",曰:"北山寺爲唐寶曆元年(825)王屋禪師創建,故名開化院,又稱獨佛寺,北宋嘉祐八年(1063)始稱北山開化禪寺。南宋建炎、紹興年間,寺毀於戰火。後重建。清順治四年(1647),山陰(今浙江紹興)冰懷禪師任北山寺主持,大規模修建廟宇。康熙初年,泰州俞鈝在大雄寶殿後又建楠木大悲樓,專門供奉觀音。道光後寺廟又漸敗落。咸豐元年(1851)釋德山來寺任主持,募款修建,並請吳熙載篆書'北山開化禪寺'門額。後多次擴建。1960年因道路擴建,拆除大悲樓。"人日,舊俗以農曆正月初七爲人日。清富察敦崇《燕時歲時記·人日》:"初七日謂之人日,是日天氣清明者則人生繁衍。"

〔2〕山勢,《天橋初稿》作"山色"。

落花[1]

辭柯逐影日匆匆,凋謝何須怨晚風。自是情多人易老,豈因春去色皆空。蕭疏江浦千家外,骯髒山塘七里中。可笑[2]補巢雙燕子,年年天末拾殘紅。

【注】

　　[1]《海陵詩彙》卷八載《落花六之二》，知此詩原有六首，《天橋初稿》亦"六首選二"，此處所錄爲第一首。

　　[2] 可笑，《天橋初稿》作"笑煞"。

黃泰來 字交三，仙裳子，著《岱青樓集》。[1]

【注】

　　[1] 作者小傳詳見前《登大觀樓同黃交三、趙憲吉澄鑑賦》注。

將有洞庭之遊，蔡右宣、程言遠以詩相送，援筆答之[1]

我聞洞庭之山，七十二峰高嵯峨。洞天福地何其多！東西對峙青纍纍。上有姑射[2]絕世之仙娥，餐霞吸露匪朝夕，光華日月相摩挲。仙人夜吹白玉笛，胡麻麟脯[3]能留客，長嘯一聲千壑驚。水晶宮殿銀蟾白，吁嗟此境不易登，千家橘柚垂層層。丹丘[4]在人境，仙子憑虛升。上有蓮花放千葉，高呼帝座如可鹰。蒼虯赤鯉竟何處，花落花開自朝暮。蓬瀛清淺路不通，女牀[5]又長相思樹。烟中縹緲看若無，玉几珠簾隔紅霧。銀河倒瀉摘星樓，天香滿袖劉郎渡[6]。欲攜二客訪芝庭，具區湖水如東溟[7]。麻姑[8]勸我屐莫停，神仙自古忘其形，洞中仙子久相待。俗眼惟見洞庭之山，點點湖中青。

【注】

　　[1] 蔡右宣，即蔡元翼。《清人詩文集總目提要》載，字右宣，自署玉峰人，著有《花塢吟》一卷，康熙時詩社"依園七子"成員之一。程言遠，待考。

　　[2] 姑射，傳說中之仙山。《莊子·逍遥游》載："藐姑射之山，有神人居焉。肌膚若冰雪，綽約若處子，不食五穀，吸風飲露，乘雲氣，御飛龍，而游乎

四海之外，其神凝，使物不疵癘而年穀熟。"

　　[3] 麟脯，傳説中的干麒麟肉。《神仙傳·麻姑》載："餚膳多是諸花菓，而香氣達於内外，辟脯而行之如柏靈，云是麟脯也。"

　　[4] 丹丘，傳説中神仙居住之所。《楚辭·遠游》："仍羽人於丹丘兮，留不死之舊鄉。"王逸注："丹丘，畫夜常明也。"

　　[5] 女牀，山名。《山海經·西山經》："西南三百里，曰女牀之山。其陽多赤銅，其陰多石涅，其獸多虎、豹、犀、兕。有鳥焉，其狀如翟而五采文，名曰鸞鳥，見則天下安寧。"

　　[6] 劉郎，指東漢劉晨。劉義慶《幽明録》載，相傳劉晨與阮肇入天台山采藥，爲仙女所邀，留半年，求歸，抵家子孫已七世。後亦指情郎。

　　[7] 東溟，顔延年《車駕幸京口侍游蒜山作》詩句"元天高北列，日觀臨東溟"，六臣注《文選》卷二二注曰："東溟，謂東海。"

　　[8] 麻姑，神女名。《神仙傳》卷七《麻姑》載，傳説東漢時麻姑曾應仙人王方平召，降至蔡經家。麻姑爲"好女子，年十八九許，於頂中作髻，餘髮垂至腰。其衣有文章，而非錦綺，光彩耀日，不可名狀……麻姑自説云：'接侍以來，已見東海三爲桑田，向到蓬萊，水又淺於往者，會時略半也，豈將復還爲陵陸乎？'"

游花谿奉懷東海夫子兼柬龔含五先生[1]

花谿昔爲安道宅[2]，千箇黄鸝叫深碧。江左風流今尚存，玉峯夫子追前迹。即地便是[3]緑野園，臺榭參差最開闢。胸中五岳任意生，眼底天池隨步得。登峯造極無以加，曲磴懸崖幾百尺。始知會心不在遠，丘壑從來屬安石。文章德業亘古無，榮光夜映台星白。瀛臺侍宴瓊花朝，太液揮毫珠樹夕。分明身在閬風中，玉宇晶樓紙常擘。柏梁和罷又芝房，天馬大風賡瑶席。名園畫閉午橋莊，落紅滿徑蒼苔積。濠濮遊魚自得情，野鹿能迎山客屐。白雲來往自無心，春秋閒却東山奕。珠江有客歸未能，一榻高樓愛幽僻。十年心慕始相逢，投閒那久栖巖隙。傾談共念玉峯師，一代儒臣聲望赫。猶憶廣陵初識荆，陽羨[4]陳君話疇昔。紅豆歌成恨未終，標置蒙公爲鞭策。門牆萬仞總難窺，雲泥北眺江湖隔。菰蘆抱膝祗長吟，撫景無端空自惜。花谿桃李千萬株，飄蓬我作滄浪客。

【注】

[1]《淮海英靈續集》己集卷四引此詩題作《游花谿懷東海夫子兼東龔含五先生》。花谿，位於浙江省海寧龍山與黃山嶺之間，水與山各具特色。清馬慶蓉《花溪山水記》載：“海上九十九峰，多魁岸踞肆，其意氣端重無自矜色，則花溪諸山非峭鷙萬仞，浩浩乎天際。”又有“修竹插天，寒綠倒瀉，赭石隱苔蘚中欲出不出。春夏之交，野草花開，綠蔭如幄，上下相映，翠碧萬狀。秋冬木落，黃葉滿徑，竿頭活翠，尤泛濫不休”。溪岸遍植桃樹，入春滿溪皆花，故得名。洪焕春《浙江方志考》載《花溪志》十八卷，曰：“花溪，即袁花鎮，在今海寧縣東。”屬於海寧四鎮之一。

東海夫子，即呂晚村（1629—1683），名留良，字莊生，一名光輪，字用晦，石門人。著有《備忘録》《呂子文集》。死後因文字獄被毀墓戮屍。

龔含五，即清人龔章。清吳仰賢輯《不匏庵詩話》卷三載：“順治庚子廣東解元，康熙癸丑進士，著有《澹寧堂稿》。張南山《詩人徵略》中不載，惟廣陵宗定九所選《名家詩成》録其詩二十七首，皆近體，謂溫和秀拔，在右丞、嘉州之間，但不言何官……官至翰苑者。”道光《廣東通志》有傳，記録甚詳，“字惕忹，號含五，歸善（惠州）人。二十四歲中解元，康熙十二年（1673）中進士，任翰林院檢討。主持江南考試，選拔多名士。工書法，尤善草書。著有《晦齋集》《綱鑑捷録》等。”

[2]安道宅，即戴逵住所。戴逵，字安道，東晉譙國（今安徽宿州）人。隱居不仕。《晉書·隱逸傳》有傳，少博學，好談論，善屬文，能鼓琴，工書畫，其餘巧藝靡不畢綜。

[3]是，《海陵詩彙》卷七、《淮海英靈續集》己集卷四作"爲"。

[4]陽羨，今江蘇宜興。

虎丘謁蔡忠襄公祠[1]

蔡公忠烈超千古，晉陽百戰缺戕斧。猛士相徒盡致身[2]，白日黃沙捲旗鼓。憶在鼎湖十八春，羣盜如毛塞寰宇。中原千里無人烟，處處堅城逼樓櫓。秦中拱手失函關，赤眉百萬號豺虎。臨邊將士心膽寒，寶玉紅顏恣賊取。須臾一葦渡黃河[3]，太行搖動擎天柱。中丞竭蹶命出師，裨將彎弓石沒羽。摧鋒入陳屢敗之，賊勢遮天壓城府。兵盡矢窮潛上疏，孤臣力盡負英主。孔明陣裏將星流，宗澤營邊忠鬼苦。生爲柱國死明神，今日酬功立兩廡。湯公遍焚淫祀多，改作公祠亦英武。吁嗟當日失廟謨，掣肘封疆用閹豎。緋衣常侍講孫吳，坐失事機由莽鹵。寧武關前塞草黃，英雄血淚傾如雨。大璫反爲賊元勳，九門迎罷開宮户。此輩平時挾主威，臨危授命誰堪數。中丞鐵漢睢陽風，國恥未雪埋黃土。只今祠廟虎丘間[4]，忠魂夜作胥潮怒。

【注】

　　[1] 蔡忠襄公，即蔡懋德，《明史》卷二六三有傳，載：字維立，昆山人。少慕王守仁爲人，著《管見》，宗良知之説。萬曆四十七年進士，授杭州推官，後授禮部儀制司主事，進祠祭員外郎。崇禎初出江西提學副使，遷浙江右參政。崇禎十四年（1641），擢右僉都御史，巡撫山西。十六年（1643）冬，李自成破潼關，據西安。蔡率軍征討，因援兵未至，戰敗自縊。福王時，諡忠襄。墓在妙明山。祠在虎丘鶴澗旁。

　　[2] 徒，《海陵詩彙》卷七、《淮海英靈續集》己集卷四作"從"。

　　[3] 河，《淮海英靈續集》己集卷四作"流"。

　　[4] 間，《淮海英靈續集》己集卷四作"山"。

賦得花月春江十四樓[1]

十四樓何在，春江月尚明。曾聞遺老説，夜夜竹枝聲。鈿粉幾時事，興衰此日情。秦淮佳麗地，懷古益愁生。

【注】

[1] 明胡應麟《少室山房筆叢》續乙部卷二一《藝林學山》三載曰："永樂中，晏振之《金陵春夕》詩'花月春江十四樓'，人多不知其事。蓋洪武中建來賓、重譯、清江、石城、鶴鳴、醉仙、樂民、集賢、謳歌、鼓腹、輕煙、淡粉、梅妍、柳翠十四樓於南京，以處官妓，蓋時未禁縉紳用妓也。"周吉父撰《金陵瑣事》謂有十六樓，多南市、北市二樓，所載甚詳。明顧起元《客座贅語》卷六載："今獨南市樓存，而北市在乾道橋東北，似今之豬市，疑劉辰《國初事蹟》所記富樂院，即此地也。"

贈汪鈍翁先生[1]

高樓百尺臥耆英，餘子紛紛慕姓名。道德千秋歸碩果，文章一代屬先生。身逢山水頻營宅，心厭榮華不入城。著得太玄經始就，問奇門外有人行。

【注】

[1] 汪鈍翁，即汪琬，見前《訪汪鈍翁先生故居》詩注。

山塘送卓子任歸廣陵[1]

送春時候送人歸，惆悵臨歧指落暉。幾夕未醒還貰酒[2]，今朝欲別又牽衣。崖前野店楊花落，樹裏紅亭燕子飛。君去渡江吾尚滯，舊山先已夢漁磯[3]。

【注】

[1] 卓子任，即卓爾堪，字子立，又字子任，號鹿墟，又號寶香山人，祖籍浙江瑞安，居江都。工詩，揚州春江社成員之一。有《近青堂詩集》。《清詩別裁集》卷八載："子任系靖難忠臣諱敬之後，代傳清白。壯歲南征閩逆，為右軍前鋒。又嘗輯《勝國遺民詩》。文武並嫻，遠近爭高其行。"

[2] 貰酒，賒酒。《史記·高祖本紀》載："（高祖）及壯，試爲吏，爲泗水亭長，廷中吏無所不狎侮。好酒及色。嘗與王媼、武負貰酒。"

[3] 漁磯，又稱作釣磯，垂釣者所坐的水邊岩石。戴叔倫《過故人陳羽山居》詩："峰攢仙境丹霞上，水遠漁磯綠玉灣。"

姑蘇懷古

佳麗千秋憶閶閭[1]，吳王宮闕已荒蕪。採香徑没青山在，響屧廊[2]空夜月孤。霸業不堪同逝水，興亡何處問啼烏？浪傳西子終歸越，一片菱歌散五湖。

【注】

[1] 閶閭，春秋吳王，名光，任用伍子胥、伯嚭，使國力富強。公元前496年率軍攻越，兵敗受傷而死。

[2] 響屧廊，宋陳善《捫蝨新話》下集卷三《西施洞庶子泉爲僧改易》載："姑蘇靈岩寺，本吳王別館，寺有西施洞、采香徑、響屧廊，遺跡甚多，然但名存耳。人云廊之移易屢矣。"

秋晚同唐祖命先生渡鑾江夜次朱家口[1]

秋老人同北路歸，晚投荒浦思依依。山雲繞寺塞鴻過，漁火照江風荻飛。客裏空囊添酒債，月中涼露薄征衣。扁舟此夕追從處，痛飲狂歌興不違。

【注】

[1] 唐祖命，即唐允甲。光緒《宣城縣志》卷一八載："唐允甲，字祖命，號耕塢，幼時湯睡庵（按，湯賓君）器之，與周儀部鑣、沈徵君壽民訂交伯仲間。崇禎末，徵江左鉅儒充中書之選，閣臣高宏圖首薦允甲爲舍人，一時辭命多出其手。會權臣披剥善類，允甲遂遯跡溪山，以詩酒自娱，所著詩文數十餘卷行世，施愚山、沈耕岩皆有序。"著有《耕塢山人詩集》。

鑾江，即今江蘇儀徵，屬揚州，康熙《儀真縣志》載："儀徵爲地，其名有九。"其中，五代稱"迎鑾鎮，宋以軍名。又稱鑾江，古今通稱，即所謂迎鑾者"。

吳門即事

寒雨蕭蕭江上生，西風愁絕閶閭城。疏鐘尚憶寒山寺[1]，夢斷楓橋[2]落葉聲。

【注】

[1] 寒山寺，正德《姑蘇志》卷二九載："寒山禪寺在閶門西十里楓橋下，舊名妙利普明塔院。宋太平興國初，節度使孫承祐建浮圖七成。嘉祐中，改普明禪院。然唐人已稱寒山寺矣。相傳寒山、拾得曾止此，故名。然不可考也。紹興四年，僧法遷重建。洪武中，僧昌崇重修，歸并寺三菴四。"

[2] 楓橋，正德《姑蘇志》卷一九載："楓橋，閶門七里。《豹隱記談》云：舊作封橋，後因張繼詩相承作楓。今天平寺藏經多唐人書，背有封橋常住字張繼詩。"

雨中攜樽過唐耕塢舍人雨花寓園[1]

叢桂香中風雨稠，攜樽相訪醉南樓。六朝山色推窗見，木末亭前一派秋。

【注】

[1] 唐耕塢，即前文所提唐祖命，詳見《秋晚同唐祖命先生渡鑾江夜次朱家口》詩注。

鸚鵡橋泊舟[1]

踏屐歸來上畫橈[2]，酒醒常覺是中宵[3]。春聲到枕人難臥，細雨斜風鸚鵡橋。

【注】

[1] 咸豐《重修興化縣志》卷一之六"英武橋"條，曰："西營二鋪，一名寧武，又作鸚鵡。"

[2] 畫橈，有畫飾的船槳。唐方干《采蓮》詩曰："指剝春蔥腕似雪，畫橈輕撥蒲根月。"

[3] 中宵，即中夜。陶淵明《戊申歲六月中遇火》："中宵佇遥念，一盼周九天。"《晉書·祖逖傳》："中宵起坐。"

黄陽生　字屺懷，號晉漁，仙裳子，著《月舫集》。[1]

【注】

[1] 民國《編纂泰州志》卷之二五載："黄陽生，字月舫，諸生，父雲，見《隱逸傳》。陽生事祖母極孝，工詩，著有《月舫》《念祖》《郁李》《吳越》《桐華》《草閣》諸集。"爲黄雲長子，《魏叔子文集》卷九《黄屺懷詩序》："泰州黄仙裳氏有才子曰陽生，三歲而失母。及其長也，取《國風》'陟屺瞻母'之義，字曰屺懷，仙裳愛此子也……其詩清逸，多唐人氣調，自號晉漁以見志。"

懷金孝章前輩[1]

我愛金夫子，行踪類昔賢。避秦歸洞口，思晉隱籬邊。虎阜三秋月，邗江獨夜船。相思隔烽火，書信倩誰傳。

【注】

[1] 金孝章，即金俊明。《國朝書人輯略》卷一載："金俊明，字孝章，號耿菴，又號不寐道人，江蘇吳縣人。初爲諸生，一日筮《焦氏易林》得《蠱》之《艮》，曰：'天將欲我高尚其志乎？'遂謝去，杜門傭書自結，以善書名吳中。"

醉里訪褚硯耘先輩園居[1]

十載聞風義，今來訪隱淪。浪遊爲俗累，高臥足天真。暗水趨池滿，秋聲出樹頻。會心何在遠，魚鳥自親人。

【注】

[1] 清鮑昌熙《金石屑》載："褚硯耘，名廷瑄，明季舉人，鼎革後遂隱，人稱高士，善草書，工山水，筆墨爲當時所重。"

己亥秋深與鄧孝威先生家園[1]

亂後來深院，荒林落葉平。秋風欺破屋，朔雁唳寒城。酒傍陶家漉[2]，詩同謝客清[3]。豈知鼙鼓震，幽興爲君生！

【注】

[1] 與，《海陵詩彙》卷七載作"寓"。

[2] 陶家漉，《宋書·陶潛傳》載陶淵明嗜酒："郡將候潛，值其酒熟，取頭上葛巾漉酒，畢，還復著之。"杜甫《寄張十二山人彪三十韻》詩曰："謝氏尋山屐，陶公漉酒巾。"

[3] 謝客清，宋林逋《池上春日即事》詩曰："已輸謝客清吟了，未忍山翁爛醉歸。"謝客，南朝宋詩人謝靈運，小字客兒，時人稱其爲謝客。

和唐祖命先生見寄[1]

山溪黃葉打秋窗，北望銷魂水一江。收過稻苗人事簡，荻花叢裏放漁艖。

【注】

[1] 唐祖命，見前文《金陵下第歸，夜泊朱家嘴舟中呈唐祖命》詩注。

鄧勗采 字扶風，號次德，孝威子，著《我笑軒稿》。

別姚舒恭[1]

寂寞荒村裏，傾壺那復增。秋光連遠岸，水氣逼深燈。繫柳家家舫，沿溪處處罾。難爲分手別，款款話吳陵。

【注】

[1] 姚舒恭，即清代泰州詩人鄧漢儀女婿姚諲昉，字恭士，號舒恭，景詹子。

九日之東皋省家大人即寄巢民先生[1]

亦知逢令節，客舍倒壺觴。可惜猶歧路，無由話[2]夕陽。夢隨雙槳動，心逐片雲長。寂寞秋江上，閒[3]花强自香。

【注】

[1]《慎墨堂詩拾》附録載此詩題作《九日之東皋省家大人即呈巢氏先生用合肥重陽登高四韵》。巢民先生，即冒襄（1611—1693），字辟疆，號巢民，如皋人。崇禎十五年（1642）副貢，官浙江台州府推官。入清不仕。明末與桐城方以智、陽羨陳貞慧、歸德侯方域稱復社四公子。有《同人集》十二卷，蓋仿顧阿瑛《玉山草堂雅集》而作。

[2] 無由話，《淮海英靈續集》己集卷四作"相思入"。

[3] 閒，《淮海英靈續集》己集卷四作"黄"。

赤壁懷古

孫曹決勝地，日夜大江流。不見旌旗盛，惟看麋鹿遊。空山支石枕，絕壁蕩漁舟。何限登臨意，燒荒兵火秋。

遊野寺

野寺人誰過，禪燈到眼微。蒼藤盤畫壁，老樹隱柴扉。僧去鴉頻喚，蟲鳴葉盡飛。難堪秋水漲，極目衹斜暉。

鄧勵秀 字七友，孝廉子。

春日登太白酒樓[1]

山衝江面出，樹壓一樓荒。猶覷風流跡，曾傳供奉觴。祠堂啼獨鳥，春色散斜陽。無那宮袍杳，千秋憶酒狂。

【注】

[1]《淮海英靈續集》己集卷四載此詩作："江連二水合，樹壓一樓荒。倚檻仙雲入，山花酒自香。風流真絕世，飄泊豈緣狂？咫尺孤墳在，殘碑臥夕陽。"與此詩差別甚大，僅"樹壓一樓荒"句同，待考。

句曲道中

不意茅城路，歸裝如此難。亂雲埋四野，寒日辨千山。書劍風塵客，乾坤冰雪顏。蕭蕭多虎氣，那復任躋攀。

舟泊閶門[1]

雪浪銀濤一葉舟，忽經勝地暫淹留。梯航萬隊趨吳市，絃管中宵沸畫樓。事去猶懷傾國恨，潮回頻打故宮愁。曾經麋鹿傷心地[2]，無限騷人總白頭。

【注】

[1] 閶門，即蘇州城西門。

[2] "曾經"句，見上文《若耶溪懷古》詩注。

鄧勵相　字方回，號冠城，著《文選樓稿》。[1]

【注】

[1] 鄧勵相，清泰州人，鄧漢儀第三子。著有《徵辟始末》及《文選樓稿》。(《江蘇藝文志·泰州卷》)

天童寺[1]

萬松圍古寺，虺徑勢迴環[2]。日黑長疑雨，雲陰欲變山。仙禽穿澗浴，翠竹繞亭閒。極目窮滄海，森奇任意攀。

【注】

[1] 天童寺，寺名，位於浙江寧波市鄞州，建於西晉永康元年(300)，相傳由僧人義興雲游於此結茅修持，有童子日奉薪水，臨醉自稱乃太白金星化身，故寺曰天童，所處的南山又稱太白。清釋德介著有《天童寺志》。

[2] 虺徑勢迴環，《清詩選》卷一五作"花徑自迴環"。

廣陵贈杜茶村[1]

身經喪亂困干戈，此日行吟意若何。滿地軒車誰顧問，一時屠釣[2]好相過。黃金散盡頭全白[3]，老驥歌殘淚自多。却喜風騷猶未絕，常聞[4]高調起巖阿。

【注】

[1]《慎墨堂詩拾·附錄》載此詩題作《廣陵奉贈杜茶村先生》，收詩二首，此爲第二首。杜茶村，即明清之際詩人杜濬（1611—1687），以嗜茶而著稱。《漁洋詩話》卷上載，"名濬，初名詔先，黃岡人。僑居金陵，貧甚，屢客廣陵。諱濬。"清陳文述《秣陵集·杜茶村墓》亦載，字于皇，號西止，晚號茶村老人。明副貢生，前進士祝進子。入南雍，與余懷、白猟齊名。授司李，不仕。年二十餘，隨祝進隱居金陵。濬廉隅立名節，簡傲豪上，不可一世。濬客死邗上，瓜洲蔣易與太守陳鵬年、友蔡望葬之於太平門外。著有《飢鳳軒詩集》《變雅堂文集》。茶村生平喜嫚罵，身後有富人購其稿焚之，故所傳甚少。

[2] 屠釣，《文選》卷三七晉羊叔子《讓開府表》："假令有遺德於板築之下，有隱才於屠釣之間。"唐李善注："《尉繚子》曰：'太公屠牛朝歌。'《史記》曰：'太公望呂尚，以漁釣奸周西伯。'"後喻指隱才不遇的賢者。杜甫《傷春》五首其三："賢多隱屠釣，王肯載同歸？"

[3] 散，《海陵詩彙》卷七作"路"；全，《清詩選》卷二二作"金"。

[4] 常聞，《慎墨堂詩拾·附錄》載作"一時"。

立秋日微雨送姚舒恭次原韻[1]

涼秋鄭重鎖柴荆，黃葉蕭蕭泊舫輕。一代風流成舊夢，六朝詞賦只虛名。山村有路連雲合，野陌無人帶雨耕。憐汝遠投郊外宿，客樓登望不勝情。

【注】

[1] 姚舒恭，見上文《別姚舒恭》詩注。

王晉原 字雪樵，雍正癸卯解元。[1]

【注】

[1]《道光泰州志》卷二五載："王晉原，字雪樵，雍正癸卯解元。學田舊

多侵占,晉原與俞驄乘、劉景淵、沈子廸、唐聲遠等力復之。八年,舉孝廉方正,不就。"有《雪樵文集》手稿本存世。

劉節婦詩[1]

海濱有孤雁,音斷葭蘆洲。乳雛墮巢盡,寒飈夜颼颼。家本客星後,節操素講求。心安不奢望,聲名乃所羞。草莽甘埋沒,同穴蓬蒿丘。春來蘼蕪長,採之非一儔。歧路隨所向,誰肯相從遊。蒼天浩無極,悲風鳴松楸。

【注】

[1] 劉節婦,元陶宗儀《輟耕錄》卷二四載:"劉節婦,泰州坂榆人,至正丙申春,隨父渡江,居吴門,適張士誠部將曹某。方數月,夫陣亡。劉不避凶險,躬至死所,求得其屍歸葬。欲以身殉,父不許。既而權貴人聞劉美且賢,爭欲強委禽焉。劉誓死不二,遂削髮爲比丘尼。"

癸卯春赴省應試題齋壁

一天雲勢擁奇峯,萬丈文芒駕彩虹。龍見初行梅節雨,鳳飛遥舉麥秋風。彈衣柳霧新沾碧,映酒榴霞簇曉紅。最是鶯聲催特賜,櫻桃擎出蕊珠宮[1]。

【注】

[1] 蕊珠宮,指道家所説的神仙宮闕,後指仙宮、宮殿。《黄庭内景經》:"太上大道玉晨君,閒居蕊珠作七言"。清蔣國祚注:"蕊珠者,天上宮名。"《洞天靈寶真靈位業圖》:"有太和殿、寥陽殿、蕊珠宮。"吴融《便殿候對》:"宣呼畫入蕊珠宮,玉女窗扉薄霧籠。"

繆檟 字曉巖，一字海峯，雍正己酉舉人，左州知州，著《自怡集》。[1]

【注】

[1] 繆檟，《道光泰州志》卷二三載："雍正十一年欽賜舉人。乾隆十七年權知廣東左州事，地鄰交趾，檟慈以濟嚴，頗稱良吏。二十一年乞老歸，年八十有二。著有《自怡集》一卷。"《淮海英靈集》載其爲灃南少司寇繆沅季子。

庚子春楚游，早泊西梁山，登最高峯，名曰"天門"，因賦長歌[1]

大江逆上波光騰，梁山萬仞盤崢嶸。蒼藤刺袂紛糾縈，飛鳥徑絕難憑陵。攬身碧落峯高撑，天門訣蕩開帝庭。舉手似摸春天星，俯視石磴紅泉清。白雲縹緲逢山僧，自言住此六十齡。山路陡仄無人行，江濤怒薄懸崖鳴。夜深元猿啼杳冥，夷險不一視所經。旅人念此心屛營，壯游且勿談三生，劃然長嘯青天横。

【注】

[1] 西梁山，位於安徽和縣，與當塗東梁山隔江而峙如門，合稱天門山。

程盛修 字風沂，雍正庚戌進士，順天府尹，著《夕陽書屋初編》《南陔松菊集》。[1]

【注】

[1] 程盛修（1693—1777），《晚晴簃詩匯》卷六七載其小傳："字風沂，泰州人。雍正庚戌進士，歷官順天府尹。有《夕陽書屋初編》《南陔松菊集》。《詩話》：風沂官御史時，輪值經筵，進《詠史樂府十二章》。高宗行論褒嘉，謂其'指事寓規，詞意婉摯，得獻納之意，與泛論經史者不同'。賜文綺筆墨，以示旌

異。"《淮海英靈集》甲集卷四程盛修小傳又載:"嗣視通漕潞河晉大京兆,以終養歸籍,晚年自訂所著詩稿,爲《夕陽書屋初編》四卷,而冠所進樂章於首;又次其歸養後諸詩爲《南陵松菊集》一卷。"

詠史樂府

斷罟匡

臣按,儆非時也。魯宣公夏濫漁於泗淵,里革斷其罟而諫。公曰:"吾過,而里革匡我,是良罟也,爲我得法,使有司藏之。"師存侍曰:"藏罟不如置里革於側之不忘也。"[1]

泗淵漁,里革匡,斷其罟,悟君王。君王聞言三歎息,阜物防貪良史職。有司藏之無忘規,庶幾見罟如見革。師存一言婉而風,置革於側無面從。不見朝聽忠言夕委棄,留衣留檻皆虛僞。前漢皇,後宋帝。

【注】

[1] 事見載於《國語·魯語》。

市價對

臣按,遏淫刑也。齊晏嬰宅近市,公曰:"子近市,識貴賤乎?"於是景公繁於刑,有粥踊者,故對曰:"踊貴屨賤。"公爲是省於刑。[1]

臣近市,識貴賤。我后知不知,胡不採衢諺?臨淄十萬生齒多,家家粥踊可奈何。踊之價,浮於屨,不噢咻,誰歌舞。仁人一言省於刑,頓教億兆無詛聲。修德更不誅祝史,海岱千秋思晏子[2]。

【注】

[1] 見載於《左傳·昭公三年》。

[2] "修德"二句，事見《左傳·昭公二十年》及《晏子春秋·景公有疾梁丘據裔款請誅祝史晏子諫》。景公疥遂痁，期而不瘳。梁丘據、裔款言於景公："今君疾病，爲諸侯憂，是祝、史之罪也……君盍誅於祝固、史嚚以辭賓？"公說，告晏子。晏子勸說，稱"君若欲誅於祝、史，修德而後可"。公說，使有司寬政，毀關，去禁，薄斂，已責。公疾愈。

辟戟諍

臣按，裁近倖也。漢武帝置酒宣室，使謁者引內賣珠兒董偃。東方朔辟戟而前曰："陛下方積思六經，而偃以靡麗奢侈，極耳目之欲。宣室者，先帝之正處也，非法度之政不得入焉。"上曰善。[1]

東方生，能直諫。守法度，黜靡曼。何物賣珠兒，敢容宣室宴。辟戟陳詞意氣雄，侃侃尚有先臣風。不見申屠嘉，坐丞相府執法，猶能困鄧通[2]。

【注】

[1] 見載於《漢書》卷六五《東方朔傳》。東方朔（前154—前93），西漢文學家，愛經術，但官不過侍郎，位不過執戟。性詼諧，滑稽多智，善辭賦。《史記·滑稽列傳》載其生平事跡。

[2] "不見申屠嘉"三句，事見《史記》卷九六《申屠嘉傳》。申屠嘉，梁人，文帝時丞相，封爲故安侯。嘉爲人廉直，門不受私謁。時太史大夫鄧通方得文帝愛幸，賞賜累巨萬。文帝嘗燕飲，申屠嘉入朝而鄧通居上傍，有怠慢之禮。罷朝，申屠嘉坐丞相府，爲檄召鄧通詣丞相府，不來且斬通。通恐，入言文帝求助。通至丞相府，免冠徒跣，頓首謝。申屠嘉坐自如故，認爲通戲殿上，大不敬，當斬，吏今行斬之。通頓首，首盡出血，不解。文帝度丞相已困通，使使者

持節召通而謝丞相。鄧通方得解困。

乘船戒

臣按，勸持重也。漢元帝欲御樓船，薛廣德頓首曰："宜從橋上。"不悅。張猛進曰："臣聞主聖臣直，乘船危，從橋安，聖主不乘危，大夫言可聽。"帝曰："曉人不當如是耶！"乃從橋。[1]

從橋安，乘船危，千金之子坐不垂。莫躓於山，躓於垤，舉步何必非嶮巇。曉人言，真可聽，君不驕，臣不佞。灞陵西馳騁六飛，諫草能教馬首迴。

【注】

[1] 見載於《漢書》卷七一《薛廣德傳》。薛廣德，西漢著名經學家，博學多識，直言儘職，位及三公。

撤屏悟

臣按，防色荒也。漢光武御坐新施屏風，畫列女，帝數顧視之。宋宏燕見，正容言曰："未見好德如好色者。"上即為撤之。[1]

屏風新，畫美人，美人顏色傾國姿，君王顧之情爲移[2]。情可移，即可誤，賢臣獻規君頓悟。不見精勤納諫唐太宗，不畫蛾眉書奏疏[3]。

【注】

[1] 見載於《東觀漢記》卷一三《宋弘傳》及《後漢書》。宋弘，東漢京兆長安人，官至太中大夫。

[2] "情爲移"，《晚晴簃詩匯》卷六七及《清詩紀事》（雍正朝卷）均作

"情可移"，並由下句"情可移"知，此處當作"情可移"。

［3］唐太宗李世民虛心納諫，開創了貞觀之治。《帝範》中《納諫》與《去讒》及《貞觀政要》等記錄其納諫的一些重要事例。

侍宴規

臣按，抑華侈也。唐諫議大夫蘇世長侍宴披香殿，酒酣，謂唐主曰："此殿煬帝之所爲耶？"唐主曰："君[1]諫似直，而實多詐，豈不知此殿朕之所爲乎！"對曰："臣實不知，但見華侈如傾宮、鹿臺，非興王之所爲耳。"唐主深然之。[2]

披香殿[3]是隋是唐，臣莫辨，臣雖似詐其實忠，不聞興主營離宮，露臺百金儉德崇。

【注】

［1］君，《夕陽書屋詩初編》《海陵詩彙》卷一○及《淮海英靈集》甲集卷四均作"卿"。

［2］見載於《舊唐書》卷七五《蘇長世傳》。

［3］披香殿，漢唐宮閣名，位於未央宮內。《香譜》載長安有合歡殿、披香殿。

從獵諷

臣按，止遊畋也。唐諫議大夫谷那律嘗從出獵，在途遇雨。太宗因問曰："油衣若何得以不漏[1]？"對曰："能以瓦爲之，必不漏矣。"帝爲之罷獵。[2]

油衣不漏瓦不漏[3]，諫議微詞規乃后。罷獵從茲慎馳驟，禽荒垂戒古今同。拒關不納羸馬供，漢門侯，魏筆公。

【注】

　　[1] 油衣若何得以不漏，《夕陽書屋詩初編》及《海陵詩彙》卷一〇均作"油衣若何得不漏"。

　　[2] 見載於《通典》卷七六及《舊唐書》卷一八九《谷那律傳》。

　　[3] 油衣不漏，《海陵詩彙》卷一〇、《淮海英靈集》甲集卷四、《晚晴簃詩匯》卷六七及《清詩紀事》（雍正朝卷）均作"油衣則漏"。

佳鷹表

　　臣按，杜徵求也。唐太宗遣使至涼州，都督李大亮有佳鷹，使者諷，使獻之。大亮密表曰："陛下久絕畋遊，而使者求鷹，若[1]陛下之意，深乖昔旨，如其自擅，乃是使非其人。"上悦，手詔褒美，賜以荀悦《漢紀》。[2]

涼州鷹，使者諷之獻王廷。王者久不貴異物，今日何與昔旨拂？君無荒，臣有表，悉索徵求慎微小。旅獒入貢載《周書》[3]，世間玩好無時無。

【注】

　　[1] 若，原脱此字。据《資治通鑑》卷一九三《唐紀》九、《御批歷代通鑑輯覽》卷五〇、《經濟類編》卷四三、《夕陽書屋詩初編》《海陵詩彙》卷一〇及《淮海英靈集》甲集卷四補。

　　[2] 見載於《貞觀政要》卷二及《舊唐書》卷六二《李大亮傳》。

　　[3] 偽古文《尚書》中《周書》載有《旅獒》篇，曰："西旅獻獒，太保作《旅獒》。惟克商，遂通道於九夷八蠻。西旅厎貢厥獒，太保乃作《旅獒》，用訓於王。"按，旅，西方國名。周武王滅商後，旅國曾向武王進貢獒，太保召公奭擔心武王玩物喪志，勸諫要慎德重賢，故有是篇。

宮體箴

　　臣按，黜浮靡也。唐太宗嘗[1]作宮體詩，虞世南曰："聖作雖工，體非雅正，臣恐此詩一傳，天下風靡，不敢奉詔。"帝曰："朕試卿耳。"[2]

宮體詩，廟堂首倡瓊琚詞。詞雖綺麗體不正，天下靡然歌詠之。朕試卿，卿果諫，同時尚有王師旦，翠微宮頌不入選[3]。

【注】

［1］嘗，《夕陽書屋詩初編》作"常"。

［2］見載於《新唐書》卷一〇二《虞世南傳》。

［3］此二句所言事，《資治通鑑》卷一一〇載："（貞觀二十一年）五月戊子，上幸翠微宮。冀州進士張昌齡獻《翠微宮頌》，上愛其文，命於通事舍人裏供奉。初，昌齡與進士王公治皆善屬文，名振京師，考功員外郎王師旦知貢舉，黜之，舉朝莫曉其故。及奏第，上怪無二人名，詰之。師旦對曰：'二人雖有辭華，然其體輕薄，終不成令器。若置之高第，恐後進效之，傷陛下雅道。'上善其言。"

用筆喻

臣按，端心術也。唐柳公權爲司封員外，穆宗政暇，嘗問公權，筆何如[1]則盡善。對曰："用筆在心，心正則筆正。"上改容，知其以筆諫也。[2]

用筆在心不在筆，結密矜莊露神骨。司封員外侍書來，片言足使君心一。萬幾操縱總心生，落筆端人正士形，平原太守顏真卿[3]。

【注】

［1］何如，《夕陽書屋詩初編》及《海陵詩彙》卷一〇均作"如何"。

［2］見載於《舊唐書》卷一六五《柳公權傳》。

［3］唐代顏真卿，《舊唐書》卷一二八有傳。曾任平原太守。杜光庭《仙傳拾遺》卷二載：（真卿）爲平原太守，祿山逆節頗著，真卿托以霖雨，修城浚濠，陰料丁壯，實儲廩，伴命文士飲酒賦詩。祿山密偵之，以爲書生不足虞。未幾，

祿山反，河、朔盡陷，唯平原城有備。

觀燈諫

臣按，陳民謨[1]也。宋太宗以上元御乾元樓，觀燈賜宴，見京師繁盛，諭近臣曰："朕躬覽庶政，萬事麁理，每念上天之貺，致此繁盛。"呂蒙正避席曰："乘輿所在，士庶走集，故繁盛如此。臣嘗見都城外不數里，饑寒者甚衆，願陛下觀[2]近以及遠，蒼生之福也。"[3]

乾元樓，矚神京。樂熙攘，慶太平。太平有象張燈宴，君樂須教民樂徧。焉得綺羅筵前千萬燈，照見九州蔀屋鵠鳩形。[4]

【注】

[1] 民謨，《夕陽書屋詩初編》及《海陵詩彙》卷一〇均作"民瘼"。

[2] 觀，宋孫夢觀《雪窗集》卷二、《夕陽書屋詩初編》及《淮海英靈集》甲集卷四及《清詩紀事》（雍正卷）均作覿。

[3] 事見載於《宋九朝編年備要》卷五、《名臣碑傳琬琰集》上卷一五《呂文穆公蒙正神道碑》及《宋史》卷二六五《呂蒙正傳》。

[4] 聶夷中《詠田家》詩曰："我願君王心，化作光明燭。不照綺羅筵，只照逃亡屋。"蔀屋，指貧民簡陋破舊之屋。

三司告

臣按，慮盛滿也。宋真宗初即位，陳恕久領三司，常命條具[1]中外錢穀。恕久不進，屢詔趣之。恕對曰："陛下富於春秋，若知府庫充實，恐生侈心，是以不敢進也。"帝嘉之。[2]

領三司，掌錢穀，胡爲不入君王目？春秋鼎盛府庫餘，豐亨豫大非良圖。不見朝無先識李太初，祥符中葉進天書。

【注】

　　[1] 條具，原作"調其"，據《宋史》卷二六七、《清詩紀事》（雍正卷）、《海陵詩彙》卷一〇及《淮海英靈集》甲集卷四改。

　　[2] 見載於《宋九朝編年備要》卷第七及《宋史》卷二六七《陳恕傳》。

同年顧震滄棟高授大司成賦贈[1]

千佛曾通籍，依然理釣緡。非官能奪志，有母足安貧。稽古忘寒暑，殊榮出苦辛。一言資拜獻，風俗未還淳。召見時，棟高所奏對。[1]

【注】

　　[1]《夕陽書屋詩初編》卷四載此詩題作《同年顧震滄以經學授少司成，召見稱旨復膺寵錫索詩為贈》，詩尾聯後無小字注。

　　顧棟高（1679—1759），字震滄，一字復初，江蘇無錫人。康熙六十年（1721）進士，授內閣中書。乾隆間，任國子監司業。長於治經，尤《春秋》，有《春秋大事表》一百三十一篇、《毛詩類釋》《司馬溫公年譜》及《王荊公年譜》等。《清史稿》有傳。

　　[2] 事見《清史稿》卷四八〇載。顧棟高入京祝皇太后萬壽。召見，拜起令內侍扶掖。棟高奏對，首及吳敝俗，請以節儉風示海內，上嘉之。

田雲鶴　字輪長，太學生，著《金錍集》。[1]

【注】

　　[1] 田雲鶴，泰州人，田廣運子。同治《續纂揚州府志》卷一三載："字輪長，沉酣書史，工詩文，放意山水。嘗襥被覽武夷仙霞之勝。著有《金錍集》。"又《淮海英靈集》乙集卷四載"田雲鶴"曰："號蓬壺居士，詩思沉厚。"

秋夜同葉善百步西橋望德香閣並半園舊址[1]

薄雲如擘絮，孤月絕塵滓。年年悲秋客，又落秋風裏。吾家德香閣，窗户照清泚。當時雁塔人，焚膏曾繼晷。半園背其北，聲伎逝如彼。醉石倒青苔，荒林匝斷垝。入望烟景迷，連村灣[2]一水。疏梵出破刹，柳岸無舟艤。今夕乃何夕，嘼魚撥剌起。睡鴨驚我來，晚蒲結沙嘴。露下何淒淒，籬根明素薏。笛借桓伊弄，樹留吴質倚。但看今北垞，何如昔甫里？逝將齊得喪，灑筆淡憂喜。

【注】

[1]《淮海英靈集》乙集卷四載此詩題作《秋夜月同葉善百信步大寧西橋望德香閣並半園舊址》。德香閣，在泰州西橋之西，原爲田氏別墅，後歸陳晉吉。今不存。王士禎有《冬日登海陵德香閣》詩。半園蓋即田氏半園，孔尚任有詩《除歲同李厚餘、黄仙裳飲田氏半園題壁》。

[2] 灣，《海陵詩彙》卷九作"彎"。

聽鄰舍絃管

綺户光參差，明蟾掩[1]將夕。月高絃索鳴，亞字欄干隔。初疑出塞愁，漸似霓裳格。檀槽恣悠揚，紅牙爭按拍。停杯一再聽，偃卧龍鬚席。路[2]華散清影，桐花漾虚碧。歡怨迸飛來，愁絶牆東客。

【注】

[1] 掩，《海陵詩彙》卷九作"奄"。

[2] 路，《海陵詩彙》卷九作"露"。

冬暖

鄉關還帶嶺南心，那有酸風襲素襟。破暖早梅逢客屐，經秋病葉醒空林。雀喧簾外夜霜重，枕倚閣前朝日深。疊置羊裘頻質酒，小春意趣滿庭陰。

宮翼宸 字參兩,號楓亭,光禄寺典簿,著《紅椒山房集》。[1]

【注】

[1] 宮翼宸(1684—1770),阮元《淮海英靈集》丙集卷二收録其詩五首,前有小傳,曰:"字參兩,泰州人,夢仁孫,官光禄寺典簿,著《紀年詩》一卷、《紅椒山房集》八卷。"爲宮壽平子,太學生。

送程風沂北上[1]

不及河橋餞,知余病已深。循陔雖子職,補衮是臣心。别路風沙熱,空山水木陰。阿連如見問,知足任浮沉。觀成弟時同事垣中。

【注】

[1] 程風沂,見前程盛修注。

宿遷懷古

官柳連雲水滿[1]坡,蕭條舊跡重經過。烟生遠戍迷殘壘,日落寒城隱大河。騎擁暮雲看射雁,鈴驅秋草聽鳴駝。古來白馬烏騅恨,兩兩銷沉奈若何[2]。

【注】

[1] 滿,阮元《淮海英靈集》丙集卷二作"浸"。

[2] 項羽在楚漢戰爭中,被劉邦擊敗,於垓下之戰中,自刎於烏江。《垓下歌》:"騅不逝兮可奈何,虞兮虞兮奈若何!"

謁周亞夫祠[1]

細柳營[2]空漢月留，荒祠駐馬拜條侯[3]。藏弓不作前車鑒[4]，取箸終遺少主憂[5]。古瓦霜凋蒼鼠竄，神龕風閃畫旗收。兩甄戰氣銷磨盡，寂寞平沙感素秋。

【注】

[1] 周亞夫，西漢名將、丞相。沛郡（今江蘇豐縣）人，名將周勃次子。治軍嚴厲，曾平定七國之亂。後因讒言死於獄中。

[2] 細柳營，周亞夫曾駐軍於此。《史記》卷一〇《孝文本紀》載："（後六年冬）河內守周亞夫爲將軍，居細柳。"《史記集解》："徐廣曰：在長安西。駰按：如淳曰，《長安圖》細柳倉在渭北，近石徼。張揖曰：在昆明池南，今有柳市是也。"

[3]《史記》卷五七《絳侯周勃世家》載，孝文帝十一年，絳侯卒。絕一歲，文帝乃擇絳侯勃子賢者河內守亞夫，封爲條侯，續絳侯後。"

[4]《史記》卷五七《絳侯周勃世家》載文帝曾至細柳營勞軍，"軍士吏被甲，銳兵刃，彀弓弩，持滿。天子先驅至，不得入。先驅曰：'天子且至。'軍門都尉曰：'將軍有令，軍中聞將軍令，不聞天子之詔。'居無何，上至，又不得入。於是上乃使使持節詔將軍：'吾欲入勞軍。'亞夫乃傳言開壁門。"後人常用"細柳營"來形容治軍有方、軍容整肅。

[5]《史記》卷五七《絳侯周勃世家》載："（景帝中三年）頃之，景帝居禁中，召條侯，賜食。獨置大胾，無切肉，又不置櫡。條侯心不平，顧謂尚席取櫡。景帝視而笑曰：'此不足君所乎？'條侯免冠謝。上起，條侯因趨出。景帝以目送之，曰：'此怏怏者非少主臣也！'"

絕句

花開滿林紅，花落一園空。等是春風力，何心怨化工。

仲素 字芍坡，諸生，著《茗叟詩草》。[1]

【注】

[1]《清人詩文集總目提要》卷二五載："仲素字芍坡，號茗叟，江蘇泰縣人。邦文子。諸生。此《茗叟詩草》一卷，附於《迫暇集》，乾隆四十一年刻，南京圖書館藏。"按，邦文，仲素之父，也能文。仲素子仲鶴慶，孫仲振宜、仲振宣，均擅文章。仲氏家族爲清泰州文章世家。

屏迹

屏迹荒園側，門關客過稀。傍階垂石髮，侵路長垣衣。詩許鄰僧和，庭惟山鳥飛。疏愚安我拙，不是澹忘機。

擁青樓夜坐

衆鳥杳無迹，鑪[1]烟入夜凝。不聞一人語，但見半溪燈。品笛東鄰女，敲鐘何處僧。徘徊[2]岩月上，窗紙白於冰。

【注】

[1] 鑪，《茗叟詩草》作"墟"。

[2] 徘徊，《海陵詩彙》卷九作"徘回"，《茗叟詩草》作"裴回"。

冬日口占

削面寒風厲，幽窗未可凭。葉空山盡露，霜冷水初凝。多病同王粲[1]，長貧[2]擬杜陵[3]。蕭然幸無事，呵手録《茶經》[4]。

【注】

[1] 王粲，《三國志》卷二一本傳載，王粲幼弱，後依劉表，表以粲貌寢而

體弱通悅，不甚重也。後道病卒，年四十一歲。

　　[2] 長貧，《茗叟詩草》作"清貧"。

　　[3] 杜陵，唐詩人杜甫。《舊唐書》卷一九〇下本傳載："甫居成州同谷縣，自負薪採稆，兒女餓殍者數人。"

　　[4] 《茶經》，陸羽撰。約成書於780年，主要論述茶葉生產的歷史、源流、現狀及飲茶技藝、茶道原理等，是我國第一部系統總結唐以前茶事的著作。

登烟雨樓[1]

輕舠一葉轉迴塘，水殿秋高七月涼。樹底人家見城影，日邊樓閣浸波光。紅衣欲墮芙蓉老，翠角初翻菱芰[2]香。立徧[3]西風不歸去，玉蘭花下説南唐。

【注】

　　[1] 仲素《茗叟詩草》未收此詩。仲鶴慶《迫睱集》卷二收錄。烟雨樓，位於浙江嘉興南湖湖心島上。始建於五代後晉時期，後毀。明嘉靖二十八年（1549）仿"烟雨樓"舊貌重建。後幾經興廢。

　　[2] 菱芰，《迫睱集》卷二作"菱芡"。

　　[3] 立徧，《迫睱集》卷二作"立偏"。

題羅笠隱《秋江垂釣圖》

細雨濕長綸，一棹秋江冷。獨坐看浮沉，西風吹髻影。

李穎　字箕山。[1]

【注】

　　[1] 《中國美術家大辭典》載："李穎，清代篆刻家、畫家。字箕山，江南海陵（今江蘇泰縣）人。精通篆籀之學，考究金石，能得刀法之妙。擅畫山水，

墨焦筆健，氣勢雄大。著有《印譜》。"《江蘇藝文志·泰州卷》載其著有《十二竹草堂詩稿》今佚。《淮海英靈集》丙集卷一收其詩一首。

落雁峰[1]

舉手開天門，嵯峨上通謁。置身最高巔，雲霧與出沒。蒼甸環若盂，黃河細爲髮。鴻蒙[2]盡虛無，萬仞驚突兀。仙鳥飛莫至，陽雁自回翾。我觀謝朓[3]詩，聲如蠅蚋發[4]。驚人尚不能，安可呼帝闕？

【注】

　　[1]落雁峰，爲華山南峰，華山的主峰之一，山勢險峻，峰東側有南天門。

　　[2]鴻蒙，《海陵詩彙》卷八作"鴻濛"。

　　[3]謝朓，原作謝眺，《海陵詩彙》卷八亦作"謝眺"，均誤，徑改。謝朓，南朝宋詩人，宋明帝時，歷官尚書吏部郎，死於獄中，年三十六。

　　[4]後唐馮贄《雲仙散錄》引《搔首集》載，李白曾登華山落雁峰，歎曰："此山最高，呼吸之氣想通天帝坐矣！恨不攜謝朓驚人詩句來，搔首問青天耳！"李白對謝朓詩很贊賞。

遊西山勝水菴[1]

鳥道藤蘿接，山深日易西。人穿欹石出，天向遠雲齊。是壁皆成畫，無聲不到溪。更憐蒼翠滴，修竹壓門低。

【注】

　　[1]清李繼白《望古齋集》卷一一載《游西山記》，曰："余慕西山之佳勝久矣，每行役長安，望峰合戀抱，青翠欲滴，時時竊心向之。……直北稍西，綠樹隱約，浮屠矗矗，則爲勝水菴也。路峻絕，入禪院。曲水、灌竹、講堂，當户列小竹數竿，如排戟肰。楚僧漢萍譚宗得大旨，烹新茗，趺坐殿台上，稍憩。引

北隅，深洞曲折，登絕頂俯視，戀壑旁有空堂，御風泠肰。山如削壁，薜蘿鋪滿，根大如株，翛翛肰也。僧言鑿石得泉，上之神廟聖母飲而甘之，賜曰勝水云。"

登兔耳峰[1]

極目洪荒轉，天涯近海東。春濤奔萬馬，初日馭雙虹。不見秦王渡，曾聞漢使通。罡風吹半醉，清嘯倚長空。

【注】

[1]兔耳峰，位於遼寧鳳凰山，因此峰有兩巨石豎立如一雙兔耳而得名，爲古代交通要道。

仲鶴慶

字品崇，號松嵐，乾隆壬申解元，甲戌進士，大邑知縣，著《迨暇集》。[1]

【注】

[1]《淮海英靈集》丁集卷三載其小傳，曾任四川知縣。清彭蘊璨撰《歷代畫史彙傳》卷五一載其善畫蘭，詩與畫俱工。《江蘇藝文志·泰州卷》載其曾創建書院，延師課士，在鎮江寶晉、歸德文正、南康白鹿等書院主講。

過葉序東小圃[1]

散步石橋曲，望見藏書樓。修堤互繚繞，一水西南流。破苔入深徑，闌檻環以周。籬花淡將夕，風樹吟寒秋。更登溪上閣，一豁臨風眸。山色四圍來，白雲衣上浮。古木何槎枒，歸鳥何啾唧。隱居近幾年，於此絕營求。暮爲糟丘生，朝爲百城侯。況有門前水，可以汎輕舟。況有水邊石，可以垂釣鉤。人生行樂耳，得失如浮漚。湖山亦我志，役車苦未休。風塵汙我襟，霜雪白我頭。

對此感茫茫，悠然想林丘。

【注】

[1] 葉序東，即葉鏞。同治《蘇州府志》卷六六載其嘉慶年副榜貢。

憶內

人無百年歡，苦爲離別悲[1]。憶我驅車日，爾疾未窺帷。晨雞戒征旦，對鏡強修眉。理我春聚糧，檢我寒燠衣。前途告珍重，強笑淚已垂。方春忽長夏，彈指流光移。江海浩漫漫，遠道何時歸。三度擘來箋，腰支較舊肥。其然其不然，使我心如饑。蕭蕭圭蓽門，蚩蚩黃口兒。煢煢弱女子，勉勉相支持。草木皆有情，人誰能不思？我思有酒卮，爾思無解時。

【注】

[1] 該句後，《迫暇集》卷一有詩句"錦帳金芙蓉，長安樂者誰"。

客中別李二齋

適從何所來，倉卒與子遇。歡言意未盡，旋復別子去。三年斷音耗，道路不可據。十日共聯牀，如雲暫依樹。我去君且留，各各勉長路。君家有老親，爲言爾如故。

披襟趁晚涼，送我達遠郊。執手兩無言，意索風蕭蕭。夕陽淡晴岫，殘霞映繁條。暝色亦已暮，舟子苦相招。慷慨一揮去，回首路已遙。人生暫相見，不如常相拋。

海上謠

海天荒，海雲黃，煮海作鹽白於霜。鹽成大賈汎舟去，嗷嗷窮竈餘空場。夜來猛雨急如注，並此空場不知處。食無麥飯衣無袴，來朝長吏催鹽賦。鹽賦嚴，鹽利普。鹽賈樂，鹽竈苦[1]。

【注】

[1] 鹽賈樂，鹽竈苦，《迫睱集》卷一作"人皆樂，竈獨苦"。

運糧行

將軍夜下催糧箭，鄉城奔走如飛電。掌握龍泉十萬兵，一日無糧必中變。地饒不慮糧有無，蠶叢鳥道苦長途。車不出行[1]船無水，火牌但索運糧夫。丁男久已從戎去，家家誰與當門戶。老弱齊行尚不敷，可憐婦女亦充數。吁嗟爾婦來何方，衣裳敝垢髮焦黃。鞠躬聳肩[2]不能進，尺趨寸步形羸尫。婦言家在銀江口，十里青溪半村柳。記得太平無事時，妝罷鄰姬鬭花酒。去年六月飛戰雲，兵書十二催從軍。妾夫仗劍[3]出門去，從此蛾眉洗翠紋。今年大帥兵機失，戰士沙場十無一。妾夫僥倖得生還，徧體創痍血猶滴。運糧又到無次丁，短衣妾願代夫行。身雖跋涉千山險，夫得平安妾命輕。勞君俯首相憐惜，妾本甘心無怨色。君不見[4]，夫因戰歾婦饑死，處處陰風鬼燈黑。

【注】

[1] 出行，《迫睱集》卷四作"山行"。

[2] 聳肩，《迫睱集》卷四作"聳背"。

[3] 仗劍，《迫睱集》卷四作"伏劍"。

[4] 君不見，《迫睱集》卷四作"妾見多少"。

九日同人集雨香菴[1]

斜日下荒城，開軒得遠情。亂鴉迴暮色，落葉散秋聲。地僻心俱靜，天空眼共明。風塵復何意，自笑誤浮生。

【注】

[1] 雨香菴，位於如皋冒辟疆所建水繪園內，康熙年間建。

題高鐵嶺畫《水墨芙蓉》[1]

晚放芙蓉楫，言采芙蓉花。芙蓉隔秋水，回首空烟霞。西風此時暮，美人何處家。惆悵不歸去，前溪孤月斜。

【注】

[1] 《迫邅集》卷二此詩題作《題高鐵嶺水墨畫芙蓉》。高鐵嶺，即高其佩，字韋之，號且園，遼陽鐵嶺人，世稱高鐵嶺。以指頭畫著稱，善畫人物、山水、花鳥，尤其喜畫鍾馗。乾隆甚愛其畫，並多有題詠。

客中送別胡西坨[1]

故人不肯住，一棹去江干。不道辭家易，偏逢別友難。空囊雙鬢白，短褐五更寒。前路誰知己，臨歧心自酸[2]。

此會猶如夢，誰能卜後期。相逢即詩酒，臨別看鬚眉。人立斜風裏，鴉昏[3]細雨時。孤帆江海闊，心逐水波馳。

【注】

[1] 胡西坨，清李斗《揚州畫舫錄》卷一〇載："胡裘鐏，字西坨，浙江山陰人。工詩，貧甚。上詩於公云……公極賞之，遂訂交焉。"《清稗類鈔·義俠

類》載《盧雅雨餽胡西垞金》:"山陰胡西垞素行詭激,落魄揚州。時盧雅雨爲運使,屢謁,不得見。至除夕乃投詩。盧見詩,即呼騶往拜,餽金數笏。"

[2] 此二句,化用王勃《送杜少甫之任蜀川》"無爲在歧路,兒女共沾襟"句和高適《別董大》"莫愁前路無知己,天下誰人不識君"句。

[3] 鴉昏,《迫退集》卷二作"鴉啼"。

過潼關[1]

百道走中原,權樞在一門。黃河落天際,太華倚雲根。石碣周秦古,團營[2]鼓角屯。遙知魚鑰[3]啟,萬里望朝暾[4]。

【注】

[1] 潼關,見卷一《送趙石渠守同州》注。

[2] 團營,明自土木之役後,京軍三大營損失殆盡。明景泰中,于謙從三營中選出精兵十萬,分十營集中操練,稱爲團營。嘉靖時罷團營,恢復舊制。

[3] 魚鑰,魚形之鎖。南朝梁簡文帝《秋閨夜思》詩:"夕門掩魚鑰,宵床悲畫屏。"

[4] 朝暾,早晨初升的太陽。孟郊《抒情因上郎中二十二叔監察十五叔兼呈李益端公柳繽評事》詩:"明明三飛鸞,照物如朝暾。"

將赴滇別署中諸友

十載風塵久,三年老署閒。一朝持絳節[1],匹馬看青山。土室蠻彝種,沙場戰血斑。遠遊丈夫事,我幸未衰顔。

瘴海標銅柱,蠻江鎖鐵橋。此行真忼慨,不必慮迢遙。金印仍攜肘,弓衣各挂腰。諸君休惜別,門外馬蕭蕭。

【注】

[1] 絳節,使者持作憑證的紅色符節。南朝梁簡文帝《讓驃騎揚州刺史

表》:"故以彈壓六戎,冠冕九牧,豈止司隸絳節,金吾緹騎。"

贈安東馬昭亭明府

西風一葦渡河津,才得相逢話屈伸。萬里關山戎馬客,十年鬚鬢雪霜人。清標猶飲漣東水,浪迹常孤海上春。幾日北窗同剪燭,離懷消盡又風塵。

春草[1]

霜欺雪壓歷多艱,又見重岡捧翠鬟。野性不言萋菲事,春痕多在有無間。驚雷蟄蟄回身早,落日牛羊得食閒。只恐東來風力薄,青青未度玉門關。

【注】

[1]《迫遇集》卷一二收此詩共四首,此爲第一首。

書八寶王師李詩集後

氣本桓桓骨亦清,能於忼慨見和平。風雲以外有天地,魚鳥之中見性情。半世浮沉莊叟夢,一尊邂逅廣陵城。安閒總是田間老,擬共長吟過此生。

秋月[1]

一抹遥空素影流,瀼瀼風露錦城秋。三千鐵馬征人戍,十二箜篌少婦樓。白練倒垂蓬島外,寒光飛上玉峰頭。穹蒼洗出清虛體,宿霧閒雲頃刻收。

【注】

[1]《迫退集》卷五收此詩共兩首,此爲第一首。

罷官歸里留別同人

三巴浪迹非吾事,揮手仍歸東海東。六載眼花應轉白,五更腔血未消紅。衣冠皮相何須戀,泉石襟期自不同。丞相祠前長揖去,八千里路一帆風。

兩着戎衣並佩刀,蠻烟瘴雨下哀牢。將軍幸得歌三箭,書記歸來有二毛。薄命人皆憐放廢,投閒天或愛英豪。古今幾箇封侯相,不用燈前看戰袍。

買得郫筒酒一樽,蕭蕭落葉下江門。敢言父老流碑淚,未報諸君解網恩。兩載煩冤都已雪,千秋氣骨幸猶存。南天幾日風光好,綠柳樓臺紅杏村。

妻孥共載鹿門車[1],故老驚看客到家。藜杖竹冠閒歲月,酒壚[2]詩社舊生涯。剪殘斷錦猶成匹,禿後秋毫[3]尚有花。帶得巫山雲一段,與人歸去鬭繁華。

【注】

[1] 鹿門車,《後漢書·鮑宣妻傳》載:"妻乃悉歸御服飾,更裝著短布裳,與宣共挽鹿車,歸鄉里。"

[2] 酒壚,《迫眼集》卷五及《海陵詩彙》卷一二均作"酒爐"。

[3] 秋毫,《迫眼集》卷五作"秋豪"。

九日登丹陽三義閣塔[1]

不奈蕭條客裏秋,凭高聊復遣閒愁。雲邊山色剛平檻,天外江聲欲上樓。一帶烟林低夕照，半空人語落寒洲。鄉園回首知非遠，籬下黄花開徧不？

【注】

[1] 三義閣塔，建於明崇禎十年（1637），原稱萬善塔、城霞閣塔，位於丹陽古運河寶塔河灣。

登北固山次趙滌齋韻[1]

崇岡繚繞北城隈，踏遍雲根[2]坐碧苔。吴楚[3]帆檣穿樹去，金焦山色上衣來。六朝舊恨人何處，二月新晴花自開。同對東風一豪飲，江天倒影入深杯。

【注】

[1] 北固山，位於鎮江東北長江邊上，因絕壁臨江、氣勢險固而得名。

趙滌齋，即趙廷煦，《揚州畫舫錄》卷三載："字滌齋。宗武，字京西。兄弟舉人，官知縣，以詩文名。其嗣鶴壽，字尺坡，磊落有奇氣，與喜起（字雨亭）、劉文樞（字南樓）及余爲文字交，起戊申舉人。文樞，諸生。廷煦弟宗文，字貽豐，名諸生。"

[2] 雲根，《迫暇集》卷二作"雲歸"。

[3] 吴楚，《迫暇集》卷二作"吴越"。

寄署中諸友

山逢奇險峰偏翠，水到清泠路亦艱。幾日苦中皆有樂，歸來作畫與君看。

得西坨書却寄[1]

瑶函尺一[2]説還家，客緒離愁徧海涯。頭白人歸風雨後，鷓鴣啼落武陵花。

無言坐到夜將分[3]，半是思君半慮君。三徑如無舊松菊，還來江上看秋雲[4]。

【注】

[1]《迫暇集》卷三收錄該詩共四首，此爲後兩首。西坨，見前《客中送別胡西坨》詩注。

[2] 尺一，古時詔板長一尺一寸，故稱天子詔書爲"尺一"。詩文中常用此表示下詔。

[3] 夜將分，《迫暇集》卷三作"夜初分"。

[4] 秋雲，《迫暇集》卷三作"江雲"。

侍朝 字鷺川，乾隆庚辰進士，翰林院庶吉士。[1]

【注】

[1] 清李斗《揚州畫舫錄》卷二載其淹通經史之學，工詩文。《漢學師承記》卷六"任大椿"條載侍朝爲興化人，與任大椿詩歌唱和，藝林稱之。嘉慶《重修揚州府志》卷五一《人物志六》載略詳："乾隆二十五年進士，例選縣令，辭不就，曰：'吏事，吾不堪也。'選國子監丞十餘年，以總校《四庫全書》授翰林院庶吉士。工詩賦、古文詞、歌行、四六之體，而詞尤擅場，藝林稱之。年四十有九卒，桐城姚郎中鼐志其墓。"

舟中秋懷

落日浮雲憶舊遊，蒼山遠隔薊門秋。獨孤年少方欹枕，六一憂多恐白頭。放眼晴霄來雁鶩，側身大地感蜉蝣。果然烟雨寒江畔，千畝琅玕等列侯。

徐步雲

字禮華，興化籍，乾隆壬午召試舉人，內閣中書，著《釁餘詩草》。[1]

【注】

[1] 徐步雲（1733—1825），清汪廷儒《廣陵思古編》載："字蒸遠，號禮華，興化人。工詩文、楷書。乾隆二十七年以廩生應召試，得舉人，授內閣中書、軍機處行走。以盧見曾事牽涉，褫職戍伊梨。年滿，舒文襄公奏充四庫全書館分校，復原官。尋復遣戍，未久賜還，遂歸家泰州。年九十三卒。著《釁餘詩鈔》。"

賦詩臺[1]

當塗昔乘運，觀兵踰長淮。阿瞞[2]信神武，繼體亦雄猜。橫槊瞰大江，賦詩臨高臺[3]。山川盪文藻，雲物相喧豗。貔貅十萬師，猛氣轟若雷。烽火照白門，樓櫓飛黃埃。天塹不可越，龍舟徂復回[4]。誰言一葦渡，坐令心膽摧。至今立馬處，折戟深蒼苔。才華易銷歇，覽什空徘徊。緬彼廣武歎，豎子安在哉！

【注】

[1] 賦詩臺，《揚州府志》載："賦詩臺即城子山，距儀真縣北六里，一名東巡臺，魏文帝嘗立馬賦詩於此。"又載，"城子山，在儀真縣北六里，高十丈二尺，周二里，其狀如城，因名。"

[2] 阿瞞，魏曹操小字。

[3] 此二句言曹操橫槊賦詩事。唐元稹《唐故檢校工部員外郎杜君墓系銘》曰："曹氏父子鞍馬間爲文，往往橫槊賦詩。"蘇軾《前赤壁賦》曰："（曹操）釃酒臨江，橫槊賦詩，固一世之雄也。"實際上《三國志》中並無此記載，僅載曹操"登高必賦，及造新詩，被之管弦，皆成樂章"句。（《三國志·武帝紀》注引《魏書》）

[4]韋昭《吳錄》載:"魏文帝至廣陵,臨江觀兵。時大寒冰,舟不得入江。見波濤洶湧,歎曰:'嗟乎!固天所以隔南北也。'遂歸。"

入關過西安呈謝畢秋帆前輩[1]

昔歲河梁別,依依贈遠行。戊子秋,於蘭州城外、黃河橋畔話別。今來歸絕塞,歷歷有逢迎。一氣噓枯槁,三年判蜂鷯。何期瀕死者,到此得更生。

裘馬逢人寄,鄉書託雁通。飄零真到我,慷慨孰如公?乍見渾疑夢,茲游轉不窮。新詩容快讀,一笑酒顏紅。

【注】

[1]畢秋帆,即清代著名學者畢沅(1730—1797),字纕蘅,一字秋帆,自號靈岩山人,鎮洋(今江蘇太倉)人。乾隆進士,授修撰官至湖廣總督。治學範圍甚廣,經史、小學、金石、地理、詩文無所不善。有《山海經校正》十八卷、《晉書地理志校補正》五卷、《關中勝跡圖志》三十卷、《靈岩山人詩集》四十卷等。

贈喬東齋諱照,時管理伊犁屯田。[1]

三年曾此地,萬里識邊霜。角冷軍無夢,星寒夜有芒。太平稀戰伐,甌脫[2]亦農桑。好去班都護,封侯返故鄉。

【注】

[1]喬東齋,諱照。乾隆四十六年至四十九年任浙江提督。《清史稿·褚士寶列傳》載,褚氏精槍法,名曰四平槍,傳於弟子王聖蕃、池天榮,天榮又傳浙江提督喬照。

[2]甌脫,指候望之所。《漢書·匈奴傳》載:"東胡與匈奴中間有棄地莫居千餘里,各居其邊爲甌脫。"注引服虔曰:"甌脫,作土室以伺也。"師古曰:"境上候望之處。"

次少林韻奉答[1]

自笑勞生大海萍，別來雙鬢感周星。天教馬角烏頭白，人是寒松雪柏青。予出塞後，君至興邑，存問老母。流水年華難再少，出山滋味舊曾經。江關日暮重回首，桃李春風在此庭。時君主安定書院講席。

專城列鼎我何能，拄杖蕭然退院僧。高坐一時窺絳帳，短檠七載記青燈。予與君同肄業，自丙子至壬午，凡七年。悲歡往事都銷盡，老病餘生已慣曾。所恨卜鄰猶未得，射陵一水隔吳陵。

【注】

[1]少林，爲清人王嵩高的字，乾隆癸未（1763）進士。曾任安定書院掌院。安定書院，《揚州畫舫錄》卷三載："安定書院在三元坊，建於康熙元年，巡鹽御史胡文學創始，祀宋儒胡瑗。雍正間，尹鹺使增置學舍，爲郡士肄業之所，延師課藝，以六十人爲率，並合梅花書院一百二十人。聖祖南巡，賜'經術造士'額懸其上。"又載，"安定書院自王步青始，梅花書院自姚鼐始。安定掌院二十有三人……以安定肄業諸生掌梅花書院者，唯蔣宗海舍人一人。掌安定書院者，唯王嵩高太守一人。王嵩高，又字海山，寶應人，官至平樂知府，後乞終養回歸鄉裏。有作品集《小樓詩集》。與侍朝同爲書院肄業生徒。"

己未八月過毘陵趙緘齋先生留飲別後柬謝[1]

微泉閣[2]外敞斜暉，四十年前舊款扉。戊寅冬，與王夢樓[3]、嚴冬友[4]同寓微泉閣，始訂交。殘客再來如我少，交情老去似公稀。歡陪杖屨星應聚，時蔣辛仲六兄[5]在座。悵望雲霄鶴未歸，是日，擬謁劉少司空夫子暨公冢嗣鴻臚公祠，未果。後會重期都好在，夜闌分手更依依。

【注】

[1] 趙緘齋，《甌北七律淺注》："趙繩男，字來武，號緘齋，武進人。乾隆二十七年入都謁選，爲户部員外郎。卅一年升刑部郎中，卅四年移疾歸。居林下卅餘年。嘉慶八年五月卒，年八十一。生平行止謹默，故以緘齋自號。其子懷玉《亦有生齋集》中有《先考事狀》。"

[2] 微香閣，位於東山天衣禪院。曹允源等編《吳縣志》卷三六《寺觀一》載：天衣禪院，在翠峰寺之右，本翠峰寺別院，一名翠峰山居。雪竇説法，寺集千僧。天衣義懷禪師願汲水供衆，忽擔折蹉跌而化，桶湧白蓮，因建此院。明萬曆四十一年僧如淨建藥師殿、遠翠閣。天啟七年，又建大悲殿。清康熙九年，建微香閣，修遠翠閣。

[3] 王夢樓，即王文治。清王昶輯《湖海詩傳》卷二二載："王文治，字禹卿，號夢樓，丹徒人，乾隆二十五年殿試第三人及第，官至臨安知府，有《夢樓詩集》。"《浦褐山房詩話》亦載："禹卿賦才英俊，尤工書，楷法河南，行書效蘭亭。聖教入京師，士大夫多寶重之。時全侍講魁、周編修煌，奉使琉球，挾以俱往，故其詩一變，頗以雄偉見稱。及歸，以第三人及第，益風流自喜。不四五年，出守臨安，又二年被劾，東還，遂無意於仕進矣。……年未五十即耽禪學，精於《楞伽》《唯識》二書。晚年刻其詩卷，中多秀句。"錢泳《履園叢話·耆舊》載："丹徒王夢樓太守文治，以翰林院侍講出知臨安府。其未第時，曾爲侍讀全公魁幕客，册封琉球，有《海天夢草》。太守既工書法，詩亦深純精粹，遠過時流，有《夢樓詩集》二十四卷。袁簡齋太史謂其'細筋入骨，高唱凌雲'，非虛語也。書天然秀發，得松雪、華亭用筆。老年全學張即之，未免流入輕佻一路。然較劉文清、梁侍講兩公，似有過之。"

[4] 嚴冬友，即嚴長明。光緒六年重刻嘉慶十六年《江寧府志》載："嚴長明，字冬友，一字道甫，江寧人。乾隆二十七年賜舉人，內閣中書，入軍機辦事，擢侍讀。"姚鼐《惜抱軒全集·文集》卷一三《嚴冬友墓志銘》曰："冬友江寧嚴氏，諱長明，一字道甫。乾隆二十七年，車駕南巡，君以生員獻賦，召試，賜舉人，內閣中書就職，旋入軍機辦事。君在軍機凡七年，通古今，多智，又工於奏牘，諸城劉文正公最奇其才。……其後，連遭父母喪，服終，遂請疾，不復入。間游秦中、大梁，居畢中丞所，爲定奏醺。還主廬陽書院。乾隆五十二年八月□日卒於合肥，年五十七。君於書無不讀，或舉問，無不能對。爲詩文，用思

周密，和易而當於情。"著有《毛詩地理疏證》《五經算術補正》《三經三史答問》《石經考異》《漢金石例》《獻徵餘錄》等書。《清史稿》卷四八五有傳。

[5] 蔣辛仲，即蔣熊昌。光緒《重修安徽通志》卷一四八載："蔣熊昌，字澄川，江蘇陽湖進士。乾隆中，任潁州知府，凡八年，有政績，開東陂西湖潴以利民，招文士賦詩其間。"

俞塏 字容寓，號蘅皋，乾隆乙酉舉人，舒城教諭，著《編年詩鈔》。[1]

【注】

[1] 俞塏，《淮海英靈集》丁集卷二載其小傳，曰："乾隆辛未南巡，獻詩荷豐貂文綺之賜，較諸生倍加。學使莊侍郎有恭言，江南獻詩者百計，惟此生詩最佳。一時公卿多異之。中乙酉科舉人，任舒城縣教諭。没年七十二。著《類苑聯珠》百二十卷、《尚論管窺詩》三千餘首、《古文賦騷》百二十卷、《編年詩鈔》十卷、《憶舊》《感秋》《吴陵郭北竹枝詞》各一卷，書多未見。友人余澄夫《國鑑錄詩》一卷見寄，擇錄。"嘉慶《重修揚州府志》卷五一《人物志六》及《江蘇藝文志·泰州卷》均載其字容萬。爲俞梅孫。

張烈婦顧氏詩[1]

正氣鍾巾幗，大義明閭里。哀哉張烈婦，慷慨殉志死。我出城東門，孤墳屹然峙[2]。途人相問答，顛末略可紀。芳徽易沉埋，歲月東流水。用作烈婦詩，永以勖桑梓。

烈婦不知書，生長在茅簷。禮法自矜持，跬步凛疑嫌。鉛華何所需，春風冷香奩。機梭鳴寒宵，工素亦工縑。豈惟容貌端，允矣四德兼。

十九賦《桃夭》[3]，嫁爲細民妻。蕭條四壁立，一室鼓樓西。夫復嗜閒遊，酒食益昏迷。煢煢妾與姑，忍餓守空閨。妾餓何足言，姑年臻眉梨。典盡嫁衣裳，鬻盡釵與笄。委心敦婦道，黽勉共鹽齏。何敢怨媒妁，賦命本不齊。

嚴霜欺貞松，烈風撼孤竹。禍患來無端，深巷鬼夜哭。淡泊婦所甘，勤勞婦所服。何圖輕薄兒，日向東牆逐[4]。華佩襫瓊瑶，新衣試綺縠。揚揚去復來，風流故矜鬻。蘆簾隔孟光，目挑空躑躅。

貪夫溺於財，不得死不休。狡童溺於色，不得疾不瘳。鑽窺望已絕，金帛運新謀。殷勤結乃夫，意氣重山丘。朝攜遊花田，暮邀醉酒樓。生計諧有無，解囊欣相賙。芳餌飼遊魚，何以避垂鈎。

烈婦燭幾先，幽閨愈斂約。當今重利交，勢燄相熏灼。蕭蕭貧賤居，責報殊無着。萍水驟委心，人心不可度。夫也胡不良，冥然付一噱。感茲增欷歔，顧影淚潛落。

萬物祇此心，心死復何述。人生恃廉恥，恥喪復奚詰。悲哉薄倖夫，甘墮奸人術。惡姑同搆謀，宛轉誘蕩佚。婦聞失精魂，股戰肌膚慄。泣血陳大節，矢志皎白日。倉卒夫辭屈，嗒然揮手出。

慘慘雲中月，昏昏案上燈。唧唧階下蟲，纍纍壁上繩。夫復搆謀歸，高坐盛氣憑。裂眥申舊説，勢震屋梁崩。三問婦不答，毒手拄柔膺。長繩已逆曳，鉅結拴層層。唯諾劫呼吸，直以死相陵。苟非絶特操，鮮不屈志承。

幽蘭生空谷，無言自芬芳。皎皎烈婦名，鄉曲久稱揚。宵來詬誶聲[5]，入耳何悽傷。明發覘其室，婦屍儼在牀。道路盡感泣，奔愬邑侯堂。檢屍擒二兇，執法嚴秋霜。勘鞫得情實，一死何足償。題旌符定制，恩綍昭煌煌。墓阡峙高碣，里門表崇坊。草木含生氣，日月爭精光。拜手薦溪毛，千秋俎豆香。[6]

【注】

　　[1] 張烈婦事，事見《清史稿》卷五一一《列女傳》："顧氏，泰州人。夫張世英，日誨顧淫，顧不可。或貸世英錢，世英陰欲顧與私，沽酒飲貸錢者，嗾其母呼顧而出，不應，與之酒，覆杯，慟。貸錢者亟去，其母搤顧吭，幾絕。鄰里咸憤，訴於州，世英乞悔過，以顧歸。與其母益日夜迫之，顧飲滷，不得死。乾隆十六年十月戊戌，世英語顧：'冬無衣，盍如吾言？即得錢衣汝。'顧曰：'我寧死不辱。'世英恚，夜扼殺之，年十七。"按，十七歲，詩中言"十九歲"，有差異。

　　[2] 孤墳屹然峙，《海陵詩彙》卷一一作"孤墳屹然起"。

　　[3] 這是《詩經·周南》中一首賀新娘的詩篇。朱熹《詩集傳》曰："桃之有華，正婚姻之時也。"姚際恆《詩經通論》曰："桃花色最豔，故以取喻女子，開千古詞賦詠美人之祖。"

　　[4] 日向東牆逐，《海陵詩彙》卷一一作"日向東牆矖"。

　　[5] 宵來詬誶聲，《海陵詩彙》卷一一作"宵來啼哭聲"。

　　[6] 拜手薦溪毛，《芸香詩鈔》卷三作"行客薦溪毛"。《芸香詩鈔》卷三"俎豆香"後尚有"誰言死可悲，神遊白雲鄉"句。

江上觀潮

潮來一片白，沙岸杳難分。駕浪沉高樹，連天擁亂雲。千航平陸起，萬馬遠空聞。對此增豪氣，凝眸日已曛。

夏日感懷

衣狗紛紛不忍看，窮年鏤琢起長歎。微名直可同雞肋[1]，仙藥何須覓馬肝[2]。一枕斜陽梧影靜,半枰疏雨竹聲寒。適情無過閒中趣,華髮羞彈貢禹冠[3]。

【注】

[1] 雞肋,見《華陽國志》卷第二《漢中志》載:"初魏武之留邰也,以雞肋示外。外人莫察,惟主簿楊脩知之,故曰:'夫雞肋,棄之如可惜,食之無所得,以比漢中也。'"

[2] 馬肝,事見《史記》卷一二《孝武本紀》。齊人少翁以鬼神方書獻於熱衷求仙之漢武帝,被封爲文成將軍。後因其方無效,神亦不至,于是被誅。少翁友方士欒大進言曰,可得不死之藥。恐效文成,則方士皆掩口,不敢言方。上曰:"文成食馬肝死爾,子誠能修其方,我何愛乎?"古人認爲馬肝有毒,食之殺人。此譏諷漢武帝被方士所惑,執迷不悟。

[3] 貢禹,西漢琅邪人,以明經絜行著聞,徵爲博士,官至御史大夫,列於三公。曾數言得失,上書數十。《漢書》卷七二有傳。彈貢禹冠,事見《漢書·王吉傳》:"吉與貢禹爲友,世稱'王陽在位,貢公彈冠',言其取舍同也。"吉字子陽。後以"彈冠"或"彈貢禹冠"指即將做官,或受人提攜。羅隱《酬高崇節》:"猶賴君相勉,殷勤貢禹冠。"

登德州城樓晚眺和宮篤周韻

堅城雄峙鎖長空,高步頻[1]教鄉思融。劃斷燕齊雙眼外,包羅海嶽一樓中。洪濤亂捲晴巖雨,落日斜明遠寺楓。勝概移入收不盡,任他哀怨起賓鴻。

【注】

[1] 頻,《淮海英靈集》丁集卷二作"平"。

吴伊训 字步尹，號萃農，歲貢生。[1]

【注】

[1] 吴伊训，《江蘇藝文志·泰州卷》載："清泰州人，乾隆間歲貢生。幼善屬文。卒無嗣，同學張馨殯之。"有《步尹遺稿》一卷，爲門人傳鈔本。

老將

何年便專閫[1]，白髮未投鞭。泣血關門表，驚魂瘴海鳶。宵人讒善飯，天子壯籌邊。兒女手難託，終期馬革還。

【注】

[1] 專閫，指將帥在外統軍。《史記·馮唐列傳》載："臣聞上古王者之遣將也，跪而推轂曰：'閫以内者，寡人制之；閫以外者，將軍制之。'"裴駰集解引韋昭曰："此郭門之閫也，門中橛曰閫。"

老儒

投筆復何日，平生誤此冠。風雲舊時夢，粗糲百年餐。鐵硯猶堪拭，青氈不記寒。晚成徒慰藉，其奈髩毛殘。

陳璨 字開緒，號崆峒，貢生，著《崆峒詩鈔》。[1]

【注】

[1] 王澄主編《揚州歷史人物辭典》載其又號菊莊，清泰州人，陳韶武子。貢生。藏書極富，好爲詩，家有養和軒，觴詠其間。著有《崆峒詩鈔》《西泠游草》《西湖竹枝詞》《餘杭覽古詞》《雲樹初集》等，存世多爲乾隆間刻本。《江蘇

藝文志·泰州卷》載其號倥侗，著《倥侗詩鈔》一卷。

春日舟中懷餐英社諸子[1]

客身如浮雲，飄飄不得住。春風海上來，吹落淮南路。微雨下原隰，芳草綠古渡。輕舟去鄉關，背指海門樹。思君君不知，遙情託毫素。

【注】

[1] 餐英社，清黃任《秋江集》卷一《買菊花》："持螯雅結餐英社，濾酒新裁折角巾。"又粵西梅菉重陽登高，有結社賦詩之風。光緒癸巳、丙申年，士子商賈在梅菉登高坡立餐英社，築臺，拍臺演戲，聯對賽詩。

金陵懷古

嵯峨鍾阜落烟鬟，閱盡繁華只等閒。百戰英雄歸逝水，六朝興廢見殘山。舟橫白鷺烟波外，詩在青溪柳色間。更向雨花臺上望，春林黃鳥正緡蠻[1]。

【注】

[1] 緡蠻，指鳥鳴聲。《禮記·大學》引《詩》云："緡蠻黃鳥，止於丘隅。"《詩經·小雅·綿蠻》載作"綿蠻黃鳥"，綿蠻與緡蠻，屬字異而義同。

自潤州至白下舟中即事

西風一棹下嚴關，客路新霜冷病顏。自笑瓶無京口酒，天教眼看秣陵山。三秋寂寞騷人老，六代興衰燕子閒。性癖從來耽水石，壯遊莫待鬢毛斑。

蜀岡秋眺

勞人安敢慕高眠，又上崇岡眺野烟。怒馬踏殘黄葉路，亂山橫斷夕陽天。多栽老樹招雲鶴，更鑿新塘引畫船。正是秋懷無着處，一行征雁下江田。

桂天培 字仙岩，諸生，著《天香閣遺草》。[1]

【注】

[1] 桂天培，《清人詩文集總目提要》載："字因之，號仙岩，江蘇泰州人，諸生，年七十二卒。此《天香閣遺草》一卷，又名《天香閣遺筆》，清桂薌麓刻，泰州圖書館藏。天培文學韓愈，詩宗中晚唐，畫仿小米。間作小詞，情致淒婉。"

城北舟次

秋水寒塘曲，蒼茫暮色昏。白蘆烟際艇，黃葉雨中村。冷落嗟生計，飄零愴別魂。無窮羈客意，誰與話清尊。

對月懷團大問山

獨坐清秋夜，燈殘酒欲闌。如何明月上，不對故人看。影逼棲烏冷，光衝雁陣寒。南樓凝遠眺，何處共盤桓？

送家兄薌麓之江右

臨歧慷慨發清吟，杯酒匆匆思不禁。千里夕陽羈旅恨，一塘秋草弟兄心。西江雁過聞朝雨，南嶺雲開見暮林。別後相思憑尺鯉，漫教消息太沉沉。

得椒燈白門手書[1]

清風朗月滿幽居，寂寂空階露下疏。愁裏悲歌今夕夢，病中感慨故人書。芙蓉水榭欄[2]紅處，楊柳山橋酒綠初。還念西樓高臥客，一窗秋雨恨何如。

【注】
[1] 椒燈，即卷三團維鏞字，詳見下文注。
[2] 欄，《海陵詩彙》卷一一作"闌"。

僧舍

獨閉禪關却舊盟，蕭蕭風雨滿荒城。僧房盡日無人到，一半鐘聲雜樹聲。

吳陵 字又徐，號椒堂。[1]

【注】
[1]《江蘇藝文志·泰州卷》載："吳陵，字又徐，號椒堂。明泰縣人。力貧而詩豪，才思敏捷。"有《椒堂遺集》。

馬劍池、朱冠林、繆晴嵐同集齋中小酌分賦[1]

閉門如深山，萬慮摒幽獨。好風吹片雲，款關來不速。一笑典敝裘，酒漿羅百斛。四座發狂吟，咳唾走珠玉。豪氣不可干，上下雲龍逐。我先赴醉鄉，客去我就宿。著影[2]照滿身，寒月上修竹。

【注】

[1] 馬劍池，待考。朱冠林，《清詩話》三編《伯山詩話後集》卷三載："先生名景泗，鄉前輩也。篤實淹通，坎壈不遇，著作多散軼。"繆晴嵐，即繆祖培，見卷三注。

[2] 著影，《海陵詩彙》卷一二作"花影"。

過十二家兄別業

別館開三逕，閒過續古歡。鳥眠庭樹靜，人語夜燈殘。世事秋雲薄，交情蜀道難。坐深羣籟寂，江月滿天寒。

春日郊行即事

雨霽人心快，春風引杖藜。野花沿路笑，水鳥逐人啼。村近炊烟密，城高落日低。歸途清興發，買醉畫橋西。

采蓮詞

采花采葉總尋常，采到蓮房暗斷腸。只說人生離別苦，如何蓮亦有空房。

卷 三

宮爲坊 字言可，號荔圃，乾隆甲午舉人，國子監學正。[1]

【注】

[1] 宮爲坊（1732—1798），宮煥光長子。同治《續纂揚州府志》卷一三載："字言可，乾隆四十年舉人（按，嘉慶《重修揚州府志》卷四〇《選舉志二》載作乾隆甲午順天中式，是爲乾隆三十九年中舉，此乾隆四十年，誤），博學，工詩文，尤深史漢之學，後進多賴以成就。著有《史記質疑》《目耕居士詩鈔》。"

將至定陽和坦菴弟韻[1]

朝日淡層陰，山色何清越。擬欲踏烟巒，直上青雲窟。路遠不可登，對景惜華髮。依依同心人，攜手入城闕。夜色照梅花，疑是故鄉月。

【注】

[1] 定陽，雍正《浙江通志》卷七"常山縣"載："《方輿紀要》：漢建安中，孫氏分新安置定陽縣。三國吳寶鼎初，屬東陽郡。"下小字注曰："謹按，《晉地理志》及《宋齊州郡志》皆有定陽，屬東陽郡，其廢疑在梁末陳初，但梁、陳書不志州郡，無從覈實。"又載："《舊唐書·地理志》：武陵四年，置定陽縣。八年，廢常山。咸亨五年，分信安，置屬婺州。垂拱二年，改屬衢州。乾元元年，屬信州，又還衢州。"後屬衢州府所轄之縣。

坦菴，乃宮履基（1732—1787）號，其字應乾，一字素軒，泰州人。爲宮煥采第三子。《淮海英靈集》乙集卷四收錄其詩一首，前有詩人小傳，曰："乾隆庚辰舉人，知浙江常山縣，著有《素軒集》。"

同坦菴弟至淨慈寺訪實蔭上人[1]

古寺隔雲深，中有高僧住。一徑冷蒼烟，鐘聲入遙樹。不知城市囂，但與詩人遇。趺坐晚山青，我亦忘遲暮。

【注】

[1]淨慈寺，在浙江西湖南屏山慧日峰下。明田汝成《西湖游覽志》卷三載，周顯德元年錢王俶建，號慧日永明院，迎衢州道潛禪師居之。宋建隆初，禪師延壽以佛祖大意，經綸正宗，撰《宗鏡錄》一百卷，遂作宗鏡堂。熙寧中又作田字殿。元季諸寺皆燬，惟此寺獨存。明洪武後屢燬屢建。

實蔭上人，乃淨慈寺僧人，其由萬善殿教習期滿選主方丈。清人吳慶坻《蕉廊脞錄》卷七載其爲茇虛法嗣，茇虛於乾隆六年主聖因寺，二十二年移住淨慈，三十三年退院，命實蔭代其事。實蔭工詩，善畫山水。其後，實蔭乃移主乾峰寺終焉。

過嚴子陵釣臺[1]

炎漢成終古，先生有釣臺。雲山千里闊，風雨一帆來。灘湧濤聲急，霜催雁叫哀。伊人不可見，回望幾徘徊。

【注】

[1]嚴子陵釣台，《太平寰宇記》："嚴子陵釣台在桐廬縣南大江側，下連七里灘。"《元和郡縣志》卷二六載："在（桐廬）縣西三十里，浙江北岸也。"子陵，後漢嚴光字，光武即位，除諫議大夫。不出，乃耕於富春山，後名其處爲陵瀨，上有釣台，即子陵舊釣處。

喜晤莊舍人復旦[1]

昔別真如夢，相逢一洒然。雲泥判此日，風雪記當年。我困羞營窟，君行始著鞭。揚州分手處，依舊水潺湲。

【注】

[1]莊復旦（1757—1814），《清人詩文集總目提要》卷三四載《聊寄集》，提要曰："字植三，又字澤珊，號槐軒，江蘇武進人。乾隆四十九年南巡召

試，賜舉人。授內閣中書，充文淵閣校理。外任雲南維西、緬寧通判，官至開化府知府。道光《武陽合志》卷三三載，著《小酉山房詩集》，佚。今存《聊寄集》八卷，稿本。"

放鶴亭[1]

處士今何在，空留放鶴亭。烟波如此闊，一眺萬山青。落葉飛無定，梅花夢未醒。我來爲惆悵，無語對林坰。

【注】

[1] 放鶴亭，《西湖游覽志》卷二載其在孤山之北。嘉靖中，錢唐令王釴作。其巔有歲寒岩，其下有處士橋。處士即宋代隱居於此的詩人林逋，妻梅而子鶴，後郡人陳子安構鶴亭於此。

喜晤何明府南英[1]

欣逢何遜[2]在揚州，鳧舄蹁躚幾日留。齋館潤分新賜俸，雲山夢繞舊登樓。書攤玉案生華髮，官擁銅章已白頭。一別十年今乍見，扶筇還上木蘭舟。

【注】

[1] 何南英，丹徒人，曾任盂縣縣令。清乾隆年間曾參與纂輯《盂縣志》。明府即知縣。趙與時《賓退錄》載："唐人稱縣令曰'明府'，而漢人謂之'明廷'。"

[2] 何遜，字仲言，東海郯（今山東郯城）人，南朝梁詩人。詩多以酬唱、紀行者居多。此處代指何南英。

酬家應乾弟舟中見懷作[1]

山匣光芒曜太阿，雙旌重向武陵過。麟符報最蒙恩早，鳧舄看山得句多。贈我珠璣到吟榻，懷人雲樹滿行窩。宦遊未肯忘鷗鷺，如此風流奈遠何。

【注】

[1] 應乾，爲宮履基字，詳見上文《將至定陽和坦菴弟韻》注。《海陵詩彙》卷一四載此詩二首，此爲第一首。

惜別吟

一行賓雁向南飛，似向天涯説未歸。到得歸時倍惆悵，迴翔不爲稻粱肥。

龍江東去是蘭谿，漸覺灘聲入耳低。獨有孤飛雲不斷，泥人直接定陽西。

水冷沙寒一鷺浮，孤情暫寄此荒洲。未能飛入雲中去，不遇繁霜也白頭。吴王夫差時，有白鷺出水中，飛入雲中。

看山曾説遠山好，佳境還於近處增。與坦菴[1]同舟時曾言，山以遠者爲佳。一別雲峯舒倦眼，烟波遮住影千層。

夜泊錢江月影纖，潮聲直欲到山尖。愁吟落葉人非舊，臥擁寒烟夢不甜。

【注】

[1] 坦菴，宮履基號。詳見上文《將至定陽和坦菴弟韻》注。《海陵詩彙》卷一四載《惜別吟五十首之十》，此爲第一、四、五、八、十首。

繆祖培 號晴嵐，乾隆戊戌會元，著《修月樓詩稿》。[1]

【注】

[1] 繆祖培（1751—1780），《江蘇藝文志·泰州卷》載其號敦川，清泰州人，集孫，昆燦子。乾隆四十三年（1778）會試第一。天才超卓，與江都俞大鼎、儀徵汪龍光、同邑俞圻並以倚聲著名。廷試歸班，家居怏怏，未幾遘疾卒。有《修月樓詩詞稿》，僅存詞稿，有乾隆三十三年（1768）刻本。

擬溫飛卿《曉仙謠闌》[1]

沉沉雲海光溟濛，曉鴉亂叫翻罡風。八萬戶中斧聲歇，翔陽逸駭紅日紅。瑤臺露溼花含淚，闌干十二堆深翠。烟霧迷離玉漢間，丹符寶籙模糊字。鈞天樂奏隨輕煙，嫋嫋餘香嬌列仙。欲言不言理環珮，鶴唳一聲天寂然。

【注】

[1] 溫飛卿，即唐代詩人溫庭筠，原名岐，字飛卿，太原人。少負才名，放蕩不羈，好譏刺權貴，仕途不得意。有《溫庭筠詩集》。其《曉仙謠》詩：玉妃喚月歸海宮，月色澹白涵春空。銀河欲轉星靨靨，碧浪疊山埋早紅。宮花有露如新淚，小苑叢叢入寒翠。綺閣空傳唱漏聲，網軒天辨凌雲子。遙遙珠帳連湘烟，鶴扇如霜金骨仙。碧簫曲盡綵霞動，下視九州皆悄然。秦王女騎紅尾鳳，半空迴首晨難弄。霧蓋狂塵億兆家，世人猶作牽情夢。

玉關行

驚沙撲面衰草死，塞雁一聲天似水。雲荒日澹玉關西，傷心譜入琵琶裏。曲未終時雙淚零，淚滴紅水僵玉指。霜寒雪重馬不行，四野悲風殘角起。

月夜獨坐

獨坐不成寐，秋高夜氣清。晚花涼度影，落葉靜聞聲。何處領真趣，悠然見此情。舉杯送新雁，好月上前楹。

雨中同人遊雨花臺

一天疏雨悔遊踪，蠟屐[1]同登杳靄中。松柏浮烟成隱現，乾坤真氣只空濛。四圍山色侵華鬢，滿澗泉聲響暮風。長嘯憑欄不歸去，素心惟有託征鴻。

[1] 蠟屐，用蠟塗抹在木屐之上。典出劉義慶《世説新語·雅量》："或有詣阮（按，阮孚），見自吹火蠟屐，因歎曰：'未知一生當著幾量屐？'神色閑暢。"後指悠閑無爲的生活。

宫協華　字芍田，號晚香，乾隆庚子舉人。

赤岸登文昌閣[1]

山僧蓮宇外，傑閣倚斜陽。海闊西風迥，林深落葉荒。烟光浮木末[2]，天影入青蒼。不盡懷鄉意，長歌付慨慷。

【注】

[1] 赤岸，山名。乾隆《江南通志》卷一一《輿地志》載："赤岸山在六合縣東南四十里。《寰宇記》云，山高十二丈，土色皆赤，臨大江，故名。晉郭璞賦：'鼓洪濤於赤岸。'羅含詩：'赤岸若朝霞。'杜甫《山水圖歌》：'赤岸水與

銀河通。'王維詩：'帆映丹陽郭，楓攢赤岸村。'皆指此。"

文昌閣，位於揚州。嘉慶《重修揚州府志》卷二五《祠祀志》載："文昌祠，一名文昌閣，在南門外，臨河文峰塔灣，祀梓潼帝君。每遇賓興，府縣餞試士於此。又有文昌樓，在縣儒學前。"明萬曆十三年（1585），巡鹽監察御史蔡時鼎於文津橋上建文昌閣，不久閣遭火焚毀，後重建。清時又重修。

〔2〕此句"烟"前原爲空格且脱"光"字，據《海陵詩彙》卷一二補改。

玉山臺看月

鄉園一望客愁濃，雲樹蒼茫隔幾重。百轉烟嵐開殿閣，數聲鐘鼓靜魚龍。空江人渡吹長笛，古寺僧歸踏亂峯。此夜畫圖都省識，玉山臺上月溶溶。

題魏松濤進士《春耕饁餉圖》[1]

紅雨青疇一徑斜，百年風日屬田家。桑麻儘有閒中趣，肯學河陽只種花。

【注】

〔1〕魏松濤，《昭代叢書》癸集《搏沙録》卷五〇載："魏松濤，名攀龍，浙江嘉興人，篇詠極富，邃於象緯之學。"乾隆《江南通志》卷一三六《選舉志》載其曾任天長縣學。

韓敬之 字治也，號廉泉，乾隆丙午舉人，上元教諭。

送吴稼雲之嶺南[1]

匹馬去河干，春風萬里寒。孤鴻送遊子，大雪滿長安。天地存吾輩，山川結古歡。不知丹穴鳥，何事擇琅玕。

【注】

[1] 吳稼雲，揚州人。《揚州畫舫錄》載："初名均。書學鍾、王，嘗題香海畫冊，鐵冶亭先生極稱之。學問淵博，深於古文。"

病後偶成

燈暗香消襆被寒，荒雞喔喔夜漫漫。書遙每悔離家易，病劇方知作客難。百種秋聲聽欲遍，一樓滿月望將殘。故鄉此際思羈旅，應料豪情酒未闌。

送儲玉琴適漢陽[1]

那堪客裏送行舟，直到西南漢水頭。千里故人還遠別，一天涼雨又新秋。無邊蘆絮侵霜鬢，不盡雲山湧暮愁。君去試看彭蠡闊[2]，有無鴻雁起汀洲。

【注】

[1] 儲玉琴，即清詩人儲潤書（1745—1811）。道光《重刊續纂宜荊縣志》卷七之三載："儲潤書，字玉琴，乾隆己酉充優貢生，以詩鳴江漢間四十餘年。著有《秋蘭館爐餘剩稿》。所交如杭州吳穀人祭酒、揚州汪劍潭太守、同郡洪稚存太史、孫淵如觀察，皆當世詩人也。"

[2] 彭蠡闊，《海陵詩彙》卷一三作"彭蠡闊"。

九日

百年有幾重陽日，每到重陽不在家。破寂慣斟孤館酒，多情空憶故園花。萬山落葉催人老，一片哀鴻逐日斜。俯仰茫茫寒水闊，晚烟迢遞數歸鴉。

潘世求 字作人，號沙隄，乾隆戊申舉人，和州學正。[1]

【注】

[1] 同治《續纂揚州府志》卷一三載："潘世求，號作人，舉人，官和州學正。"

淮陰齋中題友人白描牡丹圖

曾記東華春欲暮，看花車馬紛紛度。愧我緣慳第一香，牡丹時侯淮陰住。正倚闌干惜落紅，且喜故人來尺素。披圖驚見窈窕姿，輕若籠烟淡籠霧。伊誰龍眠點銀毫[1]，繪取天香成別趣。富貴偏傳澹泊神，等閒那許臙脂污。好將本色筆端留，不博時人眼底顧。魏紫姚黄爾自春，此間幸免蝶蜂妬。

【注】

[1] 銀毫，《海陵詩彙》卷一五作"銀豪"。

旅寺送王雪圃往河南[1]

對榻乍逢君，分袂何太遽。花落一江春，鳥啼孤寺曙。淋漓斫地歌，太息登車去。此去過夷門，爲訪侯生處。

【注】

[1] 王雪圃，即江蘇溧陽人王鳳孫。乾隆《鎮江府志》卷三八載："王鳳孫，字振彩，號雪圃，事母史氏……中壬子舉人，依戀晨昏，不欲仕進。遲二十六年，舉人年深未考選者，許入京補用……授内閣中書，歷升刑部郎中，兩攝文柄，三任刑曹……康熙六十年，詔年踰七十歲無過失者，乾清宫賜宴，鳳孫與

焉，賜《周易折衷》《耕織圖》，告歸，舉鄉飲大賓。年八十五。

中秋夜寓村寺口占

疏雨一番過，蕭然坐上方。乾坤真逆旅，烟水亦家鄉。月色原非色，天香別有香。禪機今夕悟，塵夢喜俱忘。

閒居詠懷適陳澧塘見過

豈有懷中玉，空慚頭上冠。詩書終日對，風雨一窗寒。壯覺聰明減，貧知世路難。元龍欣過我，剪燭話更闌。

李廷蔚 字蔚岑，號霞山，乾隆己酉武舉。[1]

【注】

[1] 李廷蔚，泰州人。《道光泰州志》卷二二：字蔚臣，雍正七年武舉人。兄歿，姪負賈人錢，廷蔚曰："兄子，猶子也。"鬻產代償之。按，志中載作雍正七年武舉人，爲己酉年（1729），與本志《選舉志》中記載時間相同。嘉慶《重修揚州府志》亦同。此書載作乾隆己酉（1789），正好相差六十年，不知何據，蓋誤。

客感

四方男子志，旅舍轉爲家。斷岸呼漁艇，霜林集暮鴉。關河鄉信杳，風雨客情賒。不禁頭顱白，孤踪未有涯。

獨坐

獨坐沉陰候，閒窗寫寂寥。報秋在桐葉，聽雨有芭蕉。世態看雲變，名心對酒消。詩成無賴甚，寧記髮蕭蕭。

弔徐希鄰先生

數仞門牆未易窺，兒曹何幸得追隨。一經祕授三更火，甘載論交七字詩。人去空懸高士榻，魂歸猶傍讀書帷。思君倍切彌留語，泣指雙英好護持。

宮增祜 字篤周，號潔溪，副貢生，東流教諭。[1]

【注】

[1] 宮增祜（1721—1809），民國《續纂泰州志》卷二五載："字篤周，號潔溪，翼宸子。乾隆十八年順天副貢生，初從方娿如、王罕皆兩太史游，後官安徽東流教諭，學純品粹，工詩、古文辭。老厭宦途，歸掌文壇，爲羅浮七子之一。著有《節溪詩鈔》。"《道光泰州志》卷之八及咸豐《古海陵縣志·職官類》均載作節溪，故當作節溪。

辭家

街鼓靜無聲，荒雞叫深院。起促游子裝，行李殊簡便。山妻前致詞，中途調攝善。太息我命乖，風霜筋骨鍊。關河往來頻，回首淚如線。忍淚別親嚴[1]，晨昏汝無倦。母氏繐帳前，芳藻一杯奠。饑寒好爲之，毋使遠人戀。揮手謁帝京，間歲即相見。

【注】

[1] 親嚴，《芸香詩鈔》卷五及《海陵詩彙》卷一三均作"嚴親"。

題《秋江坐月圖》

秋氣苦沉寥，秋水何浩蕩。伊人性殊俗，扁舟任俯仰。蘆荻滿江皋，飛鴻天際響。明月皓以潔，深心發妙想。嗟予不得志，跋涉何擾攘。悵望圖中人，超然脫塵鞅。

送友人南還

秋風催白日，萬家急碪杵。策馬鳳城隅，談笑心悽楚。合尊每夜闌，言別愧雞黍。襆被逐行旌，握手能幾許。羨子出都門，而我尚羈旅。豈不懷遄歸，落魄神消阻。堂上白髮親，膝下嬌兒女。霜天稻粱謀，嗷嗷迷處所。薄暮對孤燈，悲來不能語。

梅竹杖歌丹徒張曾石帆屬賦[1]

石帆子，今詩伯。孤潔之性犹奧賾，白髮飄蕭拄杖過，彷彿東坡先生笠屐[2]之標格，新詩贍逸源謫仙，長歌短謠相齊肩。手摩青筠互往復，告予來自西山巔。體堅色淨信無匹，片片梅花若萌茁。粵稽嘉名非溢美，斬根削節文而質。憶爾蒼梧之野，九疑之側，日月照臨，霜露雕飾。汀洲澧浦兮蕩磨，芙蓉薜荔兮環翊。既韻勝而格高，復中空而外直。頃自盧洪江上來，適與石帆孤潔之性兩相得。規圓久受削，靈壽亦被污。杖兮杖兮爾何幸！得與詩人作奚奴。和靖之鶴日與俱，子猷之癖無時無。夜半推敲繞菰蘆，惟爾周旋差不孤。閒掛百錢買糢糊，與酣一吸酒百壺。帶月歸來仗爾扶，兩兩結爲烟霞徒。杖兮爾何幸[3]！數百年後，桃竹梅竹名並驅，爭是值根八十四，山上文貍赤豹相喧呼。

【注】

[1] 張曾（1713—1774），清丹徒人。光緒《丹徒縣志》卷三三載："字祖武，自稱石帆山人，培風閣修羽先生六世孫。長習舉子業，惟喜作詩，與步江齊名……詩仿佛儲、韋，而雜以賈、孟、皮、陸之別韻，皆能自立家，非貌爲唐人者比也。性不諧俗，詩工而家益貧，放浪京口、維揚間……晚益頹放，多吟詩於茶寮酒肆，或謳吟道上，蓋亦漠然無所向矣。"其詩散佚較多，所存乃沈德潛序而刻之者，皆少作，有《石帆詩集》八卷。

[2] 東坡笠屐，事見載於宋張端義《貴耳集》卷上、清陸心源《宋史翼》卷三六等。時蘇軾在儋耳。黎子雲，儋州人，家居州東二里許。昆弟貧而好學。城南有別墅，清幽瀟灑，蘇軾雅敬禮之。一日，蘇軾往訪之，遇雨，從農家借笠屐，道上婦人小兒相隨爭笑，邑犬羣吠。後人畫作圖，東坡自贊："人所笑也，犬所吠也，笑也怪也。"

[3] 杖兮爾何幸，《芸香詩鈔》卷五及《海陵詩彙》卷一三均作"仗兮杖兮爾何幸"，與詩中"杖兮杖兮爾何幸"句相似，蓋是。

過陋軒先生遺址[1]

往哲乘雲去，行人式此廬。即今蕭瑟意，想見浣花居。雨頭[2]長吟夜，親朋乞米書。榮名身後事，當日混樵漁。

【注】

[1] 陋軒，即吳嘉紀。

[2] 雨頭，《芸香詩鈔》卷五及《海陵詩彙》卷一三均作"風雨"。

俞圻 字越千，號讓林，副貢生。[1]

【注】

[1] 俞圻，泰州人，俞梅孫，俞堉弟。民國《續纂泰州志》卷二五載："俞圻，字讓林，嘉慶六年欽賜副榜，博洽淹雅，尤工詩詞，著有《蔛春詞》一卷。"嘗校訂宮國苞《霄崢集》。

秋夜登金山絶頂

長江八月江水清，萬山倒影涵空明。白雲淡宕秋天平，人烟遠隔瓜洲青。振衣直上凌峥嶸，一聲長嘯天冥冥。鏗鏦陵谷金石鳴，水怪夜出洪濤腥。寥寥夜半江無聲，回首海門秋月深。

題友人《琴鶴圖》

海天春欲暮，心跡寄瑶琴。古調空流水，疏風落遠林。畫圖餘此意，天地幾知音。野鶴一聲唳，蒼茫下夕陰。

新寒

頓覺鶉衣薄，尤驚兩鬢秋。疏烟淡平野，孤月靜高樓。楓落山無色，冰輕水尚流。圍爐試新火，莫惜酒盈甌。

冬日江干送客

小艇斜陽去，丹楓兩岸殘。雙峯浮水靜，一雁落沙寒。暮雨悲萍梗，春風失蕙蘭。倚欄頻悵望，江汐正漫漫。

俞至 字樸人，副貢生。[1]

[1]俞至，泰州人。《江蘇藝文志·泰州卷》載其為俞元燈子，嘉慶九年（1804）副榜，著有《朴齋詩集》。

佳人

佳人起徘徊，瑤瑟矜獨擅。俗耳悅箏琶，專房失寵薦。蘭茝委穢壚，遜彼桃李賤。縑素異工拙，良人詎一眄。門首[1]有逝波，絃上無回箭。自分妾命薄，豈繄恩愛倦。秋風亦多情，未敢怨團扇。

【注】

[1]門首，《海陵詩彙》卷一三作"門前"。

燕子磯

危磯高百尺，挈伴共登臨。山色連吳楚，江流自古今。片帆經雨涇，孤鳥入煙深。羨彼垂綸者，終朝澤畔吟。

歲暮客浦水雙杏堂

出門行不遠，別業過橋尋。一徑接溪響，數家連竹陰。茶烟熏畫壁，人語雜幽禽。坐久忘塵俗，悠然見此心。

早梅

纔轉東風第一程，梅花消息問江城。烟中雙寺夜鐘動，雪後一溪春水生。似畏峭寒猶隱約，如尋殘夢忽分明。試燈院落人相望，幾點窗前瘦影橫。

繆承鈞 字增緒，號善夫，貢生。[1]

【注】

[1]《江蘇藝文志·泰州卷》載：繆承鈞，字增緒，號善夫，清泰州人，之濂子。歲貢生。早著文譽。肄業郡城安定書院，時主講吳錫麟器其文，拔置上舍。自是名益噪，巨室爭延致之。久困場屋，晚年家居課子。年七十二終。有《寒翠軒詩》四卷。

別燕子磯

天截重江險，瀾迴一水灣。老漁欲終古，燕子自青山。記我維舟日，秋風落照間。舊遊似相識，爭忍不躋攀。

欲老

升天成佛願齊删，一晌驚心兩鬢斑。不分年光秋[1]逝水，強攜卮酒對春山。紅藤映日新扶杖，碧玉臨風舊佩環。聞道淮南丹竈近，可能大藥駐朱顏。

【注】

[1] 秋，《海陵詩彙》卷一三作"如"。

歸與

歸與踪跡等奔星，幾見雲歸客尚停。一夜秋心紅樹雨，十年鄉夢綠莎廳。香鑪依舊隨荀令[1]，席帽分明戀管寧[2]。莫向前塵歎憔悴，古人書劍亦飄零。

【注】

[1] 荀令，指東漢末年荀彧。《襄陽耆舊記》卷五載："荀令君至人家，坐處三日香。"傳其衣物有濃香。荀彧曾任尚書令，故稱荀令。

[2] 管寧，《魏志·管寧傳》載："常著皂帽，布襦袴，布裙，隨時單複。"《世說新語·德行第一》載管寧嘗同華歆同席讀書，有乘軒冕過門者，寧讀書如故，華歆廢書出看，寧割席分坐，曰："子非吾友也。"

感懷

憂患餘生泪幾吞，夢中猶自憶驚魂。待歸已是沙場將，請解青袍看劍痕。

團維埔

號蕉墩，儀徵籍，副貢，含山教諭，著《小畫山房詩鈔》。[1]

【注】

[1] 團維埔，道光《重修儀徵縣志》卷三七載："字雄高，號椒燈，一號蕉墩。乾隆辛卯副榜。十歲善屬文……工詩、古文、詞，邃於經學。公卿幣聘，名重江淮。年七十，司鐸含山，修殿廡，補樂器，勤月課，諸生問字，履滿戶外。"又志卷四四載其著作《春秋講義衷》十二卷，卷四五載其著作《小畫山房詩鈔》十二卷。國家圖書館另藏其《窮交十傳》一卷。

客從遠方來

客從遠方來,遺我雙鯉魚[1]。鯉魚豈不好,羞見故人書。客從遠方來,遺我雙耳璫[2]。耳璫豈不好,照鏡減容光。客從遠方來,遺我雙錦韉[3]。錦韉豈不好,風雪滿長天。客從遠方來,遺我雙唾壺[4]。唾壺豈不好,紅淚不成珠。

【注】

[1] 此化用古詩《飲馬長城窟行》:"客從遠方來,遺我雙鯉魚。呼童烹鯉魚,中有尺素書。"《文史通義·外篇二》曰:"謂古人寄書疊絹素爲魚形,詩云雙鯉者乃絹素,非真魚也。"

[2] 耳璫,又作珥璫,綴以珠玉之耳飾。

[3] 錦韉,指錦制的馬鞍坐墊。唐岑參《衛節度赤驃馬歌》:"紅纓紫䩞珊瑚鞭,玉鞍錦韉黃金勒。"

[4] 唾壺,舊時一種小口巨腹的吐痰器皿。《西京雜記》卷六:"魏襄王冢……床上有玉唾壺一枚。"

古意

白馬青山道,紅樓碧沼家。交頭金屈戍,鏤背玉琵琶。簷下鸚呼字,門前棗作花。悠悠成此恨,天上有匏瓜。

綦玉雙纏緊,氍毹[1]五木枯。郎非黃鵠子[2],儂作博山鑪[3]。楊叛初隨母[4],羅敷自有夫[5]。紅窗無好夢,打起後棲烏。

【注】

[1] 氍毹,指一種毛織或毛與其他材料混織的毯子。《樂府詩集》載《隴西行》:"請客北堂上,坐客氈氍毹。"

[2] 黄鵾子，即黃鸝鷹，善於搏擊。《古樂府》：“郎非黃鵾子，那得雲中雀？”韓愈《嘲魯連子》：“魯連細而黠，有似黃鵾子。”

　　[3] 博山爐，古香爐名。因爐蓋上造型似傳説中的海中名山博山而得名。《玉台新詠》卷一〇《楊叛兒》：“暫出白門前，楊柳可藏烏。郎作沉木香，儂作博山爐。”

　　[4] 楊叛，即楊叛兒。《通典》卷一四五載：“《楊叛兒》，本童謡也。齊隆昌時，女巫之子曰楊旻，隨母入内。及長，爲太后所寵愛。童謡云：‘楊婆兒，共戲來。’所歌語訛，遂成楊叛兒。”

　　[5] 此句出於樂府詩《陌上桑》。《古今注》曰：“邯鄲女子秦羅敷，采桑陌上，趙王見而悦之，欲奪焉。羅敷乃彈箏，作《陌上桑》以自明不從。”

送朱蘿田赴陝[1]

牢落不可極，風高攬敝裘。長歌滿天地，短劍謁公侯。山色渾河古，關門大樹秋。憑君到函谷，一爲訪青牛[2]。

【注】

　　[1] 此詩題原作《送朱蘿田赴》，據團維垧《小畫山房詩鈔》卷五補"陝"字。團維垧《窮交十傳》載："朱蘿田者，江都諸生，名實符，字蘿田，亦與余同師。讀書不屑章句，文清蒼峻潔，直逼金海陽；而詩温婉，善言情緒，蓋國風之遺也；……蘿田後依川帥幕，棄詩而爲詞，豪宕感激，有辛蘇鐵石之音。"

　　[2] 青牛，傳老子騎青牛，度函谷關。關吏尹喜遥瞻紫氣，修敬伏謁，强老子著書，文成五千，訖今爲千萬世修道者所欽式。（參考雍正《陝西通志》卷九〇載）

宿焦山文殊閣雨霽曉望

徹夜濤兼雨，高窗一望間。殘雲京口樹，初日海門山。粥鼓流音脆，沙禽曬羽閒。擬從幽壑底，瘞鶴訪潺湲。

周天橋齋中作[1]

湖海同攜手，東風明日歸。鼠姑開未了，燕子向人飛。酒病葛花起，詩情香草微。寂寥無可證，來扣浣溪扉。

【注】

[1] 周天橋，即周虹，詳見卷二周虹小傳。

小紅橋

小紅橋外舊齋房，門掩誰添手爇香。人去不回空落絮，水流如此況斜陽。彈碁往事都翻局，錦段淒情尚疊箱。欲訪瓊簫今已寂，斷魂何必在他鄉。

答桂二仙巖[1]

新詩的的豔芙蕖，攜手憐君綠鬢初。古錦囊中瘦長吉[2]，遠山眉畔病相如[3]。香沉只共清池語，門閉深同燕子居。欲扣雙鐶愁不敢，恐驚花落滿階除。

【注】

[1] 桂二仙巖，即上文桂天培，仙巖爲其字。詳見卷二桂天培小傳。

[2] 長吉，唐詩人李賀的字。《唐才子傳》卷五載："賀爲人纖瘦，通眉，長指爪，能疾書。旦日出，騎弱馬，從平頭小奴子，背古錦囊，遇有所得，書置囊裏，凡詩不先命題。及暮歸，太夫人使婢探囊中，見書多，即怒曰：'是兒要嘔出心乃已耳！'上燈，與食，即從婢取書，研墨疊紙足成之。"

[3] 相如，即漢代司馬相如。《史記·司馬相如列傳》載相如口吃而善著書。常有消渴疾。與卓氏婚，饒於財。其進仕宦，未嘗肯與公卿國家之事，稱病

閑居，不慕官爵。

送宮節溪先生赴吳門[1]

五更江浦月娟娟，破曉離人正扣舷。宦到中年寧怨薄，才非後世不知憐。虎丘烟柳魚鱗屋，香水桃花鴨嘴船。君過閶門倘相憶，好吹羌笛館娃前。

【注】

[1] 宮節溪，即宮增祜。詳見上文注。

真州春望

鷓鴣飛遍水雲間，如此東風客未還。寒食有天皆細雨，江南無地不青山。茫茫金粉芳名歇，黯黯關河旅病閒。惆悵西園三載別，小桃花下閉雙鐶。

《捲簾圖》爲洪一琴作

海棠庭院畫樓閒，曉起添香囑小鬟。儂欲捲簾卿欲放，春來知怕望家山。

征衣

征衣磨盡損塵顔，又逐流雲繞故山。捲地西風槐葉冷，一鞭斜日出壺關。

鄉思

太行山色壓齋廬，萬里青鹽感敞車。此去雁門才咫尺，春來不帶一封書。

一臥流雲減鬢毛，西涼使者送葡萄。春愁未斷鄉愁起，親向并州買剪刀。

五十年游覽白下及雨花臺而止，長干以南未之問也，今始由安德門至善橋一路

無多金粉剩南朝，回首雲山感寂寥。行盡石頭城下路，野田竹樹雨蕭蕭。

朱慕渠 字希載，號郇洲，貢生。

癸丑元旦京邸大雪謝鐵厓餽酒

春風一夜春光洩，吹放梨花萬樹潔。天上瓊樓玉宇高，光明不許纖塵涅。九門大道填欲平，疲騾曳車車欲折。北風刮面輿人僵，凍手引鞭十指裂。車中坐擁紫貂裘，不覺雪寒怪雪熱。我是長安臥雪人，袁安門外人踪絶[1]。何處吹來餺飥香，屠蘇滿甕味清冽。一吸能回頃刻春，人生有酒即佳節。醉後吻燥思煮茶，自起下階掃殘雪。

【注】

[1] 袁安，東漢名臣。此句言袁安臥雪事。《後漢書·袁安傳》李賢注引晉周斐《汝南先賢傳》曰："時大雪積地丈餘，洛陽令身出案行，見人家皆除雪出，有乞食者。至袁安門，無有行路。謂安已死，令人除雪入戶，見安僵臥。問何以不出。安曰：'大雪人皆餓，不宜干人。'令以爲賢，舉爲孝廉。"

九日黑窑廠登高同源鐵厓作

一醉酬佳節，登臨强自寬。山光西望合，海氣北來寒。往事悲歡集，依人去住難。菊花頭上插，忘却鬢毛殘。

京邸春日齋居感賦

長安十載賦閒居，又觸鄉情二月初。不可告人惟客况，最難下筆是家書。鷦鷯自分卑棲慣，蝴蝶空驚好夢虛。日暮鳳城南望處，海雲江樹渺愁予。

孫廷颶　字虎山，諸生。[1]

【注】

[1]《清人詩文集總目提要》卷三一《淩滄詩鈔》提要曰："孫廷颶，字虎山，號淩滄，江蘇泰縣人，諸生。著有《淩滄詩草》四卷，嘉慶十六年聚雲樓刻，中國社會科學院文學研究所藏。又有《聽秋軒詩鈔》一卷，稿本，南京圖書館藏。"《淮海英靈續集》庚集卷四載，孫廷颶"詩筆清健，與小阮□□同爲閉户力學之士，王柳村過吳陵得其□□□不自勝，因錄之"。按，王柳村，即王豫，柳村爲其號，字應和，江都人。

贈黃文溪居[1]

幽居無比鄰，終日絕來賓。秋水綠當檻，蓼花紅傍人。吟成參道味，老去見天真。自分漁堪隱，清溪勝富春。

【注】

[1]《海陵詩彙》卷一三載詩題作《贈黃丈溪居》。

答周種蕉[1]

豈學牆東隱，終憐硯北居。累多生計拙，貧極故人疏。入世羞談劍，逃名悔著書。輸君能食力，手自把犁鋤。

【注】

[1] 周種蕉，即周亮工，自稱樵南種蕉客。見卷一《重游邗上途中寄懷周櫟園先生》注。《海陵詩彙》卷一三載此詩二首，此爲第一首。

上隨園夫子[1]

蕭騷鶴髮老江濱，舊是西清侍從臣[2]。解組竟拋三浙路，買山權作六朝人[3]。中原壇坫誰同調[4]，海內靈光剩此身。今日南都近山斗[5]，朱霞天半仰丰神。

含香曾讀小倉詩，萬軸琳瑯過眼時。名到驚人何況早，生當並世不嫌遲。都將經濟歸風雅，儘爲雲山作主持。聞道隨園開百畝，願從三徑與追隨。

【注】

[1] 隨園夫子，即清袁枚（1716—1798），字子才，號簡齋，又號隨園老

人，錢塘（今杭州）人。乾隆元年（1736）薦舉博學鴻詞；四年（1739），中進士。歷官溧水、江浦及江寧等地知縣。辭官寓居江寧，築隨園於小倉山以詩酒自娛。論詩主張寫性情，創性靈說。有《小倉山房詩文集》《隨園詩話》等。

[2] 清葉衍蘭輯《清代學者象傳》載袁枚"妙年碩學，人皆以文學侍從相期。忽用外吏，士林惜之"。

[3] 《清代學者象傳》曰：（袁枚）服官江南，歷任溧水、江浦、沭陽、江寧等縣，所至有政聲，判獄如神……年甫四十，絕意仕宦。得隋織造園於江寧城西，擴而充之，更名隨園，布置亭台，點綴花木，詭麗奇巧，不可名狀。四方名士至江南者，必造隨園，文讌詩歌，無間朝夕。遠近以詩文質者，戶外屨常滿。……所至之處，才人倒屣爭迎。

[4] 《清代學者象傳》曰："（袁枚）詭奇幽邃，一發於文章。著作以駢體文爲最工。詩文皆專寫性情，無不達之意。主持壇坫數十年，世謂古今來極山水林泉之樂，享文字之名，未有如先生者也。"

[5] 《清代學者象傳》曰："（袁枚）愛才若渴，汲引後進，惟恐不及。一篇之善，一句之工，稱譽之不絕於口。大江南北，望之如山斗焉。"

聞雁

海天霜冷雁初飛，旅館驚聞思轉微[1]。橫槊健兒應解甲，鳴箏少婦欲沾衣。水雲身世家何在，冰雪關河計轉非。謀食年年爭似爾，天涯空羨稻粱肥。

【注】

[1] 微，《淮海英靈續集》庚集卷四作"違"。

宮國苞 字渭川，號霜橋，監生，著《半紅樓集》。[1]

【注】

[1] 宮國苞（1732—1799），清泰州詩人。《淮海英靈續集》庚集卷一載：

"宮國苞,字霜橋,泰州監生。《羣雅集》云:霜橋工詩善畫,與州人仲雲江、葉古軒、鄒耳山、羅夏園輩結芸香吟榭。"與丹徒張布衣石帆並稱江上二詩人。著《半紅樓集》《霄嶧集》。

冬日過王平圃先生石畫軒

冷逕稀來客,高軒抱曲廊。石情生水墨,詩骨鍊冰霜。到眼無新豔,論交發古香。百城看坐擁,面面設吟牀。

春夜書懷

照室紅燈暗,盈頭白髮新。老生顛倒夢,春遠寂寥人。闢酒心猶壯,看花迹已陳。衰年驚節序,孤負此良辰。

僧舍避暑

倦遊來佛舍,小徑竹風清。夢向衰年破,秋從極熱生。淺溪雙鷺立,高樹一蟬鳴。煮茗逢僧話,蕭然萬念平。

送胡丈西垞東遊[1]

淚落不關春,春江又送人。窮來惡離別,老去怯風塵。舊國青山遠,他鄉白髮新。孤帆從此發,珍重百年身。

【注】

[1] 胡丈西垞,即胡裘鎛,詳見上文《客中送別胡西垞》詩注。

秋夜懷范松亭司馬

煩暑因風退，新涼入夜深[1]。夢殘孤燭影，秋緊百蟲聲。落寞無新意，飄零感舊情。相思隔天末，官況水同清。

【注】

[1] 深，《海陵詩彙》卷一四作"生"。

棠湖晚泊

湖波清且潔，晚泊近沙洲。雙鷺[1]白浮水，一花紅爲秋。霜[2]華消客路，生計羨魚[3]舟。待月沽村[4]酒，長吟破旅愁。

【注】

[1] 鷺，《淮海英靈續集》庚集卷一作"雁"。

[2] 霜，《淮海英靈續集》庚集卷一作"年"。

[3] 魚，《淮海英靈續集》庚集卷一作"漁"。

[4] 村，《淮海英靈續集》庚集卷一作"春"。

東海旅次寄懷秀璣八弟客京邸

花前分手記春殘，冷月珠林悵獨看。千里關河孤夢遠，九門風雪一燈寒。年衰荒海謀生拙，米貴長安作客難。兩地相思各天末，尺書珍重勸加餐。

放舟東溪訪了凡上人[1]

乘月泛東溪，溪環水重疊。不識老僧廬，烟鐘在林樾。

【注】

[1]了凡上人,天津大悲禪院主持。大悲禪院建於清順治十四至十八年,乾隆年間,曾一度荒廢。據汪舟詩《贈了凡上人》知,了凡上人"不忍古刹淪荒煙",鳩工修道,使禪院"崔嵬金碧還舊觀"。

寒夜宿姚司馬官署偶成[1]

一天寒月照冰池,偏是勞人睡獨遲。野寺鐘聲官閣鼓,十年聽得髩如絲。

【注】

[1]《淮海英靈續集》庚集卷一録此詩題作《寒夜宿姚司馬官署》。

珠溪道中送黄小松歸江南[1]

相思相見總生愁,況是河橋欲去舟。如此垂楊如此別,銷魂何必定揚州。

【注】

[1]黄小松,即黄易。翁方綱爲黄易金石摯友,曾撰《黄秋盦傳》曰:"君姓黄氏,諱易,字大易,錢塘人。明參議貞父先生七世孫,父樹穀,以篆隸名家,世稱松石先生者也。故君自號小松。其先世居馬塍,即姜白石詩'每聽秋聲憶故鄉'地也,有秋影庵,故君又自號秋盦。"錢塘監生,歷官山東兖州府運河同知,習刑名,畫山水,工於詩。性嗜金石、六書之學,多藏唐宋舊拓、漢魏諸碑,刊有《小蓬萊閣金石文字》,又有《小蓬萊閣碑目》。《清史列傳》卷七三《文苑傳四》有傳。

送梁松坨歸里[1]

酒醒虚堂燭影孤,秋風一夕起江湖。十年涕淚知多少,半爲窮交送別枯。

【注】

[1]梁松坨，即梁彥衡。《退菴筆記》卷五"四坨"載，梁彥衡，字松坨，三原人，寄籍江都。

常廷諤　字靜士，號檢齋，著《檢齋集》。[1]

【注】

[1]民國《續纂泰州志》卷二五載："常廷諤，字檢齋，家貧，耽吟詠。中年痿廢，日坐壞牆老屋中嘯詠弗輟。遺稿散佚。"有《半甕詩鈔》一卷。子增，即下文卷四中常增。

黃葉

黃葉下紛紛，西風作暮陰。衰遲應有恨，搖落本無心。雁到霜偏早，蟬鳴秋已深。江皋人別後，斜日滿疎林。

客中登高

旅思愁無着，秋懷強自寬。酒須今日醉，花當故園看。日落笳聲壯，江空雁影寒。悲風起天末，吹我客衣單。

秋柳

冶葉倡條事已非，臨風無力尚依依。少年空使黃金盡，此日能邀青眼稀。終古隋堤傷逝水，一聲羌笛怨斜暉。飄零莫問靈和事，只有寒鴉作陣飛。

楊尊夔 字竹菴，號漁亭。

秋山

一片極天淨，蕭然三兩重。苔痕和石冷，雲意失春濃。落葉空林路，西風古寺鐘。楚天新到雁，飛過夕陽峯。

秋夜

涼風在高樹，萬葉鳴空庭。夜月半窗白，秋燈一榻青。浮生悲老大，往事感飄零。何處弄長笛，淒清不可聽。

上巳前一日同人集雲谿精舍[1]

東風生蠟屐，天氣近初三。流水殘花徑，空山破草菴。春須如命惜，詩可當禪參。話久斜陽盡，吟燈冷石龕。

【注】

[1] 雲谿精舍，見上文《九日岳阜登高過雲谿精舍》詩注。

題《聽秋圖》

秋從何處來，聲從何處響。深夜立空庭，月在梧桐上。

朱景泗 字冠林，一字鐸斯。

平山堂瞻六一先生遺像[1]

日暮遊蜀岡，松濤起峻坂。斜照上叢祠，山光澹以遠。載拜欽鬚眉，高風留近晚。經濟出文章，予懷殊繾綣。江月漸茫茫，鐘聲催客返。

【注】

[1] 平山堂，見《懷吳後莊》詩注。

經岳忠武故里

五國春深草不綠，千秋誰洗青衣辱。鐵騎宵馳北斗低，黃龍塞上賢王哭。璽書十二九天來，河北英雄氣盡滌。只今再過生申處，夜深喬木清猿哀。

過清寧道院贈皆春鍊士[1]

曲徑攀蘿入，花宮絕頂開。亂松鳴古澗，落日下荒臺。山氣連雲動，江聲帶雨來。欣逢萍水合，掃石坐蒼苔。

【注】

[1] 清寧道院，位於蒜山。沈德潛《歸愚詩鈔》卷一六《同京口余文圻登蒜山憩清寧道院時春盡日》注："吳破魏時，武侯運籌山間，故名算，後改名蒜。宋武帝破孫恩兵十萬在此山下。"

讀《晉史》

西伐南征奏凱歌，羊車便爾望恩多[1]。君臣正學唐虞禪，兄弟偏操吳越戈。但見廟堂揮玉麈[2]，已知荊棘沒銅駝[3]。張賓[4]王猛[5]才如用，或免新亭[6]喚奈何。

【注】

[1] 羊車，《晉書》卷三一《后妃傳·胡貴嬪傳》載："時帝（按，即晉武帝司馬炎）多內寵，平吳之後復納孫皓宮人數千，自此掖庭殆將萬人。而並寵者甚衆，帝莫知所適，常乘羊車，恣其所之，至便宴寢。宮人乃取竹葉插戶，以鹽汁灑地，而引帝車。"後人常用此典詠后宮寵怨。如黄昇《清平樂·宮怨》："當年掌上承恩，而今冷落長門。又是羊車過也，月明花落黃昏。"

[2] 揮玉麈，魏晉名士清談常手揮麈尾做的拂塵，故而後世有"麈談"一詞，又作"揮麈"或"玉麈談玄"。麈，爲羣鹿首領，尾巴上的毛可作成拂塵。

[3] 荊棘沒銅駝，《晉書·索靖傳》："靖有先識遠量，知天下將亂，指洛陽宮門銅駝，歎曰：'會見汝在荊棘中耳！'"後用此典表示對國家人民遭劫難感到悲傷。清彭寶謙《感對》曰："酒飲微醺一放歌，傷心荊棘泣銅駝。烽煙不斷連天火，兄弟偏操同室戈。"

[4] 張賓，《晉書》卷一〇五《張賓傳》載，字孟孫，趙郡中丘人也。賓少好學，博涉經史，不爲章句，闊達有大節。投石勒，引爲謀主，爲右長史、大執法，出謀劃策，勒甚器重，呼曰右侯，勒朝莫與爲比也。及卒，石勒親臨哭之。

[5] 王猛，《晉書》卷一一四《王猛傳》載，字景略，北海劇（今山東壽光）人也，家於魏郡。少貧賤，以鬻畚爲業。性嚴謹，好兵書，博學。東晉桓溫曾延邀其南下，未應。後佐前秦主苻堅，迭任中書侍郎、京兆尹、吏部尚書、尚書左僕射、司隸校尉等職，使前秦國力强盛。建元六年（370），率軍滅前燕，入朝爲丞相。諡武侯。

[6] 新亭，又名勞勞亭，位於南京市江寧，宋更名中興亭。《世說新語·言語篇》載有新亭對泣故事。時過江諸人，每至美日，輒相邀新亭，藉卉飲宴。周顗中坐而歎曰："風景不殊，正自有山河之異！"皆相視流淚。唯王導愀然變色，曰："當共戮力王室，克復神州，何至作楚囚相對！"用此典故，表現處境之艱難。

古意

飢驅向良友，問我來何爲。坐久寂無語，秋風吹鬢絲。

夏震　字東起，號春舟。[1]

【注】

[1] 夏震，《江蘇藝文志·泰州卷》載：字東啟，號春舟，清泰州人。幼孤，事孀母孝。乾隆六十年（1795）重修明倫堂及浴沂亭，震董其事，經劃盡善。嘉慶十九年（1814）旱災，倡捐助賑。家不豐於財，然見親族中貧乏者必周助之。好爲詩，與邑中能詩者結芸香社。晚年尤嗜學。年七十終。著有《寄園詩》二卷；輯有《膾炙集》十五卷。

按，芸香詩社是泰州人官國苞與葉兆蘭等於乾隆五十七年（1792）創辦，地點在興隆庵。成員多爲本地名流，如鄒熊、葉兆蘭、仲雲澗、王輔等，外地文士則有儀徵阮亨、揚州江藩、東台袁承福等。嘉慶十四年（1809）鄒熊刊《芸香詩鈔》，收社友計一百九十八人。之後，又有所增加，蓋二百餘人。至光緒元年（1875），邑人王廣業翻刻《芸香詩鈔》，撰序曰："咸豐七年丁巳，廣業由福建汀漳倦勤歸里，又閱十年，在社諸老已寥落矣，求所謂芸香詩社者則冷露荒煙，陰燐蔓草，不可復識，蓋六十餘年矣。"該社響譽一時。

衰草[1]

何處寫秋色，六朝蔓草荒。飛霜[2]連塞白，落日極天黃。遠道歸期杳，清池舊夢長。寸心含冷綠，留取待春芳。

【注】

[1]《寄園詩存》載此詩題作《秋草》。

[2] 飛霜，《寄園詩存》作"凝霜"。

新夏集瑣香書屋懷方立堂汪劍潭[1]

朱櫻緑豆年年會，小雨疏燈夜夜愁。往事難平將去水，離心易感未來秋。夢中芳草人千里，江上瓊簫月一樓。[2]借問蕪城詞賦客，清尊還憶舊吟儔。[3]

【注】

[1] 方立堂，名本，儀徵人，舉人。道光《重修儀徵縣志》卷三七載："方本，字立堂，別字笠塘，生而岐嶷。五歲辨聲韻，六歲讀書，目數行下。受業於賈天寧，寧器之。游庠後試輒冠軍，名籍籍人，曾與諸名宿七十三人同登梁文選樓，賦詩紀盛，其風流文采見重賢豪間者如此。文章宗大蘇，書法始學米，繼參趙、董，凡求傳記及題詠者如獲拱璧。乾隆己酉，與弟谷同舉於鄉，時稱二方。性耽圖史，尤精音律。晚年闢屋東偏爲藉綠軒，與士大夫諸賓觴詠其中，極往來酬和之盛。卒六十有八。子二，長仕燮，庠生；次仕倓，廩貢生。"著有《藉綠軒詩集》。

汪劍潭，即汪瑞光。道光《重修儀徵縣志》卷一八載："字劍潭，江蘇儀徵人，乾隆辛卯舉人，官廣西鎮安府知府。"同治《續纂揚州府》卷之九載："主安定、樂儀書院講席。夙工詩、古文、詞，爲時流所推服。著有《據梧書屋詩鈔》十六卷、《詩餘》六卷行世。"

《寄園詩存》載此詩題作《夏日同人集周晴溪瑣香書屋分韻得秋字》。

[2] "夢中"至"一樓"句，《寄園詩存》作"棟花風裏人千里，丹鳳城中月一鉤"。

[3] 此詩末尾，《寄園詩存》尚有小字注曰"時晴溪著懷人詩索和"。

荔塘將有遠行寄詩留別奉和原韻[1]

問君何事嶺南遊，見說聊爲八口謀。萬里雲山空有夢，五更風雨獨驚秋。不愁前路無青眼，其奈依人已白頭[2]。從此相思渺天末,數聲征雁下西樓。

【注】

[1]荔塘,即清山陽(今江蘇淮安)人王樹,字立堂,一字荔塘,道光十八年(1838)諸生。著有《荔塘詩草》。清汪廷儒編《廣陵思古編》卷一〇載陳本禮《南村鼓吹集序》曰:"猶憶予初學詩時,京江張石帆山人寓居村南,與里中文丈得齊、嗣君巢雲,暨二亭、衣谷、琢圃、荔塘、家竹槎諸先生,薰香摘艷,牛耳騷壇,競相酬唱,極一時之盛。惜事過時遷,諸公皆歸道山,殊爲悵恨。"

奉和原韻,《寄園詩存》作"即和原韻"。

[2]"不愁"至"白頭"句,《寄園詩存》作"乾坤磊落誰青眼,湖海飄零易白頭"。

春日思家

春風吹羅幕,春夢全無着。幾日不歸來,山花開更落[1]。

【注】

[1]開更落,《寄園詩存》作"開應落"。

夜泊聞鄰舟琵琶[1]

孤舟夜泊酒初醒,到耳哀絃不可聽。商婦琵琶司馬淚[2],秋風各自感飄零。

【注】

[1]《寄園詩存》載此詩題作《夜泊聞鄰舟琵琶感賦》。

[2]白居易曾謫官江州司馬,撰《琵琶行》詩並序,記其送客江州湓浦口,聞船中商婦夜彈琵琶,交談知其身世後,始覺有貶謫意,因作《琵琶行》贈之,詩中"座中泣下誰最多,江州司馬青衫濕",此處得以化用。"琵琶"原作"琶琶",誤,徑改。

高筠 字省存，號紫嵐，乾隆乙卯舉人，中書。[1]

【注】

[1] 民國《續纂泰州志》卷二五載："高筠，字紫嵐，乾隆六十年舉人，官內閣中書，豐於才而嗇於遇，爲文哀感頑艷，多無慘語。晚年目盲。亦字省存。繪《目瞖懺經圖》，名流題詠殆遍。著有《紅絲硯館詩鈔》。"

彈琴吟

古人重典樂，司聲必瞍矇。婁明與般巧，不及師曠[1]聰。宣尼大聖人，瞽襄北面從。與摯復見冕，階席禮虔恭。樂自人心生，和本天地同。五音配五藏，六氣應八風。七絃十三徽，黃鐘旋相宮。泠泠十指間，哀樂感由中。全在以神運，不在以形窮。得心自應手，默識乃心融。端坐靜塵滓，天籟生虛空。偶然一撫弄，鳳鳴和雌雄。冷泉咽幽石，清飆生古松。夜靜響逾絕，如撞寒霜鐘。鏗鏘發寂寞，天海盪心胸。虛室忽生白，飄飄一仙翁。歐陽永叔云，予抱幽憂之疾，退閒不能治，學琴於友人孫道滋，受宮聲數引，久而樂之，不知疾之在體也[2]。乃知造物恩，盲我不我聾。收視萬感歇，返觀衆妙通。陶得無絃趣，孫鼓一絃工。所以嵇中散[3]，目但送飛鴻。

琴之爲言禁，禁邪以修身。古君子不徹，時共書策陳。胡爲鳳求凰，翻致挑淫奔[4]。可知兩漢時，音已非古人。古音日以遠，古調日以淪。一曲《廣陵散》[5]，尚且杳莫存，何況三代樂，箾韶復咸韺？古調惟傳《鹿鳴》一曲，《關雎》則音與詩不叶，已非復房中之樂。昌黎所補諸《琴操》[6]，雖非舊制，然詞意近古，故音韻尚雅。近世至以小令譜入絃歌，不止鄭聲亂雅矣。俗工圖悅耳，變雅爲新聲。綽注雜瑣碎，吟猱紛蠅蚊。時作瓦缶響，繁然琵與箏。可懷元酒味[7]，酸醶亂太羹。舊譜更沿謬，傳音不傳文。謂若有文字，便同膠柱論[8]。豈知古聖賢，絃與歌並聞？東坡改作《醉翁操》[9]，嫌其元辭近俚，音韻不雅，可見音之不離乎曲也。搏拊必以詠，無詞詩惟笙。空山寂衆響，視少聽倍精。操縵遵古法，得譜在五經。磬控比六轡，靜安喻和平。朱絃疏以越，遺音三歎神。悠然與古會，古貌復古情。寧澹毋纖巧，寧緩毋僄輕。放翁詩云："琴調養心甘澹泊。"[10]道徹詩云："幾回拈出陽春調，月滿西樓下指遲。"[11]香山詩云："慢彈數聲琴。"又云："入耳澹無味，愜心潛有情。"[12]又云："信意閒彈秋思時，調清聲直韻疏遲。近來漸喜無人聽，琴格高低心自知。"[13]可得彈琴之秘矣。養以書卷氣，韻出雅而清。縱令知者稀，識曲務聽真。松窗時佇月，安絃歌《鹿鳴》。

【注】

[1]《莊子》唐成玄英疏："師曠，字子野，晉平公樂師，極知音律。"

[2] 此爲歐陽修撰《送楊寘序》。

[3] 嵇中散，即魏晉名士嵇康，字叔夜，爲魏宗室姻親，拜中散大夫，世稱嵇中散。博學多藝，崇尚老莊，好清談，善鼓琴，作《琴賦》。所彈《廣陵散》一曲，聲調絕倫。

[4] 此二句述司馬相如與卓文君事。《鳳求凰》本爲樂府琴曲名，司馬相如追求卓文君時，曾賦詩："鳳兮鳳兮歸故鄉，遨游四海求其凰。"後喻男女戀情。事見《史記·司馬相如列傳》。

[5]《廣陵散》，又名《廣陵止息》，爲古代一大型琴曲。蔡邕《琴操》載其與聶政刺韓王事有關。晉嵇康擅長奏《廣陵散》。後被司馬昭所殺，臨刑前，索琴彈之，奏《廣陵散》。曲終，曰："袁孝尼嘗請學此散，吾靳固不與。《廣陵散》於今絕矣！"見於《世說新語·雅量》。

[6] 韓愈繼前人續作《琴操十首》，嚴羽《滄浪詩話》稱之爲"極高古，正是本色"。

［7］元酒味，《海陵詩彙》卷二〇作"玄酒味"。

［8］膠柱，用膠將瑟上調音的短柱固定起來。《史記·廉頗藺相如列傳》載趙國任用只會紙上談兵的趙括爲將，藺相如勸諫曰："王以名使括，若膠柱而鼓瑟耳。括徒能讀其父書傳，不知合變也。"即爲"膠柱鼓瑟"成語出處，比喻那些不知變通之人。邯鄲淳《笑林》載："齊人就趙人學瑟，因之先調，膠柱而歸。三年不成一曲，齊人怪之。有從趙來者，問其意，方知向人之愚。"

［9］《醉翁操》，一作《醉翁亭》。調見蘇軾《東坡樂府補遺》，其自序曰："琅琊幽谷，山川奇麗，泉鳴空澗，若中音會。醉翁喜之，把酒臨聽，輒欣然忘歸。既去十餘年，而好奇之士沈遵聞之，往游，以琴寫其聲，曰《醉翁操》。節奏疏宕，而音指華暢，知琴者以爲絕倫。然其有聲而無其詞，翁雖爲作歌，而與琴聲不合。又依楚詞作《醉翁引》，好事者亦倚其詞以制曲。雖粗合韻度，而琴聲爲詞所繩約，非天成也。後三十餘年，翁既捐館舍，遵亦沒久矣。有廬山玉澗道人崔閑，特妙於琴，恨此曲之無詞，乃譜其聲，而請東坡居士以補之云。"

［10］此爲陸游《劍南詩稿》卷一五《道室即事》詩句，四庫本作"琴調養心安澹泊"。

［11］道徹，即嚴澂（1547—1625）的字，其號天池，常熟人。明朝著名琴藝家。編有《松弦館琴譜》，僅有曲調無歌詞。

［12］此爲白居易《白氏長慶集》卷七《夜琴》詩句，四庫本作"調慢彈且緩，夜深十數聲。入耳淡無味，愜心潛有情"。

［13］此爲白居易《白氏長慶集》卷二七《彈秋思》詩句。

陳燮

字理堂，嘉慶戊午舉人，邳州學正，著《憶園詩集》。[1]

【注】

［1］同治《續纂揚州府志》卷一三載："陳燮，字理堂，嘉慶三年舉人。少負雋才，綜覽典籍，壯游京師，聲華藉重。畢尚書沅督陝時，延爲上客，梓其詩《吴會英才集》。中晚年官邳州學正，以修《江寧府志》。歿於旅次。著有《憶園詩鈔》。"《淮海英靈續集》庚集卷五載陳燮小傳曰："《羣雅集》云：'謝少宰（按，即學政謝墉）視學江淮，目理堂爲郭景純、木元虛之流。'畢制府《英才集

《小序》云：'理堂一官奉檄，十載櫻憂。仲宣登樓，景行種韭，繹其詩，每悲其志。'"

謁儲柴墟先生祠[1]

吾思柴墟公，異才本天授。便便孝先腹，書味非飣餖[2]。射策掇巍科，下筆海山[3]走。養望官南都，蔚然松色茂。中朝及嘉隆，昌言爨厲搆。疏薦四諍臣，忠肝鐵石就。至今諫草傳，鬱爲儒林首。餘技及篇翰，不落七子後。惜哉用未竟，銓衡職空守。荒祠遺搆存，殘碑臥苔甃。夕陽下城闉，海風肅圭竇[4]。典型去已遙，鐘鼓知誰扣。歸來讀公文，簫韶九天奏。

【注】

[1] 儲柴墟，即儲巏。《明詩綜》卷二五載："巏字靜夫，泰州人。成化甲辰進士，授南京吏部主事，歷郎中，改北司考功，陞大僕寺少卿，進本寺卿，轉都察院右僉都御史，歷戶部左右侍郎，改吏部。卒諡文懿。有《駉野》《柴墟》二集。"《息園存稿文集》卷六載有《通議大夫南京吏部左侍郎儲公行狀》。《春容堂集》："柴墟詩渾雄跌宕，灑落清遠，風雅遺音，公蓋有之。"《道光泰州志》卷三五載："儲文懿巏，先世毘陵人，宋元徙吳陵。曾官至吏部侍郎，終於南都。子灝扶柩歸海陵之第。"

[2] 飣餖，亦作餖飣，原指食品堆疊在器皿中擺出來。此處比喻文辭堆砌羅列。明胡應麟《詩藪續編·國朝上》載："第詩文則餖飣多而鎔鍊乏，著述則剽襲勝而考究疎。"

[3] 海山，《憶園詩鈔》卷六及《道光泰州志》卷三三均載作"山海"。

[4] 圭竇，指簡陋的屋舍。圭竇，又作圭寶。原指牆上挖玉圭形洞穴以充窗戶。《禮記·儒行》："篳門圭竇，蓬戶甕牖。"鄭玄注："圭竇，門旁竇也，穿牆爲之，如圭矣。"

謁王心齋先生祠[1]

餘姚昔講學，高見卓不羣。空山萬籟寂，妙契由天真。良知獨提倡，兩字張吾軍。大業炳南紀，浩氣凌紫氛。先生起布衣，守道衆所親[2]。聞風益興起，拾級趨龍門。長揖文成公，論辨超常倫。退就弟子列，甘與草澤淪。力行久逾積，坐忘理則存。同遊二三子，罔弗尋厥根。始信吾儒貴，不借軒冕尊[3]。荒祠數百載，海澨無替人。遐哉學樂歌，讀之獲未聞。

【注】

　　[1] 王心齋，即泰州學派創始人王艮。《崇禎泰州志》卷六載："初名銀，後師事王文成公（按，王守仁）改名艮，字汝止，號心齋，安豐場人也。生而長九尺，隆準廣顙，豐骨奇古，有珠在掌，左一右二。（按，即此詩中所云先生有文在手）自幼從塾師受大學章句，而家竇甚，弗能竟學。弱冠，父使治商，往來齊魯間，又業醫，然皆弗竟也。"後經王守仁點化轉而治學，創立傳承陽明心學的泰州學派。曾主講安定書院，宣傳"百姓日用即道"，強調"知之爲知之，不知爲不知，是天德良知也"。一生著述，後人輯爲《王心齋先生遺集》。

　　[2] 親，《憶園詩鈔》卷六作"尊"。

　　[3] 尊，《憶園詩鈔》卷六作"存"。

秋日同俞樸人、繆善夫、李南阿、程嵇亭過浴沂亭奉懷韓次山先生[1]

孤亭出寒渌，敗葉圍元關。穿籬度暑彴[2]，倚檻聞琤潺。淒迷失舊雨，緹毳輸華班。及茲秋氣悲，每憶春風閒。濠梁官獨冷，淮水波漩澴。牽船作學舍，釃酒臨荒山。知莊昔有惠，苦孔今誰顔？高情緬埏填，別夢仍追攀。黃鵠一再舉，合並寧當慳。

【注】

　　[1] 俞樸人，即俞至。見前文注。

　　　繆善夫，即繆承鈞。見前文注。

　　　李南阿，民國《續纂泰州志》卷二五載："李亨衢，字南阿，號雲客，歲貢生。善詩，工書，得米南宮法。乾隆五十二年純廟南巡，迎鑾，賜《全唐詩集》。生平著作最富詩，刻《芸香詩鈔》。暮年書法尤勁，有甓社湖詩石刻名於時。"《淮海英靈續集》庚集卷五載其小傳，曰："南阿品誼端謹，海陵諸生率爲師表。"

程秫亭，即程應佐。見下文注。

韓次山，即韓襲祥，字中行，號次山，長洲人，乾隆己卯舉人，裒陽知縣，改泰州學正。

浴沂亭，《崇禎泰州志》載明侯瓚《浴沂亭》詩曰："鳳凰墩上鳳凰儀，鳳去亭高俯碧漪。童冠新衣春浴罷，舞雩風暖詠歸遲。問酬可是成狂簡，章甫何曾入夢思。遙想前賢真樂地，杏仁壇上瑟音稀。"明弘治年間，御史方岳於泰州建浴沂亭，亭建於外泮池。其時外泮池在欞星門外，外泮開三池，築基其中，謂之鳳凰墩，浴沂亭建其上。

[2] 畧彴，指小木橋。

元夕後一日同黄仲則登天橋樓待月作[1]

春風吹人人欲仙，春月照人人可憐。昨宵月出我醉眠，今宵待月爭月先。城南尺五韋杜天，驚沙自起吹寒烟。天橋橫貫入馳道，忽開空曠無迴旋。酒樓之高高百尺，登樓四顧心茫然。冰輪欲上不肯上，清光一線相連綿。但見遠火出林際，疎星錯落明遙天。舉杯呼月月在手，月驚我頑我却走。脱貂付與酒家娘，醉引荆卿作死友。座中山谷今文雄，風流却似阮嗣宗。途窮偶爾痛哭返，率意獨駕誰與同。狂言霏霏落玉屑，高歌颯颯來天風。排雲直上叫閶闔，欲令真宰迴洪濛。嗟予抱病風塵下，客裏良宵亦聊且。對君長嘯忽復悲，欲起古人問來者。素蛾悄悄無一言，照予清淚如鉛瀉。

【注】

[1] 黄仲則，即黄景仁。光緒《武進陽湖縣志》卷二三載："字仲則。朱筠督學安徽，延景仁於幕凡三年，盡觀江上諸山水，詩益奇肆。游京師，名籍甚。詩瑰奇曠逸，兼工詞。"

射虎行

裴旻射虎[1]妙無匹,一日得虎三十一。欻然[2]怒馬叢薄中,衆虎屏息一虎出。虎小而猛據地吼,將軍墮弓辟易走。回頭却顧[3]封使君,風號日冷起[4]愁雲。北平父老[5]笑相語,君乃射彪不射虎。

【注】

[1] 裴旻,原誤作"斐旻",《海陵詩彙》卷一五誤同,徑改。《新唐書·文藝傳》:"文宗時,詔以白(李白)歌詩、裴旻劍舞、張旭草書爲'三絶'。"裴旻射虎事,《唐國史補》載:"裴旻爲龍華軍使,守北平。北平多虎。裴善射,曾一日斃虎三十有一。因憩山下,四顧自若。有一老父至,曰:'此皆彪也,似虎而非。將軍若遇真虎,無能爲也。'旻曰:'真虎安在乎?'老父曰:'自此而北三十里,往往有之。'旻躍馬而往,次叢薄中,果有真虎騰出,狀小而勢猛,據地一吼,山石震裂。旻馬辟易,弓矢皆墜,殆不得免。自此慚愧,不復射虎。"

[2] 欻然,《憶園詩鈔》卷一作"忽然"。

[3] 顧,《憶園詩鈔》卷一作"望"。

[4] 起,《憶園詩鈔》卷一作"低"。

[5] 父老,《憶園詩鈔》卷一作"老父"。

潘沙隄寄和雜詩仍疊前韻奉懷[1]

天末雙魚到,開箋獨倚闌。龍蚺隨筆落,肝膽照人寒。遼海三秋老,長城五字難。多情千畝竹,一一報平安。

【注】

[1] 《海陵詩彙》卷一五載此詩題作《潘沙隄寄和雜詩仍疊前韻奉懷四首之一》,可知此詩原有四首。

說劍

不是袁公術，聊從莊叟遊[1]。齒牙飛古雪，肝膽話清秋。鳴自匣中出，言於天外留。怪他持寸鐵，細碎辨恩讐。

【注】

[1] 莊叟遊，《莊子》中有《説劍》篇，寫趙文王好劍，莊子往說之，論劍有三種：天子之劍、諸侯之劍及庶人之劍。勸文王當好天子之劍。《説劍》篇與莊子思想不相干，一般學者認爲是縱橫家所作，非莊子學派的作品。

老兵

百戰餘生臥草萊，戍樓閒聽角聲哀。迷離望極平安火，慷慨歌成阿濫堆[1]。至竟封侯無骨相，何曾廊養不英才。記從故李將軍後，夜夜山南射虎回[2]。

【注】

[1] 阿濫堆，唐玄宗所制曲名，本爲鳥名。《碧雞漫志》卷四載："《中朝故事》云：驪山多飛禽，名阿濫堆。明皇御玉笛采其聲，翻爲曲子名，左右皆傳唱之，播於遠近，人競以笛效吹。故張祐詩云：'紅樹蕭蕭閣半開，玉皇曾幸此宮來。至今風俗驪山下，村笛猶吹阿濫堆。'賀方回《朝天子》曲云：'待月上、潮平波灎灎，塞管孤吹新阿濫。'即謂阿濫堆。"

[2] 此二句用李廣射虎事。《史記·李將軍列傳》載李廣於南田南山射獵，"見草中石，以爲虎而射之，中石沒鏃，視之石也。因復更射之，終不能復入石矣。廣所居郡聞有虎，嘗自射之。及居右北平射虎，虎騰傷廣，廣亦竟射殺之。"後遂用"射虎南山""南山射虎"來形容功夫深湛，勇猛過人。

黃葉

秋老江南木葉稀，六朝金粉未全非。高峯廈[1]日不知處，古戍驚沙相間飛。慘迷心情餘畫本，蒼涼烟景入荊扉。却憐草色河橋外，又逐征塵上客衣。

【注】

[1] 廋，指隱藏，藏匿。《海陵詩彙》卷一五誤作"瘦"。

登戲馬臺[1]

衣錦何年戲馬迴，龍嵷怪石擁荒臺。重陽風雨思高會，西楚山川出霸才。浩蕩秋原看鹿走[2]，蒼茫戰壘見花開。阮生一掬英雄淚，廣武吟成迥自哀[3]。

【注】

[1] 戲馬臺，位於江蘇徐州城南。公元前216年，項羽自稱西楚霸王，定都彭城（今徐州），曾因山築台，以觀戲馬，故得名。

[2]《漢書·蒯通傳》："秦失其鹿，天下共逐之。"顏師古注引張晏曰："以鹿喻帝位也。"

[3] 此二句言晉名士阮籍事。《晉書·阮籍傳》："（阮籍）時率意獨駕，不由徑路，車跡所窮，輒慟哭而反。嘗登廣武，觀楚漢戰處，歎曰：'時無英雄，使豎子成名！'登武牢山，望京邑而嘆，於是賦《豪傑詩》。"按，此乃面對舊戰場，諷刺劉邦這樣的人品才能竟然成爲英雄，表示出輕蔑態度。後世常用此語表示人物的出名主要由於時勢造成，而非個人才能。

懷王雪圃同俞樸人、宮竹軒、韓柳村、李南阿作[1]

楝花風起思茫茫，話到分襟感不忘。鏡水無由歸賀監[2]，雪圃，會稽人。吹臺空自弔梁王。愁中歲月消杯酒，客裏山川對夕陽。知否同心二三子，懷人慵理舊詩囊。

【注】

[1] 王雪圃，即王鳳孫，見《旅寺送王雪圃往河南》詩注。

俞樸人，即俞至，見上文注。

官竹軒，待考。

韓柳村，即下文韓一鳴，柳村爲其字。

李南阿，即李亨衢，見前《秋日同俞樸人繆善夫李南阿程嵇亭過浴沂亭奉懷韓次山先生》詩注。

［2］賀監，即唐朝詩人賀知章，武則天證聖元年（695）進士，授國子四門博士，後歷太常少卿、禮部侍郎、工部侍郎、太子賓客、秘書監，故世稱"賀監"。天寶初求還爲道士，賜鏡湖以居。晚年自號"四明狂客"。鏡水，即紹興鏡湖。明趙伊《泛當湖》詩句："鏡水已應歸賀監，習池只許醉山翁。"

題張船山太史《雜感詩》後[1]

王師四載出褒斜，羣盜猶然恃井蛙。天下奇才誰八陣，古來烽火畏三巴。關山馬骨連雲棧，風雪樓船走浪花。廿首新詩疏痛哭，祇今惟有賈長沙。

【注】

［1］張船山，即張問陶。嘉慶《四川通志》卷一五四載："字船山，乾隆庚戌進士。翰林院檢討改御史，出山東萊州府知府。旋乞病游吳越間，卒於蘇州。讀書過目成誦，所爲詩、古文、詞，奇傑廉勁，一時名輩皆□乎下之。著有《船山詩文集》。"同治《蘇州府志》卷一一二："張問陶，字仲冶，四川遂寧人，故大學士鵬翮之曾孫。乾隆庚戌進士，授翰林院檢討。嘉慶十年，改御史。……既因外父周興岱爲臺長，迴避改吏部員外郎，俸滿出知山東萊州府。綱紀整肅，屬邑有侵用倉庫錢糧者，劾之，爲上官所忌。引疾乞歸，僑居虎邱山塘陸魯望祠屋之左，病癯失調，卒。平生好爲詩，因事寓言，不避嫌怨。"

俞國鑑　字澄夫，嘉慶庚申舉人，通州學正。[1]

【注】

［1］同治《續纂揚州府志》卷一三載："俞國鑑，字玉衡，嘉慶五年順天舉

人。幼負異稟,年十三肄業郡城書院,運使曾燠極賞之,刻其詩《題襟館集》中。是時,泰之能詩者首推陳燮,國鑑年少於燮,而詩名與相頡頏。旋之京師,從士大夫游,業益進,選授通州學正,以母老不赴。卒年五十二。著有《樵月山房集》。"

詠古雜樂府

先人功高督八州,今乃束帶見督郵。叩門乞食亦可喜,何必區區五斗米[1]。衡山歸來甲子書[2],醉鄉却在羲皇初。册金輪[3],設銅匭[4],鏡殿開[5],明堂毁,女主昌,歷二紀。晉陽局設美人計[6],禍水相沿亦天意。君不見,鸚鵡翼折[7]不得飛,宮中又唱桑條韋[8]。

前有六賊[9]後汪黄[10],朝廷那復相李綱[11]。登聞鼓擊聲喤喤,悲哉一死偕歐陽[12]。諸生舉幡伏闕下[13],漢唐有人乃獲赦。

【注】

[1] 此所言乃陶淵明及其曾祖陶侃事。陶侃領八州,《晉書》卷六六《陶侃傳》載,陶侃,字士行,本鄱陽人,吳平,徙家廬江之尋陽。侃在軍四十一年,雄毅有權,明悟善決斷。都督荆、江、雍、梁、交、廣、益、寧八州軍事,謀猷弘遠。"作藩於外,八州肅清;勤王於內,皇家以寧。"《宋書》卷九三《隱逸傳》載陶潛傳,曰:"郡遣督郵至,縣吏白應束帶見之,潛歎曰:'我不能爲五斗米折腰向鄉里小人。'即日解印綬去職,賦《歸去來》。"

[2] 甲子書,晉陶淵明寫文章,晉亡後只書甲子,不用僞朝年號。明劉三吾《寄前海北元帥進士張舜臣》詩曰:"屈原懷楚離騷賦,陶令休官甲子書。"

[3] 册金輪事,《新唐書》卷四《則天皇后本紀》載:"(長壽)九月丁亥朔,日有食之。乙未,加號金輪聖神皇帝,大赦,賜酺七日,作七寶。(天册萬歲元年)正月辛巳,加號慈氏越古金輪聖神皇帝,改元證聖。九月甲寅,祀南郊。

加號天册金輪大聖皇帝。大赦，改元，賜酺九日。……（久視元年）五月己酉朔，日有蝕之。癸丑，大赦，改元，罷'天册金輪大聖'號，賜酺五日。"

［4］銅匭，《新唐書》卷四《則天皇后本紀》載："（垂拱二年）三月戊申，作銅匭。"即有進書言事之人，聽任其向匭中投書。自此，人間善惡之事，多爲則天太后知曉。卷七六《后妃上》載："乃冶銅匭爲一室。署東曰'延恩'，受干賞自言；南曰'招諫'，受時政失得；西曰'申冤'，受抑枉所欲言；北曰'通玄'，受讖步祕策。詔中書門下一官典領。"

［5］鏡殿事，見《資治通鑒》卷二〇二載："（開耀元年）三月辛卯……（裴）匪舒又爲上造鏡殿成。上與（劉）仁軌觀之，仁軌驚趨下殿。上問其故，對曰：'天無二日，土無二王。適視四壁有數天子，不祥，孰甚焉。'上遽令剔去。"清褚人獲《堅瓠集》乙集卷之四載："據《藝林伐山》載，唐高宗造鏡殿，武后意也。四壁皆安鏡，爲白晝秘戲之需。……楊維楨詩：'鏡殿青春秘戲多，玉肌相照影相摩。六郎酣戰明空笑，隊隊鴛鴦漾渌波。'胡應麟云：'六郎謂昌宗，明空即瞾字耳。'但鏡殿，隋煬帝所造，《迷樓記》：'帝設銅屏四周殿上，白晝與宫人戲樂，纖毫皆入屏中。高宗時武瞾用事，中外謂之二聖。仁軌蓋假此以諷之也。'"

［6］所言爲晉陽宫美人計事。《新唐書》卷一《高祖本紀》載："隋大業十三年，拜太原留守。……是時，煬帝南遊江都，天下盜起。高祖子世民知隋必亡，陰結豪傑，招納亡命，與晉陽令劉文靜謀舉大事。計已決，而高祖未之知，欲以情告，懼不見聽。高祖留守太原，領晉陽宫監，而所善客裴寂爲副監，世民陰與寂謀，寂因選晉陽宫人私侍高祖。高祖過寂飲酒，酒酣從容，寂具以大事告之，高祖大驚。寂曰：'正爲宫人奉公，事發當誅，爲此爾。'"加上此後高祖出兵突厥無功，被執至江都，高祖大懼，故起兵叛隋。

［7］鸚鵡翼折，《楊維楨詩集》載有《鸚鵡折翼詞》，前有小序曰："武后嘗夢大鸚鵡兩翼皆折，以告狄仁傑。仁傑喻以'鵡者，武后姓氏也，兩翼爲兩皇子'，非也。兩翼折者，易之、昌宗二雛梟首之狀也。爲作《鸚鵡折翼詞》，末語用胡氏史斷語，瞾賊不討，三思不誅，復修武氏之政，而五王受禍，哀哉！"

［8］桑條韋，《新唐書》卷三五《五行志二》載："永徽末，里歌有《桑條韋也》《女時韋也》樂。"《全唐詩》卷八七四載此詩，注曰："永徽以後，人唱《桑條歌》。神龍年中，韋后臨朝，鄭愔作《桑條歌樂詞》十餘首進之，逆韋大喜。"

明楊慎《古今風謠》録此詩，題作《唐永徽末里謠》，後注："後革后用事。"

[9] 六賊，指宋徽宗時主政之蔡京、童貫、王黼、梁師成、李彥、朱勔等六名大臣及宦官。

[10] 汪黃，指南北宋時奸臣汪伯彥及黃潛善，主張媚敵求和。金人南侵，汪伯彥主張求和不出兵，汴京因此陷落，徽、欽二帝亦爲所擄，北宋亡。

[11] 李綱，宋名臣。《宋史·李綱傳》載，李綱字伯紀，邵武人也。宋徽宗政和二年（1112）進士。宋徽宗宣和七年（1125）冬，金兵兩路攻宋，直逼汴京。李綱時任太常少卿，刺臂血上疏，號召軍民以抗金。欽宗即位，以李綱爲親征行營使，負責防務事，多次擊退金兵。後割地求和，金撤兵。李綱被排擠出朝廷。靖康之難，徽、欽二帝被擄北遷，北宋滅亡。南宋高宗趙構即位，拜尚書右僕射中書侍郎。李綱主戰反對議和，薦舉宗澤，支持岳飛，與汪、黃二人主和派產生矛盾，在職七十五日，再次被排擠，卒於紹興十年（1140）。有《梁溪集》《靖康傳信録》等。

[12] 歐陽，指歐陽澈，撫州崇仁（今屬江西）人，字德明。靖康初，三次上書陳保國抗金之策，未被采納。紹興四年（1134），加朝奉郎、秘閣修撰。因李綱被罷相，陳東與歐陽澈上書高宗，乞求朝廷恢復李綱宰相之職，屬斥投降派黃潛善、汪伯彥等人，惹怒高宗，二人均被殺於市。見載於《宋史·忠義傳》。有《歐陽修撰集》。

[13] 此乃言陳東事。陳東，北宋末年太學生，字少陽，鎮江丹陽人。屢次上書請誅"六賊"。靖康元年（1126），金兵南下，曾率領太學生及數萬軍民，伏闕上書，要求恢復李綱職務抗金。高宗即位後，用綱爲相，召陳東至南京，及走，綱已被罷職，乃上書請留綱而罷汪、黃，以"鼓衆伏闕"罪與歐陽澈一同被處死。有《少陽集》《靖炎兩朝聞見録》。

新安道中看山作歌

晴沙粼粼石齒齒，水入桐江清見底。朝攜鐵笛坐船頭，不害無風七十里。瀧口已挹千重山，山光却在冥濛間。狂奴故態亦何有，只愛飽看烟中鬟。一峯未斷一峯出，晴雲俄隨雨雲濕。雨來頻助瀨聲喧，雲起全遮峰頂没。雲圍峯合疑水窮，扁舟影落澄潭中。豁然一線劃崖際，石門洞壑還相通。上灘曲折波迴繞，却羨來船下灘好。惱人不是峽猿啼，密樹聲聲畫眉鳥。鳥聲未歇天黄昏，斷霞魚尾明前村。秋晴處處山田潤，潮落家家水碓喧。幽花歷亂層厓放，狂笑能令衆山響。奇秀由來甲海東，新安爭似浮天上。明發天都最上頭，芒鞋竹杖[1]宜清秋。回頭却望從來處，笑指烟波一葉舟。

【注】

  [1] 此用蘇軾《定風波》詞句："竹杖芒鞋輕勝馬。誰怕？一蓑煙雨任平生。"

雙成曲

風風雨雨春愁足，斷腸花史無人續。有客橫塘買棹歸，尊前倩譜雙成曲。雙成舊住本瑶京，曾抱雲和海上行[1]。一絃輕撥干天譴，吹墮罡風百二層。生成弱質深閨裏，家傍吴山鄰越水。小小才華擬姓蘇，娟娟風貌同名李。春色三分魚口橋，爭教人見不魂銷。桃花才向門前笑，柳葉新從鏡裏描。虚陪公子開妝閣，肯引少年閒縱博。縱說纏頭十萬多，妾心視比秋雲薄。忽逢交甫訂心期，笑解明珠不自持。樸誠最是多情者，不比尋常薄倖兒。低幃泣向檀郎訴，年來苦被風塵誤。郎意如憐解語花，妾心甘作甘心樹[2]。從此朝朝暮暮餘，枇杷花底閉門居。蜨蜂謝盡遊踪少，箏管抛踐[3]曲調疎。東君早與花爲主，莫使空房淚如雨。話到深情急切時，怪郎宛轉偏無語。油壁何曾巷口來，柔腸百結費疑猜。拔釵倩遞青鸞信[4]，贈佩親煩鳩鳥媒[5]。傳來消息堪驚愕，盡道烏襴今負約。已遣香車迎別人，箇儂莫更生甙攔。郎有深心妾早知，敢將謠諑妬娥眉[6]。小星莫道添三五，二十三房總不辭。花枝終不成連理，飄泊餘生竟如此。盼斷芙蓉不見蓮，麗娘今日爲情死。玉泣珠啼[7]劇愴神，癡心能感路旁人。若非贈得回生草，已逐鸞波委逝塵。重泉再起人還在，只恐卷中顏色改。萬一靈修感妾心，且留一綫殘魂待。我向燈前怨鄭虔[8]，情鍾何事更拘牽？縱然身作經風絮，那有泥污出水蓮？藕絲未斷梨雲冷，燕子樓中褪紅粉。我聽琵琶已淚流，君親斷送如何忍？絮果蘭因恨蹇修，倡條冶葉迥生愁。何當小改氤氲簿，移取鴛鴦宿並頭。

【注】

[1] 雙成，即傳説中的西王母侍女董雙成，源出自舊題漢班固《漢武帝内傳》："王母乃命諸侍女王子登彈八琅之璈，又命侍女董雙成吹雲和之笙，石公子擊昆庭之金，許飛瓊鼓震靈之簧……"《太平廣記》卷三亦引。瑶京，指繁華的京城。白居易《長恨歌》："金闕西廂叩玉扃，轉教小玉報雙成。"

[2] 甘心樹，《芸香詩鈔》卷八作"同心樹"。

[3] 抛踐，《芸香詩鈔》卷八作"抛殘"。

[4] 青鸞，傳説中替西王母傳信的仙鳥。源出《漢武故事》："西王母欲見漢武帝，七月七日先使一青鳥至承華殿，後西王母乃至。"唐宋詩人以爲青鳥即爲青鸞。李白《鳳凰曲》："青鸞不獨去，更有攜手人。"張孝祥《雨中花》："還似待，青鸞傳信，烏鵲成橋。"

[5] 鴆鳥媒，《離騷》："吾令鴆爲媒兮，鴆告予以不好。"鴆，惡鳥也，有毒殺人，以喻讒賊。

[6] 此化用《離騷》"衆女嫉余之蛾眉兮，謠諑謂余以善淫"二詩句，王逸注曰："謠謂毀也，諑謂譖也。"

[7] 玉泣珠啼，化用李商隱《錦瑟》詩句"滄海月明珠有淚，藍田日暖玉生煙"。晉干寶《搜神記》卷一二："南海之外，有鮫人，水居如魚，不廢織績，其眼泣，則能出珠。"指傷悼之義。

[8] 鄭虔，唐代畫家，《新唐書·鄭虔傳》載，字弱齊，鄭州滎陽（今屬河

南)人。天寶年間官廣文館博士。與李白、杜甫友善。擅書畫,時有"鄭虔三絕"之譽,即詩、書、畫三絕。安禄山陷長安,曾授其官職。事平,貶台州司户參軍。杜甫曾爲其抱不平,作《送鄭十八虔貶台州司户》:"萬里傷心嚴譴日,百年垂死中興時。"又《題鄭十八丈故居》:"賈生對鵩傷王傅,蘇武看羊隱賊廷。可念此翁懷直道,也霑新國用輕刑。"用蘇武的持節不屈來比擬鄭虔的志節。

輓陳公豫九[1]

怪底君家科第盛,先世文人重民命。一編敬止勒成書,力爲鄉邦陳利病。不同他手炫詞章,小技雕蟲工餖飣。君其裔孫有古風,文獻之家式先正。元龍犖犖並醇儒,一鶚高騫羞躁進。高曾矩矱奉遺書,務爲實勝毋文勝。君如陳實教於家,能使後生生愛敬。忽聞易簀[2]傍重陽,滿城人阻登高興。定知先澤猶未央,科名永甲維揚郡。

【注】

[1] 陳豫九,民國《續纂泰州志》卷二六載:"陳因夏,字豫九,工醫,尤善外科,施藥濟人,全活甚衆。(爲人)樸厚。子五,次子琪、五子琛皆諸生;季子琥,嘉慶庚午舉人,安東縣訓導。"

[2] 易簀,原義指更換寢席,後指人病重將死。

待雪

寒色淡無際,低空凝凍雲。灞橋先有客,魯酒不成醺。飄颻來天末,遲迴到夜分。朔風吹斷處,惟有鶴聲聞。

耐冷披裘坐,虛窗燈影斜。寒纔交二九,韻欲鬭尖叉。簑畫江天釣,茶香學士家。爭春當此夕,消息問梅花。

題鄺湛若抱琴遺像[1]

紙上鬚眉尚激昂，抱琴心事本非狂。離騷哀怨沉湘浦，銅柱勳名紀瘴鄉。亡命人皆惜張儉[2]，絕交書早類嵇康[3]。莫從洗硯池邊過，浩浩天風海水涼。

【注】

[1] 鄺湛若，即明末粵東詩派先驅人物鄺露。道光《廣東通志》卷二八五載：“鄺露，字湛若，號海雪，南海人，隆慶辛未進士，彭齡曾孫也。生而甘露降庭槐，故名。古詩宗漢魏，近體法盛唐，篆隸倣先秦，行草倣王、張。負才不羈，常敝衣跂履，行歌市上，旁若無人。好恢諧，大言汪洋自恣以寫其牢騷不平之志……後削其名之廣西，遍尋鬼門銅柱舊蹟……蓄古琴二：一曰南風，宋理宗宮中物；一曰綠綺台，唐武德年制，明康陵御前所彈也。出入必與俱，戊子以薦得擢中書舍人。庚寅，奉使還廣州，王師入粵。露與諸將戮力死守，凡十閱月，城陷，不食，幅巾抱琴，將出，騎以白刃擬之。露笑曰：‘此何物可戲！’騎亦失笑，徐還所居海雪堂，環列二琴及寶劍、古器、圖書、懷素真蹟於左右，嘯歌以待騎入。死於此。”著有《赤雅》《嶠雅》《海雪堂集》。

[2] 張儉，東漢時人。《後漢書》卷六七有傳，載其字元節，山陽高平人，趙王張耳之後也。延熹八年，爲東部督郵。時中常侍侯覽及其母殘暴百姓，所爲不軌。張儉舉劾覽及其母罪惡，請誅之。故結仇。後爲鄉人朱並誣告，於是刊章討捕。張儉得亡命，困迫遁走，望門投止，莫不重其名行，破家相容。後由李篤護送出塞，得以免禍。中平元年，得返鄉里。建安初，徵爲衛尉。卒年八十四。

[3] 魏晉名士嵇康曾寫過《與山巨源絕交書》。嵇康與山濤均爲“竹林七賢”中代表人物。山濤，字巨源，曾由選曹郎遷官大將軍從事中郎，欲薦舉嵇康代己原職，嵇康作書拒絕，並與之絕交。

潘慶齡 字予亭，嘉慶辛酉舉人，蕭縣教諭，著《龍城消夏集》。[1]

【注】

[1] 同治《續纂揚州府志》卷九載："潘慶齡，字餘庭，泰州人，嘉慶六年舉人。家貧力學，留心水利。大學士松筠、刑部尚書初彭齡曾采慶齡淮黃濟運五議以導河，州境之東有斜鋒港蚌蜓河，日久淤塞，慶齡請於有司籌款挑濬以灌民田。偶值水災，助民賑飢，尤盡心力。二十二年，大挑一等，以母年邁改就教職，歷官句容、蕭縣、祁門教諭，欽賜太常寺博士銜。慶齡幼而工詩，暮年以經史自娛。著有《汲綆書屋詩文稿》。"光緒《續纂句容縣志》卷三下載："二十二年，任句容縣教諭。嗜學敦品，著有《汲綆書屋稿》。生平留心水利，曾獻淮黃濟運五議，總督松文清公亟賞之。至句容，議開赤山湖，修埠頭橋至黃堰壩沿河各閘，以備旱潦。後因經費難籌，遂寢其議。"

雨中游五洞山[1]

連山若奔濤，到此勢欲匯。中有古洞天，晝陰忽如晦。五峯勢杳冥，五洞遥相對。盤盤入層巖，目眩足先退。不知身何來，冷然沁心肺。雷雨注飛泉，倒瀉危石礙。須臾起晴光，詭譎非一態。去去山風吹，殘陽在鴉背。

【注】

[1] 五洞山，位於蕭縣境內。同治《徐州府志》卷一一載，"銅山西南爲蕭縣……（香山）南十里爲薛山，相連爲五洞山。"小字注曰：'舊志有薛村山，云，薛永公故里。山有洞，在峭壁間，形如孤舫。下有石井。相傳爲宋元人避兵處。舊志云，洞在五洞山，今山古有薛村，在縣西南二十里。國朝陳汝岩《雨中游五洞山》詩：連山若奔濤，到此勢欲匯。中有古洞天，沈沈晝忽晦。五峰勢杳冥，五洞遥相對。盤旋入層巖，目動足先退。不知何來，得與風雲會。雷雨注飛泉，倒瀉危石礙。須叟起晴光，奇怪非一態。樵歌自遠聞，聲疑出世外。'"此

録詩與潘氏詩相似度極高。按，嘉慶《蕭縣志》卷一七所載詩，與同治《徐州府志》載同，均爲陳汝岩詩。此詩作者，待考。

九日邗江寓中懷彭石夫，時石夫客京都[1]

作客却[2]思客，邗江獨倚樓。重陽兩地夢，千里一人秋。黃菊自佳色，西風生遠愁。前程應努力，勿爲稻粱謀[3]。

【注】

[1] 該詩題，《海陵詩彙》卷一七同，《汲綆書屋詩鈔》載作《邗江九日寄友人戴湘圃蘭芬，時客京都》。

彭石夫，民國《續纂泰州志》卷二四載："彭壽山，字石夫，嘉慶十二年舉人，官安徽潁上縣教諭，遷江西鄱陽、都昌、樂平等處知縣，皆有政聲。與修《潁上縣志》，著有《留雲閣存稿》，又《觀政錄》，教民歌十二章、保稼防蟲十條，尤膾炙人口。"

[2] 却，《汲綆書屋詩鈔》作"復"。

[3] "前程"至"稻粱謀"句，《汲綆書屋詩鈔》作"別時言記否？明月憶蘆溝"。

稻粱謀，原指禽鳥尋覓食物，後多指人謀求衣食。劉峻《廣絕交論》："分雁鶩之稻粱，沾玉斝之餘瀝。"即分得鵝鴨吃剩之糧，分沾酒器上殘存之酒。杜甫《同諸公登慈恩寺塔》詩曰："君看隨陽雁，各有稻粱謀。"

遊天門山絕頂

振衣窮天門，攀蘿復抱木。日落不逢人，松風鳴謖謖。

吳會　字曉嵐，嘉慶甲子舉人，著《竹所詩鈔》。[1]

【注】

[1] 吳會，字曉嵐，號竹所，泰州人。清詩人。家貧，養父母，甘旨無缺。

居喪，水漿不入口，哀動鄰里。潔己自好。民國《泰縣志稿》卷二八《藝文》載："吳會《竹所詩鈔》三卷，《詞鈔》一卷。夙嬰弱疾，杜門卻掃，專心著述。歿後，其子畹芳昆季刻之，成於道光丁亥。板藏春暉草堂中，有徐步雲序，《伯山詩話》盛稱其《金川待賊篇》。"劉錫嘏曾評："竹所詞名，海內一時無兩。"陳廷焯評："曉嵐詩平，詞則風雅淒清，獨臻妙境。"

出門

男兒事干謁，仗劍學奔走。僕夫行製裝，舉酒別親友。堂上拜雙親，見父不見母。欲哭更吞聲，徘徊膝前久。門戶戒家人，晨昏託新婦。弱女甫四齡，依依戀懷袖。誰云四方志，至此不回首。

擬今日良宴會

今日良宴會[1]，四座歌慨慷。一奏邱中琴[2]，古意含清商。同心賦既醉，樂事幸未央。仰視天漢傾，浮雲縱復橫。日月忽逾邁，百憂來無方。策名苦不早，努力愛景光。會須矯輕翼，鸞鳳隨高翔。無爲雍門哀，涕泗沾衣裳。

【注】

[1] 今日良宴會，《文選·古詩十九首》第四首，爲貧士失職而志不平之作。後代文人多有擬作。

[2] 邱中琴，或作丘中琴。左思《招隱》："巖穴無結構，丘中有鳴琴。"

春寒曲

愁雲壓簾皺寒碧，冷紅裛露幽蘭泣。金鴨沉烟寶篆微[1]，銅龍嚙水銀瓶澀[2]。粉窗胡蝶抱香眠，曲闌霧重花無色。轆轤斷綆轉伊啞[3]，曉夢驚回鳳簞斜。郤整新蟬下階立，澹烟籠月護梨花。

【注】

[1] 金鴨，當爲一種鴨形熏爐。寶篆，熏香的美稱。焚時香如篆狀，故稱。宋黃庭堅《畫堂春》："寶篆煙消龍鳳，畫屏雲鎖瀟湘。"

[2] 銅龍，古代銅壺滴漏，計時之用。因壺上刻有龍形，故稱。薛逢《官詞》："鎖銜金獸連環冷，水滴銅龍畫漏長。"銀瓶，汲水器。王昌齡《行路難》："雙絲作綆系銀瓶，百尺寒泉轆轤上。"

[3] 伊啞，《竹所詩鈔》卷二作"咿啞"。

焦山古鼎歌[1]

我聞歧陽十鼓泐，三巫九鼎無一存。焦山山深一鼎在，萬古不被江流吞。司徒南仲[2]昔告廟，日並罍卣陪犧樽。何年小劫墮人世，天風吹落饕餮魂。滄桑一十有九代，自周迄明。如目有見胸有言。金甌完缺不可數，膨脝只向山頭蹲。不覆公餗不折足，那肯帖耳登權門？竭來披莎一捫摸，上有歷代摩挲痕。九十四字款識古，對揚丕顯詒後昆。想見史籀作篆刻，雲雲雷回偏其反。不隨焦仙乘羽化，不共鶴銘齧石根。空中甲丁不敢睨，神鬼呵護無朝昏。上瞰日月沃烏兔，下吸江海烹蛟鼋。此山此鼎共不朽，豈識荊棘銅駝冤？乃知法物貴永守，挈瓶難仗賢子孫。殷俘寶玉計百萬，咸陽一炬非周原。鼎如亦在三月火，超軼秦漢誰復論。世人紛紛寶贗鼎，不直田舍老瓦盆。三千年物敢褻視，位置合在明堂尊。我歌未已鼎欲吼，海門紅浴扶桑暾。

【注】

[1] 焦山古鼎，清趙時敏輯、周膺及章輝點校《郭西詩選》錄有《焦山古

鼎詩》，前有注曰：鼎爲周宣王時司徒南世惠所鑄。蒼色陸離，篆文簡古。明嘉靖間，魏氏珍之。嚴嵩求之不得，幾至釀禍。魏氏懼勿保也，送焦山寺永鎮三寶。後程邃考其款識，勒句紀之海雲堂側。王士祿《焦山古鼎歌》序載其圜腹，三足，雲雷文，高可尺六寸許，腹有銘。韓吏部「如石爲余言」。

[2] 司徒南仲，爲焦山古鼎中銘文所載四字。梁章鉅《浪跡叢談》卷九《焦山鼎銘》載，"焦山鼎銘，自顧亭林、程穆倩以下，釋文甚多，或以爲商器，或以爲周器，或爲文王時物，或爲宣王時物，訖無定説。……今歲至揚州，復晤羅子茗香，乃得讀其《周無專鼎銘考》，獨於銘首'惟九月既望甲戌'七字，冥搜而顯證之，定爲周宣王物。……鼎中有'司徒南仲'字，憶儀徵師《積古齋款識》中謂南仲有二，《詩·出車》篇之南仲，毛傳以爲文王之屬；《常武》篇之南仲，毛傳：'王命南仲於太祖。'是宣王之臣也。"並按曰："焦山此鼎，明以前人鮮著之，錄者惟徐興公一釋文耳。自國初王西樵（士禄）始據韓吏部如石言，爲京口某公家物，嚴分宜攘之。嚴氏敗，鼎復歸江南某家，以爲不祥，舍之焦山寺。康熙間詩人始競以此爲故實，其實自嘉靖以後，明人詩文集並無此説。……然則分宜一事，尚當以疑案處之也。"

京口送陳雲士入蜀

欲餞無家別，征車且暫停。他鄉兒女淚，落日短長亭。路入千盤細，山銜一髮青。斷腸今夜曲，莫唱《雨淋鈴》[1]。

【注】

[1]《雨淋鈴》，詞曲名。《碧雞漫志》卷五載："《明皇雜録》及《楊妃外傳》云：'帝幸蜀，初入斜谷，霖雨彌旬。棧道中聞鈴聲，帝方悼念貴妃，采其聲爲《雨淋鈴》曲以寄恨。時梨園弟子，惟張野狐一人善篳篥，因吹之，遂傳於世。'……今劍州梓桐縣地名上亭，有古今詩刻，記明皇聞鈴之地，庶幾是也。"陳雲士，待考。

題毘陵驛[1]

風急征鴻斷，林空夕照斜。一年三作客，十夢九還家。雨黯河橋柳，秋明驛路花。朝朝望鄉處，雲樹渺天涯。

【注】

　　［1］毘陵驛，乾隆《武進縣志》卷二"驛站"載："毘陵驛，在朝京門外百步，前爲皇華亭，三楹面河。額馬四十六疋，額馬夫二十九名，額水夫一百二十三名，額站船十五隻，每船水手三名。"中小注："舊在天禧橋東，後改名荊溪館。元置水、馬站，設提領一員。明洪武元年，改爲武進站，置朝京門外。六年，復改站爲毘陵驛，改提領爲驛丞。天順五年，知府王恍改建於朝京門内。正德間知府王教徙于今地。國朝因之。順治七年驛丞裁，以典史巡檢更領驛務，今領於縣。"

宿攝山[1]

一徑入修竹，款關[2]僧未眠。江明無月夜，山響欲風天。客夢迷清梵，塵心淨古泉。何當掃空翠，高枕法雲邊。

【注】

　　［1］攝山，山名。見前《登攝山中峯絶頂》注。
　　［2］款關，叩門。唐元稹《春日》詩曰："款關一問訊，爲我披衣裳。"

邗江送劉蓴薌昆季

事有不如意，高歌登酒樓。故人千里去，江水一條秋。水盡情無盡，君愁我亦愁。請看遼海上，浩蕩兩輕鷗。

渡江

大江流不息，孤客此南征。斷壁連雲起，危磯插水生。風高帆有力，天迥雁無聲。擊楫人何在，清秋獨寄情。

送藥闌之白下

是我曾遊地，於今送客行。亂峯圍別夢，孤艇載秋聲。風雨千山路，烟花六代情。故園吾久滯，誰與共雲程。

題寓樓

落葉滿邗水，西風滯客舟。苦將遊子意，吟上酒家樓。帆影衝杯落，江聲抱檻流。故鄉一回首，何事久淹留。

岳墩[1]

精忠祠廟仰孱顏，城角春雲鎖石關。終古尚留南渡蹟，一坏誰撼岳家山[2]。登臨故壘荒烟外，想像連營落照間。城西舊有武穆行營。分得西泠橋下水，百年遺恨響潺潺。墩下有小西湖[3]。

【注】

[1] 岳墩，即泰州境内的泰山。宋建炎四年（1130），金兵南下，時任通泰鎮撫使兼泰州知州岳飛據城抗金。紹興元年（1131），金兵退走。泰州人為紀念岳飛，故稱泰山為岳墩。清高鳳翰《岳臺春曉圖跋》曰："海陵城西有老斤堆，為岳武穆公所築以覽形勝防北侵處也。"

[2] 岳家山，即泰山。洪亮吉《泰州岳家山謁忠武寺》注曰："忠武曾為通泰鎮撫使，駐兵於此。"

[3] 小西湖，乾隆《江南通志》卷一四《輿地志》載："小西湖，在泰州起雲樓下。宋紹興初，重濬，堤植芙蓉、桃李，仿佛如杭西湖。"故得名。

蓬山四首

蓬山[1]終古自迢遥，夢雨輕陰鎖寂寥。湘浦何年還解佩，嬴臺從此罷吹簫。千迴往事機中錦，一例閒愁海上潮。留得江郎遺恨句，別魂今日爲君銷[2]。

三五[3]裁過是缺時，傷心惟有月明知。丁年未了悲歡劫，子夜空聞懊惱詞。雙鳳鎖閒金絡索[4]，離鸞簫譜玉參差。哀蟬一叫秋風裏，不道劉郎鬢已絲。[5]

青瑣葳蕤夜不扃，紫蘭消息恨雲軿。金猊香爐心猶熱，玉虎絲牽淚已零。短夢關情空旖旎，長生私語太叮嚀[6]。宵來一問吹笙侣，碧漢年年何處星。

祇隔香檀海一涯，卻教何處覓仙槎。早知別夢隨流水，悔不將身替落花。十二瑶臺[7]新邸舍，三千錦瑟舊年華[8]。緋羅欲證前生案，愁有根苗恨有芽。

【注】

　　[1]蓬山，指海上仙山，代表遥遠。李商隱《無題》詩句有"劉郎已恨蓬山遠，更隔蓬山一萬重"。

　　[2]"留得江郎"句，南朝梁江淹有《別賦》："黯然消魂者，唯別而已也！"

　　[3]三五，農曆十五日。此句言月，則指中秋月。

　　[4]金絡索，《竹所詩鈔》卷一作"銀絡索"。

　　[5]李商隱《無題》："劉郎已恨蓬山遠，更隔蓬山一萬重。"劉郎、蓬山，言漢武帝求仙事。一説用劉晨、阮肇事。劉義慶《幽明録》載，傳東漢永平中，

剡縣人劉晨、阮肇入天臺山采藥迷路，遇二仙女，被邀至仙洞。半年後返里，子孫已七世。後重入天臺訪女，蹤跡渺然。

[6] 長生私語，言唐明皇與楊貴妃事。白居易《長恨歌》："七月七日長生殿，夜半無人私語時。"

[7] 十二瑤臺，神話中仙人所居之地。舊題晉王嘉《拾遺記》卷一〇《昆侖山》：昆侖山者，西方曰須彌，山對七星之下，出碧海之中，上有九層。傍有瑤臺十二，各廣千步，皆五色玉爲臺基。

[8] 此化用李商隱《錦瑟》詩句：錦瑟無端五十弦，一弦一柱思華年。

送春和汪潁川韻

楝子風微午漏長，銀筝譜出倦尋芳。一聲紅豆驪駒過，六代青山謝豹忙。南浦離魂銷散騎，楚天情夢隔襄王。年年怕説相思恨，荽尾花開不舉觴。

木蘭從軍[1]

依然當户一嬋娟，卸了裙釵便着鞭。論孝直將東海並，懷貞豈讓北宮先？紅顏代父三千里，白璧持身十二年。但以知兵誇女子，《秦風》已見《小戎》篇。

【注】

[1] 木蘭從軍，源出於宋郭茂倩《樂府詩集·木蘭辭》："阿爺無大兒，木蘭無長兄，願爲市鞍馬，從此替爺征。"

[2]《小戎》，出自《詩經·秦風》，是一位女子思念丈夫遠征西戎的詩。

石城橋

石城橋外晚風微，徙倚平林送落暉。記得去年曾泊處，繫船楊柳又添圍。

江口漁父

浪花無際水雲連,荻葦蕭蕭晚繫船。遥見峽江風雨急,一簑披出海門烟。

擬從軍行

親承内詔破樓蘭,馬踏邊霜八月寒。籌策一聲齊帶甲,黃昏時候出榆關。

絶塞風烟接戍樓,邊笳吹徹玉門秋。可憐此際龍荒[1]月,一照征人便白頭。

【注】

　　[1]龍荒,指塞外沙漠。古時沙漠中有地名曰"白龍堆",故又稱沙漠爲龍沙或龍荒。王昌齡詩《從軍行》有"表請回軍掩塵骨,莫教兵士哭龍荒"句。

　　[2]白頭,原作"頭白"。清吳會《竹所詩鈔》卷一作"白頭",依此詩韻當是,故改。

程應佐　字穉亭,嘉慶丁卯解元。[1]

【注】

　　[1]同治《續纂揚州府志》卷二二載其著有《願學編》。道光《徽州府志》卷九之三載其爲嘉慶十二年丁卯(1807)解元,字夔勛,由溪人,泰州籍。程盛修孫,選青子。

春日沭陽道中

策蹇朐山道，川原風景殊。大河東向盡，歸雁北行俱。棠蔭歌袁老，簡齋太史[1]宰此邑，有政聲。鄰封接贛榆。魚鹽饒土物，天限此方隅。

【注】

[1]簡齋太史，即袁枚。其曾宰沭陽五十年，後復遊其地，因畫《重到沭陽圖》，自爲記文並題二律，和者甚衆。

聽友人彈琴

四座忘言靜不譁，高山流水思俱遐。夜闌聽到無聲處，落盡桐陰一寸花。

萬榮 字薌林，嘉慶丁卯舉人。[1]

【注】

[1]萬榮，同治《續纂揚州志》卷一三載："少孤，力學，試輒高等，肄業書院。運使曾燠榜其文於題襟館，爲多士式。燠官湖北按察使，榮往就之，病歿於旅舍，爲歸其喪。"著有《薌林詩文集稿》。

舟發武林晚眺

秋色易成暝，頹陽光忽微。疎林纖月出，遠水冷螢飛。何處明漁火，有人看釣磯。勞勞吾自哂，後此片帆歸。

吴江夜渡

未近寒山寺，鐘先夜半鳴。薄陰微作冷，殘醉不成醒。楓葉落何許，江流空復清。倘逢高詠者，燒燭待三更。

晤李白樓[1]

邗江一別渺愁予[2]，千里來尋仲蔚[3]居。又借湖山供跌蕩[4]，相看鬢髮總蕭疎。我如柳冕[5]名終薄，君有元龍氣未除[6]。手把金杯教莫放，酒痕連日上襟裾。

【注】

[1]《海陵詩彙》載此詩題爲《喜晤李白樓，出其手訂詩集見示，即題二律以贈》，載詩共二首。此爲第一首。

李白樓，即李璿。清蔣寶齡撰《墨林今話》卷一七"白樓嗜畫"："李白樓璿，濟寧諸生。好爲詩古，兼通六法，爲黃小松司馬外孫。序石坪《澂墨軒詩鈔》云：'余夙嘗亦嗜畫理，於近世傾倒響者浙中吳竹虛、杭城奚鐵生。'觀此數語，即其所詣可知矣。惜年未五十歿，生平又頗自矜貴，不苟爲人作，故流傳甚少云。"

[2] 愁予，《海陵詩彙》卷一六作"愁余"。

[3] 仲蔚，即東漢隱士張仲蔚。李善《文選注》："趙岐《三輔決錄》注曰：'張仲蔚，扶風人也。少與同郡魏景卿隱身不仕。明天官，博學，好爲詩賦，所居蓬蒿没人也。'"

[4] 跌蕩，《海陵詩彙》卷一六作"跌宕"。

[5] 柳冕，字敬叔，柳芳之子，唐河東（今山西永濟）人。博學富文醉。世爲史官，父子並居集賢院。貞元中，以論議勁切，執政不善，出爲婺州刺史。十三年，兼御史中丞、福建觀察使。卒，贈工部尚書。《新唐書》卷一三二有傳。

[6] 此句言三國魏陳登事。《三國志·魏志·陳登傳》："許汜與劉備並在荆

州牧劉表坐，表與備共論天下人，汜曰：'陳元龍（按，陳登）湖海之士，豪氣不除。'備問汜：'君言豪，寧有事邪？'汜曰：'昔遭亂過下邳，見元龍。元龍無客主之意，久不相與語，自上大床臥，使客臥下床。'備曰：'君有國士之名，今天下大亂，帝主失所，望君憂國忘家，有救世之意，而君求田問舍，言無可采，是元龍所諱也，何緣當與君語？如小人，欲臥百尺樓上，臥君於地，何但上下床之間邪？'表大笑。"後世有"元龍高臥""元龍百尺樓"等形容高處、尊處，高下懸殊。

自姑蘇抵京口即事[1]

吳山越水往來經，我亦飢驅未暫停。忽見流民紛道左，此身不敢怨飄萍。

又見紛紛舴艋過，江頭夜半哭聲多。願並百萬哀鴻淚，截住洪湖水不波。

【注】

[1]《海陵詩彙》卷一六載此詩題作《自姑蘇抵京口即事口占三絕》，且載詩三首。此爲第一、三首。

仲振奎

字雲澗，監生，著《綠雲紅雨山房詩鈔》。[1]

【注】

[1] 同治《續纂揚州府志》卷一三載："仲振奎，字春龍，監生，工詩，法少陵，爲文精深浩瀚，出入三蘇。平生著作稿多散佚，所存惟《紅豆村樵詩草》若干卷。"

錦江雜詠

昨夜山雨急，唐安水勢高。兩岸居人稀，欲渡無輕舠。立馬大河側，滿袂風蕭蕭。童子識予意，村南言有橋。橋廣不及尺，亘如虹在霄。洪波撼其下，目眩心神摇。錦江稱周道，坎險在崇朝。何況滇池路，山川鬱迢迢。

温江小城郭，雙溪襟帶間。山水晝夜至，狂瀾吞遠天。溪邊有父老，臨流淚潸潸。出者生死别，居者朝暮難。陽侯又鼓盪，浸此百畝田。居者不如出，暫得免饑寒。出者幸無恙，歸來亦無餐。

華陰西嶽廟[1]

巍巍五鳳樓[2]，飛甍歁雲脚。層城抱日月，秋意滿鈴鐸。金龍盤空起，白鴿對檐落。中有太皞宫，神光晝歁薄。

【注】

　　[1] 西嶽廟，位於華山北麓。初創於漢武帝時期，爲歷代帝王祭祀華山之地。有無名氏撰《漢修西嶽廟記》。廟整體布局依據"居中爲貴，主體爲尊，規制嚴明，等級有序"的理念，自南至北依次有灝靈門、五鳳樓、欞星門、金城門、灝靈殿、寢宫、御花園和萬壽閣等主要建築。有"陝北故宫""五嶽第一廟"之稱。

　　[2] 五鳳樓，位於西嶽廟的高臺上，高達二十多米，登樓望華山，可見五峰在目。惜今僅剩遺址。

擬古

忽忽何所樂，乃在天一方。關山路絲邈，何由知故鄉。付書與鯉魚，所言不能詳。方春雁北飛，方秋燕南翔。遠別常經年，歧路多旁皇。萬物所不堪，游子心以傷。浮雲在風中，欲住[1]行復颺。飄泊非長計，男兒當自强。

【注】

[1] 欲住，《海陵詩彙》卷一六作"欲往"。

清灘

清灘一片石，江水一百尺。萬石水中排，萬水石上立。天吴[1]鞭撻龍，一羣掉尾，齊向東洋奔之，而芒角勢夭矯。吹沫直上天爲昏，扁舟觸險不得進。有似鄒滕敵齊晉，曳兵早欲望風走。摩壘更受垓心困，四分巨竹聯一綷。細裹密纏如鐵石，三條總與百夫牽。打鼓兩聲金一擊，忽焉一落千丈强。金鼓倒擊聲驚惶，重加巨纜大於臂。邪許一聲一倒退，自辰達酉險始出。舟人相顧面無色，安得秦王鞭驅石，盡向東海填[2]？安得錢王弩倒射，驚濤不敢怒[3]？山頑水惡無傑人，如何上有明妃村[4]，琵琶出塞不復返？粉潭妝閣今空存。枕邊湷透聽猿唳，滿耳灘聲不能睡。

【注】

[1] 天吴，神名。《山海經》載："有夏州之國。有蓋餘之國。有神人，八首人面，虎身十尾，名曰天吴。"《海外經》又載："朝陽之谷，神曰天吴，是爲水伯，在蚕蚕北兩水間，其爲獸也，八首人面，八足八尾，皆青黄。"郭璞《山海經圖贊》"天吴"："耽耽水伯，號曰谷神；八頭十尾，人面虎身；龍據兩川，威無不震。"則爲谷神，又爲水神。

[2] 秦王鞭石成橋，《藝文類聚》卷七九引《三齊略記》："（秦）始皇作石橋，欲過海觀日出處。於時有神人，能驅石下海。城陽一山石，盡起立，嶷嶷東傾，狀似相隨而去。云石去不速，神人輒鞭之，盡流血。石莫不悉赤，至今猶爾。"杜甫有詩《陪李七司馬造江上觀造竹橋》："合觀卻笑千年事，驅石何時到海東。"

[3] 錢王弩，《宋史·河渠志》載：浙江通大海，日受兩潮。梁開平中，錢武肅敬王（按，即錢鏐）始築捍海塘，在候潮門外，水晝夜沖激，版築不就，因命强弩數百以射潮頭，又致禱胥山祠。既而潮避錢塘東擊西陵。

[4] 明妃，即漢代王昭君。晉文帝諱昭，晉人改爲明君，因稱明妃。《元一

統志》:"昭君村,在湖廣歸州。舊州治東北四十里。"《清一統志》載:"湖北宜昌府:昭君村在興山縣南。"杜甫《詠懷古跡》其三:"羣山萬壑赴荆門,生長明妃尚有村。"又曰:"若道巫山女麁醜,何得此有昭君村。"現昭君村有珍珠潭、昭君臺等遺跡。

石城曲

美人在何處,家在石城西。石城艇子木蘭楫,門首[1]秋水青玻璃。芙蓉花落蓼花老,江上秋寒游客少。當窗理鬢默無言,眼底紛紛誰最好。君不見,東家好女嫁作商人妻,昨宵遣逐歸來啼。西家阿妹能作婦,夫婿情多翁姥怒。老守閨中良亦美,妾心清似石城水。石城水尚有波瀾,妾心乃如井水寒。

【注】

[1] 門首,《海陵詩彙》卷一六作"門前"。

夜泊蕪湖

孤月水天浮,中江夜泊舟。春星臨野大,漁火入雲流。人坐一壺玉,寒驚三月秋。翛然不思臥,更檢木棉裘。

蛬[1]

紅藤碧草陰,蟋蟀以秋吟。一覺空齋夢,月明如水深。夜風輕不動,人籟杳然沉。淒切調宮羽,天涯萬里心。

【注】

[1] 蛬,蟋蟀的別稱。晉代崔豹《古今注》卷中載:"蟋蟀,一名吟蛬,一名蛬。秋初生,得寒則鳴。"南朝宋鮑照《擬古》八首之七曰:"秋蛬挾户吟,寒

婦晨夜織。"

元日過馬當山[1]

一片馬當石，崚岣天半生。懸崖落人語，老樹挾風聲。嶽雪籠寒色，江春放晚晴。張帆值元日，應賦《快哉行》。

【注】

[1] 馬當山，《太平御覽》第一卷"馬當山"載："《九江記》曰：'馬當山，高八十丈，周回四里，在古彭澤縣北一百二十里。其山橫枕大江，山象馬形，回風急擊，波浪湧沸，舟船上下，多懷憂恐。山際立馬當山廟以祠之。'"

九日北城高眺

經旬坐拳室，放眼此登臨。老樹發寒籟，歸雲生暮心。半畦叢細菊，一雁度遙岑。故國無消息，秋風兩鬢侵。

海門署中曉起觀荷

一片相思月，雙溪菡萏天。露華殘夜重，花氣五更圓。流水碧如此，疎枝紅可憐。衙齋同徙倚，香遶茗甌前。

水仙花

瑤釵新拾得，欲以贈同心。萬里寒雲外，一江春水深。相思不通語，此恨恐難任。寂寞憐交甫，空成漢女吟。

錦城晚眺[1]

錦官城外錦江湄，閒跳[2]斜陽暮靄時。綠樹千盤來灌口，青山八字見蛾眉。公孫樓櫓遺灰盡[3]，丞相祠堂[4]古柏欹。歸路自邀明月照，市燈紅處酒懷宜。

【注】

[1]錦城，或錦官城，指四川成都，爲蜀錦的重要產地，故得名。南朝宋山謙之《丹陽記》載："歷代尚未有錦，而成都獨稱妙。故三國時魏則市於蜀，吳亦資西蜀。至是始乃有之。"明何宇度《益部談資》卷中載："成都，一名錦城，一名錦官城……成都城外皆平壤，竹樹蓊蔚，田地膏腴，江河諸流，交流貫絡。昔稱天府沃野，信非虛語。"

[2]閒跳，《綠雲紅雨山房詩鈔》作"閒眺"。

[3]公孫，指東漢末公孫瓚，遼西令支人，初爲遼東屬國長史，後爲袁紹所敗，自焚死。樓櫓，指防禦攻城的高臺。

[4]丞相祠堂，即諸葛武侯祠。諸葛亮在三國蜀漢後主建興元年（223）被封爲武鄉侯，故其廟又稱武侯祠。杜甫《蜀相》詩曰："丞相祠堂何處尋？錦官城外柏森森。"

將游邗上示弟妹

椿庭已買春江櫂，余亦重游保障湖[1]。三處別離勞夢想，一家骨肉爲饑驅。浮萍逐水風飄泊，飛燕依人壘有無。珍重晨昏北堂上，年來多病體清臞。

【注】

[1]保障湖，即保障河，原爲揚州護城河，後改名爲瘦西湖。

枯坐

枯坐虚堂静撐扉，閒評物理得先機。秋當熱甚花終少，春在[1]寒時蝶已飛。識字鄭牛[2]空自老，能言隴鳥[3]爲人犧。思量放浪江湖去，七尺漁竿一釣磯。

【注】

[1] 在，《綠雲紅雨山房詩鈔》作"正"。

[2] 識字鄭牛，源出於白居易《雙鸚鵡》詩："鄭牛識字吾嘗歎，丁鶴能歌爾亦知。"自注云："諺云，鄭玄家牛，觸牆成'八'字。"後世用此典形容人家有學者家風。

[3] 隴鳥，即鸚鵡。隴山産鸚鵡，故又稱隴鳥。《文選》卷一二禰衡《鸚鵡賦》："惟西域之靈鳥兮，挺自然之奇姿。"李善注曰："西域，謂隴坻，出此鳥也。"岑參《赴北庭度隴思家》詩曰："隴山鸚鵡能言語，爲報家人數寄書。"

夢中詩

支枕不成眠，相思爲誰苦。寒燈耿虛房，一夜梅花雨。

漂母祠[1]

千金報德渾閒事，一廟長年對碧流。到底熱腸青眼好，溪毛不到頜羹侯[2]。

【注】

[1] 漂母祠，《史記·淮陰侯列傳》載，韓信初爲布衣時，窮困潦倒，"信釣於城下，諸母漂，有一母見信飢，飯信，竟漂數十日。信喜，謂漂母曰：'吾必有以重報母。'母怒曰：'大丈夫不能自食，吾哀王孫而進食，豈望報乎！'"後

韓信功成封侯，遂賞賜漂母千金以作報答。後人爲紀念漂母，於今淮安望雲門外建此祠。萬曆《淮安府志》卷六載："漂母祠，舊在郡城西門內，成化初改遷西門外。"

[2]頡羹侯，指劉邦侄劉信。《漢書·楚元王傳》載："高祖微時，常避事，時時與賓客過其丘嫂食。嫂厭叔與客來，陽爲羹盡，櫟釜，客以故去。已而視釜中尚有羹，由是怨嫂。及立齊、代王，而伯子獨不得侯。太上皇以爲言。高祖曰：'某非敢忘封之也，爲其母不長者。'七年十月，封其子信爲頡羹侯。"蓋即其地名以侯之，而示怨也。元陳孚《漂母冢》詩曰："莫笑千金酬漂母，漢家更有頡羹侯。"

仲振履 字雲江，嘉慶戊辰進士，東莞知縣。[1]

【注】

[1]仲振履（1759—1822），《江蘇藝文志·泰州卷》載："字臨侯，號雲江，又號拓庵，別署羣玉山農、覽岱庵木石老人。清泰州人。鶴慶次子。嘉慶九年（1804）舉人，十三年進士。歷任廣東知縣，皆有善政。官恩平，修金塘橋；官興寧，禁水車，疏河道；官東筦，築虎阿碉台，平海防；官南河，築桑田，基衛農田，工費數萬計。振履身先士卒，以興數十百年之利。擢南澳同知，以疾歸，卒於家。"有《作吏九規》一卷、《秀才秘篇》一卷、《虎門攬勝》二卷、《嘉慶興寧縣志》十二卷及《家塾邇言》五卷。

題程禹山《南歸集》[1]

遊興亦已倦，征人胡不歸？風霜十年飽，骨肉一門饑。零落匣中劍，闌珊[2]身上衣。應知憔悴[3]伴，含淚下鳴機。

【注】

[1]程禹山，宣統《續纂山陽縣志》卷一〇《人物》載："字虞卿，天長人。嘉慶丁卯舉人，權使李如枚創文津書院，延主講席。在淮廿餘年，提倡風雅。詩以杜陵爲宗，各體皆造雄渾。詩餘亦工。"著有《遼海詩鈔》《水西閑館

詩》。光緒《重修安徽通志》卷二二九《人物志》載其著有《五經匯解》《漕河紀略》《石梁耆舊集》，另有《水莊閒舫詩鈔》。

[2] 闌珊，《淮海英靈續集》庚集卷五作"闌姍"。

[3] 憔悴，《淮海英靈續集》庚集卷五誤作"憔萃"。

羊城旅次贈王雲程、賈一樓、劉霽巖同年

記同走馬曲江隈，瞬息雲泥亦怪哉。笑我木天無福到，與君花地有緣來。五人出守惟江令，同年到粵者五，惟嵐霞得官。八口啼饑愧李悝。到底輸儂占風雅，僑居獨近越王臺。

羊城偶興

玉局仙人此舊遊，掀髯我亦儘風流。簪花髯禿烏巾敞，詠雪堂閒白戰收。檢點香籠裝鳳蠟，掃除竹徑待羊求。浮家到處皆堪住，不問儋州與惠州。

仲振猷 字雲浦，嘉慶戊辰舉人。[1]

【注】

[1]《海安考古錄》載仲振猷，字雲浦，海安人。乾隆己酉（1765）拔貢，嘉慶戊辰（1808）舉人，授鎮洋縣教諭。

相思曲

相思結子紅離離，美人種入春烟裏。子成還作相思樹，知子相思自恨起。相思不老人易老，愁抱春雲泣芳草。

偶成

繞屋濃陰蓋四圍，杜鵑空喚不聞歸[1]。此身恰似營巢燕，一口香泥一次飛。

【注】

[1] 不聞歸，《海陵詩彙》卷一八作"不如歸"。

姜鳳嵆 字胄儀，號桐軒，諸生，著《蛾術軒集》。[1]

【注】

[1]《揚州歷史人物辭典》載姜鳳嵆，生卒年不詳，清泰州人，嘉慶時諸生，嗜經史，致力於詩、古文辭。著有《海陵詩學源流考》《蛾術軒詩文集》《桐軒詩話》《叢談偶錄》傳於世。《江蘇藝文志·泰州卷》載其爲姜舒祺次子。

觀刈

種花得春華，種禾得秋實。水田稻花香，轉眼秀秔秫。夜闌呼婦子，月落曉星出。刺船載槳往，雜坐不容膝。秋風吹騷騷，腰鐮聲銍銍。驚起白鷗飛，黃雲堆落日。

鏡香井歌[1]

北斗臨城列井宿，州有七星井。歲久闌干綠苔繡。更有古井名鏡香，宋明幾度更滄桑。泮池塔影已非舊，此水猶得鄰宮牆。憶昔何陳茸相繼，數典愁荒昔人制。銀牀拾得泥沙中，依稀上有文曲字。君不見，開化院井清且澄，松風滿院伴老僧。又不見，天目山井舋且久，仙翁隱去名不朽，何如一泓照清影。常近齋盤味孤冷，汲古要須得修綆[2]。

【注】

[1] 鏡香井，嘉慶《揚州府志》卷一〇"泰州"載："在州儒學授諭廳之東，宋井也。圍徑三尺五寸，深十二丈，湮廢既久。成化十九年，訓導何湘得其故址而重甃焉。正德間學正陳琦重浚，得舊井欄，上有'文曲井'三字。"詩中所言"何陳"即指何湘和陳琦。

[2] 唐韓愈《秋懷》詩之五："歸愚識夷途，汲古得修綆。"《荀子·榮辱》："短綆不可以汲深井之泉。"

登報恩寺浮圖歌[1]

燕邸龍飛初得國，雄心耿耿無人識。報恩建刹選佛場，天禧古寺生顏色。金錢不數萬工池，善財樓閣彈參差。飛甍畫棟煥初地，迥越赤烏初建時。英主尚未愜懷抱，七級浮圖矗雲表。高撐江南半壁天，龍尾怒向空中掃。清遊聯袂披秋風，遙聞梵宇鏗晨鐘。珠宮貝闕開簾櫳，石橋古水流淙淙。御碑絢爛碧瓦護，蟠龍夭矯凌高穹。摳衣拾級上傑閣，采繪鐵鳳盤虛空。履危陟險興未已，歷境萬變如鬼工。入門陰森密無罅，翻疑白晝成長夜。閶闔石級蕩心魄，蟻伏虵行不知罷。懸空一線鑿天光，紆迴百折窈微茫。飛梯愈轉勢愈陡，陡見萬里開洋洋。江流汨汨向東去，蜿蜒山骨撐低昂。棲霞牛首[2]入方寸，一髮橫截千峰蒼。梯雲陟盡時目眩，蒼茫不復分郡縣。仰視鴻濛只一氣，江山頃刻烟雲變。乃知龍蟠虎踞自千秋，雄圖霸業空浮漚。君不見，塔鈴自語江風急，波底老蛟夜深泣。

【注】

[1] 報恩寺，《金陵梵刹志·報恩寺》卷三一載："聚寶山報恩寺，在都城

外南城地，離聚寶門一里許，即古長干里。吳赤烏間，康僧會致舍利，吳大帝神其事，置建初寺及阿育王塔，實江南塔寺之始。後孫皓毀廢。旋復晉太康間，劉薩河又掘得舍利於長干里，復建長干寺。晉簡文帝咸安間，敕長干造三級塔。梁武帝大同間，詔修長干塔。南唐時廢。宋天禧間，改天禧寺。祥符中，建聖感塔。政和中，建法堂。元至元間，改元興天禧慈恩旌忠寺。至順初，重修塔。元末毀於兵。國朝洪武間，工部侍郎黃立恭奏請修葺。永樂十年，敕工部重建梵宇，皆準大内式，中造九級琉璃塔，賜額'大報恩寺'。"

[2] 牛首，山名，在今江蘇南京，又稱牛頭山，因山形似牛頭而得名。

燕子謠

燕燕來，燕燕來，東家畫梁無纖埃。雙來雙去穿繡户，銜泥不惜污妝臺。搆得新巢爲育子，采花掠魚忙不止。乳毛初脱各遠颺，大抵生兒類如此。詩人觸境增歎吁，終朝鹿鹿何爲乎？饒汝白頷封侯相，不及人家屋上烏。

雁

天掃秋陰淨，江涵樹影開。因知烟水興，不爲稻粱來。落日迥戈地，西風戲馬臺。冥冥向寥廓，鷗鷺莫相猜。

看劍和繆漁湖

胸少不平事，何爲横膝看。自從讀史後，久識報恩難。彈鋏星文動，迎眸電影寒。壯懷頻激烈，只在酒初乾。

和霜泉立秋日江上即事[1]

澂江清曉狎沙鷗，管領天光一葉秋。細雨暗添瓜步水，好風先送秣陵舟。牀聯玉局思前事，余與霜泉讀書清徵道院。箋擘松花紀勝遊。去去莫教豪氣減，元燈朗朗照吾州。前癸卯解元爲吾鄉王雪樵先生[2]。

【注】

［1］霜泉，項霜泉，《退庵筆記》卷二三載："仁和學霸也。"

［2］王雪樵，《退庵筆記》卷八載："王雪樵先生，雍正癸卯領解，時年已六十。又十年，卒。無子，居歌舞巷。法時帆祭酒《槐廳載筆》稱，其少時與妻不睦，致妻忿而自經。領解後終遂身不赴禮闈，蓋不敢渡黃也。自此説出里人，盛傳其事。"又卷二亦載："國朝王雪樵先生（小字：晉原）中雍正癸卯解元。"有《雪樵文集》。

登北極閣[1]

臺高遠並北辰懸，拾級徐登思渺然。山色南來初度鳥，江聲西去欲連天。空餘古堞環腰下，直送浮雲過眼前。不識漏催元武夜，繡襦人往幾千年。

【注】

［1］北極閣，見前文《登北極閣》注。

送漁湖同坦菴之常山官署[1]

嫩柳初芽怕折枝，匆匆寫就送行詩。過江風物知無限，尺五刀魚上網時。

桃花春水鱖魚肥，指點桐江舊釣磯。到得定陽春正滿，楝花風裏試單衣。

【注】

[1] 坦菴，即宦履基。見前文注。漁湖，蓋即上文《看劍和繆漁湖》中的繆漁湖，生平不詳，待考。常山，位於浙江西部。東漢建安二十三年（218），析置定陽縣。唐咸亨五年（674）置常山縣，因縣南有常山而得名。南宋咸淳三年（1267）置信安縣。元至元十三年（1276）復置常山縣。

羅克俵 字靜安，號夏園，諸生。[1]

【注】

[1] 羅克俵，泰州人。爲宦國苞主導發起的詩社芸香社成員之一。著有《槐西斗室初稿》。

黃金臺[1]

六國事紛爭，燕昭志復古。築臺禮英才，黃金漫相與。得士邁縱橫，頗爲仁義語。惜哉騖荒誕，中道慕冲舉。大業罔克終，賢才散如雨。我來登此臺，問名弗心許。未聞古泰交，其迹同貨取。始進況已非，成功安可覩？憑弔發長歎，慨焉歌《杕杜》[2]。

【注】

[1] 黃金臺，位於燕山側。清申涵光《詠古》詩："我聞燕山側，昔有黃金臺。千金買馬骨，遂有壯士來。壯士不爲金，感君重士心。"（卓爾堪輯《遺民詩》卷五）光緒《順天府志》卷二七《地理志九》載："燕黃金臺，近上臺北里許，舊有小黃金臺。"小字注曰："任昉《述異記》：燕昭王爲郭隗築臺，在幽州燕王故城，中士人呼爲賢士臺，亦謂招賢臺。《迺賢集》：黃金臺在大悲閣東南隙臺坊内。《明一統志》：臺在府東南十六里，又一曰小黃金臺，在府東南十五里。

《長安客話》：都城，黃金臺出朝陽站外，循壕而南至東南角，巍然一土阜是也。"

[2]《杕杜》，爲《詩經·唐風》中的一首詩，是一位女子思念久役丈夫的詩，後作爲慰勞戍役歸來將士們的演奏樂章。

楊花吟

不見楊花開，但見楊花落。爲花惜飄零，爲萍歎飄泊。飄零復飄泊，春風總斷魂。翻思不如葉，葉落歸故根。

鬻牛歎

垂首驅牛行，相逢長太息。頻年罹水災，田廬盡漂沒。率族逃四方，避荒就口食。飯牛嗟無糧，謀生苦無術。鬻牛以資生，急售甘賤值。牛銜芻牧恩，屠身不敢惜。人念耕耘功，引手不忍釋。倘獲水落歸，春疇藉何力。剜肉而醫瘡，自痛非良策。我見亟問之，不覺聲嗚邑。徒廑饑溺憂，幸免燮理責。

防水行

河渠執事當水立，萬夫如蟻畚鍤[1]集。桃花水汛三月張，十丈金湯[2]勢不敵。下游郡邑東作興，大年小來俱未登。低窪偏災已入告，請蠲請邮[3]憂填膺。霖淫浹月更不止，崇堂生衣木生耳[4]。只疑上涔下泛會一期，將爲小小閭閻一劫爾！達人此際猶夷然，小民情迫思安全。恐鄰或以我爲壑，大隄聚守夜不眠。嗟嗟！西南苦戰爭，東南幸承平。西南防兵勝防水，何爲乎使我東南防水如防兵？天道人事難臆決，盱衡[5]惟有心怦怦。

【注】

　　[1] 畚鍤，亦作畚臿，指挖運泥土的用具。畚，用竹篾或草繩編織而成的盛土器具，鍤是挖土的鍬。宋周莊《重築蔣溪堰記》曰："少霽則畚鍤蟻聚，薪葑雲積，往往不旋踵而潰者屢矣。"

　　[2] 金湯，又作金城湯池，指金屬造的城，沸水流淌的護城河，形容城池險固。《漢書·蒯通傳》："必將嬰城固守，皆為金城湯池，不可攻也。"顏師古注曰："金以喻堅，湯喻沸熱不可近。"《海陵詩彙》卷一九作"金隍"。

　　[3] 蠲，指免除賦稅；卹，指救濟撫恤。

　　[4] 木生耳，因雨水多而潮濕，故而枯木生耳，即木耳。乾隆《商南縣志》卷五載"木耳"："萬山中雜樹繁多，土人伐木生耳，俗名砍扒。先一年伐木，次年夏間生耳……鄉民獲利萬金。"《宋史筆斷》卷之九載"正如天否地塞。"

　　[5] 盱衡，指觀察，縱觀。清錢謙益《張公路詩集序》："昔年營陳戰壘，盱衡時事，懕懕肰有微風動搖之慮，目瞪口噤，填胸薄喉。"

周孝侯讀書臺[1]

尋常[2]數墨經博士，定遠遇之笑不止。奇才跅弛不知古，子明視之若無覩。乃知讀書貴有用，人不誤書書益重。不見陽羨周孝侯，雄武忠義無與儔。少時為暴里中苦，一語感悟即改修。入山殺虎水屠蛟，勇敢精進真人豪。至今折節讀書處，層臺終古名俱高。吁嗟乎猛虎不食人，効能翻覺勝麒麟。長蛟不為害，呈奇亦可長。鱗介男兒正厥終，陬生鄙士皆下風。嗚呼！何不改行正厥終。

【注】

　　[1] 周孝侯，即晉平西將軍周處，字子隱。《晉書》卷五八《周處傳》載："義興陽羨人也。父魴，吳鄱陽太守。處少孤，未弱冠，臂力絕人，好馳騁田獵，不修細行，縱情肆慾，州曲患之。處自知為人所惡，乃慨然有改勵之志。……父

老歎曰：'三害未除，何樂之有？'處曰：'何謂也？'答曰：'南山白額猛獸、長橋下蛟並子爲三矣。'處曰：'若此爲患，吾能除之。'處乃入山射殺猛獸……經三日三夜，人謂死，皆相慶賀。處果殺蛟而反，聞鄉里相慶，始知人患己之甚矣。乃入吳尋二陸。勵志好學，有文思，志存義烈。"

[2] 尋常，《海陵詩彙》卷一九作"尋行"。

登歌風臺[1]

萬乘還鄉日，高歌樂此臺。丈夫竟如是，猛士亦堪哀。井邑留湯沐，風雲入酒杯。我非狂阮籍，望古獨徘徊。

【注】

[1] 歌風臺，漢高祖劉邦還歸沛，置酒於沛宮，悉召故人父老子北縱酒。酒酣，高祖擊筑，自爲歌詩。即《大風歌》："大風起兮雲飛揚，威加海內兮歸故鄉，安得猛士兮守四方。"後人在此築臺立碑刻歌辭，取名歌風臺。此臺位於江蘇省沛縣東泗水西。

讀《甌北集》[1]

袁蔣[2]云亡後，靈光[3]尚此君。弓衣旋萬里，壇坫得三分。閱歷增奇險，搜羅炫見聞。由來長揖者，拜泣共殷殷。

【注】

[1] 《甌北集》，清趙翼詩集。趙翼，號甌北，故名。又著有史學著作《廿二史札記》《陔餘叢考》。

[2] 袁蔣，指清朝袁枚與蔣士銓。舒位《瓶水齋詩話》云："袁蔣兩家詩，實是儵敵。袁長於抒寫情性，蔣善於開拓心胸。袁之功密於蔣，蔣之格高於袁。各有擅場，不相依附。"此二人與趙翼齊名，稱"江左三大家"，或稱"乾隆三大家"。

[3] 靈光，源出王延壽《魯靈光殿賦》："自西京未央建章之殿，皆見墮

壞，而靈光歸然獨存。"後稱碩果僅存之老成人物爲魯靈光。趙翼《吴穀人祭酒過草堂邀稚存味辛同集》詩曰："公等已皆稱老年，衰翁得不魯靈光。"

庚申省試莫愁湖雅集[1]

打槳出西州，名湖得莫愁。晚荷當檻落，秋水入階流。時湖漲。風雅徵同調，江山引勝遊。盛筵知不易，扶醉復登樓。

【注】

[1] 莫愁湖，位於南京水西門外，以女子莫愁得名。《舊唐書·音樂志》載《莫愁樂》："《莫愁樂》，出於《石城樂》。石城女子名莫愁，善歌謡。《石城樂》和中復有'莫愁'聲，故歌云：'莫愁在何處？莫愁石城西。艇子打兩槳，催送莫愁來。'"

蘇屬國[1]

節毛零落髮蒼蒼，回首丁年淚滿裳。窮海帛書秋繫雁，寒氈雪窖夜呼羊。祇聞裂土褒劉敬[2]，空使圖形殿霍光[3]。猶幸不同洪待制[4]，纔歸沙漠又炎荒。

【注】

[1] 蘇屬國，指漢使蘇武。《漢書》卷五四《蘇武傳》載，天漢元年（前100），蘇武以中郎將出使匈奴，被扣留拘禁。蘇武堅貞不屈，曾徙北海牧羊。十九年後即昭帝始元六年（前81）乃還，時須髮盡白。回到漢朝後，"拜爲典屬國，秩中二千石"。後人因稱其爲"蘇屬國"。

[2] 劉敬，原名婁敬。《史記》卷九九《劉敬列傳》載，齊人也，漢五年，戍隴西，過洛陽，見高帝，獻定都西都關中之策，有功，故賜姓劉氏，拜爲郎中，號爲奉春君。漢七年，劉邦親征匈奴，劉敬認爲不可，後劉邦被困於平城。圍解，劉敬主張和親，並建言將六國貴族後裔及豪門大族遷往關中，可以剗除地方豪强勢力，也可防禦外族入侵。劉邦從其言，徙十餘萬人定居關中。

[3] 霍光，字子孟，河東平陽（今山西臨汾）人。武帝時，歷官奉車都尉、光禄大夫，加大司馬大將軍，封爲博陸侯。曾輔昭帝，廢昌邑王，立宣帝。秉政前後二十年。地節二年卒，謚宣成。《漢書》卷六八有傳。

　　[4] 洪待制，即南宋著名文學家洪邁。曾官起居舍人、吏部員外郎、翰林學士、龍圖閣學士、端明殿學士。紹興三十二年（1162）春，金世宗完顔雍遣使議和，洪邁爲接伴使，力主"土疆實利不可與"。洪邁以翰林學士名義充賀金國主登位使。至金國燕京，金人要洪邁行陪臣禮。邁初執不可，既而金鎖使館，自旦及暮，不給飲食，三日乃得見。金大都督懷中提議扣留邁，因左丞相張浩反對，乃遣還。洪邁回朝後，殿中御史張震彈劾邁"使金辱命"，論罷之。故乾道二年（1166），知吉州（今江西吉安），後改知贛州。

白下

撥盡琵琶酒不勝，留都遺事説頻仍。汪黄[1]有計爭迎立，管葛[2]無人失中興。内殿烏絲呈燕子，中宵象板[3]按春燈。風流占斷規模陋，愁對鍾山憶孝陵。

【注】

　　[1] 汪黄，指宋奸臣汪伯彦和黄潛善二人。見前《詠古雜樂府》注。

　　[2] 管葛，指管仲與諸葛亮並稱。源於《世説新語·賞譽》："殷淵源在墓所幾十年。於時朝野以擬管、葛，起不起，以卜江左興亡。"管仲爲春秋齊相，諸葛亮爲三國蜀相。後以代賢臣良相。杜甫有詩《別張十三建封》："君臣各有分，管葛本時須。"

　　[3] 象板，又稱牙板。以象牙制作的拍板，奏曲或演唱時用以擊節。魏晉時興起拍板，初以硬木制作，後豪門以象牙爲之，流傳後世。

讀《元遺山集》[1]

火起幽蘭國運艱，亡金文獻有遺山。行歌慷慨餐芝外，老淚悲涼賣藥間。一代中聲開至大，百年孤憤報完顏。殘編讀罷杯頻酹，海上游魂招不還。

【注】

[1]《元遺山集》是金代元好問詩文別集，共四十卷。元好問（1190—1257），字裕之，號遺山，世稱遺山先生，山西秀容（今忻州）人，金亡不仕。其才華橫溢，詩、文、詞、曲，各體皆工，被稱爲"一代文宗"。

絡緯

一片秋聲颺遠空，蕭蕭絡緯曳西風。響驚纖手三緵外，怨入迴文百轉中。豈有經綸遺草澤？漫勞機杼出昆蟲。清吟我自慚才短，軋軋如抽恐未工。

按劍圖

淮陰逢惡少，胯下一俯首[1]。原彼含忍時，志不屑屠狗。

【注】

[1] "淮陰"句，言淮陰侯韓信事。《史記》卷九二《淮陰侯列傳》載："淮陰屠中少年有侮信者，曰：'若雖長大，好帶刀劍，中情怯耳。'衆辱之曰：'信能死，刺我；不能死，出我袴下。'於是信孰視之，俛出袴下，蒲伏。一市人皆笑信，以爲怯。及項梁渡淮，信杖劍從之，居戲下，無所知名。"後屬項羽，羽不用。後又投靠劉邦，亦不被重用，蕭何舉薦，稱其"國士無雙"，拜爲大將，平定三秦。

鄒耳山《聲玉山齋詩集》題辭[1]

張皇庸行最爲難，那得驚心眩目看。拈出幾章新樂府，幽光靈氣滿毫端。

米珠薪桂習爲常，鸞婦遺孩極慘傷。讀到痛深詞激處，居然言職告流亡。

憂貽堂上白頭親，一病方知貴守身。脱口不嫌無粉飾，嘔心都覺是天真。

香山最說西湖好，太白遥探禹穴奇。名勝由來助才藻，卷終高唱浙游詩。

【注】

　　[1] 鄒耳山，即鄒熊。見前文注。《海陵詩彙》載此詩共八首。此爲第四、五、六、七首。

田琳　字林玉，號鶴舫，諸生。[1]

【注】

　　[1]《清人詩文集總目提要》上册載："田琳，乾隆年間與泰州宫國苞、鄒熊等結芸香詩社。早逝。有《鶴舫詩鈔》不分卷。"《淮海英靈續集》庚集卷四載田琳小傳曰："王又村云：'鶴舫詩品行誼皆挺拔邁俗，與宫國苞、仲振履、鄒熊、葉兆蘭、羅克伩、周煦結芸香吟榭，海陵風雅賴之。'"

擬古

中懷何耿耿，夷猶春江曲。杜若滿芳洲，欣欣隨意綠。將以遺所思，采之不盈掬。嗟我佳公子，涓涓隔烟水。期君君不來，落日暮山紫。

繆竹癡畫竹歌[1]

竹癡畫竹胸無竹，走筆一隨興所觸。興來信手寫數枝，颯颯空堂起寒綠。有時畫以密爲疏，尺幅之中千萬株；有時復以疏爲密，徑丈之中只數筆。密密疏疏無定譜，揮毫直欲空千古。雨驟風馳筆正酣，其時自亦難爲主。鶴舫齋中得一幀，氣骨神韻皆天成。涼秋高張雪色壁，疑有中宵風雨聲。

【注】

[1] 繆竹癡，道光《如皋縣續志》卷八載："繆中，字牧人，號竹癡，東台附貢生，工詩，善書畫，尤好義舉。吳野人《陋軒集》外尚有遺詩，補刊焉。卒年六十有四。"

夜坐

雨洗碧空淨，烟光帶露流。誰家弄長笛，吹起故鄉愁。花影半簾月，蟲聲滿院秋。消除塵慮盡，此境最清幽。

老將

壯心猶未已，部曲幾人存。久醒封侯夢，難忘報主恩。據鞍雄顧盼，摞甲數瘢痕。定遠殊堪笑，徒思入玉門。

白下寓齋友人留飲

衝泥來訪舊柴門，長板橋頭柳半髡。雨後虹如才子氣，月中花似美人魂。地爲舊院遺址。重談往事經三載，共趁新涼潑一尊。沉醉只愁歸路晚，鷲峯鐘鼓報黃昏。

答同社諸子書

雙魚遥寄五雲箋，情愫聊憑七字傳。詩境漸如淮橘化，風懷猶作海棠顛。久拋舊雨連今雨，纔到中年羨少年。爲訂清秋重把晤，鵲湖來放米家船。

送友[1]

客中情好正依依，又理征帆掛夕暉。身似落花留不住，與春來亦共春歸。

【注】

[1]《海陵詩彙》卷一六載此詩共二首。此爲第二首。

新雨初霽池上納涼

夕陽返照雨初收，漠漠烟光滿院流。忽有清風生兩腋，再遲三日是新秋。

吳渙　字待軒，著《枕流閣詩鈔》。[1]

【注】

[1]《揚州歷史人物辭典》載，"吳渙，生卒年不詳，字待軒，清江都人。嘗問詩於黃文暘，與江藩等友善。往來江淮間，後居泰州。貧不能自給，苦吟不絕。"清王豫、阮亨輯《淮海英靈續集》庚集卷五載吳渙小傳，曰："江都布衣，

待軒，祭酒苑之元孫。"

上方寺晚眺[1]

躡屐步崇岡，落木起寒色。川原同莽蒼，憑眺渺無極。空亭澹夕暉，歌吹久岑寂。古人不可攀，俯仰慨今昔。入暮疏鐘鳴，新月掛東壁。

【注】

[1]上方寺，有多處，一是座落於河南開封，始建於晉天福年間（或曰北齊天保十年即559年，或曰魏甘露五年即260年），本名等覺禪林，或曰鐵塔寺。慶曆中改名上方寺，又名光教寺，清乾隆十六年（1751）改名爲大延壽甘露寺。二是位於揚州蜀岡東，又名禪智寺、竹西寺，原爲隋煬帝離宫，後爲佛寺。明人魏驥《上方寺碑記》載："煬帝嘗夢夜游兜率天宫，聽彌勒佛説法。既寤，遂以離宫施爲寺。"後乾隆南巡時多次臨寺。此詩所言蓋即揚州的上方寺。（陳橋驛主編《中國都城辭典》"寺觀"）

落葉歌

秋雨淅淅風蕭蕭，委塵黄葉辭柯條。飄入蒼烟翻屋角，收拾秋心歸寂寞。幾番惆悵倚欄看，霜花著髩悲摇落。回憶芳園青滿樹，不覺流光暗中度。嗚呼！人生遷變亦如此，昔日少年今老矣。

送湯秀谷之豫章[1]

江水自悠悠，江帆送客舟。相思千里别，迢遞一天秋。孤枕添吟興，西風動旅愁。歸期定何許，深與話離憂。

【注】

[1]湯秀谷，生平不詳。《晚晴簃詩匯》卷一九七録有性恬《喜湯秀谷自鄱

陽歸》一詩。

懷劉臥松[1]

去歲重陽日，黄花一送君。秋風今又老，白髮感離羣。海氣杯中合，山光夢裏分。何時同倚劍，細細説從軍。

【注】

[1] 劉臥松，生平不詳。清黄本驥集《三長物齋詩略》卷四載有詩《重九日過鐵佛寺遇峨眉行脚僧長清，時年百四歲》，中有小字注曰："去秋於雲陽樓作看山詩社，有西岳道士劉臥松適與其會。"知劉臥松爲西岳道士。

蛾眉怨[1]

勿怪郎意疏，自歎妾年老。昔日鏡中花，今時路旁草。

【注】

[1] 蛾眉怨，樂府詩題，又寫作《娥眉怨》，宋鄭樵《通志·樂略》載爲相和歌楚調十曲之一。

韓光榮 字曉村。

白溝送客歸江南

昨日渡河來，今日渡河去。天寒雨雪多，明日復何處。北風吹我心，共入江南路。

廢圃

數畝荒涼地，城隅一帶偏。春風吹不到，秋月自孤圓。鳥鼠尋陳跡，蓬蒿起暮烟。何人來牧馬，衰草尚芊芊。

答同社書

故人書到勸加餐，去住其如事百端。有母別當垂老日，無衣行況晚秋寒。空囊作客神先沮，長路依人鋏怕彈。到底壯心消不得，一鞭風雪上征鞍。

韓一鳴　字柳村，諸生。

范隄觀海[1]

到此難爲水，纔知天外天。發源在何處，縱目竟無邊。日出鯨波湧，烟消蜃市懸。大隄隄畔路，惆悵弔前賢。

【注】

[1] 范隄，即范公隄，淮南、通泰鹽區的擋潮大隄。宋天聖年間，范仲淹上書建議急速修復捍海堰，以救萬民之災。後歷經四年，終修成，"來洪水不得傷害鹽業，擋潮水不復傷害莊稼。"後人們修建范公祠以紀念范仲淹。經明清兩朝數次大規模的海隄修築工程，范公隄逐步南北延伸，形成橫貫蘇北的捍海御滷大海隄。

寄懷白下金二曙帆

客思經秋苦，還添別恨深。關河孤館夢，風雨一燈心。淚落尊中酒，聲銷爨下琴。人生似溝水，各自感浮沉。

嚴灘懷古[1]

羊裘着去豈無因，捷徑由來是富春[2]。七里烟波聊遁跡，一生心事託垂綸。客星枉自占漁父，天子何曾忘故人。若使堂廉誠盛德，何妨朋友亦君臣。

【注】

[1] 嚴灘，又稱子陵灘，位於今浙江省桐廬縣南富春江上，爲東漢嚴光隱居垂釣處。因江上往來船只多在此收纜，故又稱收纜灘。嚴光，《後漢書》卷八三有傳，曰：字子陵，一名遵，會稽餘姚人。少有高名，與光武同游學。及光武即位，乃變名姓，隱身不見。後除爲諫議大夫，不屈，乃耕於富春山，後人名其釣處爲嚴陵灘焉。年八十，終於家。

[2] 清王文清《嚴灘懷古》詩曰："富春山下是嚴灘，灘上羊裘送急湍。"

雨中同楊竹菴再過且住軒小集分得春字[1]

疏雨蕭蕭洒麴塵，元亭又見草成茵。來如燕子重尋社，開過桃花不是春。嗜酒半生痴有癖，縱譚一夕語驚人。不知此會成佳話，道路爭傳折角巾[2]。

【注】

[1] 楊竹菴，即上文楊尊夔。

[2] 折角巾，典出自《後漢書》卷六八《郭太傳》："郭太，字林宗，太原

界休人也……身長八尺，容貌魁偉，褎衣博帶，周游郡國。嘗於陳梁閒行遇雨，巾一角墊，時人乃故折巾一角，以爲'林宗巾'。其見慕皆如此。"後世用"折角巾"指文人之冠，亦指文人風流儒雅，也常用作雨中外出的典故。盧照鄰《詠史四首》其二："沖情甄負甑，重價折角巾。"

暮春送別

離亭一別即天涯，雲碧山青正憶家。只有楊花飛不散，紛紛如雪裏征車。

李宸 字楓崖，諸生。[1]

【注】

[1] 民國《續纂泰州志》卷二五載李宸，"字楓崖，諸生。山東東阿屯官……工詩，與邑中諸名士結芸香詩社於芝山精舍，題其楹曰'僧無酒禁，人尽詩豪'，其風雅可想。著有《粵游草》四卷。"

送韓曉村再遊大梁[1]

一別十年久，歸來意更親。入門看鬢鬚，剪燭說風塵。結客黃金盡，聊吟白社[2]新。緣何留不得，又作遠遊人。

去去復何處，梁園此再過。晴雲開鐵嶺，夜雨下黃河。屠狗英難盡，聞雞涕淚多。平生豪俠氣，客路半消磨。

【注】

[1] 韓曉村，即上文韓光榮。大梁，即戰國魏梁都城，在今河南開封市西北。

［2］白社，地名，位於洛陽故城建春門東。《晉書·隱逸列傳》載："董京，字威輦，不知何許人。初與隴西計吏俱至洛陽，被髮而行，逍遙吟詠，常宿白社中，時乞於市，得殘碎繒絮，結以自覆，全帛佳綿則不肯受。或見推排罵辱，曾無怒色。孫楚時為著作郎，數就社中與語，遂載與俱歸，京不肯坐……後數年，遁去，莫知所之。"後世喻指隱士之所。

月夜同人登燕子磯

名山屈曲枕金陵，此日同攀最上層。十丈奇峰盤古樹，一江秋水散魚燈。疏狂只許容吾輩，閒曠居然讓老僧。徙倚莫嫌歸路晚，等閒高處得先登。

卷四

許浩 字本泉。

荊軻[1]

笑睨無秦帝，圖窮色不驚[2]。術由生劫誤，名以報恩成[3]。慷慨衝冠氣，悲涼擊筑聲[4]。如何魯句踐[5]，事往獨相輕。

【注】

[1] 荊軻，戰國末期衞國朝歌人，好劍，剛勇善謀。至燕國後改稱荊卿。荊軻刺秦王故事，事見《史記·刺客列傳》。

[2] 《史記·刺客列傳》載，秦王於咸陽宮見燕使者，秦舞陽奉地圖柙而色恐，荊軻復取圖奏於秦王。秦王發圖，圖窮而匕首見。荊軻持匕首揕秦王。

[3] 《史記·刺客列傳》載，荊軻被八創，自知事不就，倚柱而笑，箕踞以罵曰：“事所以不成者，以欲生劫之，必得約契以報太子也。”左右殺荊軻。

[4] 寫衆人送荊軻場景。《史記》卷八六《刺客列傳》載，太子及賓客知其事者，皆白衣冠以送之。至易水之上，既祖，取道，高漸離擊筑，荊軻和而歌，爲變徵之聲，士皆垂淚涕泣。復爲羽聲忼慨，士皆瞋目，髮盡上指冠。

[5] 《史記》卷八六《刺客列傳》載，“荊軻游於邯鄲，魯句踐與荊軻博，爭道，魯句踐怒而叱之，荊軻嘿而逃去，遂不復會。”後魯句踐聞荊軻刺秦王，私曰：“嗟乎！惜哉其不講於刺劍之術也！甚矣吾不知人也！曩者吾叱之，彼乃以我爲非人也！”

蕪城

淮東第一是維揚，覽勝來登古蜀岡[1]。羅綺六宮隋大業，文章千古宋歐陽[2]。豔稱傍輦司花女，高築平山載酒堂[3]。帝子才人兩春夢，竹西烟月自茫茫。

【注】

　　[1] 蜀岡，地名，位於揚州。詳見卷一《客悔齋，送汪舟次之龍岡》詩注。

　　[2] 宋歐陽，即宋朝文人歐陽修，曾推行"慶曆新政"，失敗後被迫離開開封，出知滁州。慶曆八年（1048），轉起居舍人，依舊知制誥的身份，徙知揚州。任期僅一年。

　　[3] 歐陽修曾於揚州建平山堂。葉夢得《避暑錄話》載："歐陽文忠公在揚州作平山堂，壯麗爲淮南第一。堂據蜀岡，下臨江南數百里，真、潤、金陵三州隱隱若可見。公每暑時，輒凌晨攜客往游，遣人走邵伯取荷花千餘朵，以畫盆分插百許盆，與客相間。遇酒行，即遣妓取一花傳客，以次摘其葉，盡處飲以酒，往往侵夜，載月而歸。"

讀《椒堂遺集》有感[1]

猿鶴空山痛失羣，重抛殘淚讀遺文。生前心血搜應盡，紙上吟魂喚莫聞。那有黃金能鑄骨，斷無青眼[2]不憐君。蕭蕭宿草西郊路，三尺殘碑伯道[3]墳。

【注】

　　[1]《椒堂遺集》爲吳陵作品集。見前"吳陵"注。

　　[2] 青眼，表示對人喜愛或器重。《晉書·阮籍傳》：籍能作青白眼，見俚俗之士，以白眼對之。嵇康造焉，乃見青眼。

　　[3] 伯道，晉人鄧攸字。《晉書·鄧攸傳》載："永嘉末，（攸）没於石勒。……石勒過泗水，攸乃斫壞車，以牛馬負妻子而逃。又遇賊，掠其牛馬，步走，擔其兒及弟子綏。度不能兩全，乃謂其妻曰：'吾弟早亡，唯有一息，理不可絕，止應自棄我兒耳。幸而得存，我後當有子。'妻泣而從之，乃棄之。其子朝棄而暮及。明日，攸系之於樹而去。……攸棄子之後，妻不復孕……卒以無嗣。時人義而哀之，爲之語曰：'天道無知，使鄧伯道無兒。'"後世用此指賢士無子。

俞國華　字蔚村。[1]

【注】

[1] 俞國華,清泰州芸香社詩人之一。道光時人。

西郊

短隄曲曲近西郊,偶爲尋秋俗慮抛。山色遠從疏樹出,水光低與暮雲交。一帘酒市人探菊,半角殘陽鳥認巢。遊興漸慵詩興起,草堂門在月中敲。

冬夜病中有感兼柬友人

壯志蹉跎負此身,聞雞夢裏覺酸辛。峭寒風力能冰酒,深夜鑪灰不煖人。藥尚可醫非是病,袍多相贈豈爲貧。掉頭悟得三生幻,舊雨箴規豈厭頻。

咏史

江東已識無卿比,關内如何失此賢[1]。太息桓温空跋扈,竟將人傑讓苻堅[2]。

【注】

[1] 此詩詠前秦苻堅大將王猛事。《晉書·王猛傳》載,"王猛,字景略,北海劇人也,家於魏郡。少貧賤,以鬻畚爲業。博學好兵書。"東晉桓温曾約見王猛,捫虱而談天下大勢。後佐前秦主苻堅,使前秦國力强盛。後人多以秦苻堅得王猛,自以爲若玄德之遇孔明。或以王猛比孔明。

[2]"太息"二句,《晉書·王猛傳》載,"桓溫入關,猛被褐而詣之,一面談當世之事,捫虱而言,旁若無人。溫察而異之。賜猛車馬,拜高官督護,請與俱南。猛還山諮師,師曰:'卿與桓溫豈並世哉!在此自可富貴,何爲遠乎!'猛乃止。"後苻堅聞猛名,遣呂婆樓招之,加以重用,選任中書侍郎、京兆尹、吏部尚書、尚書左僕射、司隸校尉等職,參與樞機決策。抑制豪強,加强集權,實行法治,發展農桑,使前秦強大。

豆花

蔓牽屋角蔭蒼苔,千點花從雨後開。絡緯一聲涼似水,秋風先上短牆來。

吳增禄　字錫藩,號爕堂,諸生。

偶成

未醉我謀醉,既醉我無事。咄哉荷鍤人,乃爲身後計。

雨中登高

佳節恐虛度,登臨强自寬。滿城迷宿雨,雙屐[1]破朝寒。覓句空搔首,逢人漫整冠。濛濛烟樹裏,誰把菊花看。

【注】

[1]雙屐,《海陵詩彙》卷一五作"雙履"。

秋夜懷夏園、耳山、紅舫客秦淮[1]

秋風楊柳拂青谿，秋水空明夕照低。料得酒樓燈欲上，一船人語過橋西。

【注】

[1] 夏園，即羅克佽；耳山，即鄒熊；夏紅舫，即夏蘭，夏震長子。均見前文注。

感舊

翡翠衾寒酒醒時，消魂滋味有誰知。雨中花片風中絮，愁煞當年杜牧之。

一簾花影燕窺人，盡日無言小病身。中酒傷春兼惜別，羅衣驗取淚痕新。

許秉銓　字右衡，號簪原。[1]

【注】

[1] 韓豐聚、孫恆傑主編《題畫詩選釋》第四卷載其著有《露塘吟草》。

過項王廟[1]

三年霸業竟無成，占得江干屋數楹。破廡尚圖千里馬，短筵誰薦一杯羹。鬚眉不減英雄氣，風雨如聞叱咤聲。笑煞東歸狂杜默[2]，敢將大畧比浮名。

【注】

[1] 項王廟，又名霸王祠、項羽廟，位於安徽和縣烏江鎮東南鳳凰山上。項羽自刎於烏江邊，後人在此處建廟以紀念之。

[2] 杜默，北宋詩人，歷陽（安徽和縣）人。曾在山東徂徠拜師石介，石介稱其詩甚豪，作《三豪詩》以贈之。三豪即石延年、歐陽修及杜默。自幼攻習儒業，卻屢試不第。歸而經過烏江，進霸王項羽廟，見楚霸王像，歎其功勛，言："奈何以大王之英雄不得爲天子，以杜默之才學，不得作狀元！"痛哭得使泥像也長噓流淚。洪邁《夷堅志》載有此事。明朝沈自徵據此編有雜劇《霸亭秋》。

中年

駒隙光陰過眼更，半生樗散[1]愧埋名。詩繙舊稿刪輕薄，友締新交近老成。飲酒漸非當日量，看花不減少年情。可堪一事增衰拙，兩鬢霜華鏡裏明。

【注】

[1] 樗散，樗木因材質劣，多被閒置。比喻不爲世用，投閒置散。

畫樓

畫樓咫尺粉牆東，面面珠簾壓綺櫳。一點癡情隨蝶幻，十分幽怨託琴通。雲來楚岫終慳雨，舟入仙源竟阻風。記得前宵凝立處，海棠花外月如弓。

古意

郎自理秦箏[1]，妾自調吳瑟[2]。絃聲雖不同，一樣心淒惻。

【注】

　　[1] 秦箏，古代一種弦樂器，因源於秦而得名。相傳由秦朝大將蒙恬所造。原爲五弦，用竹做成，形狀如筑，後蒙恬將之擴大至十二弦，以木代竹。隋唐，又增至十三弦。曹植《箜篌引》：秦箏何慷慨，齊瑟和且柔。

　　[2] 吴瑟，吴地的瑟。但古代詩句中多見齊瑟。相傳齊都臨淄之民無不鼓瑟，故以稱瑟之佳者爲齊瑟。

無題

裏湖湖裏荷花香，外湖湖外郎船忙。留郎住船看花去，明日西風荷葉黄。

費履堅　字焱夫，諸生。[1]

【注】

　　[1]《江蘇藝文志·泰州卷》載費履堅，"字焱夫，一字素之，號東池。清泰州人，諸生。性孝友。五世同居無間言。耽吟詠，幕游上海後，歸里課子。"著有《費氏家乘》四卷、《示兒語》二卷、《童蒙啟悟》一卷、《倦游草》《庚午稿》《春暉堂詩存》五卷。

題孫訒齋《楚吟集》後[1]

海上詩名重，風塵把劍游。雲吞三峽水，猿嘯萬山秋。弱弟埋青草，高堂感白頭。披吟一垂涕，悵望楚天愁。

【注】

　　[1] 孫訒齋，即孫吉昌。《淮海英靈續集》庚集卷五載，"字手香，號訒齋，錢塘人，甘泉籍，布衣，著《訒齋詩存》。手香爲名父夢餘先生之子，以高士袁竹室爲師，廣文應叔雅、大令金振之爲友，故詞旨新雋，筆力矯健，迥異凡響。"按，胡敬《蓊唐年譜》載應叔雅，"名灃，字仔傳，仁和人。以明經官嵊縣

廣文，居與敬家同巷。中年後，長客維揚。"《湖海詩傳》卷一九載金振之，即仁和金珊，"振之爲其字，監生，官山東鹽場大使，有《香涇詩鈔》。"清潘衍桐《兩浙輶軒續錄》卷三四載孫吉昌，浦承恩評其曰："手香僑寓邗江，好擊劍，走馬作萬里游。有吟癖，其詩多美稱，爲時所稱。

湖州作

烟雲如畫水天浮，路入平湖第一州。繞郭波明都見底，沿堤桑短半平頭。秀分越嶺吴山色，清合苕溪霅水[1]流。滿市紅菱三尺鯉，此鄉風味最宜秋。

【注】

[1] 苕溪，因溪岸多苕花而得名。分東西二溪。東苕溪源於臨安，流經餘杭、德清，在湖州匯西苕溪而入太湖。西苕溪位於湖州，源於安吉，流經長興至湖州入太湖。

霅水，位於湖州，又稱霅溪。宋李昉編《太平御覽》第一卷《輿地志》曰："霅水，亦若水之異名也，水深不可測，俗謂之洺水。"又《山海經》云："浮玉之山，苕水出其陰，中有鮆魚。今亦謂之霅烏水是也。"

海村即事[1]

蕭蕭襆被此停車，茅舍[2]相連四五家。一夜海風吹凍雨，曉來滿地結鹽花。

【注】

[1]《海陵詩彙》卷一七載此詩共二首。此爲第一首。
[2] 茅舍，《海陵詩彙》卷一七作"茅屋"。

婁江舟次[1]

水抱江城十里遙，臨江水閣夜吹簫。通波門外停船客，半等來潮[2]半落潮。

【注】

[1]《倦遊草》載此詩共四首，此爲第二首。

[2]來潮，《海陵詩彙》卷一七作"潮來"。

儲夢熊 字漁溪，兩浙鹽運副使。[1]

【注】

[1]民國《續纂泰州志》卷二五載："儲夢熊，字漁溪，附貢生，性慷慨好施，與阮文達未遇時嘗主於其家，夢熊知爲非常人，與訂交，人服其卓識。後官浙江運副，有政聲。兼工填詞，著有《余棲書屋詞稿》。"南京圖書館藏有《余棲書屋詩草》稿本。

蘇臺曲

朝上姑蘇臺[1]，去望五湖水。不見錦帆懸，魚罾掛烟裏。暮上姑蘇臺，去望東山月。山月照城市，管絃聲未歇。

【注】

[1]姑蘇臺，春秋時吳王得西施，甚寵，爲築姑蘇臺，游宴其上。

古歙吳素江於燕市得古琴，磨其背，有字曰號鐘，曰疊山，曰東山之桐、西山之梓合而爲一，垂千萬襈，知爲謝文節公故物，作序徵詩因賦[1]

劍浦名賢工審律，異軫殊徽勤物色。五百年前變徵音，三千里外高人得。西山之梓東山桐，佳製倣古齊威公。沙湮土漬日復日，一朝復處歐囊中。磨洗鮮明二十字，字痕宛繡孤臣淚。拂指蘿鬻附木聲，撫懷驚鶴摩霄志。安絃宜及月華開，亦宜風雨空庭催。正襟危坐彈清調，當有忠魂駐聽來。

【注】

[1] 吳素江，民國《重修汜水縣志·藝文志下》曾載謝文節公遺琴，新安明經吳素江得之，相傳出自燕郊某荒圃。吳素江，名景潮，字憲文，安徽歙縣人，清嘉慶年間錢塘貢生，僑居杭州。雅愛鼓琴。嘉慶二十年（1815），吳景潮在燕都郊外尋訪到謝枋得盡節的憫忠寺遺址，帶人掘地所得，並將其繪成圖幅，遍徵題詠，編輯成卷，刊成《謝琴詩文鈔》，計文抄一卷、詩抄七卷、附聯吟一卷，由松風草堂刊刻於世。

呂城

朝過鍊塘[1]去，行行數里程。秋風范蠡棹，落日呂蒙城[2]。小市千家聚，長橋一水橫。我來尋故壘，寂寞半榛荊。

【注】

[1] 鍊塘，又作練塘、煉塘。嘉泰《會稽志》載："會稽縣：煉塘，在縣東五十七里。舊經云：越王鑄劍於此。《越絕》云：句踐炭瀆、煉塘，各因事而名。《水經》：銅牛山北湖下有煉塘里，句踐煉冶之所。"

[2] 呂蒙城，即呂城，在江蘇丹陽縣東五十里，相傳城為三國吳呂蒙所築。

通州

白日沙邊郭，黃雲海上城。鮮船朝趁市，獵騎夜歸營。江勢依山轉，天光壓樹平。當年候潮處，重聽石雞聲。

河莊道中

日色黃於染，嵐光淡是烟。可堪倦游客，又到杪秋天。病有相如渴[1]，鞭輸祖逖先[2]。宦途翻作隱，抱葉比寒蟬。

【注】

[1] 相如渴，《史記·司馬相如列傳》載司馬相如"常有消渴疾"。

[2] "鞭輸"句，《晉書·劉琨傳》載，東晉名將祖逖年輕時與劉琨友善，皆發憤報國。劉琨聞逖被用，與親故寫信時說："吾枕戈待旦，志梟逆虜，常恐祖生先吾著鞭。"此即"枕戈待旦"一語出處。二人俱以雄豪著名。

若耶溪口

賀家湖畔[1]絕風塵，到此停橈眼倍新。異代尚譚鎔劍事[2]，空山舊識采蓮人。烟霞弄態溪彌靜，猿鳥忘機客共親。指點碧天深處路，只疑原是薛蘿身。

【注】

[1] 賀家湖，即鏡湖，又名鑒湖，在浙江紹興市南。因唐開元中秘書監賀知章致仕歸鄉，以湖爲放生地，而得名"賀家湖"。呂夷簡有詩《天花寺》："賀家湖上天花寺，一一軒窗向水開。不用閉門防俗客，愛閒能有幾人來？"

[2] 鎔劍事，《吴地記》載歐冶子乃吳國善造劍者干將之師。《吴越春秋》載，干將冶造寶劍時，云："吾師之作冶者，金鐵之類不銷，夫妻俱入冶爐之中。莫邪曰："先師親爍身以成物，妾何難也？"於是干將夫妻乃斷髮捣爪，投之爐中，使童女三百鼓橐裝炭，金鐵乃濡，遂以成劍。

夏日西湖雜興

泉聽六一響琤潺，坐領松風久愈閒。驀地遥天如潑墨，涇雲拖雨過南山。

不爲梅花棹也停，綠楊無縫接西泠。孤山山色原清極，況在先生放鶴亭[1]。

錢王[2]宮殿緑陰中，遺像欣瞻異代雄。遠嗣尚珍歸國詔[3]，居人能説射潮弓[4]。

繁絲急管夕陽前，取次金門泊畫船。閒邰一規明鏡裏，暮雲如水水如烟。

【注】

[1]放鶴亭，見前《放鶴亭》詩注。

[2]錢王，即唐末五代十國之一的吳越國開國之君錢鏐，字具美，小名婆留，杭州臨安人，在位期間，保境安民，修築捍海石塘、發展農桑等，使吳越國富甲一方。諡武肅王。

[3]歸國詔，指宋太祖同意錢鏐歸國的詔書。時錢王進汴京朝見宋太祖，宋太祖贈與一黃包袱，囑其歸國之後方可看。錢王回到錢塘始看，才知是宋朝文武大臣請求扣留錢王的奏疏共五啟十三封。

[4]射潮弓，傳説吳越王錢鏐築捍海塘，怒潮急湍，板築不就，於時造竹箭三千只於疊雪樓，命令水犀軍放强弩五百架射潮，潮頭東趨西陵，遂定塘基。乾隆時劉墉爲錢武肅王廟撰對聯："啟匣尚存歸國詔，解韜時拂射潮弓。"

葉兆蘭 號古軒，著《西河草堂詩賸》。[1]

【注】

[1]葉兆蘭（？—1826），字古軒，清泰州人，嘉慶監生，曠世逸才。詩學純乎性靈，與袁枚相近。築西河草堂爲觴詠之地。王豫《羣雅集》曰："古軒磊落不羈。余嘗稱其詩才俠氣，爲過江人士之冠。與宫霜橋、鄒耳山、羅夏園、仲雲江諸子結芸香課。海陵風雅，賴以不墜。"著《西河草堂詩賸》六卷、《西河草堂詩賸續》六卷，道光六年（1826）刊行。又與邑人鄒熊合選《芸香詩鈔》十二卷。

擬結客少年場用鮑明遠韻[1]

馬前金籠頭，腰下珊瑚鉤。相逢在道路，先問恩與仇。朝射羽林獵，暮爲俠邪遊。倚劍崆峒巔，採藥崑崙丘。萬事鴻毛輕，一笑凌九州。青史多英雄，纍纍高冢浮。男兒但快意，何必爭封侯。朝露況易晞，浮雲安所求。請覆三百杯，一消遲暮憂。

【注】

[1]《樂府古題要解》載："《結客少年場行》，言輕生重義，慷慨以立功名也。蕭士贇曰：《結客少年場》，取曹植詩'結客少客場，報怨洛北邙'爲題，始自鮑照。"鮑明遠，即鮑照，南朝宋著名詩人。

草堂雜詠[1]

草堂有隙地，次第栽三梧。憶昔初栽時，榦小而色腴。轉瞬三十載，濃陰壓屋隅。溽暑蔽炎日，蒼翠沾衣裾。幾日秋風動，落葉堆階除。莫怨秋信早，中心已久枯。樹老尚如此，予衰當何如[2]。

庾信賦小園，僅有三竿竹[3]。余家草堂後，琅玕如林麓。鬱鬱密成陰，暑氣消三伏。靜坐北窗中，自覺鬚眉綠。斯時萬慮空，消受清涼福。寄語熱中人，黃塵徒僕僕。爾縱不讀書，對此可免俗。

九月百卉靡，秋鞠蕊始結。天生冷落花，西風吹不熱。愈瘦愈精神，一身皆傲骨。淡泊情斯長，霜中開不絶。回首桃李花，芳華久消歇。人生慎操持，所貴在晚節。

【注】

［1］《西河草堂詩賸》卷一載此詩共六首，此爲第二、四、五首。

［2］"樹老"句，《世說新語·言語》載，東晉大司馬桓溫任征西大將軍自江陵北伐，經過金城（今江蘇句容）時，見前爲琅邪時種柳，皆已十圍，慨然曰："木猶如此，人何以堪！"攀枝執條，泫然流淚。

［3］庾信曾撰《小園賦》，中有"一寸二寸之魚，三竿兩竿之竹"句。

禰正平作鼓吏歌[1]

丞相張燈大宴客[2]，兩行甲士橫刀立。有酒無樂客不歡，堂上大呼鼓吏人。鼓吏原是清白身，裸衣打鼓旁無人。當筵痛數滔天罪，勝擊登聞叩九閽。罵聲愈高鼓愈急[3]，滿座瞶聾驚霹靂[4]。壯哉漁陽三弄聲，抵過陳琳一道檄[5]。丞相殺人如兒戲[6]，何惜區區一鼓吏？後來黃祖帳下刀，焉知不出阿瞞意？吁嗟乎！士可殺不可辱，德祖枉作權門僕，主簿何如鼓吏榮？雙桴已奪奸雄魄。莫以嫚罵尤狂生，狂生之狂神鬼驚。至今鸚鵡洲邊水，猶作淵淵金石聲。

【注】

［1］禰正平，即禰衡。乾隆《江夏縣志》卷一一載："字正平，平原人，少負才尚氣，曹操欲見之，不肯往。操懷忿欲殺之。遣送劉表，後悔慢表，表不能容。江夏太守黃祖褊。急故送衡於祖。祖長子射爲章陵太守，尤喜於衡。射大會賓客，人有獻鸚鵡者，授簡於衡，因爲賦，筆不停輟，文不加點。後爲祖所害。"

鼓吏歌，禰衡擊鼓罵曹事。《世說新語》載："禰衡被魏武謫爲鼓吏，正月半試鼓。衡揚枹作《漁陽摻撾》，淵淵有金石聲，四坐爲之改容。孔融曰：'禰衡罪同胥靡，不能發明王之夢。'魏武慚而赦之。"後徐渭編有雜劇《狂鼓吏漁陽三弄》，僅一折，寫閻羅殿中禰衡應判官之請，再演生前擊鼓罵曹情景。

[2] 張燈大宴客，《西河草堂詩賸》卷一作"開筵賓從集"。

[3] 鼓愈急，《西河草堂詩賸》卷一作"鼓聲激"。

[4] 驚霹靂，《海陵詩彙》卷一八及《芸香詩鈔》卷九均作"無人色"。

[5] 陳琳，建安七子之一。《三國志·王粲傳》載："琳避難冀州，袁紹使典文章。"曾撰討曹操檄文《爲袁紹檄豫州文》。曹操讀後，"毛骨悚然，出了一身冷汗，不覺頭風頓愈。"《文心雕龍》評曰"抗辭書釁，皦然露骨"。

[6] 兒戲，《海陵詩彙》卷一八及《芸香詩鈔》卷九均作"蟲螚"。

李將軍長庚海洋擊賊歌[1]

普陀山前戰鼓急，將軍大破弓刀賊。窮追直入漁山洋，萬礮齊開海水赤。賊乘大舶勝堅城，舵樓十丈旌旗明。將軍夜定掌中計，一炬火燒[2]赤壁兵。四鎮受令如山重，水犀甲伏三千衆[3]。篳篥一聲[4]陣腳開，戈船百道圍無縫。別有一軍如生龍，返篷倒走擊下風。賊船尾大掉不及，霎時背腹齊受攻。小校暗放連珠矢，絳幘紛紛墜[5]水死。渠惡雖逃釜底魚，潰師已墮舟中指。將軍眼底無羣鼠，誓縛長蛟蕩水府。浴血轉戰氣如雷，身著六創無痛楚。同安船小賊船高[6]，以高視下逸待勞。將軍兩臂如著翅，飛身殺賊血滿刀[7]。黃盤洋外颶風起，白鷯師迴賊遁矣。將軍此戰十年無，日走大洋八千里。捷書飛上甘泉宮，詔還孔翠珊瑚紅。指日凌煙入圖畫[8]，飛將軍配海澄公[9]。

【注】

[1] 李長庚（1750—1807），字西岩，又字超人，福建同安人。清乾隆三十六年（1771）武進士，累官至浙江水師提督。嘉慶十二年（1807）粵海黑水洋海戰，率閩浙水師追擊蔡牽，中炮陣亡，諡號忠毅，詔封三等壯烈伯。

[2] 火燒，《芸香詩鈔》卷一○作"大燒"。

[3] 三千衆，《芸香詩鈔》卷一○及《海陵詩彙》卷一八均作"不敢動"。

[4] 一聲，《芸香詩鈔》卷一○及《海陵詩彙》卷一八均作"三聲"。

[5] 墜，《芸香詩鈔》卷一〇及《海陵詩彙》卷一八均作"墮"。

　　[6] 賊船高，《芸香詩鈔》卷一〇及《海陵詩彙》卷一八均作"賊勢高"。

　　[7] "將軍"至"磨刀"句，《芸香詩鈔》卷一〇及《海陵詩彙》卷一八均作"將軍兩臂不著翅，仰攻空折橫磨刀"。

　　[8] 凌烟，即凌烟閣，爲唐代長安太極宮中的殿閣。唐太宗、代宗爲表彰功臣，命閻立本將功臣畫像於凌烟閣，共計二十四位功臣，是爲《二十四功臣圖》。

　　入圖畫，《芸香詩鈔》卷一〇及《海陵詩彙》卷一八均作"添一座"。

　　[9] 飛將軍，原指漢代大將李廣，此處代指李長庚將軍。

　　海澄公，即指明代大將鄭成功。海澄，是鄭成功儲蓄糧餉之大本營，且爲金、廈之門户。《清世祖實錄》卷七九載，順治十年，敕諭靖海將軍海澄公鄭成功："爾父鄭芝龍首投順，忠誠可嘉，特畀侯爵，世世延賞，復封爾爲海澄公，洎爾叔等一門盡被恩幸。"但鄭成功拒絕接受海澄公之封。後部將黄梧派將領賴玉密通總督李率泰，願獻海澄投誠。清兵得海澄後，對黄梧加以重賞。清順治十三年（1656）封黄梧爲海澄公，給予敕印，開府漳州。順治十四年（1657），追封黄梧祖上，並賜金在家鄉霄嶺營造宗祠。清龍顧山人纂《十朝詩乘》"海澄公"條載："海澄公之封，始自黄忠恪。"黄忠恪，即黄梧。

題《太真春睡圖》[1]

玉環夜侍沉香宴，日高嬾出華清院。宿醒未消粧未成，繡衾半展香軀倦。海棠着雨嬌不支，梨花壓夢春雲癡。侍兒倚帳不敢唤，翻累君王立許時。君王終日睡鄉裏，雙宿雙棲呼不起。豈祇樓東人獨眠，長枕大被亦如水。吁嗟乎！漁陽野鹿[2]來宫廷，角聲驚破花間鈴。馬嵬坡前一抔土，終古長眠唤不醒。

【注】

　　[1] 太真，即楊貴妃。關於貴妃春睡的題詩與圖畫，元代有岑安卿題《太真春睡圖》、吴景奎題《太真睡起圖》、貢性之題《楊妃午困圖》、應居仁題《楊妃春睡圖》等，明代田登、謝黄、胡直、徐渭及清李調元等人亦曾畫圖。

　　[2] 漁陽，地名，在今天津薊縣，因薊縣西北有漁山，縣城在山南，故古

時名漁陽。安禄山曾駐軍於此。漁陽野鹿，即指安禄山於漁陽舉兵叛唐事。

謁吳野人先生墓

草澤求賢日，先生獨閉門。出山名士賤，易世布衣尊。碑碣荒原臥，詩文劫火存。東淘[1]坏土在，落日一招魂。

【注】

[1] 東淘，爲吳嘉紀家鄉。其爲泰州東淘（今江蘇東台安豐）人，號野人，明亡後隱于家鄉東淘，室名陋軒，布衣終身。死後葬於東淘。

落葉

老樹有危色，蕭蕭葉解柯。高原風氣變，空谷雨聲多。不信摧殘盡，其如衰暮何。故根歸亦得，幸免逐頹波。

湄菴題壁菴在真州江口[1]

一徑入深竹，蒼然幽象生。冷風吹佛火，破壁走江聲。地絕遊人跡，碑題勝國名。詩成留不得，落日下孤城。

【注】

[1] 湄菴，在真州，即今儀徵境内。張世進《著老書堂集》卷三載有《真州湄菴》詩曰："遥望綠陰合，到門紅板橋。四圍千個竹，一日兩回潮。山鳥逢齋下，江魚對酒跳。迴舟趁新月，風荻晚蕭蕭。"位於西溪上，又稱胥浦河。清嘉慶二年（1797），吳錫麒《竹逸亭記》載其從湄菴放舟至胥浦橋，明年將勒石湄菴。

秋塞

戰後陣雲平，沙寒草不生。一雕盤雨上，萬馬逆風行。戍險邊笳急，山空獵火明。夜來尋虎跡，已遍受降城。

秋聲

絕無風雨夜，空外響颼颼。知爾來何處，教人併作愁。半生孤客耳，萬事五更頭。豈獨傷搖落？區區草木秋。

虎丘逢少白[1]

湖海一爲別，風塵兩鬢絲。忽逢歧路客，正是落花時。酒酹要離家[2]，詩題短簿祠。關心無限事，豈獨訴相思。

爲予言近況，不覺淚沾裾。旅病饑寒起，貧交餽問疏。高堂有老母，經歲斷鄉書。早晚抽帆去，空山守敝廬。

【注】

[1] 少白，即李少白，清儀徵人。字晴川，諸生。嘉慶《重修揚州府志》卷六二載其著有《水南集》一卷、《東海集》一卷、《秋槎集》一卷、《攝山集》一卷。《淮海英靈集》丙集卷四録其詩三首。

[2] 家，《西河草堂詩賸續》卷三作"塚"。

邊寒

大漠天無色，邊風裂戰袍。四山沉鼓角，萬指墮弓刀。馬踏元冰渡，雕盤白日高。將軍貂帳臥，夜夜醉葡萄。

博浪沙[1]

不中亦快事，而非人力窮。一椎天下動，十日道旁空。已落虎狼膽,仍爭劉項[2]功。荆卿生劫後,首難兩英雄。

【注】

[1] 博浪沙,又作博狼沙,位於河南省原陽縣東南。《史記·秦始皇本紀》載:"二十九年,始皇東游。至陽武博狼沙中,爲盜所驚。求弗得,乃令天下大索十日。"實爲張良僱人在博浪沙用大鐵椎襲擊巡視中的秦始皇。元陳孚《博浪沙》詩曰:"一擊車中膽氣豪,祖龍社稷已驚摇。如何十二金人外,猶有民間鐵未銷?"

[2] 劉項,指劉邦與項羽。

登歌風臺

亭長[1]爲天子,功成仗劍回。斬蛇思故里[2],飛鳥惜人才。父老一杯酒[3],河山百尺臺。只今歌嘯處,落日大風來。

【注】

[1] 亭長,《史記·高祖本紀》載高祖及壯,試爲吏,爲泗水亭長。

[2] 斬蛇事,見載于《史記·高祖本紀》:"高祖以亭長爲縣送徒酈山,徒多道亡。……曰:'公等皆去,吾亦從此逝矣。'徒中壯士願從者十餘人。高祖被酒,夜徑澤中,令一人行前。行前者還報曰:'前有大蛇當徑,願還。'高祖醉,曰:'壯士行,何畏!'乃前,拔劍擊斬蛇。蛇遂分爲兩,徑開。……一老嫗夜哭,曰:'吾子,白帝子也,化爲蛇,當道,今爲赤帝子斬之,故哭。'……嫗因忽不見。後人告高祖,高祖乃心獨喜,自負。諸從者日益畏之。"顔師古注《漢書·哀帝紀》引應劭曰:"高祖感赤龍而生,自謂赤帝之精。"後因以"赤帝子"稱劉邦。

[3] 父老一杯酒,《史記·高祖本紀》載高祖還鄉,過沛,留。置酒沛宫,悉召故人父老子弟縱酒,發沛中兒得百二十人,教之歌。即《大風歌》。

友人過草堂觀桃花即事

去年君過訪,種樹與簷齊。今日重攜酒,春風花滿溪。亂紅吹雨散，新緑暗鶯啼。記取武陵境，漁舟勿自迷。

得宮丈霜橋國苞邗上書並秋夜見懷一律即次韻轉寄[1]

草堂人正夢揚州，尺素傳來訴旅愁。此夜一燈同聽雨，與君兩地各悲秋。別來眠食知無恙，老去風塵亦倦遊。記取茱萸佳節近，小西湖上望歸舟。

【注】

[1] 宮國苞，字霜橋。詳見前文注。

十載

十載征塵滯馬蹄，天涯誰借一枝棲。窮途骨肉蕭郎僕，冷眼功名季子妻[1]。鄉信久疏頻望雁，中年多感怕聞雞[2]。客囊莫笑清如水，三尺吳鉤日日攜。

【注】

[1] 此句言蘇秦事。季子，即戰國縱橫家蘇秦，字季子，爲縱約長，並相六國。曾游說秦王連橫，失敗歸來，妻不下紝，嫂不爲炊，父母不與言。事見載於《戰國策》卷三。

[2] 晉祖逖曾與劉琨同爲司州主簿，中夜聞雞起舞，並有英氣。清詩人和明《塞上春夜感懷》詩曰："長載宦情羞告雁，平生身事怕聞雞。"

送秋

怕向西風折柳枝，悲秋人已鬢如絲。空江細雨愁中路，紅樹青山去後思。寒到綈袍成一哭，恩餘紈扇已多時。疎林葉墮頹波逝，送盡流光總不知。

江上阻風偕夏紅舫蘭登燕子磯

石城橋下放歸舟，燕子磯邊阻石尤。到此幾番吾輩老，依然終古大江流。征鴻信斷難爲客，落木聲多易感秋。豈獨名心消逝水，眼中何事不浮漚。

甲子春杪病肺苦劇，就醫曲塘，承徐君百圍方桐一藥而愈，賦此誌謝兼賀其復居清平港舊宅[1]

欲訪桃源處士蹤，特煩漁父作先容。因李楓厓[2]得交百圍。見君今日窺全豹，悔我當時好假龍。名士交心融水乳，美人親手贈芙蓉。一杯秋酒真丹藥，消盡平生塊壘胸。

拔宅逃名竟十年，買山仍用賣山錢。移來竹可栽三畝，讀過書剛載一船。家有韓康[3]爲弟子，人疑柳祕是神仙[4]。寄詩權當門牆贄，要乞長生綠字篇。

【注】

[1] 清平港，地處海安，見於《海安考古錄·疆域》。徐方桐，無考，蓋醫者。

[2] 李楓厓，即上文李宸，字楓崖，民國《續纂泰州志》亦載作楓崖，則"厓"蓋誤。

[3] 韓康，《後漢書》卷八三有傳。字伯休，一名恬休，京兆灞陵人，家世著姓。常采藥名山，賣於長安市。口不二價，三十餘年。時有女子從康買藥，康守價不移。女子怒曰，公是韓伯休耶？乃不二價。康歎曰，我本欲避名，今小女子皆知有我焉。何用藥爲？乃遯入霸陵山中。庾信《小園賦》有"韓康則舅甥不別。"

[4] 柳祕,《新唐書》卷一六七載作柳泌,當是。柳泌,本名楊仁晝,習方伎。元和十三年(818),李道古引薦其於宰相皇甫鎛,因而被召進宮中,自云能致藥爲不死者,因言:天台山靈仙所舍,多異草,願官天台,求采之。故拜爲台州刺史。諫臣固爭,以爲列聖亦有寵方士,未嘗使牧民。於天台山煉藥,未成,復使待詔翰林。元和十五年(820),憲宗餌泌藥,寖躁怒無常,宦侍懼,以弒崩。穆宗立,皇甫鎛與柳泌因欺詐均被誅。

和夏紅舫春柳原韻[1]

依舊長條踠地生,千絲萬縷織難成。春遮蘇小門前路,人指揚州畫裏城。南國新添眉黛樣,東風輕試剪刀聲。秋千牆角闌干外,別有纏綿一段情。

朝朝臨水悟前因,傳出娉婷絶妙神。那有風情能似爾,縱無離別也愁人。碧拖寒食千門雨,紅儭桃花一路塵。愛煞江南二三月,家家樓閣總藏春。

緑漸成陰絮漸飛,依依猶自弄晴暉。唱殘曉月歸羌管,扶上春風鬭舞衣。嬌態似迎公子馬,客懷都散酒家旂。天涯何處無攀折,雨露偏濃是帝畿。

抽盡相思是此條,含情脈脈若相招。怕看春去慵開眼,爲受風多易折腰。長袖可憐終日舞,黃金須趁少年銷。十圍手種西河樹[2],獨聽流鶯慰寂寥。

【注】

[1] 夏紅舫,即夏蘭。《西河草堂詩賸》卷四載此詩題作《和夏紅舫春柳吟原韻》。

[2] 十圍手種西河樹，化用東晉桓温北伐時見前爲琅邪時種柳已十圍。事見《世説新語·言語》。詳見上文《草堂雜詠》注。

客中對月

西風吹月下河梁，照見離人鬢上霜。千里隨予惟隻影，一年對爾幾歡場。寒衣信斷秋將盡，短笛聲終夜正長。本爲愁多看不得，淒涼豈獨是他鄉！

古劍

淨於秋水凛於霜，聲價爭誇百鍊鋼。入地化爲金虎氣，沖天散作斗牛光。千年不滅惟冤血，四海難逢是俠腸。莫道塵埋無用處，匣中猶自露鋒芒。

真州閘口謁文丞相祠[1]

江上停舟拜古祠，想公倉卒渡江時。小朝已入田横島，大義猶興蜀相師。一旦成仁吾事畢，三年待死國亡遲[2]。只今逝水聲鳴咽，似恨庭芝枉見疑[3]。

【注】

[1] 文丞相祠，人們爲紀念文天祥所建，分布於多地，如廣東潮陽、海豐，浙江吉安、臨海，贛州，宣州，蘇州等地。明宗臣有詩《真州謁文丞相祠》，證真州亦有祠。真州，北宋置，下轄揚子和六合二縣，舊址在江蘇儀徵。詳見《真州口號》詩注。

《海陵詩彙》卷一八及《芸香詩鈔》卷一〇載此詩題均作《真州謁文丞相祠》。

[2] "一旦"至"三年"句，《海陵詩彙》卷一八及《芸香詩鈔》卷一〇均

作"千里求援無一旅,三年忍死爲孤兒"。

[3]"只今"至"見疑"句,《海陵詩彙》卷一八及《芸香詩鈔》卷一〇作"只今逝水相嗚咽,似恨錢塘潮汛遲"。

庭芝,即李庭芝。時天文祥爲伯顏拘留至京口,與架閣杜滸等夜覓小艇,亡入真州。州守苗再成共謀興復而制置使李庭芝聽逃兵之訛言,檄苗使殺公,苗不忍也。公遂得由揚州、通州航海去,計留真州者不過三日耳。見《宋史》。

移竹

六月草堂無暑氣,移來新竹漸成林。涼添池館三更雨,綠補芭蕉一角陰。伴我有情能免俗,對君無日不虚心。北窗睡起清如水,滿院秋聲何處尋。

白荷花[1]

清涼世界好停艫,澈底波澄照影雙。玉井峯頭秋漠漠,藐姑祠外水淙淙。野風不動雲連岸,香露無聲月墮江。一片幽情誰領畧,有人深夜倚篷窗。

【注】

[1]《西河草堂詩賸續》卷四此詩題後有小字注"四首之一",可知此詩原有四首。

秦淮水榭觀演《桃花扇傳奇》有感[1]

十三樓[2]上可憐宵,一曲新聲譜玉簫。人面桃花思北里,春燈燕子送南朝。將才不爲中興出,士氣都從黨禍銷。留得風流公案在,賸金零粉滿江潮。

【注】

[1]《桃花扇》,清孔尚任著。寫明末清初復社文人侯方域避亂南京,結識秦淮名妓李香君,借二人愛情故事來反映南明王朝覆亡的故事。

[2] 十三樓,宋代杭州名勝。宋周淙等《乾道臨安志》載:"十三間樓,去錢塘門二里許。蘇軾治杭日,多治事於此。"宋蘇軾《南歌子》《游賞》:"游人都上十三樓,不羨竹西歌吹、古揚州。"後泛指游樂場所。

謁史閣部墓[1]

梅花嶺上角聲哀,痛哭還登拜將臺。四鎮干戈如不動,孤城鎖鑰有誰開。小朝竟蹙齊梁局,末世空生管葛[2]才。留得舊君袍笏在,千秋碧血葬蒿萊。

【注】

[1] 史閣部,即史可法,字憲之,一字道鄰,祥符人,明崇禎進士,南明弘光時官東閣大學士、兵部尚書,人稱史閣部。督師揚州,抗擊清兵南下,城破被執,殉難。乾隆賜謚忠正。祠在梅花嶺,實為衣冠冢。《明史》卷二七四載有本傳,曰:"可法死,覓其遺骸。天暑,衆屍蒸變,不可辨識。踰年,家人舉袍笏招魂,葬於揚州郭外之梅花嶺。"嶺在今廣儲門外,為萬曆二年,揚州守吳秀浚河,積土而成,上植以梅,因以名嶺。

[2] 管葛,指管仲與諸葛亮二人,見前《白下》詩注。

書《長樂老傳》後[1]

眼見河山四姓更,著書猶自紀恩榮。晚年官藉癡聾貴,亂世人看氣節輕。授命久慚承業死,論功差勝褚淵[2]生。兔園[3]莫笑無經濟,數語能消耶律兵[4]。

【注】

[1]《長樂老傳》載錄後唐馮道之傳。清李調元《全五代詩》卷九載:馮

道，字可道，瀛州景城人。初事劉守光，爲參軍。事敗，去事宦者張承業，爲巡官，薦之晉王，爲掌書記。唐莊宗即位，拜户部侍郎。明宗朝，同中書門下平章事。歷事晉、漢、周，卒年七十三。自號長樂老，諡文懿，追封瀛王。詩集十卷。《新五代史》卷五四有傳。

[2] 褚淵，《南齊書·褚淵傳》載，字彦回，河南陽翟（今禹州）人。明帝即位，深爲眷重，理政儉約，爲官清廉。元徽二年，平定桂陽王休范叛兵，加尚書令，進爵爲侯。卒諡文簡。

[3] 兔園，指《兔園策府》，又稱《兔園册》《兔園策》。宋王應麟《困學紀聞》卷一四載：“《兔園策府》三十卷，唐蔣王惲令僚佐杜嗣先仿《應科目策》，自設問對，引經史爲訓注。”《兔園策府序》中亦言：“忽垂恩教，令修新策，今乃勒成一部，名曰《兔園策府》，並引經史，爲之訓注。”則此書爲唐代科舉考試之必讀書，采用對偶押韻句子編寫。一説爲唐虞世南作。在唐時並未風行於世，至五代，才流行於民間，成爲私塾讀本。《舊五代史·馮道傳》載，“有工部侍郎任贊，因班退，與同列戲道於後曰：‘若急行，必遺下《兔園册》。’”以此譏諷馮道的治國才能，只有《兔園策》水平。“馮道知之，召贊謂曰：‘《兔園册》皆名儒所集，道能諷之。中朝士子止看文場秀句，便爲舉業，皆竊取公卿，何淺狹之甚耶！’贊大愧焉。”

[4] 《舊五代史·馮道傳》載：“耶律德光嘗問道曰：‘天下百姓如何救得？’道爲俳語以對曰：‘此時佛出救不得，惟皇帝救得。’人皆以謂契丹不夷滅中國之人者，賴道一言之善也。”

重修黄鶴樓題壁[1]

危欄敞接漢皋[2]秋，到此真成跨鶴遊。詩對古人難下筆，身無仙骨敢登樓。往來雲氣當簷落，遠近江聲入座流。攜得一枝並鐵笛[3]，爲君吹破古今愁。

【注】

[1] 黄鶴樓，在湖北武漢黄鶴山（又名蛇山）上，樓因山而得名，俯瞰長江，與岳陽樓、滕王閣合稱江南三大名樓。三國吳黄武年間建，幾經興廢。傳説

古代仙人子安乘黃鶴過此（見《齊諧志》）；又《太平寰宇記》載："昔費禕登仙，每乘黃鶴於此憩駕，故號爲黃鶴樓。"樓四壁題詩甚多。

　　［２］漢皋，今湖北武漢市漢口。

　　［３］鐵笛，鐵制管笛。明楊基《雪中登黃鶴樓》詩曰："臥聽吕岩吹鐵笛"，傳説吕洞賓在黃鶴樓。一説爲道人吕元圭。又《列仙全傳》載，傳説笛數弄，則有黃鶴飛來，可跨鶴乘雲而去。

白雁

皓首西風客路長，又分陣影下瀟湘。一聲秋到花如雪，八月邊寒夜有霜。垂老尚餘鷗鷺伴，舊遊重過水雲鄉。玉關別後音書杳，淚滿征衣感鬢蒼[1]。

【注】

　　［１］蒼，《芸香詩鈔》卷九作"倉"。

春雨

誤盡春光燕未知，濃雲如墨雨如絲。落花一路香成海，新水三篙綠上池。城郭無烟寒食近，秋千有約美人遲。小樓十二簾齊下，愁倚東風中酒時。

讀《小倉山房遺稿》[1]

少年金馬老漁樵，五斗功名恥折腰[2]。山水緣能隨處結，神仙福已及身消。文章聲譽空三島，裙屐風流占六朝[3]。愁絶清涼山下路，酒旗歌板雨瀟瀟。

【注】

　　［１］《小倉山房遺稿》爲清袁枚的作品集。袁枚曾築隨園於江寧小倉山，

並題其室曰小倉山房，因以名集。其著作頗豐，版本繁多。年輕時就曾刊印詩文集，四十歲時（乾隆二十年，1755）曾自編過十卷詩集，刊行於否未知。六十歲時編成詩文全集《小倉山房詩集》二十四卷，七十五歲時又補編了一次詩文集，共三十二卷，七十六歲至臨終，詩集已增至三十七卷，另有《補遺》二卷。此處所提《遺稿》不知是何時之本。

[2]《清史稿》卷四八五《袁枚傳》載："袁枚，字子才，錢塘人。幼有異稟。年十二，補縣學生。……乾隆四年，成進士，選庶吉士。改知縣江南，歷溧陽、江浦、沭陽，調劇江寧。再起發陝西（按，蓋乾隆十三年，猶在寧，中經引退，後雖改分陝西，上書黃督工，不省，還退，不復仕），丁父憂歸，遂牒請養母。卜築江寧小倉山，號隨園。自是優游其中者五十年。時出游佳出水，終不復仕。"所以歷官未逾十年。趙翼《題袁子才〈小倉山房集〉》詩曰："作宦不曾逾十載。"

[3]"文章"句，趙翼《題袁子才〈小倉山房集〉》詩曰："曾游瀛苑空三島，愛住金陵爲六朝。"空三島，《史記·秦始皇本紀》載："海中有三神山，曰蓬萊、方丈、瀛洲，仙人所居。"此詩句用此，喻袁枚之成進士、入翰院，其才絕倫。占六朝，則謂袁枚之娛老隨園也。六朝謂東吳、東晉、劉宋、蕭齊、蕭梁及陳也。袁枚居於金陵隨園，《清史稿》本傳載："盡其才以爲文醼詩歌，名流造請無虛日，詼諧詄蕩，人人意滿。"又"篤於友誼""喜聲色"，故云。趙翼《題袁子才〈小倉山房集〉》詩曰："其人與筆兩風流，紅粉青山伴白頭。"

周公瑾[1]

江左人才管樂儔[2]，少年儒將擅風流[3]。三分未定黃龍鼎，一炬先焚赤壁舟[4]。貧賤交難忘子敬[5]，英雄死恨借荊州。偏安豈是平生志，莫怪同時忌武侯[6]。

【注】

[1] 周公瑾，即三國吳名將周瑜，官至偏將軍、南郡太守。

[2] 管樂，即管仲與樂毅，是春秋戰國時期功勳卓著的文臣與武將。《三國志·諸侯亮傳》載，諸葛亮"每自比於管仲、樂毅，時人莫之許也"。此處代指治

國輔君的賢臣良將。

［3］范成大《吊周瑜》詩曰："世間豪傑英雄士，江左風流美丈夫。"《三國志》本傳載"瑜長壯有姿貌"。

［4］"三分"句言赤壁大戰。《三國志·周瑜傳》載："時劉備為曹公所破，欲引南渡江，與魯肅遇於當陽，遂共圖計，遣諸葛亮詣權，權遂遣瑜及程普等與劉備並力逆曹公，遇於赤壁。周瑜與黄蓋取蒙冲鬥艦數十艘，實以薪草，膏油灌其中，裹以帷幕，上建牙旗，先書報曹公，欺以欲降。借東風放船發火，大敗曹軍。"

［5］子敬，即三國吴大將魯肅。為孫權構畫先定江東、再取荆州、後建帝號的"榻上策"。助周瑜大破曹軍於赤壁。勸孫權借荆州於劉備，聯劉抗曹。與關羽單刀會。周瑜曾因缺糧向魯肅求助，魯肅將一倉三千斛糧贈給周瑜，從此，二人交好，共謀大事。

［6］武侯，即三國蜀相諸葛亮。

贈李東來[1]

客囊如水鬢如絲，湖海風流説項斯[2]。碧血燈前三尺劍，青山馬上十年詩。貧猶作客家難問[3]，老不封侯命可知。我有美人遲暮恨，與君分淚讀騷詞[4]。

【注】

［1］《西河草堂詩賸續》卷四詩題作《答李東來》。李東來，生平不詳。

［2］湖海風流説項斯，《西河草堂詩賸續》卷四作"酒市悲涼擊筑時"。

項斯，唐代詩人。字子遷，江東人。結茅於朝陽峰前，與僧人交游，隱居三十餘年。寶曆、開成年間有詩名。楊敬之贈詩曰："平生不解藏人善，到處逢人説項斯。"會昌四年（844），左僕射王起下進士及第，授丹徒縣尉，卒於任所。張洎《項斯詩集序》評其詩與張籍相類，"詞清妙而句美麗奇絶。"

［3］貧猶作客家難問，《西河草堂詩賸續》卷四作"生無歸路家先破"。

［4］"我有"至"騷詞"句，《西河草堂詩賸續》卷四作"此去灞亭休射獵，恐逢醉尉有微詞"。

擬古

匆匆郎欲行，牽衣郎不顧。忍淚拍箜篌，只唱《公無渡》[1]。

三載不爲容，忽聞郎歸信。小姑勸畫眉，含情理妝鏡。

【注】

[1]《公無渡》，屬於漢樂府相和歌辭，又作《箜篌引》《公無渡河》。《古今注·音樂》："《箜篌引》，朝鮮津卒霍里子高妻麗玉所作也。子高晨起，刺船而濯，有一白首狂夫，被髮提壺，亂流而渡，其妻隨呼止之，不及，遂墮河水死。於是援箜篌而鼓之，作《公無渡河》之歌，聲甚悽愴，曲終，自投河而死。霍里子高還，以其聲語妻麗玉，麗玉傷之，乃引箜篌而寫其聲，聞者莫不墮淚飲泣焉。麗玉以其聲傳鄰女麗容，名曰《箜篌引》焉。"

子夜曲[1]

楊花墮水中，化作浮萍去。飄泊無定蹤，相思不相遇。

池蓮結子成，饑禽啄蓮實。依舊守空房，苦心人不識。

【注】

[1]《子夜曲》又作《子夜歌》，南朝樂府民歌，相傳爲晉代一名爲子夜的女子所作。《樂府詩集》收錄《子夜歌》計四十二首，屬於清商曲辭吳聲歌，多是女子吟唱愛情生活。《樂府解題》曰："後人更爲四時行樂之詞，謂之子夜四時歌。又有《大子夜歌》《子夜警歌》《子夜變歌》，皆曲之變也。"

詠古

王者自不死，非關劍術疏。不然博浪椎[1]，何以中副車。

【注】

[1] 博浪椎，《史記·留侯世家》載張良求客刺秦王，爲韓報仇，"得力士，爲鐵椎重百二十斤。秦皇帝東游，良與客狙擊秦皇帝博浪沙中，誤中副車。秦皇帝大怒，大索天下，求賊甚急，爲張良故也。良乃更名姓，亡匿下邳。"亦作博浪沙、博浪椎秦。

讀史

漁陽鼙鼓動邊塵[1]，夜半宮車萬里巡。老將生降妃子死，當時同是受恩人。

【注】

[1] 漁陽鼙鼓，指安史之亂。白居易《長恨歌》："漁陽鼙鼓動地來，驚破霓裳羽衣曲。"天寶十四年（755），安禄山自漁陽聚集十五萬兵馬，發動叛亂，攻占洛陽。次年取長安，玄宗與貴妃奔蜀。馬嵬兵變，敕死貴妃。安史之亂歷時七年方結束。

雷海青琵琶[1]

換羽移宮淚萬行，梨園一擊繫綱常。花奴羯鼓[2]寧王笛[3]，不及琵琶殉上皇[4]。

【注】

[1] 雷海青，唐玄宗時宮廷樂師，善彈琵琶，安禄山叛亂時，因抗拒奏曲被支解示衆。詳見前《靜嘯堂觀演天寶遺事》。

[2] 羯鼓，《通典·樂四》："羯鼓，正如漆桶，兩頭俱擊。以出羯中，故號羯鼓，亦謂之兩杖鼓。"花奴，即王璡的小名，善羯鼓。明皇特鍾愛。唐南卓《羯鼓録》載："汝南王璡，寧王子也。姿容妍美，秀出藩邸，玄宗特鍾愛焉，自傳授之。……因誇曰：花奴姿質明瑩，肌髮光細，非人間人，必神仙謫墮也。"

[3] 寧王笛，寧王，唐睿宗長子，玄宗之兄，名憲，雅好音律，善吹笛。《太真外傳》載："明皇與兄弟同處，妃子竊寧王玉笛吹之。"薩天錫《武夷山》

詩曰："天官借得寧王笛，騎取蕭郎赤鳳還。"

［４］《明皇雜錄》載，安禄山於凝碧池大宴，命雷海青等梨園弟子奏曲作樂，"梨園舊人不覺歔欷，相對泣下，羣逆皆露刃持滿以脅之，而悲不能已。有樂工雷海青者，投樂器於地，西向慟哭。逆黨乃縛海青於戲馬殿支解以示衆。聞之者莫不傷痛。"

白桃花[1]

天台流水悟前因，劉阮[2]歸來老大身。枉與神仙爲眷屬，駐顔方不授凡人。

【注】

［１］《西河草堂詩賸》卷六此詩題後有小字注"八首存二"。此爲第一首。

［２］劉阮，即劉晨與阮肇。劉義慶《幽明錄》載，相傳劉晨與阮肇入天台山采藥，爲仙女所邀，留半年，求歸，抵家子孫已七世。後亦指情郎。

白芍藥[1]

素羅衫子玉搔頭，常帶將離一點愁。記得春風明月夜，與卿相見在揚州。

【注】

［１］《西河草堂詩賸》卷六載此詩題作《題白芍藥畫幅》。

墨筆牡丹

怪底徐熙[1]設色華，特將墨瀋[2]寫名葩。只愁筆帶寒酸氣，不稱春風富貴花。

【注】

［１］徐熙，五代南唐畫家。宋郭若虛《圖畫見聞志》卷四載："徐熙，鍾陵

人，世爲江南仕族。熙識度閑放，以高雅自任，善畫花木、禽魚、蟬蝶、蔬果，學窮造化，意出古今。徐鉉云：'落墨爲格，雜彩副之，跡與色不相隱映也。'又熙自撰《翠微堂記》云：'落筆之際，未嘗以傳色暈淡細碎爲功。'此真無愧於前賢之作，當時已爲難得。李後主愛重其跡，開寶末歸朝，悉貢上宸廷，藏之秘府。"

［２］墨瀋，即墨汁。

秋海棠[1]

瘦骨珊珊欲倩扶，美人一幅斷腸圖。早知命爲紅顏薄，悔不香無色也無。

秋魂隱約粉牆低，慘綠嬌紅一剪齊。蟋蟀不知花有恨，五更風露盡情啼。

劇憐思婦是前身，別怨離愁總夙因。無限深情消不得，幽窗冷雨正懷人。

【注】

［１］《西河草堂詩賸》卷六此詩題後小字注"十五首存三"。

梅花詩十五首全用下平韻

似與梅花有夙緣，題詩今日借花傳。笑拈一管玲瓏筆，遍寫香光色界天。

蕊宮仙子正垂髫，新製綃衣稱體嬌。一路香風環珮過，滿身冰雪掛瓊瑤。述初狀也。

柴門冷落舊書巢，玉照亭荒水半拗。獨抱冬心倚修竹，更無人問歲寒交。感中落也。

此材已分老蓬蒿，強被東風改舊操。可惜供他塵俗賞，出山爭似在山高。悔浪遊也。

不信韶華逐逝波，飛茵墮溷兩如何？春歸一曲揚州淚，閣部祠前洒最多[1]。傷窮途也。

屢經拗折欲欹斜，生意猶含數點花。自洗膽瓶清水供，紙窗晴日讀南華[2]。摒外擾也。

不教開足是情長，冷處能回鐵石腸。一夜羅浮山[3]下宿，至今猶覺夢魂香。憶知遇也。

眼底繁華頓掃清，歸山猨鶴遂前盟。縱然未藉吹噓力，感激春風一片情。感友誼也。

買得疲驢載酒瓶，看花忘却鬢星星。小西湖上尋詩路，人在孤山放鶴亭[4]。紀社游也。

早開遲謝總難憑，知墮罡風第幾層。別有素心託明月，一龕古佛一詩僧。思懺悔也。

漫誇清福幾生修，立雪難忘舊日游。獨把瓣香心上供，不隨桃李共千秋。溯師恩也。

美人一去碎瑤琴，紙帳魂歸有夢尋。記得唱詩淒絶處，亂山無數白雲深。悼亡友也。

久無驛使寄瑤函，別後相思隔瘴嵐。萬里羊城官閣夜，落燈風裏夢江南。懷遠宦也。

老來索笑愛巡檐，銅鉢聲中韻獨拈。詩要苦吟花要看，忍寒終夜不垂簾。幸老健也。

詩情游興兩難芟，又爲梅花早掛帆。將遊鄧尉[5]。香雪海中攜一卷，狂來親手勒靈巖。

【注】

　　[1] 閣部，即南明名臣史可法。抗清被俘拒降，英勇就義。後人將其衣冠葬於揚州梅花嶺。

　　[2] 南華，指《南華真經》，原名《莊子》，唐玄宗在天寶元年（742）下令封莊子爲南華真人，《莊子》被尊稱爲《南華真經》。

　　[3] 羅浮山，山名。《輿地紀勝》卷第四〇《淮南東路·泰州》載，羅浮山，在海陵縣東澤藪中，不爲水所没，遙望如羅浮。

　　[4] 孤山放鶴亭，宋初隱逸詩人林逋隱居於西湖孤山，其墓在孤山左側放鶴亭西北。

　　[5] 鄧尉，位於蘇州，與杭州超山、無錫梅園號稱江南三大梅區。清徐枋《居易堂集》卷八《鄧尉十景記》載：“鄧尉看梅名勝處，玄墓稱絶，餘者馬家山、董墳、朝元閣，樸山、硇上，皆其選也。”

吳陵《冶春詞》[1]

早春城郭雨瀟瀟[2]，卅里龍溪漸長潮。幾日不來寒食近，綠楊遮斷趙公橋。

鶯飛草長晝初長，蠻榼[3]家家上冢忙。記得鳳凰墩畔路，紙鳶風裏菜花香。

烟雨城南鎖塔尖，千家新緑正齊檐。近村小景都如畫，一樹桃花一酒簾。

圌蔣山迎岳阜青，小西湖水碧泠泠。年年白社人修禊[3]，賭取新詞唱阮亭[4]。

【注】

[1] 冶春詞，康熙年間，王士禎任揚州推官時，組織並聚集當地文人修禊於虹橋，且唱和作詩，王士禎作了二十首《冶春詞》，文人和韻作詩，時爲一大文化盛事。揚州二十四景中有"冶春詩社"。李斗《揚州畫舫錄》載："冶春詩社在虹橋西岸。虹橋茶肆名冶春社，孔東塘爲之題榜。"孔東塘，即清人孔尚任。宗元鼎詩記錄當時盛況："休從白傅歌楊柳，莫遺劉郎唱竹枝。五日東風十日雨，江樓齊唱《冶春詞》。"從此，"冶春"廣爲流傳。

[2] 瀟瀟，《道光泰州志》卷三三載作"蕭蕭"。

[3] 蠻榼，南方製的酒器。白居易《夜招晦叔》詩曰："高調秦箏一兩弄，小花蠻榼二三升。"

[4] 阮亭，指清初詩人王士禎，字子真，號阮亭，又號漁洋山人，世稱王漁洋。山東新城人。順治十五年（1658）中進士，選爲揚州推官，遷至刑部尚書。

別李沁春發園孝廉[1]

笛聲嗚咽酒初酣，歧路難停此夕驂。馬上不堪回首望，寒鴉落葉滿淮南。

【注】

[1] 李發園，泰州人。

哭吴椒塘陵先生[1]

一棺冷落寄僧廊，消受山廚麥飯香[2]。三五故人知己淚，勝他兒女哭成行。

【注】

[1]《海陵詩彙》卷一八載此詩題作《哭吴椒塘》。

[2]"一棺"至"麥飯香"句，《海陵詩彙》卷一八作"一棺蕭寺太荒涼，寒食山僧麥飯香"。

鄒熊　字耳山，著《聲玉山齋集》。[1]

【注】

[1] 鄒熊（1762—1821），民國《續纂泰州志》卷二五載："字耳山，監生，性曠達。中年始爲詩，芸香社諸前輩虛左以待。丹徒王豫輯《羣雅集》，謂其詩清峻雄邁，與雄皋謝德泉並稱'海上作手'云。著有《聲玉山齋詩集》五卷。"民國《泰縣志稿》卷二八載鄒熊《聲玉山齋詩集》十卷，葉兆蘭爲之序，其詩精鍊甚於兆蘭。如《昭關壩》《鬻牛歌》諸篇可覘世事。《海陵詩彙》十六卷，仿《詩觀》體例，與《霄峥集》《芸香詩鈔》並重，藏裔孫遵海處，未刊。

太白樓[1]

到眼無凡境，披雲一倚樓。高寒終古月，空闊大江秋。幾輩徒沉湎，吾儕敢唱酬。偶因學狂放，長嘯徹中流。

【注】

[1] 太白樓，全國有三處，一曰山東濟寧，一曰安徽馬鞍山，一曰安徽歙縣，均爲紀念唐代詩人李白而建。

踏雪

倚杖一天雪，寒颸撲面來。吾生雙眼白，合向此時開。山遠疑無路，香生始辨梅。游踪皆化境，鷗鷺莫相猜。

夏日江館

竹樹陰森裏，通幽徑一條。樓開天近水，夢醒雨喧潮。到眼雲山淨，忘機鷗鷺遥。倚欄發長嘯，心已脱塵囂。

贈友

川原歷將遍，半生舟與車。跋涉本非計，翻然歸故廬。高梧生淨碧，户牖涵清虛。無夢入塵境，有子同璠璵[1]。勸君掃鄴架，得錢多買書。

【注】

[1] 璠璵，指美玉。《初學記》卷二七引《逸論語》："璠璵，魯之寶玉也。孔子曰：美哉璠璵，遠而望之，焕若也；近而視之，瑟若也。"

題《藏鋒圖》

身傍畢竟有吳鉤[1]，猶負當年盛氣遊。索性平津化龍去[2]，更無人與說恩讐。

【注】

[1] 吳鉤，古代一種兵器，形似劍而曲。春秋吳人善鑄鉤，故稱。

[2] 平津化龍，《晉書·張華傳》載雷焕掘豐城獄屋得石函雙劍，即干將與

莫邪，一以獻張華，一以自佩。後失落於延平津，化龍而去。

月下登金山

江光如練月如烟，山影玲瓏塔影圓。鏡裏樓臺京口夜，浪中星斗海門天。上方燈暗禪關寂，遠浦舟橫估客眠。黃鶴不來坡老去，詩場酒壘憶當年。

吳陵《冶春辭》[1]

風細塵清一徑遙，兩三鷺侶掛詩瓢。小西湖在雲谿外，不爲尋春不過橋。

紅杏花梢拂酒帘，打魚灣口晚風恬。酒人清嘯漁人唱，溪月如銀出鏡奩。

【注】

[1]《聲玉山齋詩集》卷一載此詩共四首。此錄第一首與最後一首。

秋杪登北山寺後樓[1]

北郭千年寺，高寒百尺樓。潮迎詩思活，山爲酒人秋。古木出危堞，孤鴻下遠洲。東南更寥廓，大海暮烟浮。

【注】

[1] 北山寺，位於泰州城北，唐寶曆元年（825）王屋禪師創建，古名開化院，又稱獨佛寺。北宋嘉祐八年（1063）始稱北山開化禪寺。順治八年（1651）知州錢履吉《泰州重修北山開化寺碑記》載："寺改名北山，因海陵城北地勢低窪，取此名以阜地氣，壯郡形。"

秋夜

一雁叫雲秋已深，一蛩入户吟復吟。高樓風緊逼燈焰，滿地月來流梧陰。錦瑟頻調怯短袂，匡牀[1]久倚驚薄衾。碪杵[2]千家人萬里，紅閨紫塞同蕭森。

【注】

[1] 匡牀，方正安適之牀，屬於專門的坐具。《莊子·齊物論》曰："與王同匡牀，食芻豢。"

[2] 碪杵，古代搗衣用的四方石頭和木棒槌等搗練具。

舟中夜雨

風緊雨聲急，瀟瀟滿客舟。潮喧孤枕夜，夢醒一篷秋。樹密滴繁響，江寒生旅愁。榜人不背發，相與欵羇留。

角聲

一角霜天曉，嗚嗚古戍鳴。山荒吹落月，邊警肅秋城。老將迎寒立，征人破夢行。淒清聽不得，何日罷談兵？

題汪蔚伯《囊琴圖》[1]

廣陵一曲賞音難，古錦囊封手怕彈。只有枯桐燒未得，相攜留當故人看。

【注】

[1] 汪蔚伯，同治《續纂揚州府志》卷二二《藝文上》載，即汪炳，著有

《蔚伯詩存》。

荷

豔却非妖淡却妍，此花豈受俗情憐。六根本淨宜供佛，一瓣能香已近仙。結社肯忘鷗鷺侶，招涼合在水雲天。孤芳我亦成心賞，日日秋江泊畫船。

口占和余秋農留別原韻[1]

七載一重見，匆匆又買舟。爲牽遊子袂，同上酒家樓。鬢鬢全非昔，風塵易感秋。鴻章幸投贈，許我豁雙眸。

【注】

　　[1] 余秋農，即上元余旻，秋農爲其字。袁枚《隨園詩話續編》卷一〇載，余秋農曾與蔡芷衫、曹淡泉、王敬等人交游。遺著有《群玉山房詩鈔》一卷。

題《寒江獨釣圖》

一江風雪不知寒，獨把閒情寄釣竿。只有羊裘身未着，怕人錯認是嚴灘。

春柳和夏紅舫

鴨綠鵝黃到處生，半拖驛路半江城。千門曉色春如畫，十里輕烟雨正晴。駐馬才添游冶興，啼鶯又帶別離聲。那能栽向陶潛宅，不替人間管送迎。

短長亭外起蕭騷，無那東風感寂寥。過眼忽驚寒食近，托根敢説漢宮遥。淒清長笛吹殘月，惆悵飛花付落潮。此日幸邀名士賞，且將丰韻寫南朝。

題馬貴陽《江南秋色圖》[1]

殘棋一角不知愁，紅葉青山畫裏遊。知否有人和淚寫，西風禾黍孝陵[2]秋。

【注】

[1] 馬貴陽，即明末馬士英，貴陽人。崇禎末任鳳陽總督工。崇禎帝自縊後，其搶先在南京擁立福王由崧爲帝，起用閹黨阮大鋮爲兵部尚書，二人傾軋東林黨人，排斥史可法，不抵禦清兵。不久南京被清兵攻破，南明滅亡。

[2] 孝陵，位於南京，爲明太祖朱元璋的陵墓。

聞雁

野店一燈暗，寒衾短夢驚。離家數千里，征雁兩三聲。江上悲秋侣，天涯失路情。欲歸歸未得，竟夜感哀鳴。

題崔吟香《和簡齋太史落花詩》[1]

苦把零香賸粉描，袁安[2]吟罷又崔鑣[3]。仙人謫降辭人老，各向春風感寂寥。

廿載名場白髮新，飄零我亦墮風塵。可能更借珊瑚筆，再爲殘紅細寫真。

【注】

　　[1] 簡齋太史，即清文學家袁枚。《隨園詩話》卷三載："（袁枚）在沭陽署中，賦《落花》詩。"則是其至江南任縣令時所寫，寄寓薄命之歎。和者甚多。崔吟香蓋其一，生平不詳。

　　[2] 袁安，東漢章、和二帝時宰相。《後漢書·袁安傳》載，字邵公，汝南汝陽人，少傳祖父良《孟氏易》，兼擅衆經。爲相嚴明有威。袁氏一門，位列三公，顯赫一時。

　　[3] 崔鸒，隋代文人，精通文史。《隋書·崔鸒傳》載："鸒每以讀書爲務，負恃才地，忽略世人。大署其戶曰：'不讀五千卷書者，無得入此室。'數年之間，遂博覽羣言，多所通涉。

喜晤李少白

轉瞬三年別，京華幾去留。家貧難作客，遊倦況逢秋。道路誰青眼，功名感白頭。吟壇重聚首，剪燭話離愁。

不少風塵感，相看太瘦生。此身無長物，江左有清名。閱歷空今古，饑寒鍊性情。酒闌看短鋏，猶作不平鳴。

【注】

　　[1] 李少白，詳見前文《虎丘逢少白》注。

子昂畫馬圖[1]

畫馬畫皮如畫女，悅世但憑顔色取。畫馬畫骨如畫山，崢嶸特立天地間。想見松雪畫馬日，馬不空羣不下筆。圖成自賞應自憐，龍種相看心黯然。馬兮馬兮骨本重，等閒遂爲人引鞚，雕鞍玉轡有何榮？鞭策者誰言之慟。吁嗟乎！代馬思燕草，猶懷故土悲。

當年若解馳驅非，何不畫向空山食蕨薇？

【注】

[1] 子昂，即元代著名書畫家趙孟頫，子昂爲其字，號松雪道人。宋宗室，入元累官翰林學士承旨，封魏國公，工書法、篆刻及繪畫。尤善長畫馬。

謁王心齋先生祠[1]

兩字良知學，千秋韋布[2]身。縱談皆浩氣，載道得斯人。手握乾坤大，先生有三☰文在手。心傳子弟醇。我非私淑者，到此瓣香陳[3]。

【注】

[1] 王心齋，即泰州學派創始人王艮，詳見前《謁王心齋先生祠》注。

[2] 韋布，韋帶布衣。古指未仕者或平民的寒素服裝。漢司馬相如《報卓文君書》："五色有燦，而不掩韋布。"

[3] 瓣香，指香的形狀如瓜瓣，故稱。陳師道《觀充國文忠公家六一堂圖書》詩曰："向來一瓣香，敬爲曾南豐。"

贈李梅生[1]

落拓天涯一葉舟，隻身海甸又吴州。化機在手衆禽活，大筆畫天古鬼愁。座上少年宵勸酒，客中清嘯月當樓。還家莫學袁安臥[2]，某生有睡癖。多少名山約再游。

【注】

[1] 李梅生，即李育，光緒《江都縣續志》列傳第七載："字梅生，畫善寫意，私淑華秋嶽，山水有曠逸之致，花鳥亦多生趣。與朱本齊名，皆北游京師，名重公卿間。"

[2] 袁安臥，言東漢袁安臥雪事。見前文《癸丑元旦京邸大雪謝鐵厓餽酒》注。

題袁冶山照

天高木落晚風寒，景自蕭疏境自寬。萬卷書圍名士坐，一籬花當[1]酒人看。山空猿鶴相尋易，市遠塵囂欲到難。若肯畫圖添舊雨，好張旗鼓當詩壇。

【注】

[1] 當，《聲玉山齋詩集》卷二作"供"。

祈年辭[1]

東村爇香如斗大，西村挑燈似星多。祝天時晴復時雨，晴好刈麥雨植禾。

【注】

[1] 《聲玉山齋詩集》卷二載此詩共二首。此爲第二首。

懷友詩[1]

一囊吟草一船書，白髮蕭蕭返故廬。十載西湖音問絕，詩壇酒壘近何如？錢塘王魯石元琨[2]。

吳越名區數往回，山川跋涉出奇才。畫中詩與詩中畫，妙境都從閱歷來。山陽周曙峯煦[3]。

客常滿座酒盈樽，江左名流半在門。金盡不嫌知己少，有人尚識趙平原[4]。東臺袁歗竹承福[5]。

拈毫得句鬼神泣，説劍當秋風雨生。淮海十年深閱歷，詩才心境兩和平。葉古軒兆蘭。

人如鶴瘦性尤靈，口似懸河[6]舌不停。夜半談詩兼説鬼，滿窗風雨一燈青。田鶴舫琳。

十載歌樓與酒樓，囊中金盡不知愁。歸來遍種籬邊菊，占盡春風又占秋。俞蔚村國華。

【注】

[1]《聲玉山齋詩集》卷二載此詩共十七首，此爲第一、三、五、十一、十二、十三首。

[2] 王元琨，錢塘人，後流寓泰州，爲康熙年間芸香詩社成員之一。

[3] 周煦，李濬之編《清畫家詩史》戌下載其小傳：字仲和，號曙峯，山陽人，流寓泰州。監生。善畫。

[4] 趙平原，即戰國時趙國平原君趙勝，爲戰國四公子之一，好養士。

[5] 袁承福（1759—1818），清乾嘉時人，曾流寓揚、泰二州。芸香詩社成員之一。著有《嘯竹詩鈔》八卷。《淮海英靈續集》庚集卷三載其小傳曰："字成之，號嘯竹，東台諸生。《羣雅集》云：嘯竹繼吳野人後崛起海濱，詩直樸。"朱兆龍主編《安豐風流》載其"善畫，工書，尤耽吟詠。壯歲寄情山水，足跡所至，名人多樂於爲友。晚年居家，爲里中耇式，鄉里善舉，咸賴以董其成。壽六十。其子蘭生，工寫蘭竹"。

[6] 懸河，《聲玉山齋詩集》卷二作"河懸"。

十三月孤兒行爲繆君莪洲作[1]

孤兒有父，有父早殤。孤兒有母，母痛夫亡。夫亡血淚傾瀉，矢志從夫地下。

夫死無子，生不如歿。夫有遺孤，死不如活。顧此懷中呱呱兒，甫十三月。

見兒如見夫，吞聲飲泣哺其雛。兒病母憂，兒讀母績，二十五載，心血延此孤。

孤兒見頭角，母曰父冠冠汝。孤兒身昂藏[2]，母曰父衣衣汝。爲兒著父衣冠，母淚如雨。

憂傾危兮一木支，歷艱苦兮兩鬢絲。孤兒孤兒兮何以報之，念釋不忘兮是十三月時。

【注】

[1] 同治《如皋縣續志》卷一二載："于氏，繆漢槎妻，年二十三，夫歿守節，撫孤莪洲，教誨成立。"

[2] 昂藏，指魁梧。明瞿佑《歸田詩話·雨淋鶴》："仲舉肢體昂藏，行則偏㪍一肩，衆爲詩以譏笑之。"

秋塞

驚沙黃葉捲風颷，消盡烽烟尚建旄。盤馬地生邊草瘦，臂鷹人立將臺高。戍樓落月寒吹笛，甲帳飛霜夜枕刀。思婦倍憐行役苦，玉關萬里寄征袍。

富春江懷古

到此名心淡，何須再問津。乾坤容大隱，山水屬閒人。鴻雁江沙跡，魚龍澤國身。我來臺畔立，烟雨一垂綸。

讀《小倉山房詩集》[1]

奪取香山筆一枝，編成百卷性情詩。能移風氣空前輩，早有聲華動外夷。四序獨推春可愛，百川誰比海無涯。瓣香我愧靈犀少，堂奧深深未許窺。

【注】

[1]《小倉山房詩集》是清代袁枚詩集，共三十七卷，補遺二卷，前有弟子薛起鳳序及蔣士銓、趙翼、李憲喬等人題辭。今人周本淳以乾隆隨園所刊三十二卷爲底本，據嘉慶詩集單刻校補標點並出版。

題凌芝泉《荆襄感舊圖》[1]

山荒月黑馬酸嘶，士女紛逃歸路迷。作檄有人正淒絶，不堪細柳聽鶯啼。

參軍情思本無涯，苦設金鈴爲護花。百計難回花命薄，才離駭浪又驚沙。

哀猿魂斷別時聲，曾與韋郎訂再生[2]。終竟蛾眉能一死，茫茫湘水碧無情。

空齋一枕夢闌珊，此後芳魂再見難。紙上嬋娟呼不應，朝朝暮暮帶愁看。

【注】

[1] 凌芝泉，即清代文人凌霄（1772—1828）。同治《續纂江寧府志》卷十四之四載：“字芝泉，江寧人，幼失怙，丰神秀朗。年未冠，補諸生，業頗豐。值

歲飢，振載餘，破貲二十餘萬。早工小學，並善書畫。錢塘袁枚重之，薦於兩湖總督畢沅，遂入幕府，與陽明洪亮吉、孫星衍交最厚。著有《測算指掌》《音韻異同》，古文《剝蕉集》，《巢鳳》《雲鶴》《溟鷗》《雪鴻》諸詩集，《浦薇詞集》《振檀曲集》。"

[2] 韋郎即唐韋皋。唐范攄《雲溪友議》卷中《玉簫記》：唐德宗時，韋皋任劍南西川節度使，昔游江夏，止於姜使君之館。姜氏孺子曰荆寶，其有小青衣曰玉簫，年才十歲，常令祗候，侍於韋兄，玉簫亦勤於應奉。玉簫年稍長大，因而有情。韋皋離別言約，少則五載，多則七年，取玉簫。因留玉指環一枚並詩一首。七年後，玉簫未見韋皋來迎，絕食而死。韋皋借助方術得見玉簫魂魄。又十二年後，方得與轉生的玉簫團聚。

春山

春在隔江峯，飛來翠幾重。不寒難見骨，肯笑若爲容。雨洗暮雲濕，烟浮曉黛濃。岩棲吾有約，幽夢一聲鐘。

寧王笛

稽首華清拜女師，慧心一笛譜新詞。倘教譜到《清平調》[1]，飛燕新妝[2]莫漫吹。

【注】

[1] 清平調，爲樂府曲調名，李白所創，共有三首。唐韋睿《松窗錄》載："開元中（按，當爲天寶中），禁中初重木芍藥，即今牡丹也。得四本，紅、紫、淺紅、通白者，上因移植於興慶池東沉香亭前。會花方繁開，上乘照夜白，太真妃以步輦從。詔特選梨園弟子中尤者，得樂十六部。李龜年以歌擅一時之名，手捧檀板，押衆樂前。將歌之，上曰：'賞名花，對妃子，焉用舊樂詞爲！'遽命龜年持金花箋，宣賜翰林供奉李白立進《清平樂》辭三章。白欣然承旨，猶苦宿醒未解，因援筆賦之。"

寧王笛，詳見前《雷海青琵琶》詩注。

[2] 飛燕新妝，化用李白《清平調》其二中詩句"借問漢宮誰得似，可憐飛燕倚新妝"。飛燕，即漢代趙飛燕。《漢書·外戚列傳》載："孝成趙皇后，本長安宮人。初生時，父母不舉，三日不死，乃收養之。及壯，屬陽阿主家，學歌舞，號曰飛燕。成帝嘗微行出，過陽阿主，作樂。上見飛燕而説之，召入宮，大幸。"

新蝶

金粉西園事隔年，過牆又趁嫩晴天。已消扇底三秋恨，來結花間再世緣。春夢乍醒猶悄悄，少年相見已翩翩。祇因初向風前舞，弱不勝衣最可憐。

漸來

漸來心境署和平，兀坐書齋百慮清。幽鳥一聲天近午，落花幾片雨初晴。能閒便享庸人福，藏拙非邀處士名。茗碗生香書在手，世間何處有愁城。

送春

無端飛絮撲離筵，三月江城倍黯然。花氣欲消中酒夜，鶯聲漸老夕陽天。不知此別歸何處，又訂重來似去年。每悵熱場遊未慣，還須爲我少留連。

柳線限韻同汪蔚伯、吳侍軒、鄧浦泉、羅夏園[1]

不藉樓頭女手繅，金梭擲後漸垂條。爲誰春冷縫衣袂，到處風狂試剪刀。斷續頻牽遊子騎，短長能擊酒人舠。此條若向紅閨拂，辛苦穿針肯憚勞。

酒旗歌板憶秦淮，踠地輕絲十里皆。綠趁烏衣穿繡户，青隨簾影織香階。樓邊曲豔傳金縷，花外人過挂玉釵。底事江干綰離別，纏綿情絮總無涯。

【注】

[1]《聲玉山齋詩集》卷三載此詩題爲《柳線限韻同汪蔚伯、吳侍軒、鄧浦泉、羅夏園四之二》，則知共四首。汪蔚伯，即汪炳，見前文《題汪蔚伯囊琴圖》注。羅夏園，即前文羅克俊。

春烟

遠迷芳草近迷花，淺碧深紅一例遮。輕不勝風原易散，濃如著水便無涯。嫩寒山霽嵐疑溼，薄暮江昏柳正斜。夜月朦朧林閣淡，遥看隱約幾人家。

題袁冶山半船兒女半船書圖

曾寫陶潛樂，閒情獨賞秋。舊有《松菊猶存圖》索題。十年翻橐筆，八口共乘舟。賣賦誰青眼，謀生感白頭。我無兒女累，輕便載書遊。

謝友人移竹

特爲山齋掃俗氛，幾竿遥向密林分。三弓地闢迎佳士，十扇窗開揖此君。午夢生涼人乍醒，秋風入夜我初聞。果然玉筍經春長，培出兒孫定不羣。

檔子行[1]

華筵開，檔子來。朱繩辮髮金縷鞋，長袍窄袖吳綾裁。琵琶輕撥腕如玉，宛轉當筵歌一曲。曲中眉語目傳情，燭光照面伴羞縮。朱門子弟易魂消，袖底金錢席上拋。買笑買嗔復買醉，紅牙綠酒娛春宵。門內偎紅更倚翠，門外大呼排闥至。酒停歌歇無人聲，處堂燕雀逢鷹鸇。一波平，一波生，峽雨巫雲夢未成，頃刻家緣一笑傾囊空。再與嬌娃見，趙李模糊記不清。

【注】

[1] 檔子，指曲子或者唱曲人，本義指牌子，即木片，引申爲曲牌、曲子之義。《清稗類鈔·禮制類·牌子檔子》載："官中册籍，謂之牌子、檔子。"又稱爲"唱檔子"。乾隆年間蔣士銓《忠雅堂詩集》有《唱檔子》詩，又有"花檔小唱"之名。乾隆年間特別興盛，表演一般采用琵琶演奏，扇子和絹帛是最基本的道具。演員的裝束，乾隆初年爲男扮女妝，窄袖紅妝。酬金一般由觀衆打彩給賞，所唱大多爲流行的民歌時調。

讀史

孔孟道既微，幻怪爭馳驅，祖龍[1]廢百家，火中多僞書。所阮侯盧輩[2]，安見皆醇儒。曲學一清擴，後世鮮歧途。獨笑愚黔首，其心先自愚。

賈誼以年少，遂爲當路輕。其言不獲用，强藩禍終生[3]。張季起貲郎，十年亡知名[4]。厥後作廷尉，論法稱持平。用才求濟耳,奚必定老成。更以資格論,毋乃屈賢英。

論才先器識,文章安足數?我薄禰正平[5],輕身近豺虎。阿瞞尚不容,何況彼黃祖?所託已非人,謾罵亦何補?庸流輕去就,真才慎出處。所以隆中人[6],蕭然歌梁父。

得第求立名,名亦未必久。夤緣[7]復奚爲,倖進空顏厚。一曲《鬱輪袍》[8],遂含千載垢。何如下第人,劉蕡已不朽[9]。

賢如王文正[10],昏夜受明珠。剛如寇萊公[11],附會呈天書[12]。功名心未已,乃忽改厥初。君子覘定力,得失爭須臾。

江陵佐中主,時政賴起衰。任重無旁貸,嚴氣成矜持。威焰衆所忌,交口摘其疵。一朝失砥柱,綱紀墮恬熙。論人貴持平,功大而罪微。曰盛滿則是,曰專擅則非。

【注】

　　[1] 祖龍,即秦始皇。《史記·秦始皇本紀》載:"(三十六年)秋,使者從關東夜過華陰平舒道,有人持璧遮使者曰:'爲吾遺滈池君。'因言曰:'今年祖龍死。'"裴駰集解引蘇林曰:"祖,始也。龍,人君像。謂始皇也。"

　　[2] 侯盧,秦時侯生、盧生兩位方士。《史記·秦始皇本紀》載,侯生、盧生求仙藥不成,而"秦法:不得兼方,不驗輒死",二人恐懼,乃亡去。始皇得知,怒曰:"吾前收天下書不中用者盡去之。悉召文學方術士甚衆,欲以興太平,方士欲練以求奇艾藥。今聞韓衆去不報,徐市等費以巨萬計,終不得藥,徒奸利相告日聞。盧生等吾尊賜之甚厚,今乃誹謗我,以重吾不德也。諸生在咸陽者,吾使人廉問,或爲訞言以亂黔首。"於是犯禁者四百六十餘人,皆坑之咸陽,使天下知之,以懲後。

　　[3] 賈誼,西漢初文人。《漢書·賈誼傳》載:"賈誼,雒陽人也,年十八,以能誦詩書屬文稱於郡中。……文帝征以爲廷尉。廷尉乃言誼年少,頗通諸家之

書。文帝召以爲博士。誼年二十餘，最爲少。每詔令議下，諸老先生未能言，誼盡爲之對，人人各如其意所出。諸生於是以爲能。……至太中大夫。誼以爲漢興二十餘年，天下和洽，宜當改正朔，易服色制度，定官名，興禮樂。並上奏。天子議以誼任公卿之位。絳、灌、東陽侯、馮敬之屬盡害之，乃毀誼曰：'雒陽之人年少初學，專欲擅權，紛亂諸事。'於是天子後亦疏之，不用其議，以誼爲長沙王太傅。"

[4] 張季，即漢文帝廷尉張釋之。《史記》本傳太史公曰："張季之言長者，守法不阿意。"張釋之堅持按律量刑，決獄公正。

[5] 禰正平，即東漢末年名士、文學家禰衡。性格剛毅傲慢，好侮慢權貴。孔融曾薦其於曹操，禰衡托病不見曹且出言不遜。曹操仍召爲鼓吏，但禰衡"擊鼓罵曹"。曹怒，將其送於荆州劉表，後又遣送至江夏太守黄祖。宴會上，禰衡痛罵黄祖，黄祖殺之。

[6] 隆中人，指三國時諸葛亮，曾隱居於南陽隆中，人號爲臥龍。

[7] 夤緣，指攀附。韓愈《古意》："我欲求之不憚遠，青壁無路難夤緣。"

[8] 《鬱輪袍》，琵琶曲。唐薛用弱《集異記》載王維演奏《鬱輪袍》事："王維右丞，年未弱冠，文章得名。性閑音律，妙能琵琶，游歷諸貴之間，尤爲岐王之所眷重。時進士張九皋，聲稱籍甚，客有出入於公主之門者，爲其致公主邑司牒京兆試官，令以九皋爲解頭。維方將應舉，具其事言於岐王，乃求庇借。岐王曰：'貴主之强不可力争，吾爲子畫焉。子之舊詩清越者可録十篇。琵琶之新聲怨切者可度一曲。後五日，當詣此。'維即依命，如期而至。……即令獨奏新曲，聲調哀切，滿座動容。公主自詢曰：'此曲何名？'維起曰：'號《鬱輪袍》。'公主大奇之。岐王曰：'此生非止音律，至於詞學，無出其右。'公主尤異之，則曰：'子有所爲文乎？'維即獻懷中詩卷。公主覽讀驚駭曰：'皆我素所誦習者，常謂古人佳作，乃子之爲乎？'因令更衣，升之客右。維風流蘊藉，語言皆戲，大爲諸貴之所欽矚。岐王因曰：'若使京兆今年得此生爲解頭，誠爲國華矣。'公主乃曰：'何不遣其應舉？'岐王曰：'此生不首薦，義不就試。然已承貴主諭托張九皋矣。'……（公主）顧謂維曰：'子誠取解當爲子力。'則召試官至第，遣宫婢傳教。維遂作解頭而一舉登第。"明代王衡雜劇《王摩詰拍碎鬱輪袍》即據此事演義而成，清代又有黄之雋《鬱輪袍》，大體相似。

[9] 劉蕡，唐朝中期政論家。字去華，昌平縣人。博學多才，善於寫作，尤其精於《左氏》。生性耿介，疾惡如仇，素懷濟世大志。寶曆二年（826），中進士。唐太和二年（828），文宗策試賢良方正。劉蕡撰文《對賢良方正直言極諫策》，指斥宦官亂政誤國，舍命進諫，落第不取。當時被錄取者李郃說："劉蕡不第，我輩登科，實厚顔矣。"

[10] 王文正，即北宋名相王旦，字子明。真宗咸平時，任樞密院事、參知政事，景德三年拜丞相，監修《兩朝國史》。善知人，多薦用厚重之士。天禧元年，以疾罷相。元年九月，卒，謚文正。

[11] 寇萊公即寇準，北宋政治家，字平仲，太平興國五年進士，授大理評事。天禧元年，再起爲相。善詩能文。罷相，貶爲陝州知州。天禧三年（1019）再相。真宗病，劉皇后臨朝聽政，寇準秘密奏請以太子監國，事泄，罷相，封萊國公。卒謚忠愍，著有《寇萊公集》。

[12]《宋史·寇準傳》載："天禧元年，（寇準）改山南東道節度使。時，巡檢朱能要挾內侍都知周懷政詐爲天書，上以問王旦。旦曰：'始不信天書者準也。今天書降，須令準上之。'準從上其書，中外皆以爲非。遂拜中書侍郎兼吏部尚書、同平章事、景靈官使。"

白下喜晤周綺村[1]

一十八年才一見，相思便慰亦艱難。頻將身世殷勤問，各把鬚眉子細看。客路風懷詩滿袖，江樓歌嘯月當欄。此遊那更期重到，珍重秦淮片刻歡。

【注】

[1] 周綺村，即周長泰。《國朝詞綜補》卷一七載其小傳："字綺村，江蘇通州人，乾隆五十一年（1786）副貢生。"

白下，古縣名，南京舊稱。東晉咸和三年（328）陶侃討蘇峻時築白石壘，即稱白下縣。唐武德九年（626）築城，改原來的金陵縣爲白下縣。宋朝張敦頤《六朝事跡編類》載有三種得名來歷，除了前一種說法外，還有一說是春秋末期楚平王嫡孫白公勝曾下榻於此，故稱白下；一說南朝齊武帝曾經於白下城閱武，唐朝武德年間在白下城設置白下縣，故得名。一般認爲第一種説法較爲可信。

桃花雨[1]

苦歲荒，心徬徨。桃花雨，其來哀，哀枵腹呼穹蒼。雨一滴，粟一粒，天將爲爾舒跼踏。麥有秋，稻有收，與爾桃花雨，爲爾潤田疇，願爾命其須臾留。雨淋漓，心淒其。望者喜，飢者啼，一日無一粥。三月之後奚暇卜，桃花雨來依舊哭。

【注】

[1]《淮海英靈續集》庚集卷五載此詩，題下有小字注曰："水災後作。"

鮑公來

乙丑丙寅，淮揚大水，鹽商捐賑以濟災黎。新安鮑君席芬至泰，精心廠政，靡所不周，且格外施仁，有加無已，全活甚衆。作此以誌。
洪湖波頹，昭關壩[1]開，澤鴻四野鳴哀哀。鳴哀哀，鮑公來。

倡義惟公，捧符而東，發鹽倉粟十萬鍾。用施德，惠無窮。

一郡七邑設廠五，泰之南廠公所主。公良苦，公如辭苦事無補。

廠地自營度，籌式自裁酌。米較合與勺，粥嘗厚與薄。百事親其勞，安所容朘削。

結屋蔽雨何軒軒，設車導水何漣漣。活人以丸，殮屍以棺，瘞骨以田。君不見，刺船結棚滿城下，萬口嘔啞呼鮑爺者。

母攜其女父負子，赴鮑家廠如歸市。六月廠開十月止，鮑公之心猶未已。

工代賑市河濬，種菜遍野食無禁。活爾過新年，聽爾歸耕信。

三月還鄉，四月栽秧，五月六月早稻黃，上遊又決荷花塘。

甫安復危，不遑寧居。安得鮑公再至，民其蘇。

鮑公至矣，羣情慰矣。設廠如故，法逾備矣。賑竣復續，麥亦飽腹。載芋百車，乃惠之餘。

設長生位，尸祝千門。誦佛如來，婦孺懷恩。公乃不敢居其名，曰我后之德，與大吏之仁。

【注】

[1] 昭關壩，位於江都縣邵伯鎮北運河東側，爲里運河歸海五壩之一，時有"寧失江山，不開昭關"之諺。

梅花

精神雅與月相宜，霜雪頻侵總不知。冷境幾曾談骨相，俗情原只愛丰姿。世無何遜開嫌早[1]，身遇林逋[2]嫁未遲。春到莫貪金屋貯，也須珍重出山時。

【注】

[1] 何遜，南朝梁詩人，字仲言，東海郯（今山東郯城）人。有詩名，風格與謝朓相似，文辭秀美。其有詩《詠早梅》（詩題一作《揚州法曹梅花盛開》，而《何遜傳》無揚州事，遜集亦無揚州梅花詩，故楊慎《升庵詩話》對此詩題置

疑）。杜甫《和裴迪登蜀州東亭送客逢早梅相憶見寄》詩曰："東閣官梅動詩興，還如何遜在揚州。"

[2] 林逋，宋隱逸詩人。

殘梅

此是羅浮[1]未了因，尚留數點爲傳神。冰心如在應憐我，冷眼相看尚有人。天許寒香存一瓣，山藏古雪到三春。朱顏要讓神仙駐，好待羣芳步後塵。

【注】

[1] 羅浮，位於海陵。詳見上文《梅花詩》注。

寒夜曉香曲

紅閨夜寂珠簾垂，睡鴨金爐[1]烟裊遲。銅壺[2]漏盡尚凝立，挑燈頻蹙雙蛾眉。簾內薰香簾外雪，篆[3]烟不散倍悽切。竟夜消寒人未歸，紅牙[4]綠酒歌喉熱。纖手拈香香又添，捲簾放出爐中烟。癡情願逐爐烟去，隨風吹到青樓邊。

【注】

[1] 睡鴨金爐，指鴨狀的香爐。另有金鴨、寶鴨、銀鴨、金鳧等均指鴨形的香爐。

[2] 銅壺，漏壺的一種，古時用來計時的器物。

[3] 篆，指香爐。香爐或以篆文爲飾，香煙裊裊如篆文，因以代稱香爐。

[4] 紅牙，奏樂的拍板。紅，板的顏色；牙，指板的形狀。陸友《研北雜志》卷下：(趙子固)每醉歌樂府，自執紅牙以節曲。紅牙，拍板也。

錢武肅王鐵券[1]

自昔剖符封，爲天子守土。銘之以丹書，用爾爲砥柱。武肅平鏡湖，國勢車依輔。鐵券特酬勳，世世藏盟府。奈何唐祚移，義旗未一舉。曰善事中國，殊非英雄語。嗟哉此龍章，換世分今古。及梁迹已陳，何況代易五。試讀金符文，表忠義何取。境比南唐安，人遜後唐武。

【注】

[1] 錢武肅王，即錢鏐（850—932），字具美，浙江臨安人。唐乾符二年，董昌招募鄉兵，錢鏐應招，任偏將。中和元年，升任部知兵馬使，統領八都兵。乾寧二年，董昌自稱羅平國王。次年，錢鏐破越州，擒斬董昌，因功授鎮海、鎮東等軍節度使。統一兩浙，並占蘇州。後梁龍德二年，封爲吳越王，其保境安民，興修水利，發展海上交通。諡武肅王。唐乾寧四年，昭宗以錢鏐討董昌有功，特賜金書鐵券。嘉慶《太平縣志·雜志》載金券文共三百三十三字，券長一尺八寸三分，闊一尺一寸，厚一分五厘，重一百三十二兩，形如半瓦。其後子孫避難，券不知所蹤。宋濂《送錢允一還天台序》稱：“元至順二年，漁人獲之，售尚德之父世珪。”明高啟有《唐昭宗賜錢武肅王鐵券歌》。

習靜

習靜宜扃戶，圖安合退居。蕭齋塵不到，清夢雨之餘。身賤常依母，心閒學著書。敢言遺世立，生性本來疎。

病中聞仲雲江捷禮闈後以縣令用作此代簡[1]

雞窗[2]卅載共清寒，聞捷南宮我病安。面壁竟登千佛選，種花好與萬人看。從來惠政由經術，要替蒼生望宰官。一語使君須慎重，守箴容易用才難。

【注】

[1] 仲雲江，即上文仲振履。

［2］雞窗，指書室。典出於唐歐陽詢《藝文類聚》引南朝宋劉義慶《幽明錄》，曰："晉兗州刺史沛國宋處宗嘗買得一長鳴雞。愛養甚至，恆籠著窗間。雞遂作人語，與處宗談論，極有言智，終日不輟。處宗因此言巧大進。"唐羅隱《題袁溪張逸人所居》詩："雞窗夜靜開書卷，魚檻春深展釣絲。"

梅花詩[1]

空山寂寂水迢迢，好處都宜雪未消。爲有寒香無媚色，教人錯當美人描。

芳齡荷寵侍三郎，洗盡鉛華只淡妝。輸與楊家能妙舞，樓東明月冷于霜。

謬詡調羹手段靈，玉堂佳境想身經。春殘吹起江城笛，尚有游仙夢未醒。

紅玉綠珠曾並採，孕花結子兩無憑。此中消息誰參透，欲問蒲團入定僧。

【注】

［1］《聲玉山齋詩集》卷五載此詩共八首。此爲第一、二、四、七首。

游仙詩

聞道靈犀是夙因，欲從香案問前身。書繙策府編三絕，曲譜鈞天調一新。滄海駕鼇原有路，清谿跨鹿豈無人？只緣未洗凡心淨，淹忽塵寰五十春。

曾結童男入海中，靈槎[1]偏遇引迴風。豈真青簡名無分，應悔黃庭字未工。幾度造門空化爲，一生負局尚磨銅。倘逢口授登真訣[2]，定被仙師笑耳聾。

少年怕讀《枕中經》[3]，塵夢悠悠不早醒。輸與蟾蜍能解脱，化爲蝙蝠亦通靈。治心先要除荆棘，却病何須採茯苓。我遇浮丘曾把袖，歸來依舊髮星星。

遙從閬苑乞天漿，玉斝朝朝獻北堂。博獻無人尋衞叔[4]，伴遊有婦學劉綱[5]。祇宜檢印元都外，莫更彈琴輦路旁。十二萬年逢大劫，長生只抵一歡場。

【注】

[1] 靈槎，指神異的木筏，神話中往返於天河與大海之間的交通工具。

[2] 登真訣，即修真得道的秘訣。《新唐書·藝文志》載南朝梁陶弘景，晚號華陽真人，著有《登真隱訣》二十五卷。

[3] 《枕中經》，枕中，謂密藏不示人。指藏在枕匣中的珍秘道教典籍，如漢淮南王劉安好仙道，有《枕中鴻寶》《苑秘書》之類，講述神仙役使鬼物爲金之術，以及鄒衍重道延命方。或指《枕中書》一卷，記神仙方術之事。舊題晉葛洪撰，系後世術士僞托之作。

[4] 衞叔，指晉人衞玠，字叔寶，故稱衞叔。衞玠爲人有才氣，且容貌俊美，時人謂之"玉人"。後因病而死，時人説是看殺衞玠。事見《世説新語·容止》。後借指貌美有風度的文士。

[5] 劉綱，三國吳人。曾任上虞令。《神仙傳·樊夫人》載劉綱"有道術，能檄召鬼神、禁制變化之道"，常與其妻樊氏比試道術，後與妻一同飛升成仙。白居易《酬贈李煉師見招》詩曰："劉綱有婦仙同得，伯道無兒累更輕。"

瓜步阻風

一棹停瓜步[1]，江風阻客程。雲疑排岸起，潮欲挾山行。大澤蛟龍氣，嚴關鼓角聲。迢迢烟樹外，燈火潤州城。

【注】

[1] 瓜步，步亦作埠，地名，在今江蘇六合縣東南瓜步山下，故名。濱滁河東岸。《通鑒》載，南朝宋元嘉二十八年（451），徙彭城流民數千家於瓜步。《南齊書·州郡志》："建元初，徙齊郡治瓜步。"宋置鎮，明清時置巡司。

抵蘇州舟中即事

千里征途正寂寥，金閶城外一停橈。春從欸乃聲中盡，愁在湖山畫裏消。燈火通衢喧夜市，關津曲水接江潮。所嗟遊子匆匆去，孤負鄰舟約聽簫。

登天平山[1]

看山不喜平，茲山太奇特。層巒一徑通，參天萬笏直。數盤及山腰，迎面插怪石。忽訝石罅中，藏梯三百級。螳附半壁懸，蛇穿一綫窄。出險始騰身，乾坤驚另闢。心喜奧全探，足防高易失。陡聞清磬鳴，仰面見禪室[2]。努力登山巔，老僧出迎揖。精廬無一塵，飛滿白雲色。雲根落泉香，松際裊烟碧。問僧此佳境，子何修能得？老僧笑不言，烹茶但飲客。

【注】

[1] 天平山，位於蘇州城西，因山頂平正，故名。其山以楓、石、泉三絕著稱。山石奇形怪狀，似朝笏林立，有"萬笏朝天"之稱。古楓，傳爲明代栽植。白雲泉水出自怪石嶙峋的石壁間，俗稱"一綫泉"，又稱"缽盂泉"，爲吳中第一泉。《范仲淹全集》載"天平山"："天平山，在吳縣西，去吳郡城二十七里。其山峰巒峭拔，石皆卓立，與他山絕異。其山上有龍門、頭陀岩、五丈石、蟾蜍石、龍頭石、穿山洞、卓筆峰、飛來峰、半山亭、小石屋、大石屋、烏龜

石、釣魚石、臥龍石、照湖鏡等石。"

[2] "禪"字後原爲空格，無"室"字，據《聲玉山齋詩集》卷五補"室"字。

龍江夜發

長空涵淨碧，一望水天連。明月故隨客，遠山欲化烟。江光清若此，秋興浩無邊。倚棹發長嘯，夜深猶未眠。

將衰

將衰不自覺，覽鏡見蕭森。莫訝山容改，本來秋意深。病多疏晉接[1]，神倦廢披吟。剩有耽遊癖，支筇[2]尚遠臨。

【注】

[1] 晉接，指交接、接觸。

[2] 支筇，用筇竹製手杖。

讀李忠毅伯傳[1]

揮旄東下出艫艨，十載驚濤烈燄中。與賊勢難容兩立，及身恨未奏全功。礮飛閩海排鴛陣，星落漁山哭颶風。留得偏裨殲首逆，圖麟第一定推公[2]。

【注】

[1] 李忠毅伯，即李長庚。見前《李將軍海洋擊賊歌》注。

[2] "圖麟"句，王維（或曰張仲素）《平戎辭》："漢家天子圖麟閣，身是當今第一人。"漢宣帝時曾圖畫霍光等十一位功臣像於未央宮麒麟閣上，以表揚其功績。圖麟表示功勳卓越，是最高榮譽。麒麟閣，顏師古注《漢書·蘇武傳》

引張晏曰："武帝獲麒麟時作此閣，圖畫其像於閣，遂以名。"

題黃小秋《翠屏訪友圖》[1]

漠漠春雲合，迢迢春水流。故人在江浦，有約看山遊。鼓棹入烟樹，叩門驚野鷗。主賓殊不俗，同詠竹間樓。

【注】

[1] 黃小秋，即清嘉慶時文人黃金，江蘇揚州人。嘉慶十年（1805）隨父入阮元浙江巡撫幕，聞四方名流緒論，隨筆而著《梨紅館筆談》二卷，書中"所采詩不盡佳，惟記一時文酒之樂，暨諸先生宏獎風流之雅，殊令人思且感耳"。（同治十二年癸酉歐陽鳳熙跋語）

自愧

荒塍蔓草步艱難，遙指田疇約略看。苦苦較量殊自愧，別人勞力我安餐。

促織詞

空階細雨夜涼天，機軸三更倍黯然。何苦盡情吟到曉，有人燈燼不成眠。

藝菊詞

秋花百本手親栽，多少工夫次第培。删去繁枝搜去蠹，晚香原自苦心來。

答周綺村[1]

會暫離何久，書傳見却難。幾經勞夢想，所幸尚平安。君有簞瓢樂[2]，吾承菽水歡[3]。只愁重聚首，兩鬢感凋殘。

【注】

[1] 周綺村，即通州人周長泰。見《白下喜晤周綺村》注。

[2] 簞瓢樂，源出於《論語·雍也篇》："賢哉，回也！一簞食，一瓢飲，在陋巷，人不堪其憂，回也不改其樂。賢哉，回也！"後以此比喻安貧樂道。

[3] 菽水歡，或稱之菽水承歡，菽，豆類，泛指糧食。典出於《禮記·檀弓下》："子路曰：'傷哉貧也，生無以爲養，死無以爲禮也。'孔子曰：'啜菽飲水，盡其歡，斯之謂孝。'"後以"菽水承歡"指生活清貧，以孝養父母爲樂。李商隱《祭韓氏老姑文》："弓裘望襲，菽水承歡。"

雜詩[1]

高樹在深谷，蒼然歷歲久。生長道路旁，剪伐速其朽。托地有安危，生材無薄厚。所貴絕紛擾，物以靜能壽。寧爲山中荊，毋爲陌上柳。

大婦入門時，照耀千明珠。小婦入門時，秋風吹敝襦。大婦與姑語，揚眉喧笑嗚。小婦與姑語，澀縮一詞無。豈曰無一詞，良由愛憎殊。仰首見顏色，低頭自囁嚅。有淚不敢彈，悚懼陳朝餔。

【注】

[1]《聲玉山齋詩集》卷七載此詩共四首，此爲第一首與最後一首。

五人墓

駕帖爲何物，騷然逮正人。難端竟首發，公憤得同伸。生挫貂璫氣，死爲虎阜鄰。白蓮涇不遠，周忠介[1]祠在白蓮涇。相副薦明禋。

【注】

[1]周忠介，即周順昌，字景文，明萬曆進士，歷官吏部文選司員外郎，以廉直知名。周順昌因接待忠臣魏大中受牽連被捕殺害。天啟六年（1626），蘇州民變，抵制閹黨，官府捕殺市民五人示衆，即顏佩韋、楊念如、周文元、馬傑及沈揚，五人談笑而就義。崇禎元年（1628），賢士大夫將五人合葬於虎丘之東、山塘之上，立碑爲"五人之墓"。張溥有《五人墓碑記》。

虎丘雜詠[1]

共向繁華境裏行，人都心豔我心清。千人石畔雲泉響，疑是生公說法聲[2]。

仰蘇樓[3]上一閒憑，舊蹟興衰感不勝。千古難消金虎氣，如何鶴磵[4]冷於冰。

誰云揮麈[5]世無關，精氣常存雅度間。試看清談短主簿，一靈千載鎮家山。

幾人遊倦步遲遲，山半徘徊有所思。想是吟情消不得，可中亭上立多時。

【注】

［1］《聲玉山齋詩集》卷七載此詩共八首，此爲第二、三、四、五首。

［2］生公説法，傳説晉代末年高僧竺道生，人稱生公，曾在虎丘山上聚石爲徒，講《涅槃經》，羣石皆點頭。

［3］仰蘇樓，原名東坡樓。《虎邱小志》載，"相傳爲東坡樓舊址，在天王殿東。胡纘宗建，題'雲水閣'額。"始建於宋，後被毀。"清康熙五十六年重葺，許汝霖記。樓後有來賢堂，代重修，康熙八年葺，馬希援記。"後並入白公祠。

［4］鶴硼，位於虎丘。陸友仁《研北雜志》載虎邱有清遠道士養鶴硼，在白蓮池東，僧南印作亭其處，題曰"放鶴"。

［5］麈，指鹿一類的動物，其尾可做拂塵。晉代孫盛拜訪殷浩，兩人談玄論理。左右擺好飯菜，二人邊談邊揮舞手中用麈尾做的拂塵，以致麈尾毛落入飯裏。(見《太平御覽》卷七〇三)

吳江舟中

十幅輕帆片刻揚，墨雲又起失斜陽。寒山寺遠鐘聲斷，平望湖陰水氣涼。客路耽吟無礙雨，春宵有夢不離鄉。計程遙與湖山約，三日天晴到古杭。

看山

看山如論文，濃淡須並收。遊山如論交，淺深以分投。有山宜遙注，一望煙嵐浮。不雨生浮碧[1]，爽氣騰高秋。出雲觀變幻，奇氣豁雙眸。有山深且奧，妙境須窮搜。入山勿計日，快意斯勾留。行山勿辭苦，險峻必探求。外不遺淡遠，内不遺清幽。夢夢與山見，過眼浮雲流。所以躁心人，遊山如未遊。

【注】

[1] 浮碧，《聲玉山齋詩集》卷七作"淨碧"。

訪林君復先生故址遇雨而返[1]

避世心千古，遺踪未易尋。到山經雨阻，使我悵雲深。何以舒幽抱，其他非賞音。前生應是鶴，第一愛梅林。

【注】

[1] 林君復，即宋代詩人林逋。見前《梅花》詩注。

蘇小墓[1]

西泠橋外有荒丘，蘇小居然片石留。聞道風塵能相士，黃金一贈換千秋。

【注】

[1] 蘇小墓，《咸淳臨安志》卷八七載其"在西湖上。周紫芝有詩題云：'湖堤步游，客言此蘇小墓也。'"《南宋雜事詩》卷一載："湖堤何地葬桃花，簡簡芳名未可誇"云云。小字注曰："《雙名志》：'蘇小小，一名簡簡。'案，蘇小墓並不在錢唐。自《武林舊事》載在西湖，而《咸淳臨安志》亦載引周紫芝詩爲證。然唐人徐凝有詩云：'嘉興縣里逢寒食，落日家家拜掃回。惟有縣前蘇小墓，無人送與紙錢灰。'陸廣微《吳地志》亦明載在嘉興縣側，或謂李賀歌有'西陵下風吹雨'之句，然西陵即西興，亦不在錢唐，似不足據。後之志墓者當考正之。"鄭逸梅《藝林舊事》載《西湖蘇小墓之虛僞》曰："觀此，則蘇小墓不在湖濱明矣。或曰：南齊別有名妓蘇小小，樂府有《蘇小小歌》。西湖之蘇小墓，乃南齊之蘇小小，非宋之蘇小小也。"宋之蘇小小，錢塘名妓，俊麗工詩。

登北高峰

三十六盤上，武林此最尊。一峯堪伯仲，諸嶺盡兒孫。近俯湖光斂，遥瞻海氣昏。山僧殊不俗，留客看朝暾。

蘭亭[1]

到來人物盡風流，似此山林不負遊。觴詠之餘無一事，勳名以外自千秋。也同沂水春風樂，欲比巖花澗鳥幽。我愧留連身是客，家園雅禊不曾修[2]。

蒼涼池館綠成茵，轉眼流觴事已陳。少長偕來真達者，彭殤閱盡幾閒人。地餘勝蹟青山在，我悵名場白髮新。把酒花前須盡飲，莫教淹忽度佳辰。

【注】

　　[1] 蘭亭，位於浙江紹興。相傳春秋時越王勾踐曾在此建亭種植蘭花。漢代，曾於此設置驛亭，故稱蘭亭。東晉王羲之曾寓居於此，諸賢修禊，曲水流觴，會於蘭亭，著有《蘭亭集序》。

　　[2] 修禊，古代民俗於農曆三月上旬巳日至水邊嬉戲，以祓除不祥，稱為修禊。三國魏以後始固定為三月初三日。

雨中山陰道上

看山一千里，才到快心時。遠嶂疊無數，亂雲飛更奇。排青出矯變，潑墨寫支離。立久衣襟濕，猶餘去後思。

徐鳴珂 字竹薌，監生，興化籍，著《研北花南吟草》。[1]

【注】

[1] 徐鳴珂，民國《續纂泰州志》卷二八載其字竹薌，世居泰州，中書紫雲（按，當爲步雲，見上文徐步雲注）子，紫（按，當爲步）雲淵雅工詩，著《松壽閣文集》二卷。鳴珂承家學，以工詩書名。于時預修道光志。著有《研北花南吟草》十二卷。

游攝山[1]

石磴盤屈曲，蒼茫淩翠微。層樓夾林表，曦景明瓊扉。

翠華行躓在，草木含光輝。山禽鳴我前，天風吹我衣。烟嵐各異態，旦夕氣候非。遐懷康樂[2]句，逍遙澹忘歸[3]。

玲瓏千佛巖[4]，窅窕[5]通絶壑。一氣爭變幻，神工試雕鑿。聚若恆河沙，金光出林薄。覆以六朝松，重重散瓔珞。閒雲時歸來，縹緲見鸞鶴。安得此棲息，塵緣萬念却[6]。

山雨驟然至，樹杪飛流懸。長風送清響，吹作珍珠泉[7]。琤琮戛寒玉，奚必管與絃。下臨桃花澗[8]，空明共澄鮮。金陵此福地，來往栖真仙。洗耳塵不污，漱齒瑩且堅。何當一掬飲，笑指滄浪天。

杖策尋招提[9]，小山容結搆。幽居塵跡少，名勝別新舊。懸厓驚坼裂，絶壁千仞透。中窺一線天[10]，媧皇[11]補未就。石氣鬱磅礴，古木靜而壽。晨露滴空翠，霽色發華秀。聞有買山人，寫山消永晝。婁江張玉川[12]工山水，買幽居爲別業。

我登最高峯，濟勝臨絕頂。江流束如帶，汲飲乏修綆。之子悵暌隔，歲月易馳騁。絳都夢遊仙，丹臺望延頸。扶疏雙老桂，金盤墜香影。疑近廣寒居，露挹衣裳冷。閶闔呼可聞，長嘯振鴻溟。

【注】

[1] 攝山，山名。見上文《登攝山中峯絕頂》注。

[2] 康樂，即南朝宋詩人謝靈運，爲東晉大將謝玄之孫，東晉末年襲封爲康樂公，故世稱謝康樂。

[3] 此詩化用謝靈運《石壁精舍還湖中作》詩句："昏旦變氣侯，山水含清輝。清輝能娛人，游子澹忘歸。"

[4] 千佛岩，位於南京棲霞寺東北側山崖上，從南朝齊永明二年至梁天監十年開鑿而成。後多遭毀。

[5] 窅窕，幽深貌，陰暗貌。宋秦觀《同子瞻端午日游諸寺賦得深字》："參差水石瘦，窅窕房櫳深。"

[6] 此言南朝隱士明僧紹，號棲霞，南齊永明七年（489）捐其住宅爲寺，稱"棲霞精舍"，後改爲棲霞寺。

[7] 珍珠泉，位於棲霞寺，自明代開鑿。現已枯竭，無復舊觀。在泉側廢牆基條石上鐫有"珍珠泉"三字。明汪道昆有詩《棲霞寺珍珠泉》："卓錫得流泉，靈源出林藪。盈盈定水明，累累玄珠走。"

[8] 桃花澗，位於棲霞山山麓，巨石矗立下臨小澗，旁有石橋可通，即桃花澗。

[9] 招提，見《深秋同張湛生賈棋生遊水月菴》詩注。

[10] 一線天，爲棲霞山中一景。

[11] 媧皇，傳說中的女媧，曾摶土造人、煉石補天。

[12] 張玉川，即張洽，精繪事，久寓棲霞山。《清代毗陵名人小傳稿》卷四載："洽字月川，又字玉川，號青篛，武進人。[畫]山水蒼秀橫絕。中歲游京

師，曾於藩邸縱觀珍祕，名噪於時。好作層巒疊巘，枯筆焦墨，皴擦特異。袁竹室、馮墨香並推重之。嘗曰：'細畫粗收拾，粗畫細收拾，軟紙用硬筆，硬紙用軟筆，此吾訣也。'晚契禪悅，一寫性靈，結廬於棲霞山以終，嘉慶四年也，年八十二。"

謝文節公琴圖[1]

新安吳君素江[2]購得古琴，積土堅凝如石，刮磨三日，龜文畢見。琴背有"東山之桐，西山之梓，合而爲一，垂千萬禩"[3]，上署號"鐘下疊山"凡二十字，皆分隸書，鐵畫古勁，始知爲宋謝文節公物。素江喜甚，繪圖徵詩焉。

吳山一炬梁木爐，嶧陽之材亦可憫。西臺誰奏塞鴻曲，東嚮招魂惟慟哭。故人碧血埋荒烟，餘生覘領祇七年。玉帶生已久亡命，號鐘爾亦淪重淵。奇冤上訴真宰泣，鬼神呵護爲珍惜。昆明劫灰有時見，土花漬闇何人識。吳君嗜古特豪舉，不妨人棄我獨取。磋磨累日文始彰，邐隸星布騰光芒。乃知正氣不可掩，龍吟鳳嘯寧久藏。得之狂喜轉益悲，不覺涕泗翻交垂。却聘終甘首陽餓，信國知音公一个。當時匿跡唐石山，橋亭賣卜逃塵寰。茲琴得無伴岑寂，山月照人同愁顏。又或相隨入燕地，風雨羈棲憫忠寺。別鵠哀猨時一彈，金石錚錚氣彌厲。西湖縱好不歸來，響寂音沉幾塵世。我今見圖未見琴，相思千里雲山深。對此已欲亟下拜，何況他日聞清音。丞相遺琴圖亦在，鞠通[4]仙去五百載。海鹽陳文穆有《信國遺琴圖詩序碑》，藏閩中何氏。乾坤留此兩完璧，鼎彝槃敦無神采。歌罷還將篋琴撫，輸君玩好得奇古。打窗葉落[5]天風寒，高山仰望空長歎。

【注】

[1] 謝文節公，即宋謝枋得。《宋史》卷四二五本傳載：字君直，號疊山，

江西弋陽人。"爲人豪爽。每觀書五行俱下，一覽，終身不忘。性好直言，一與人論古今治亂國家事，必掀髯抵几，跳躍自奮，以忠義自任。"寶祐四年（1256），與文天祥、陸秀夫同科考中進士，先後任禮兵部架閣、江東提刑、江西招諭史。宋恭帝德祐二年（1276），曾親率兵戰元軍，失敗。五月，宋景炎帝即位，謝枋得被任爲江東制置史，抗元失敗棄家逃往福建。宋亡後以卜卦、教書爲生，被稱爲"狂人"。元代招降而不往，遂被押往大都，以絶食殉節，門人私諡其爲"文節"。愛好琴道，藏有古名琴，曾撰有《號鐘琴銘》，刻於古琴上："東山之桐，西山之梓，合而爲一，垂千萬古。"下有"疊山"款識。號鐘琴，乃周代名琴，古代四大名琴之一。音質宏亮。相傳俞伯牙曾彈奏此琴，後傳至齊桓公處。清嘉慶年間，爲安徽新安吴素江所得。《海陵詩彙》卷二〇載此詩題爲《謝文節公琴詩》。

［2］吴素江，見前文《古歙吴素江於燕市得古琴磨其背……作序徵詩因賦》注。

［3］《賭棋山莊詞話續編》卷三《秦恩復〈享帚詞〉》載敦夫云："武林吴素江，名景潮，得古琴於土中，修三尺四寸五分，額廣三寸，腰狹三寸四分，刮磨三日，銘刻乃露。其文曰：'東山之桐，西山之梓，合而爲一，垂千萬古。'上曰'號鐘'，下曰'疊山'，共二十字，隸法古勁，知爲宋謝文節公故物也。素江作圖，余詠以《六州歌頭》。"襈，同"祀"，指年。

［4］鞠通，蟲名。清褚人穫《堅瓠補集·鶴銜書》："《賈子説林》載，琴中緑色蛀蟲名'鞠通'，喜食枯桐與古墨。琴有鞠通，能令絃自和曲。"

［5］葉落，《海陵詩彙》卷二〇作"落葉"。

曉起

不知秋已盡，惟覺曉寒深。客久忘塵累，病除生喜心。風霜氣一肅，鷹隼勢千尋。晚節香仍好，黄花耐冷吟。

夜宿瓜步

樹影忽摇水，涼雲微在天。推篷山月上，枕櫂榜人眠。夜靜暗潮動,秋澄清鏡懸。不須吹鐵篴,吾意已超然。

湯治昭 字戀齋,歲貢生。[1]

【注】

[1]湯治昭,號梅庵,同治《續纂揚州府志》卷一三載其:"品端學博,孝友性成。從學者多有成就。著有《清嘯堂詩草》。"

永寧泉[1]

客身如浮雲,吹落鐘山巔。道旁一泓水,疑是蛟龍淵。大瓢與小杓,汲者盈千萬[2]。縛亭氈白石,活火飄茶烟。渴來事茗戰,一飲腸胃湔。諸天散花雨,高岡橫其前。瞻望博士祠,悲來不能言。松枝作麈尾,敗壁留詩篇。斜陽照歸路,蕭散仙乎仙。

【注】

[1]永寧泉,位於南京雨花臺東崗臺下。晉代建有永寧寺,旁有泉,分兩眼,以寺爲名。泉深約二米,南宋陸游曾游此,稱其爲"江南第二泉"。

[2]千萬,《海陵詩彙》卷二一作"萬千"。

靈谷寺[1]

芒鞋破垙圯[2],山色相招要[3]。松風萬壑來,掊擊聲蕭蕭。摳衣石徑滑,拂面巖花飄。入寺寂無人,紺殿殊蕭條。誌公不可作,浮圖淩層霄。滔滔八德水,清美繁珠跳。初地焚瓣香,梵音聆海潮。晴曦射叢薄,天宇清寥寥。老僧檢經藏,悠然謝塵囂。

【注】

[1]靈谷寺,位於南京中山陵東,原稱蔣山寺,始建於南朝梁天監十三年

（514），是梁武帝爲安葬名僧寶訪而建立的寺院。

［2］块圠，亦作块軋，地勢高低不平。左思《吳都賦》："爾乃地勢块圠，卉木跃蔓，遭藪爲圃，值林爲苑。"李善注："块圠，莽沕也。高下不平貌也。"

［3］招要，邀請。南朝宋謝惠連《泛湖歸出樓中翫月》詩："輟策共騈策，並坐相招要。"

江村

雨過林塘淨，江村事事幽。幾行新綠樹，無數夕陽樓。雛燕能來往，閒雲自去留。斷橋垂柳下，兩兩繫漁舟。

寄呈法梧門先生[1]

逝矣倉山叟，先生替總持。安排三寸管，裁翦一朝詩。河岳英靈聚，聲華朝野知。官衙清似水，時復撚吟髭。

【注】

［1］法梧門，即清代書畫家法式善。《清史稿》卷四八五有傳。本名運昌，字開文，號時帆，又號梧門。蒙古旗人。清乾隆四十五年（1780）進士，改庶吉士，授檢討，歷官庶子。乾隆五十年（1785），乾隆帝賜名法式善，滿語"竭力有爲"之意。官至侍講學士。熟諳朝章掌故，喜收藏書畫，工詩文。所居有詩龕及梧門書屋，蓄法書、名畫甚多，爲詩質而不癯，清而能綺，主盟壇坫三十年。著有《存素堂詩集》《清秘述聞》《槐廳載筆》。

袁江旅次[1]

潮落烏啼月一林，相逢淮上共題襟。人聯白社俱名士，詩近黃河有北音。客路自然輕聚散，名場容易感升沉。數行寫向黃泥壁，留取重來擁鼻吟。

【注】

　　[1] 袁江，一名秀江，源出於江西省萍鄉縣羅霄山，東北流經宜春縣，東流經分宜、新喻、清江各縣，入贛江。古名南水，亦名率水，又名渝水，在清江境亦曰清江。

贈葉古軒[1]

湖海元龍迥不羣，此才差足張吾軍。鬚眉純化幽并氣，旗鼓閒收翰墨勳。早歲功名同逝水，中年哀樂等浮雲。輞川吟社招裴迪[2]，來聽清談浣俗氛。

西河壇坫主齊盟，許住螺園客亦清。苦爲風騷留正派，不緣標榜博時名。爲龍我願偕東野，射虎誰能起北平[3]。有酒盈尊詩萬首，狂吟痛飲足浮生。

【注】

　　[1] 葉古軒，即上文葉兆蘭。

　　[2] 唐詩人王維隱居陝西輞川時，與好友裴迪浮舟往來、彈琴賦詩、嘯詠終日。二人均爲盛唐山水田園詩人。裴迪，關中人，曾任蜀州刺史及尚書省郎。《輞川雜詠》爲王維代表作。

　　[3] 此句言裴旻射虎事。見上文《射虎行》詩注。

文姬[1]

絕代紅顏絕塞行，哀笳彈作斷腸聲。美人國士同淪落，尚有生降李少卿[2]。

【注】

　　[1] 文姬，即蔡文姬，名琰，原字昭姬，晉時避司馬昭諱改字文姬。陳留

圉（河南開封杞縣）人。東漢文學家蔡邕女兒，有文才，通音律。代表作有《胡笳十八拍》《悲憤詩》等。初嫁河東衛仲道，夫亡無子。董卓作亂，被擄至長安。興平二年（195），爲南匈奴擄歸左賢王部，居十二年，生兩子。後建安十二年（207），曹操遣使以重金璧贖歸，嫁於陳留董祀。

　　[2] 李少卿，即漢代大將李陵，字少卿，漢武帝時任騎都尉。天漢二年，出征匈奴，被圍而降，居匈奴二十餘年。

包湖

湖水清泠碧四圍，幽人破曉放船歸。數聲漁笛不知處，野鴨一雙相背飛。

楊筠　字篠樓，諸生。[1]

【注】

　　[1] 篠樓，當爲筱樓。民國《續纂泰州志》卷二二載："楊筠，字小樓，諸生，博通經史，纂有《儀禮聚考》二卷。"王鍔《三禮研究論著提要》中載此書二卷，曰："楊筠，字小樓，一作筱樓。"

懷田鶴舫[1]

遠向溱湖[2]借一枝，逢迎是處有相知。最難作客能將母，却賴依人好課兒。寄到新詩多擬古，傳來餘事又工醫。結廬近得希夷子[3]，謂陳丈瞻麓。樽酒應多夜話時。

【注】

　　[1] 田鶴舫，即田琳，見上文注。

　　[2] 溱湖，又名籬雀湖、喜鵲湖，因"昔多籬雀飛集"而得名。位於江蘇泰州溱潼古鎮西南。

[3] 希夷子，指陳摶，字圖南，號扶搖子，生卒年不詳。唐末五代亳州人。舉進士不第，後入山修道。此處代指陳瞻麓，蓋一修道之人。《海陵詩彙》卷一九"希夷子"作"香山老"，並小字注曰"謂陳瞻翁"。

鬻婦吟

傷心處處石壕村[1]，咫尺分開骨肉恩。道左有人含淚説，去年此日正新婚[2]。

【注】

[1]《海陵詩彙》卷一九載此詩題爲《鬻婦謠》。

[2] 杜甫曾撰《石壕吏》，描寫安史之亂期間地方官吏抓丁服勞役之事，官吏們連一位老嫗也不放過，"天明登前途，獨與老翁別"，拆散一對老夫妻。後以"石壕村事""石壕村里夫妻別"等指代此事。石壕村，位於陝州（今河南陝縣）。

[3]"道左"二句，《海陵詩彙》卷一九作"旁有老人垂淚説，去年此子正新婚"。

李觀時 字雨村，廩生。[1]

【注】

[1] 民國《續纂泰州志》卷二五載："李觀時，字雨村，歲貢生。幼穎悟，異常兒。後從吳先生伊訓游，詣益進，試輒冠軍。生平縱情詩酒，工書法，爲當時吳門八才子之一。"

雜詠

燕許大手筆[1]，著作儀明廷。豈是綴浮藻，便擅一世名。餖飣牛鬼字，掇拾草木榮。按之了無得，糟粕遺精英。毋怪皮相者[2]，事事逐虛聲。禮數非不多，意氣良足驚。土木飾冠裳，焉得真性情！

嘉樹植小盎，枝葉苦束縛。飛鳥閉樊籠，羽毛戀寥廓。遏彼長養機，就我耳目樂。灌溉日以勤，依栖得所托。靜觀所生理，至竟異咸若。水必順其流，智惡近於鑿。凡性有自然，請以驗民瘼。

【注】

[1] 此指唐人蘇頲。《舊唐書·蘇瓌傳》載："瓌子頲，字廷碩，第進士。與張說以文章顯，時號燕許大手筆。"

[2] 皮相，指只從外表上看，不深入。《韓詩外傳》卷一〇載："延陵子知其為賢者，請問姓字。牧者曰：子乃皮相之士也，何足語姓字哉！"

即景

雨霽岸初綠，新霧障溪左。咿啞來櫓聲，昏黃月華鎖。漁舟在何處，蒼茫見微火。

黃葉

霜華一夜染疏林，蕭颯枝頭色暗侵。古院西風搖落意，空山斜日別離心。尚餘碩果懸青幹，可記遊人借綠陰。轉眼東皇[1]費裁翦，垂垂芳蔭待春深。

【注】

[1] 東皇，指司春之神。唐戴叔倫《暮春感懷》詩："東皇去後韶華在，老圃寒香別有秋。"

夏蘭 字補生，號紅舫。[1]

【注】

[1] 夏蘭，約乾隆、嘉慶間人。字紅舫，一字補生，號鐵翁，泰州人。諸生。夏震長子。工詩，精於輿地之學。晚年境困，吟益苦。有《易學》三卷、《地理玄機歌訣》一卷、《香草軒詩存》二卷、《香草軒文存》二卷、《香草山房春柳吟》《補甌堂詩集》。（參見《揚州歷史人物辭典》）

千金歌

天下紛紛逐秦鹿，時未雄飛且雌伏[1]。關中相國能知人，築壇一日三薰沐[2]。興劉滅項歸淮陰，印如斗大輕千金。記得微時有漂母，千金來酬一飯恩。一飯恩，安足論。母有語，哀王孫。哀王孫，母語錯，視信何輕薄[3]。古之黔婁長太息[4]，有人不食嗟來食。

【注】

[1] 時未雄飛且雌伏，《香草軒詩存》卷上作"有人垂釣常枵腹"。

[2] "關中"至"薰沐"句，《香草軒詩存》卷上作"關中亡去復追回，漢家天子親推轂"。

此言韓信事。韓信初從項梁，居戲下，無所知名。後屬項羽，作郎中，不爲重用。當漢王劉邦入蜀，信歸漢，初未得知名，逃走，爲蕭何賞識並追回。漢王擇良日，齋戒，設壇場，拜韓信爲大將。《史記》卷九二有傳。

[3] "記得"至"輕薄"句，《史記》卷九二《淮陰侯列傳》載："信釣於城下，諸母漂，有一母見信飢，飯信，竟漂數十日。"信謂漂母曰後必以報答。母怒曰："大丈夫不能自食，吾哀王孫而進食，豈望報乎！"後信封爲楚王，都下邳，召所從食漂母，賜千金。

"母語錯"至"何輕薄"句，《香草軒詩存》卷上作"此語錯，母視信，何輕薄"。

[4] 古之黔婁長太息，《香草軒詩存》卷上作"君不見，古之黔敖長太息"。

朱虛侯[1]

派屬天潢位列侯，生來將種足強劉。私恩雖感如兒蓄，大事何曾與婦謀。逃酒人難容竟去，耕田歌不畏招尤。只因議立親昆弟，鬱鬱常懷社稷憂。

【注】

[1] 朱虛侯，即漢宗室劉章，封號爲朱虛侯。《史記·齊悼惠王世家》載其年二十，行酒儆諸呂事。時劉章憤劉氏不得職，呂后專權。嘗入侍高后宴飲，高后令其爲酒吏。章自請曰："臣，將種也，請得以軍法行酒。"酒酣，章進飲歌舞，已而曰："請爲太后言耕田歌。"高后兒子畜之，笑曰："顧而父知田耳。若生而爲王子，安知田乎？"章曰："深耕穊種，立苗欲疏；非其種者，鉏而去之。"呂后默然。頃之，諸呂有一人醉，亡酒。章追，拔劍斬之而還，報曰："有亡酒一人，臣謹行法斬之。"自是以後，諸呂憚朱虛侯，雖大臣皆依朱虛侯，劉氏爲益強。此詩所頌即依此。

新息侯[1]

大志髫年即慷慨[2]，先平隴右後炎方。人中龍早知[3]文叔，井底蛙曾笑子陽。南海有珠騰謗牘[4]，雲臺無地盡椒房[5]。謾言銅柱勳名[6]盛，藁葬誰來奠一觴[7]。

【注】

[1] 《香草軒詩存》卷上載此詩題作《書馬伏波傳後》。

新息侯，即馬援（前14—49），字文淵，扶風茂陵人（今陝西興平東北）。東漢開國功臣之一，因功累官至伏波將軍，封新息侯。東漢建立後，西征羌人，南征交趾，爲時人稱頌。後進擊武陵"五溪蠻"時，病死軍中，以馬革裹屍還葬。

《後漢書》卷二四有傳。

[2] 慷慨，《香草軒詩存》卷上及《海陵詩彙》卷一九均作"慨慷"。

[3] 早知，《香草軒詩存》卷上作"已知"。

[4] 南海有珠騰謗牘，《香草軒詩存》卷上作"南土有珠書謗牘"。

[5] 盡椒房，《香草軒詩存》卷上及《海陵詩彙》卷一九均作"畫椒房"。

[6] 勳名，《香草軒詩存》卷上作"功名"。

[7] 藁葬誰來奠一觴，《香草軒詩存》卷上作"藁葬城西劇可傷"。

孔北海[1]

北海徒傳[2]譽望隆，未能施展濟時功[3]。危劉權已歸曹氏，薦禰書猶上漢宮。座有清樽知客滿，家無完卵歎巢空[4]。可憐慷慨脂京兆，獨記[5]交情哭大中。

【注】

[1] 孔北海，即孔融，字文舉，魯國人，孔子二十世孫。曾任北海相，故得名。爲建安七子之一。性寬容少忌，好士。及退閒職，賓客日盈其門，常歎曰："坐上客恒滿，尊中酒不空，吾無憂也。"因收留在逃張儉而獲罪，兒女亦未保全。執時，女曰："安有巢毀而卵不破乎？"《後漢書》卷七〇有傳。

[2] 徒傳，《香草軒詩存》卷上作"爭傳"。

[3] 未能施展濟時功，《香草軒詩存》卷上作"丹心耿耿抱孤忠"。

[4] 家無完卵歎巢空，《香草軒詩存》卷上作"死兼二子嘆巢空"。

[5] 獨記，《香草軒詩存》卷上作"不負"。

無題

記得珠簾掛綺疏，別來消息近何如。地名桃葉思前渡，花認枇杷訪舊居。悄住[1]綠波三尺槳，密通紅鯉一封書。烏絲細疊無多囑，好景平山四月初。

迴廊曲檻會娉婷，侍女傳言隔膜聽。蕉葉有心多展轉，楊花無力易飄零。同心自可盟初日，低首終難屈小星。聞道使君原有婦，不勝惆悵倚雲屏。

【注】

[1] "悄"字下原爲空格，無"住"字，今據《海陵詩彙》卷一九補"住"字。

論古小樂府[1]

王猛秦丞相[2]，張賓趙右侯[3]。江東門第盛，只有[4]重清流。

回首華亭鶴[5]，悲哉不復聞。蓴鱸歸去客[6]，江上笑機雲[7]。

【注】

[1]《香草軒詩存》卷上有《詠史小樂府八章》，收此第一首。《海陵詩彙》卷一九載此詩共六首，此爲第五、六首。

[2] 王猛，前秦苻堅時丞相。詳見上文《讀〈晉史〉》注。

[3] 張賓，趙郡人，石勒甚器重，呼爲右侯。詳見上文《讀〈晉史〉》注。

[4] 有，《香草軒詩存》卷上作"解"。

[5] 華亭鶴，《晉書》載，陸機爲成都王司馬穎帶兵討伐長沙王司馬乂，兵敗被殺。臨死前歎曰："華亭鶴唳，豈可復聞乎？"後世多用此典感慨生平、悔入仕途。華亭，三國吳由拳縣華亭墅，以産鶴著名。吳平後，陸機、陸雲兄弟共游此十餘年。

[6] 蓴鱸，《晉書》卷九二載《張翰傳》："齊王冏辟爲大司馬東曹掾……（張）翰因見秋風起，乃思吳中菰菜、蓴羹、鱸魚膾，曰：'人生貴得適志，何能羈宦數千里以要名爵乎！'遂命駕而歸。"後用此比喻人鄙棄名爵，有歸於林下之志。

[7] 機雲，即陸機、陸雲兩兄弟。

讀史[1]

不知決策守關津,誰是當時[2]帷幄臣。迢遞陰平七百里[3],青天白日竟無人。

同泰[4]君臣正捨身,河南兵已破城闉[5]。不圖更有龍光殿[6],佛老原來不救人。

【注】

[1]《香草軒詩存》卷上載此詩題作《詠史》,共八首,此爲第五、七首。又《海陵詩彙》卷一九載此詩共四首,此爲第二、四首。

[2] 當時,《香草軒詩存》卷上作"當年"。

[3] 陰平,古縣名,指甘肅省文縣。"迢遞"句,三國時期魏國大將鄧艾於公元263年與鍾會伐蜀,鄧艾欲偷渡陰平深入敵後,從陰平至江油,通過七百里艱難山路,成功占領江油。

[4] 同泰,寺名,位於南京雞籠山東,是梁武帝建造的當時最大的佛寺。梁武帝曾四次舍身該寺爲寺奴,由臣下用數億錢贖歸。《南史·梁本紀中》載,大通元年(527)始創此寺,並於城北垣別開一門,名大通門,"至是開大通門以對寺之南門,取反語以協同泰。自是晨夕講義,多由此門。"

[5] 此句指南朝梁侯景之亂。梁太清元年二月(547),梁武帝蕭衍封侯景爲河南王。太清二年(548)八月,侯景舉兵反,次年三月,武帝被俘,病餓而死。

[6] 此句,《香草軒詩存》卷上作"誰知更有龍光殿"。侯景之亂後,孝元帝蕭繹即位於江陵,爲武帝第七子。《南史·梁本紀下》載,梁承聖三年秋九月辛卯,帝於龍光殿述《老子》義。乙卯,使柱國萬紐於謹來攻。十月,魏軍至襄陽,梁孝元帝尚在講《老子》。丙子,續講,百僚戎服以聽。不久,江陵城破,被俘。

王輔 字左亭。[1]

【注】

[1] 王輔，字左亭，又號匏尊老人。清泰州人。曾爲芸香詩社社主。同治《續纂揚州府志》卷一三載："監生，性至孝，直言質行，學人多敬憚之。幼慧，博通典籍而不應選試。日以詩酒爲樂，與同里諸子角勝騷壇，至晚年而好愈篤。興化詩人徐鶴峰病歿，爲營其殯葬，立石於墓以表之。其他行誼見重於時，多類此。道光元年（1821）舉孝廉方正，力辭不就。"著有《雪蕉堂詩草》《經史紀餘》《圜錢所見記》。卒年六十。

過盧蕙圃村居即事[1]

烟罨羅浮青，水抱范堤綠。幽居阻漁梁，書聲出茅屋。暇日攜琴來，欵關驚不速。酌我軟腳酒，開軒豁心目。飛鳥倦高雲，閒花媚幽谷。物態隨機宜，予懷澹無欲。醉臥長松下，清風聽謖謖[2]。

【注】

[1] 盧蕙圃，即盧綰。民國《續纂泰州志》卷二七載："盧綰，字蕙圃，善草隸，有晉人風格。隱居城北羅浮山側。"

[2] 謖謖，勁風聲。陸機《感時賦》："寒冽冽而寖興，風謖謖而妄作。"

聞雁

酒醒燈殘後，嘹嘹聽雁聲。未消中澤歎，疑有不平鳴。地迥霜初重，天高月正明。關山千里客，此際若爲情。

新燕

乍到如生客,重來當故鄉。主人尚無恙,茅屋又何妨。別緒憑誰訴,閒事底事忙。一枝棲便好,不必羨雕梁。

種菜

抱甕攜鋤取次忙,秋菘春韭及時芳。貧家風味原清澹,老去英雄善退藏。學圃未能聊復爾,閉門無事且相將。東陵瓜與南山豆,各占千秋地一方。

書《桃花扇傳奇》後[1]

殘山剩水雨瀟瀟,三百年來一夢銷[2]。亂世文章空復社,處堂燕雀笑南朝。春燈半夜傳新曲,野哭中元賦大招。石馬銅駝無限感,只留遺史話魚樵。

【注】

[1]《桃花扇》,清代傳奇作品,孔尚任著,寫明末復社侯方域與李香君愛情故事。

[2] 銷,《海陵詩彙》卷一九作"消"。

秋柳

曾拂壚邊換酒衣,長條踠地事全非。黃金莫贖韶華轉,青眼重逢古道稀。六代樓臺斜月冷,五侯門第亂鴉飛。可知賦命多憔悴,能綰西風願已違。

新柳

濯濯清姿楚楚腰,不勝情緒正無聊。一聲笛裹春猶淺,二月樓頭雨乍銷。對此風流原可愛,別來消息又今朝。揚州城郭金閶路,綠到紅欄第幾橋。

【注】

[1] 紅欄,《海陵詩彙》卷一九作"紅蘭"。

常增 字繼香,拔貢生。[1]

【注】

[1] 常增,字子壽,一字益之,又字美質,號繼香,又號高庵。清泰州人。同治《續纂揚州府志》卷一三載:"道光五年拔貢。性至孝,聰慧過人,好學不倦,著有《儀禮瑣辨》《一松樓文稿》《編年詩鈔》《高庵詩話》《竹葉山房外集》。"《江蘇藝文志·泰州卷》又載:"安化陶澍督兩江時,以畫梅卷冊屬題。增運筆如飛,頃成30首。稱爲江奇才。著述甚富。家貧,歿後子鷺田刻其書。"

由桃葉渡放舟至城北

渡口午乘舸,烟水愜逸興。蒼蒼見籬落,竹柏媚幽徑。初行景已異,屢轉境殊勝。征雁起荻湄,孤鳥入蘿磴。村荒罕喧雜,嶂遠遞綿亘。不辨寺何處,雲中響清磬。欲返有餘戀,城郭日將暝。

自述

人心如田園,不闢將自蕪。世事如蔓草,不治將難除。賤子守遺訓，以書爲菑畬[1]。有人哀我貧，勸我入歧途。譬之不學圃，而使往種蔬。

【注】

[1] 菑畬，原義耕耘，因耕稼乃民生之本，故借喻事物之根本。韓愈《符讀書城南》詩曰："文章豈不貴，經訓乃菑畬。"

河兵謠

安瀾有柱，河兵如虎。狂瀾莫禦，河兵如鼠。一解。

修隄築堰年年忙，下河往往多流亡。大吏小吏心皇皇，河兵日夜守河梁。二解。

東家健兒長七尺，募作河兵去供役，秋來塘決多笞責。三解。

猾者得錢身軀肥，拙者束手常苦飢，有事一樣聽指揮。四解。

河水落，河兵樂。河水來，河兵災。河兵之災時有財，流民一去何時回？五解。

東南海道塞已久，淮黃汛漲經年有。實力能收治水功，辛勤即是迴瀾手[1]，如釜低田億萬畝。性命全在河兵手[2]，日賞河兵一斗酒。六解。

【注】

[1] 原句作"辛勤□即迴瀾手"，今據《海陵詩彙》卷二一校補。

[2] 手，《海陵詩彙》卷二一作"守"。

攝山[1]

幽壑徵君宅，寒林靳尚祠。六朝餘幾寺，終古此清奇。境比山陰道，人來暮雨時。低徊想江令，傳誦是何詩。

【注】

［1］攝山，山名，見前文《登攝山中峯絕頂》詩注。

長安道

馳驟諸陵下，聊從劇孟遊[1]。鬭雞趨柳市[2]，彈雀過長楸[3]。鞭影侯家馬[4]，筝聲戚里樓[5]。小車能入殿，丞相只千秋。

【注】

［1］劇孟，西漢俠士。《漢書·游俠傳》載：劇孟者，洛陽人也。周人以商賈爲資，劇孟以俠顯。劇孟行大類朱家，而好博，多少年之戲。

［2］柳市，市名。漢代長安西市有專門販賣柳條編織物之市，即柳市，時萬章在此，以豪俠顯。《漢書·游俠傳》載："萬章，字子夏，長安人也。長安熾盛，街閭各有豪俠，章在城西柳市，號曰'城西萬子夏'。"好鬭雞，以鬭雞都尉聞名於時。

［3］長楸，即高大的楸樹，古時常植於道旁，綿延甚長，故稱長楸。曹植《名都篇》詩："名都多妖女，京洛出少年。寶劍直千金，被服麗且鮮。鬭雞東郊道，走馬長楸間。"後世以"走馬長楸"來詠放蕩閑游生活。朱敦儒《雨中花》詞："故國當年得意，射麋上苑，走馬長楸。"

［4］侯家馬，言西漢衛青事。《史記·衛將軍驃騎列傳》載，大將軍衛青者，平陽人也。其父鄭季，爲吏，給事平陽侯家，與侯妾衛媼通，生青。青同母兄衛長子，而姊衛子夫自平陽公主家得幸天子，故冒姓爲衛氏。青爲侯家人，少時歸其父，其父使牧羊。先母之子皆奴畜之，不以爲兄弟數。青壯，爲侯家騎，從平陽主。曾七次出擊匈奴，屢立戰功，歷任太中大夫、車騎將軍、大將軍，封

長平侯。衛青本出身微賤，因外戚身份而封侯顯貴。

[5] 戚里，外戚聚居之處。

歸鶴亭[1]

當時歸鶴有亭在，鶴去不歸亭亦空。今日春風上荒塚，行人無復說神翁。迷茫溪水緑三里，斷續菜花黄幾叢。此地神仙不可見，催耕時節雨濛濛。

【注】

[1] 歸鶴亭，亭名。南宋寶慶三年（1127）泰州守陳垓修繕徐仙翁墓，並於其地修建升真觀，葺歸鶴亭，廣植松柏。又作詩《歸鶴亭》，見收於《崇禎泰州志》中。徐仙翁，即徐守信，宋泰州人。天慶觀道士。崇寧間，徽宗曾特詔入官言事，賜號虛靜沖和先生。後得道，卒於大觀年間，賜改天慶觀爲仙源萬壽官。時人稱爲徐神翁。劉克莊及湯顯祖等訪此均有賦詩。明無名氏雜劇《賀升平羣仙慶壽》中將徐守信列入"下洞八仙"中，與陳摶、劉海蟾、王喬等並列，傳其在天慶觀時，每天持帚掃地，後騎帚白日飛升。

梅花和蕪湖韋葯仙前輩原韻[1]

前身曾許嫁逋仙，生與西湖又結緣。寂寞空山三里雪，淒清殘月一溪烟。詩成更索茅檐笑，夢醒還參紙帳禪。占得十分春最早，幾曾賞識未開先。

【注】

[1] 韋葯仙，即韋謙恆。字慎旂，號約軒，一作葯仙，又號樂齋，晚號木公。蕪湖人。乾隆二十二年（1757）召試，賜內閣中書。二十八年，殿試第三人及第，官貴州布政使。書師晉唐，筆致清婉。（喬曉軍編《中國美術家人名辭典·補遺一編》）清張應昌選輯《國朝詩鐸》卷首載其小傳，官至國子監祭酒，有《傳經堂詩鈔》。

登北極閣曠觀亭[1]

獨登高閣俯郊坰，下界羣山作畫屏。到此猶嫌眼界小，天風吹上曠觀亭。

【注】

[1] 北極閣，閣名，詳見上文《登北極閣》注。閣在雞籠山上，中有三層之樓閣，曰曠觀亭，因康熙曾題亭額"曠觀"而得名。今毀。現存康熙二十四年（1685）兩江總督王新命等人立的《曠觀碑記》。

康發祥 字瑞伯，廩生。[1]

【注】

[1] 康發祥（1788—1865），同治《續纂揚州府志》卷一三載："康發祥，字伯山，歲貢生，工詩、古文、詞。性耿介，家貧，以著述自娛。著有《三國志補義》《伯山詩話》《詩鈔》《雜文》《小海山房詠史詩》若干卷。卒年七十八。"泰州人，滿族。其論詩主張深得喬松年心折。盱眙吳棠亦稱：海陵固多隱者，前有陋軒，後有伯山，二百年來風流未沫，非虛譽也。《江蘇藝文志·泰州卷》又載："懷才不遇，晚年爲曾國藩所器重。工詩、古文辭。詩派出蘇軾而加以精煉。論詩不拘一格。"

勵志詩

勵志以畜德，昔有張茂先[1]。我今拾唾餘，附驥思能傳。浮海溯其源，升嶽造於巔。造化有終始，神智何能偏？譬如操一藝，名譽由精專。戈必稱蒲且[2]，釣迺贊便嬛[3]。精或盡於弓，魚思忘其筌。不然泞蹄水，寸鱗無生全。桑隅惜烏影，弩發驚離弦。智愚雖異質，各以全其天。非敢必有功，勿爲見異遷。誠心金石開，古人良有言。

【注】

[1] 張茂先，即西晉詩人張華，字茂先，撰有《博物志》，有《勵志詩》，李善注曰："此詩茂先自勸勤學。"畜，《海陵詩彙》卷二一作"蓄"。

[2] 蒲且，人名，傳爲古代善射鳥之人。《列子·湯問》："蒲且子之弋也，弱弓纖繳，乘舟振之，連雙鶴於青雲之際，用心專，動手均也。"張湛注曰："蒲且子，古善弋射者。"

[3] 便嬛，人名，傳爲古代善釣者。漢應璩《與從弟君苗君胄書》："弋下高雲之鳥，餌出深淵之魚。蒲且讚善，便嬛稱妙，何其樂哉！"

秋風曲

秋風至，秋雲飛，儂家葛衣漸嫌薄，歡今製帛猶未歸。樹梢萍末忽然起，紈扇之歌歌不已。秋風縱起殿西頭[1]，秋風只在儂心裏。

【注】

[1] 此句"秋風"下原爲空一格，無"縱"字。今據《海陵詩彙》卷二一補"縱"字。

早發龍潭道上

盤曲蛇行路，行行望翠微。青山壓騾背，斜月上人衣。客子久登道，農家漸啟扉。故鄉業已遠，僮僕儘相依。

岳墩看雪[1]

曠野雕盤勁，彤雲自往還。風聲搖古壘，海氣失前山。怳立冰天外，疑來雪窖間。不須誇白戰，遺像有刀鐶。

【注】

[1] 岳墩，即泰州泰山。詳見上文《岳墩》注。

謁方正學祠[1]

但把麻衣着，何知白帽尊。一言詢孺子，十族感君恩。骨肉冤聲起，風雲氣色昏。淮清橋下水，猶有未招魂。

【注】

[1] 方正學（1357—1402），名孝孺，"正學"爲其書室名，以示辟異端爲己任，故人稱正學先生。曾任明惠帝侍講學士。燕王朱棣以武力推翻惠帝，自稱帝。方孝孺因拒絕爲其起草稱帝的詔書而被殺，並株連十族，死者達八百七十餘人。

不寐

一榻屋西頭，蕭然屋似舟。亂螢流到枕，疏雨滴成秋。漏轉聞檐鐸，燈明見瓦溝。懷人當此夜，天末不勝愁。

讀《陋軒詩集》書後[1]

蹤跡蕭疏海上行，閉門作述[2]盡餘生。衰年已見盈頭雪，長律難攻五字城。餉餕[3]田間惟冀缺，結交世上有程嬰。謂程雲家先生[4]。和平都是承平語，休認淒涼杜宇聲。

【注】

[1] 《陋軒詩集》爲清泰州吳嘉紀作品集。

[2] 作述，《海陵詩彙》卷二一作"著述"。

[3] 餉饁，往田頭送飯。

[4] 程雲家，即程岫，嘉慶《東台縣志》卷三〇載："字雲家，歙人，託跡梁垛。善詩。與吳嘉紀友善。紀死，無以殮，岫左右之。又爲舉其未葬者三棺同歸窀穸，收其遺稿刊之。岫有《江村詩》。"民國《歙縣志》卷一〇載："其父懋衡，甲申之變，不食，死。岫博學篤行，守先人之志，與孫豹人、陸懸圃、吳野人友善，吟詠終老，著《江村詩草》。"

記夢

夢飛瓊句劇魂銷，許渾有《夢飛瓊》詩[1]。河上楊枝抗手招。一片衣裳如着水，三層樓閣聽吹簫。朱軒不閉葳蕤鏁，碧浪剛生宛轉橋。老我心情渾似鐵，夜深有淚亦如潮。

【注】

[1] 唐孟棨《本事詩·事感》載："詩人許渾嘗夢登山，有宮室淩雲，人云：'此崑崙也。'既入，見數人方飲酒，招之，至暮而罷。賦詩云：'曉入瑤台露氣清，坐中唯有許飛瓊。塵心未斷俗緣在，十里下山空月明。'他日，復至其夢，飛瓊曰：'子何故顯余姓名於人間？'座上即改爲'天風吹下步虛聲'。曰：'善。'"

送程鶴衫之真州戎幕[1]

青年詞客竟從軍，橐筆時酬翰墨勳。馬上功名如可共，江頭風景許同分。懷人定見初三月，弔古還過柳七墳[2]。何日草堂來共飯，也應回首海東雲。

【注】

[1] 程鶴衫，即程紹裘（1789—1858），清泰州人。《江蘇藝文志·泰州卷》載其"字鶴衫，應鐘子，字光兄。工詩，尤善詞。咸豐八年（1858）游幕安徽霍山縣署，以捻軍起，道阻而不得歸，歿於壽州途次"。有《烟波漁唱詞》一卷。

［2］柳七，即宋代詞人柳永，因家中排行第七，故稱柳七。《方輿勝覽》載："柳永卒於襄陽，郡妓合金葬之於南門外。每春月上冢，謂之'吊柳七'。"

促織詞[1]

露下微蟲泣草根，幾回促織近黃昏。里兒不解無衣苦，更買官窰蟋蟀盆。

嬾婦驚聞恐未安，牆陰相對話辛酸。明年傳語秋風早，好占人間金井欄。

【注】

［1］《海陵詩彙》卷二一載此詩題作《促織詞二首與鄒耳山、夏補生、李雨村、常繼香同賦》。

擬塞上四時曲

青草墳前急暮笳，清明有客盡思家。燒痕一片斜陽裏，認作窮邊二月花。

獫狁曾勞六月兵，貔貅到處朔方平。炎風忽解陰山雪，推向交河助水聲。

無邊落木似潮來，撲面黃沙向夕開。明月高高天尺五，鐵簫吹上李陵臺。

朔雪填平路嶮巇，椎牛大幕犒熊羆。苦寒不獨冰鬚斷，凍破真珠丈八旗。

魯嘉祥 號楓橋，監生。[1]

【注】

[1] 魯嘉祥，《江蘇藝文志·泰州卷》載："字楓橋，號甦仙。清泰州人，芸香社友。"道光間自刻所撰《餘生詩鈔》一卷。

富春江[1]

萬嶂桐廬道，紆迴繞富春。雲山開畫意，今古一高人。此水清無比，高臺迥絕塵。客星如斗大，常照大江濱。

【注】

[1] 富春江，在錢塘江中游，長約百公里，流貫浙江桐廬、富陽兩地，風景秀麗。

無錫道中

紅藕花間客夢回，聲聲柔櫓曉潮催。泉從陸羽茶經品，山自倪迂畫本來。鴨艇橫斜停野渡，浮屠縹緲插香臺。梁谿絕似山陰道，六扇篷窗面面開。

春日書懷

風花泥絮各浮沉，對此茫茫百感侵。漸覺嘗完惟世味，最難看破是名心。匣中空有思魚鋏，市上寧無買駿金。過眼青春留不得，遣愁還仗酒杯深。

仲贻勤 字受之，著《蓉宾诗草》。[1]

【注】

[1]《道光泰州志》载："仲贻勤，字受之，振履子，髫龄脱口成诗。随父之粤东任，遘疾垂危猶吟咏不絕口。卒年十七，著有《蓉濱遺草》。"按，仲贻勤，小字蓉濱，著作當爲《蓉濱遺草》。此爲一卷本，嘉慶十六年（1811）興寧署刻本。柯愈春《清人詩文集總目提要》載其生於嘉慶元年（1796），卒於嘉慶十六年（1811），與《道光泰州志》所載卒年有別。

羊城過臘[1]

又見天涯逼歲除，一春消息欲來初。南交原少冰霜到，東野先看草木舒。橙子寒斟金液酒，梅花香坼蠟丸書[2]。拈毫學寫宜春帖[3]，自署珠江仲蔚居[4]。

【注】

[1]《蓉濱遺草》及《海陵詩彙》卷一六載此詩題作《羊城送臘》。

[2] 蠟丸書，古時一種秘密通信方式，即將書信藏於蠟丸中，以防洩密。

[3] 宜春帖，帖子名。宜春，有稱頌春天或祝福春天之意。南朝梁宗懍《荊楚歲時記》載，古時"立春之日，悉剪彩爲燕戴之，帖'宜春'二字"。唐代，則張貼於門楣，以取迎新之意。孫思邈《千金玉令》："立春日，貼'宜春'字於門。"後由貼"宜春"字演化爲貼"福""喜""壽"等字。

[4] 仲蔚居，指隱居之所。晉皇甫謐《高士傳》載："張仲蔚者，平陵人也。與同郡魏景卿俱修道德，隱身不仕，明天官博物，善屬文，好詩賦，常居窮素，所處蓬蒿沒人。閉門養性，不治榮名，時人莫識，唯劉龔知之。"後用此代指那些有才卻窮困之人居所。

大通烟雨[1]

秋烟秋雨壓江流，彷彿尋秋到莫愁。却怪隔船聲潑剌[2]，鸕鶿飛過蓼花[3]洲。

【注】

[1] 大通煙雨，爲羊城八景之一。位於大通古寺内，内有雙井，又名煙雨井。成鷲《咸陟堂二集·大通煙雨寶光古寺記》卷四載："寺有雙井，相去數丈，石環古甃，非今所有。相傳井底通海，消長應潮。每當大雨將降，井先出煙，縹緲成雲，如輪如蓋，占者視煙氣所指，卜風雨所從來，不爽應候云。厥後寺廢，井埋泉竭，候或不驗，滄桑之變使之然歟！"

[2] 潑剌，象聲詞。唐盧綸《書情上大尹十兄》："海鱗方潑剌，雲翼暫徘徊。"

[3] 蓼花，野生草本植物名。花淡紅色或白色，多爲穗狀花序，也有作頭狀花序者。

泊楊梅村聞絡緯[1]

蕭蕭絡緯滿林聲，催作征衣萬里行。想到故園秋七月，豆棚杯酒話離情。

【注】

[1] 絡緯，即莎雞，俗稱絡絲娘、紡織娘。夏秋夜間振羽聲如紡線，故名。漢無名氏《古八變歌》："枯桑鳴中林，絡緯響空階。"

《先我集》跋

　　海陵風雅，代有傳人，至明啟禎間，垂垂欲絕。鄧舍人孝威以扶衰振雅之功歸之沈林公復曾，吾邑詩人由此彬彬蔚起。讀《詩觀》《詩最》諸集所搜採甚夥。夏先生退菴更有《海陵詩徵》之作，當時惜未付梓。迨國鈞爲叢刻，訪求遺藁，竟不可得。展轉鈔錄，僅得殘本十之四，思續成之，而以年衰才薄，又簿書鞅掌，不果也。嗣以此事屬之儀徵劉先生誠甫，尚未竣事。陳硯香先生手鈔《先我集》裒集吾邑百二十人著述，彙爲此編。雖未能如《詩徵》搜採及於唐宋諸家之多，而其意則一。夫人之顯晦、著述之傳世與否皆有命焉，不可強也。明末及清三百餘年間，吾邑以詩名者寧止於此？而茲編所錄至百二十人而止，而此百餘人亦非盡功名之士。茲所刊行能否傳之不朽抑未可知，惟及吾身而著之，以求吾心之安。若夫此後之傳不傳，則仍歸之命焉，可也。是編刊印之貲，由東臺周君輝林所捐助，合併著之，以誌吾感。

民國十四年乙丑秋初韓國鈞

　　是集當爲硯香先生隨手抄錄之作，每人錄詩無多，雖吳野人集所採不及四十首，他人更少，獨於鄒耳山《聲玉山齋集》錄詩最多，亦非盡精警之作。吾邑詩家著名者不少，惜退菴《海陵詩徵》全稿缺十之六，再四訪求而無所得。退菴另有《亦好集稿》，亦非全本，係當時編輯《詩徵》所餘詩彙集而成者，他日或爲印成，以公同志爾。十二月二十七日雨窗止叟並識。

主要參考書目

C

崇禎《泰州志》，［明］李自滋、劉萬春纂修，明崇禎刻本。

《春秋左傳注》，楊伯峻著，中華書局，1990年。

D

《迫暇集》，［清］仲鶴慶撰，清嘉慶十六年（1811）興寧署刻本。

道光《泰州志》，［清］王有慶修，陳世鎔等纂，《中國地方志集成·江蘇府縣志輯50》，江蘇古籍出版社，1991年。

道光《重刊續纂宜荊縣志》，［清］顧名修，吳德旋纂，《中國方志叢書·華中地方·江蘇省·第3期》，臺北成文出版社，1840年。

道光《重修儀徵縣志》，《中國地方志集成·江蘇府縣志輯45》，鳳凰出版社，2008年。

道光《廣東通志》，［清］阮元總裁，《海南地方志叢刊》，海南出版社，2006年。

道光《徽州府志》，［清］馬步蟾纂修，《中國地方志集成·安徽府縣志輯48—50》，江蘇古籍出版社，1998年。

道光《如皋縣續志》，［清］范仕義修，吳鎧纂，《中國方志叢書·華中地方·江蘇省·第1期》，臺北成文出版社，1837年。

《東觀漢記》，［東漢］班固等撰，《叢書集成初編》本，商務印書館，民國二十六年（1937）。

G

光緒《丹徒縣志》，［清］何紹章、［清］馮壽鏡修，［清］呂耀斗等纂,《中國地方志集成·江蘇府縣志輯29》,江蘇古籍出版社,1991年。

光緒《武進陽湖縣志》,[清]王具淦、吳康壽修,[清]湯成烈等纂,《中國地方志集成·江蘇府縣志輯37》,江蘇古籍出版社,1991年。

光緒《宣城縣志》,[清]李應泰等修,[清]章綬纂,《中國地方志集成·安徽府縣志輯45》,江蘇古籍出版社,1998年。

《國朝詩》,[清]吳翌鳳編,嘉慶十七年(1812)刻本。

《國朝書人輯略》,[清]曼殊震鈞輯,明文書局,1985年。

《國朝先正事略》,[清]李元度撰,岳麓書社,2008年。

《國語》,左丘明撰,上海古籍出版社,2015年。

H

《海陵詩彙》,[清]鄒熊輯,道光二十一年至二十二年(1841—1842)陳文田硯鄉鈔本。

《海安考古錄》,王葉衢撰,《海陵叢刻》本。

《漢書》,[漢]班固撰,中華書局,1962年。

《漢學師承記》,[清]江藩著,商務印書館,1983年。

《淮海英靈集》,[清]阮元輯,商務印書館,《叢書集成初編》本。

《淮海英靈續集》,[清]王豫、阮亨輯,《續修四庫全書》本。

《槐廳載筆》,[清]法式善著,《近代中國史料叢刊》第32輯,文海出版社,1973年。

《皇清詩選》,[清]孫鋐編,黃朱苕校,清康熙二十六年(1687)風嘯軒刊本。

《後漢書》,[南朝宋]范曄撰,中華書局,1965年。

J

《汲綆書屋詩鈔》,[清]潘慶齡撰,清道光十八年(1838)刻本。

《寄園詩存》,[清]夏震撰,清道光九年(1829)辟蠹山房刻本。

《嘉定鎮江志》，[清]阮元輯編《宛委別藏》本，江蘇古籍出版社，1988年。

嘉慶《重刊江寧府志》，呂燕昭主修，姚鼐總修，《中國方志叢書·華中地方·第一二八號》，臺北成文出版社，1974年。

嘉慶《重修揚州府志》，[清]阿克當阿修，姚文田等纂，《中國地方志集成·江蘇府縣志輯41》，江蘇古籍出版社，1991年。

嘉慶《重修一統志》，[清]仁宗敕撰，《四部叢刊續編·史部》，上海書店出版社，1984年。

嘉慶《東台縣志》，[清]周右修、蔡復午纂，《中國地方志集成·江蘇府縣志輯60》，鳳凰出版社，2008年。

嘉慶《四川通志》，[清]常明修，楊芳燦纂，巴蜀書社影印本。

《甲申集 夢余集》，[清]俞梅撰，清稿本。

《江蘇藝文志·揚州卷》，南京師範大學古文獻整理研究所編，江蘇人民出版社，1995年。

《江蘇藝文志》（增訂本），江慶柏主編，鳳凰出版社，2019年。

《江蘇詩徵》，[清]王豫輯，王氏焦山詩徵閣刻本。

《江西詩徵》，[清]曾燠輯，清嘉慶九年（1804）賞雨茅屋刊本。

《江左十五子詩選》，[清]宋犖輯，掃葉山房石印本。

《金陵覽古》，[清]余賓碩著，上海古籍出版社，1983年。

《金石屑》，[清]鮑昌熙摹，《石刻史料新編》第2輯（六），新文豐出版公司，1979年。

《續晉陽秋》，[南朝宋]檀道鸞撰，《玉函山房輯佚書初編》本。

《舊唐書》，[後晉]劉昫等撰，中華書局，1975年。

《倦遊草》，[清]費履堅撰，稿本。

K

康熙《天津衛志》，[清]薛柱斗修，[清]高必大纂，臺北成文出版社據民國23年（1934）鉛印本影印，1968年。

康熙《歙縣志》，[清]靳治荊修，清康熙刻本。

L

《歷代詩話續編》，丁福保輯，中華書局，1983年。

《陋軒詩》，[清]吳嘉紀撰，清康熙賴古堂刻增修本。

《綠雲紅雨山房詩鈔》，[清]仲振奎撰，清嘉慶十六年（1811）興寧署刻本。

M

民國《長樂縣志》，孟昭涵修，《中國地方志集成·福建府縣志輯21》，上海書店出版社，2000年。

民國《續纂山陽縣志》，周鈞、段朝瑞等纂，《中國地方志集成·江蘇府縣志輯55》，鳳凰出版社，2008年。

民國《續纂泰州志》，鄭輔東修，王貽牟纂，《中國地方志集成·江蘇府縣志輯50》，鳳凰出版社，1991年。

《明代筆記小說大觀》，上海古籍出版社編，上海古籍出版社，2005年。

《明詩紀事》，[清]陳田著，商務印書館，民國二十五年（1936）。

《明文英華》，[清]顧有孝輯，《四庫禁毀書叢刊》本。

N

《南齊書》，[梁]蕭子顯撰，中華書局，1972年。

Q

乾隆《江南通志》，《中國地方志集成·省志輯江南3》，鳳凰出版社，2011年。

乾隆《鎮江府志》，《中國地方志集成·江蘇府縣志輯27》，江蘇古籍出版社，1991年。

《清人詩文集總目提要》，柯愈春著，北京古籍出版社，2001年。

《清詩別裁集》，［清］沈德潛、周準輯，上海古籍出版社，1984年。

《清詩話續編》，郭紹虞編選，上海古籍出版社，1983年。

《清詩紀事》，錢仲聯主編，鳳凰出版社，2004年。

《清詩紀事初編》，鄧之誠編，上海古籍出版社，2013年。

《清史稿》，趙爾巽等編，中華書局，1977年。

《清史列傳》，王仲翰點校，中華書局，1987年。

《全五代詩》，李調元編，何光清點校，巴蜀書社，1992年。

R

《蓉濱遺草》，［清］仲貽勤撰，清嘉慶十六年（1811）興寧署刻本。

S

《上海府縣舊志叢書 寶山縣卷》，上海市地方志辦公室、上海寶山區地方志辦公室編，上海古籍出版社，2012年。

《歙縣志》，石柱國修、許承堯纂，《安徽省地方志叢書》，中華書局，1995年。

《慎墨堂詩話》，［清］鄧漢儀撰，陸林、王卓華輯，中華書局，2017年。

《慎墨堂詩拾》，［清］鄧漢儀撰，漢畫軒抄本。

《聲玉山齋詩集》，［清］鄒熊著，清嘉慶二十三年（1818）刻本。

《四庫全書總目》，［清］永瑢等，中華書局，1965年。

《宋九朝編年備要》，［宋］陳均撰，《文淵閣四庫全書》本。

《恕堂編年詩》，［清］宮鴻歷撰，清康熙稿本。

T

《太平寰宇記》，［宋］樂史撰，中華書局，2007年。

《太平御覽》，［宋］李昉著，上海古籍出版社，2008年。

《泰州舊事摭拾》，俞揚輯注，江蘇古籍出版社，1999年。

《泰州新志刊謬》，《中國地方志集成·江蘇府縣志輯50》，江蘇古籍出版社，1991年。

《天下郡國利病書》，［清］顧炎武撰，黃坤校點，上海古籍出版社，2012年。

《天橋初稿》，［清］周虹撰，清抄本。

《木同引樓詩》，［清］黃雲撰，清康熙二十三年（1684）刻本。

同治《如皋縣續志》，［清］周際霖修，周頊纂，《中國方志叢書·華中地方·江蘇省第1期》，臺北成文出版社，1837年。

同治《續纂江寧府志》，［清］蔣啟勳、［清］趙佑宸修，王士鐸等纂，《中國地方志集成·江蘇府縣志輯2》，江蘇古籍出版社，1991年。

同治《續纂揚州府志》，［清］姚文田、江藩等輯，《中國地方志集成·江蘇府縣志輯42》，江蘇古籍出版社，1991年。

《摶沙錄》，［清］戴延年撰，《叢書集成續編》本。

《退庵筆記校注》，［清］夏荃撰，鳳凰出版社，2011年。

W

萬曆《應天府志》，［明］程嗣功、王一化纂修，《四庫全書存目叢書》本。

《文獻徵存錄》，［清］錢林、王藻編輯，中文出版社，1982年。

《晚晴簃詩匯》，徐世昌編，聞石點校，中華書局，1990年。

《吳嘉紀詩箋校》，吳嘉紀著，楊積慶箋校，上海古籍出版社，1980年。

X

《西河草堂詩賸》，［清］葉兆蘭著，清道光四年（1824）鄒鎏刻七年（1827）增修本。

《西湖志纂》，[清]沈德潛纂，文海出版社，1971年。
《夕陽書屋詩初編》，[清]程盛修撰，清乾隆間刻本。
咸豐《重修興化縣志》，[清]梁園棣修，[清]鄭之僑、趙彥俞纂，《中國地方志集成·江蘇府縣志輯48》，鳳凰出版社，2008年。
《香草軒詩存》，[清]夏蘭撰，清嘉慶間刻本。
《鄉園憶舊錄》，[清]王培荀輯，蒲澤校點，齊魯書社，1983年。
《小畫山房詩鈔》，[清]團維墉著，清嘉慶十二年（1807）刻本。
《曉堂律詩》，[清]陳忠靖撰，清抄本。
《新唐書》，[宋]歐陽修撰，中華書局，1975年。
宣統《聊城縣志》，《中國地方志集成·山東府縣志輯82》，鳳凰出版社，2004年。

Y

《揚州畫舫錄》，[清]李斗著，中國畫報出版社，2014年。
《揚州歷史人物辭典》，王澄主編，江蘇古籍出版社，2001年。
《揚州刻書考》，王澄，廣陵書社，2003年。
《遺民詩》，[明]卓爾堪輯，華東師范大學出版社，2013年。
雍正《揚州府志》，[清]尹會一、程夢星等纂，清雍正十一年（1733）刻本。
雍正《浙江通志》，[清]沈翼機等纂，[清]嵇曾筠、李衛等修，《中國地方志集成·省志輯·浙江⑥》，鳳凰出版社，2010年。
《漁洋山人感舊集》，[清]王士禎撰，盧見曾補傳，陳衍輯，明文書局，1985年。
《餘園詩鈔》六卷，[清]繆沅著，清乾隆十年（1745）繆氏葆素堂刻本。
《芸香詩鈔》，[清]葉兆蘭、鄒熊輯，清嘉慶十四年（1809）刻本。

Z

《中國歷史人物辭典》，吳海林、李延沛編，黑龍江人民出版社，

1983年。

《中國美術家人名大辭典》，俞劍華編，上海人民美術出版社，1963年。

《貞觀政要》，〔唐〕吳兢著，上海古籍出版社，1978年。

《竹所詩鈔》，〔清〕吳曾著，清道光七年（1827）刻本。